U0126205

世情小說傳統的承繼與轉化：
張恨水小說新論

趙孝萱著

臺灣 學生書局 印行

自序：張恨水小說的讀者反應篇

（一）

張恨水是誰？不知道的人，很多。知道他的人，更多。他們對張恨水的小說，念念不忘。

最早寫張恨水，是基於對「鴛鴦蝴蝶派」議題的關注。研究進行時，發現周圍竟然存在著那麼多張恨水的隱性讀者。他們對張恨水多是不能忘懷，讚不絕口。

我的外公外婆，都是書香世家出身的讀書人。他們在上海念大學讀張恨水，在大後方的成都讀張恨水。張恨水陪著他們在洋場青春繁華、在戰爭顛沛流離。從母親與舅舅姨媽的口中得知，他們從小就聽二老常聊起張恨水。或許說，張恨水是當時所有人的話題。當我問及對張恨水小說的印象時，永遠記得，綿惙病榻之際的外婆，虛弱地說了句：「張恨水就是寫得好。」

一些比父親年長的世伯，他們也說：「我們是讀張恨水小說長大的。」又曾聽柯慶明先生提起，在一次聚會中，前臺大校長孫震先生談起張恨水小說，仍是津津樂道，十分稱揚。這些老讀者們難忘著張恨水小說、電影、彈詞以及他們自己難忘的青春歲月。

張恨水是過時的老人看的？那可不。一天，接到一位素昧平生的年輕小姐打來的電話，她輾轉聽說我研究張恨水，很想讀讀我的論文。她在國立大學擔任職員，家中長輩留有幾本張恨水小說，她愛不釋手。她對張恨水勾勒出中國二、三十年代北平的時代風情與人物氣質，深感嚮往。

另一位臺灣某國立大學財管研究所的時髦女教授，旅居美國十幾年。她在美國時買了大陸的張恨水小說全集，常在睡前翻看一段，很是稱道。她說當時許多留美學生也是愛不釋手，頗爲流行。

2001年夏天在上海又遇到兩個學院派知識青年，對《啼笑因緣》幾乎是倒背如流，令我大感訝異。其中一位以調侃戲謔的口吻，侃侃大談《啼笑因緣》對他的影響。那位仁兄說因爲何麗娜與樊家樹後來留學德國，所以他也決定留德去也。但是留德一舉，卻讓他悔恨不已。他倆甚至聊到對《啼笑因緣》三位女性（何麗娜、沈鳳喜、關秀姑）的選擇和品味。那一席夜談，眞是太好玩、太令人震驚了。

在臺灣，本以爲大多數人不知道我在作什麼，原來張恨水竟還是那麼膾炙人口，到處都是對他小說難以忘情的讀者。但在臺灣，若要知道張恨水，眞要靠點「因緣」。與大陸婦孺皆知的狀況相比，臺灣現在任何書店找不到一本張恨水小說，不會有新讀者知道張恨水這個大作家，眞是一種令人「啼笑」皆非的現象。連書店都找不到他的小說，更遑論知道張恨水的重要。

也有文學專業讀者說張恨水寫得好。劉半農說張恨水是小說大家，成就還超過晚清李伯元、吳趼人、曾孟樸等人❶。夏濟安則說

---

❶ 劉半農說：「張恨水為當今的小說大家，他的成就超過了李伯元、吳趼人、曾孟樸那些人。」荊梅丞〈劉半農軼事兩則〉見《新文學史料》北京：人民文學出版社，一九八四年，第三期。

張恨水是個「Genius」，表現得比寫《儒林外史》的吳敬梓要好❷。

張恨水的「讀者反應」，是不該被忽視的獨特現象。張恨水應該是二十世紀讀者最多的小說家。如今可堪比擬者，大概只有金庸。當時只要張恨水小說一刊行，就會造成搶閱的風潮。他的讀者階層分佈極廣，從略通文墨的婦女（如魯迅的母親）、學者（如陳寅恪、劉半農、夏濟安）、小說家（如張愛玲、高陽）、政治人物（如毛澤東、周恩來）等都曾在文中表示過他們對張恨水小說的傾慕。老舍說張恨水是：「國內唯一婦孺皆知的作家」。上海《新聞報》上刊登租書店的小廣告以大字「張恨水小說」28種爲招攬，其他新舊作家則以小字「李涵秋20種、巴金張資平72種」作爲二軍。其中尤可見張恨水在讀者心中的地位。

但翻開現有文學史及相關研究，因爲他的暢銷與婦孺皆知，所以他似乎只是個「通俗」的二流作家。但是，不管文學史怎麼評價張恨水，不會絲毫減損張恨水在讀者心中的價值。讀者們說張恨水小說就是好看，他是一個「好」小說家。這其間的差距在哪裡？

什麼是「好」小說家？張恨水到底是不是「好」小說家？他的小說到底有什麼好看，又爲什麼好看，他爲什麼可以稱之一個好小說家？到底什麼是「好」小說的標準？上述問題，我都想找到答案。

---

❷ 收入夏志清《愛情、社會、文學》〈夏濟安對中國俗文學的看法〉臺北：純文學出版社，一九七〇。頁二二六。

（二）

我想，「好」應該是一種狀態描述，而不是排行，排第一。張恨水絕對是二十世紀文學史獨特而另類的現象。除了「好看」，他證明了小說也可以因為「好」而暢銷。那是一種「平易」的好、扣人心弦的「好」；而非高深艱澀的「好」。他是中國二十世紀眞正有經營故事、場景、人物、氣氛等小說功力的「好」作家，而不是抱持著載道關懷，小說本身卻不忍卒睹的「偽」小說家。

另外，張恨水的意義也在於，他是個眞正的「中國小說家」，而且到了二十世紀還能用「中國」小說形式把小說寫得那麼好。二十世紀的中國小說，非得全面採用西方小說形式，才稱得上是好「現代」小說？二十世紀的中國作家寫小說，一定要割斷中國小說自有如筆記體、章回體的敘述傳統？誰說中國既有的小說形式，就該被稱作「舊小說」；而自外移植的西方形式，才是「新小說」？而此一新之描述，又絕對是一種「價值判斷」。難道二十世紀的中國小說，全只能是以中文書寫的「西方小說」？

所以，張恨水之所以重要，不是因為他與新文學的「同」，而是與新文學的「異」。此一「異」，正是他的傳統姿態。張恨水始終未背離中國長篇小說的敘述傳統，例如人情性與世俗性特徵、消閑談助的小說功能觀、或是「某人道：」的直接引語形式等。張恨水的可貴，其實正在於那些「舊」的特質。這種對「舊」的強調，未嘗不是一種對抗「新」的清醒策略？

但張恨水又不是只承襲，他也開展。他在傳統形式中吸納了新的敘述質素，成功轉化了二十世紀以前的中國小說；並將中國小說的世情傳統在二十世紀作了最後演出。在敘述與價值取向上，他也逐漸地調整新與舊的比重。從某些角度看，張恨水小說在題材與某些敘述方式其實新文學小說無大差別，後來被歸屬不同派別，只是因爲他當時所屬階層不同、團體不同、也未在當時向「新文學」靠攏所致。

或有人以張恨水未能如《紅樓夢》超越時代侷限、開創時代新局，稱不上大小說家。但舉目四觀二十世紀的中國小說，能開創一代風騷者又有幾人？所以，張恨水到底是開創還是跟隨？從他循傳統小說的許多觀念風格，看似跟隨；從他能在全面斷裂傳統小說質素的二十世紀，不但敢選擇「中國小說形式」，而且使傳統小說增加時代感，又頗具開創性。

所以張恨水算是二十世紀舊小說傳統的代表嗎？當然是的。但是誰說到了二十世紀不能再以《儒林外史》、《老殘遊記》的形式寫小說？張恨水最突出的地方在於，他在此一書寫傳統中，卻又寫得比吳敬梓與劉鶚還好。

成書之時，心中只有感念。感謝博士論文指導教授柯慶明先生極大的啓發。當時在臺大研究室221室的書堆中談論學問的光景，多麼令人難忘。在此也誠摯感謝論文口試先生們(中大康來新教授、李瑞騰教授、清大呂正惠教授、成大陳萬益教授、交大劉紀蕙教授)以及哥倫比亞大學王德威教授所給予的意見。這些寶貴意見，激發引導我重新思考許多重要問題，特此致謝。

2001年 **趙孝萱** 序於佛光大學

世情小說傳統的承繼與轉化：
張恨水小說新論

目錄

第一章　緒　論

第一節　研究動機與現有研究概況

張恨水（一八九五—一九六七）是誰？「張恨水現象」可說是二十世紀中國小說史的一樁「傳奇」。他不但是二十世紀二〇年代至今最家喻戶曉的小說家，同時還擁有許多「第一」的頭銜，創下了許多無人能及的記錄。以下簡述張恨水許多無人能及的記錄：

一、作品產量最多。他可能是史上產量最多的中國小說家。在五十年間寫作的中長篇小說約有一百一十多部。較長者近百萬字，多數作品也有數十萬字。結集成單行本者即約有五十多部。此外還有約五千多篇的散文雜文與無法估計的詩詞作品。

二、所採用過的文學形式最多。包括小說、散文、隨筆、雜文、詩（七律、七絕、五律、五絕、古風、歌行、新詩）、詞、曲、賦、四六文體、遊記、通訊、政論、考證、尺牘、戲評、影評、畫評等，幾乎所有的文學形式無不涉足嘗試。

三、所發表過的作品總字數最多。約三千多萬字。不過這些還不包括那些沒有正式發表的文件、習作、日記、詩、詞、曲、小說等。

四、他一天可寫五六千字。

五、讀者最多。只要張恨水小說一刊行，就會造成搶閱的風潮。而且讀者分佈階層極廣，從略通文墨的婦女（如魯迅的母親❶），到學校的中大學生，甚至學者（如陳寅恪、夏濟安）、小說家（如張愛玲、高陽❷）、政治人物（如毛澤東、周恩來）等都是，並不限於某一特定階層。像老舍在慶賀張恨水五十壽辰的短文中說，張恨水是：「國內唯一婦孺皆知的作家❸」。上海《新聞報》上刊登租書店的小廣告以大字「張恨水小說」28種爲招攬，其他新舊作家則以小字「李涵秋20種、巴金張資平72種」作爲二軍。其中尤可見張恨水在讀者心中的地位。

六、冒名之僞作數量最多❹，在二十世紀小說史上也絕無人能有如此記錄。而且僞作多出於敵僞時期，東北、華北、華東均有大量僞作，東北某城市居然有家「張恨水書店」，專售冒張恨水之名的僞作❺。僞作之多，就可想見「張恨水」三字在當時的名氣與影

---

❶ 一九三四年魯迅給在北平的母親寄購張恨水小說。在魯迅日記中記載：「張恨水的小說，已經托人去買去了，大約不出一禮拜之內，當可由書局直接寄上。」

❷ 高陽曾公開多次表示自己受張恨水的影響很大。引自林青《描繪歷史風雲的奇才——高陽的小說與人生》上海：學林出版社，一九九六。頁一一九。

❸ 老舍《一點點認識》重慶《新民報》晚刊。一九四四年五月十六日。

❹ 根據孔海珠在《從張恨水小說僞作看通俗小說現象》一文中統計，光三、四〇年代冒名爲張恨水的僞作就有三十幾種，如此驚人的數量，的確是文學史上罕見的現象。收入《張恨水研究論文集》合肥：安徽文藝出版社，一九九〇。頁二五三。不過，據說孔海珠的目錄只是僞作的一部份而已，連到七〇年代的香港還仍有僞作。

❺ 張明明《回憶我的父親張恨水》天津：百花文藝出版社，一九八四。頁一七一。

響了。

七、在連載後的二十年間，《啼笑因緣》竟發行了幾十萬部。此一出版數量大概可謂中國出版史上的「神話」了。

八、張恨水應是當時稿酬最高的作家❻。張恨水千字的稿酬比郭沫若等新文學作家還高❼。

九、一生所寫過的小說題材最多，他寫過的如：言情、社會、諷刺、俠義、戰爭、旅行、官場、梨園、校園、市井等等，種類之多無人能出其右。其中許多題材也是中國小說史上首見，如戰史小說、西北生活實錄、裸體模特兒的辛酸等等。

十、一九三六年之前，張恨水曾常年創作五至七部小說，創中國連載小說史的最高紀錄。張恨水寫小說時，很少寫草稿，很少塗改，並且不怕環境的干擾，才氣十分驚人。

十一、應該是中國章回小說史上唯一使用過九字回目的作家。

十二、一九四九年後大陸唯一不接受「黨」的援助，仍能靠稿酬謀生的職業作家。

十三、二十世紀最後一位重要的章回小說大家，成功改良章回

---

❻ 據張恨水之子張伍先生說：「當時張恨水的稿酬每千字都不低於八元，三〇年代初期的筆耕者，無人可與比肩。」據包天笑在《釧影樓回憶錄續編》中說到當時成舍我的上海《立報》，稿費和上海的市價一樣，每千字二、三元而已。如此相比張恨水的稿酬眞是驚人了。香港：大華出版社，一九七三。頁三八。

❼ 一九三七年三月十二日上海出版的《電聲》週刊本年第十期，有：「現代書局（出版施蟄存、杜衡主編的《現代》也編印「現代文學叢刊」）關門後，郭沫若之稿費大跌價，每千字四元不及張恨水。」的新聞標題。

小說，並賦予章回小說鮮明的「時代性」。

十四、作品被改編為其他形式的例子也最多。如最膾炙人口的《啼笑因緣》應該是近百年來被改編成各類劇種（如彈詞、滬劇等）、電影及電視劇最多的一部中國小說；從《啼笑因緣》發表幾十年來，差不多約五年就會被搬上銀幕或螢光幕一次。其他作品幾乎也是每一出版，就被搬上銀幕。其他作品被改編成電影的還有：1、《落霞孤鶩》一九三二年由明星影片公司拍攝成電影，以後又數次重拍。2、《金粉世家》在四〇年代被拍成電影由周曼華主演。後又被拍成粵語片及電視連續劇。3、《滿江紅》一九三三年由明星電影公司拍成電影，後也被拍成粵語片。4、《美人恩》一九三五年由天一影片公司拍成電影。5、《似水流年》一九三四年由天一影片公司拍成電影。6、《現代青年》一九四一年由上海芝華影片公司拍成電影，由李綺年、嚴化、文逸民等主演。後又被拍成電視連續劇。7、《歡喜冤家》由陸澹安改編成《歡喜冤家彈詞》，一九三五年被拍成電影。8、《燕歸來》四〇年代曾被拍成電影，被日本人禁演。9、《秦淮世家》四〇年代拍成電影，後來又多次被拍成電影與電視劇。10、《銀漢雙星》一九三一年由聯華電影公司拍成電影，由紫羅蘭、金焰等主演。11、《夜深沈》一九四四年由國華影業公司拍成電影，由周璇、韓非等主演。後又數次被拍成影片與電視連續劇。12、《大江東去》一九四七年被中電三廠拍成電影，後因大陸變色而未拍成。這種盛況實為中國史上第一遭，比《紅樓夢》的續書熱潮尤有過之。

綜觀上述「文本優劣」以外各項「第一」的紀錄，「張恨水」完全沒有被忽視的理由。不過，長久以來，「張恨水」三個字，是與「現代文學史」❽毫無關連的，也絕少出現在現代文學史的任何章節中。若攤開許多現代文學史，會發現「張恨水」三字多是不佔任何篇幅的。即使提到，也因特定時代特定的文學觀念而形成許多「歷史性」的忽視與誤讀。以下幾本具代表性的文學史，很能反映現有對於張恨水小說的理解。

王瑤《中國現代文學史》（一九五二）

對張恨水及小說作品均隻字未提。

夏志清《中國現代小說史》（一九六一）

在此書正文中對張恨水個人與任何小說均隻字未提。不過，在第一章「文學革命」中寫到「鴛鴦蝴蝶派」時的「附註」中稍微提到張恨水。

> 但純以小說技巧來講，所謂的「鴛鴦蝴蝶派」作家中，有幾個人實在比有些思想前進的作者高明得多了。（以下是上文的附註）「鴛鴦蝴蝶派」作家中，大概以張恨水最爲重要。

其中提到兩個重要的概念：第一，部份非「新文學陣營」（「鴛鴦蝴蝶派」）的小說比許多新文學作品在小說技巧上要高明多了。第二、提出了張恨水的重要性。除此之外，並無深論。

另外，《中國現代小說史》附錄〈論姜貴的兩部小說〉一文中也附帶地提到張恨水一次，不過卻是想當然爾的理解。夏志清說：

---

❽ 此處「現代文學史」涵義，定義為一九一九年至一九四九年。

> 一般人特別看重晚清時代的諷刺小說，其實言情小說也很多，到民初更盛行。這兩種小說裡，婦女的命運，往往是家庭黑暗，社會不公平，甚至政治腐敗的象徵。在五四以後的小說裡（不管是新派的巴金，老派的張恨水），這類不幸的婦女出現得更多。

不過，張恨水小說裡並沒有太多「命運」不幸的婦女，結局也多不「悲慘」。倘若女子最後不幸，不是因虛榮咎由自取，就是自甘墮落；家庭社會的黑暗不公，並非他小說中婦女不幸的主因。至於以「老派」二字概括定義張恨水，應是一種以「新文學」視角爲視角的相對描述。

不過有意思的是，當一九五八年夏志清將書稿大致寫完還沒出版時，他收到哥哥夏濟安一封討論「俗文學」的信，其中簡短指出夏志清未能在《現代小說史》中討論張恨水，十分可惜：

> 最近看了幾本張恨水的小說，此人是個genius。他能把一個scene 寫活，這一點臺灣的作家就無人能及。他的limitations與deficiencies是很明顯的，但是他有耳朵，有眼睛，有imagination。你那本書不把他討論一下，很是可惜。至少他是一個greater and better artist than 吳敬梓❾。

夏濟安中肯的看到張恨水的優點、侷限以及定位。不過夏志清很顯然無暇再細讀「張恨水」，一九六一年書就出版了。不過他還是稍

---

❾ 〈夏濟安對中國俗文學的看法〉收入夏志清《愛情、社會、小說》臺北：純文學出版社，一九七〇。頁二二六。

微點出了張恨水的重要性。

劉心皇《現代中國文學史話》（臺北：正中書局，一九六一）

對張恨水及小說作品均隻字未提。

司馬長風《中國新文學史》（一九七五）

對張恨水及小說作品隻字未提。可能認爲張恨水非屬「新文學」領域。

北京大學等九院校合編《中國現代文學史》（江蘇人民出版社，一九七九）

對張恨水及小說作品也隻字未提。

田仲濟等編《中國現代小說史》（濟南：山東文藝出版社，一九八四）

在附錄〈中國小說發展概貌〉中第三個十年對張恨水有不到一千字的短評。對張恨水的肯定都是因「暴露了舊社會的醜惡面貌」；「揭露軍閥的殘酷暴行」。此書讚揚張恨水抗戰時的小說如《魍魎世界》、《八十一夢》等「揭露國民黨黑暗勢力」、「暴露黑暗」。另外，這本書在全書的「人物論評」部份的「官僚政客」類中，提到《春明外史》、《金粉世家》及《啼笑因緣》三書眞實暴露了「軍閥顯貴的腐朽靡爛的生活」；「作品以現實主義的手法生動地描寫了他驕奢淫佚的生活和霸佔民女的行爲，表現了他貪婪兇狠的個性與腐朽透頂的靈魂。雖然未有正面暴露他政治上的反動性，但卻寫出他同人民的根本對立……。」

本書只以張恨水有無「揭露階級對立鬥爭」、「暴露統治階級」、「暴露舊社會」等觀點看作品，對張恨水小說的意識型態與「暴露性」的興趣，明顯高於文本本身。此種觀點，看不到張恨水眞正的優點所在。

趙遐秋等《中國現代小說史》（北京：中國人民大學出版社，一九八五）

在第十三章第二節「向著現實主義皈依的小說家」讚揚張恨水的「國難」短篇小說《彎弓集》「表現反對帝國主義侵略、宣傳愛國的熱情」。「這是時代和社會生活推動著某些舊派小說作家，促使他們在新文學時期大旗引導下，向著現實主義皈依。」之後簡介《春明外史》、《金粉世家》、《啼笑因緣》、《八十一夢》四部作品，認爲四部皆是以「同情弱小，反抗強暴」爲主題。

本書評論者大力稱讚張恨水往「現實主義的道路上走」，此一論述從此成爲所有「張恨水研究」中「肯定」張恨水的代表性論點。此外，本書還是同樣地強調這些作品的「揭露性」與「現實性」，也同樣以《春明外史》、《金粉世家》、《啼笑因緣》、《八十一夢》這四部小說爲張恨水代表作。並無太超越前人之處。

孫中田主編《中國現代文學史》（北京：高等教育出版社，一九八八）

在「國統區抗戰文學概貌」一章中提到此時出現長篇小說競寫潮，「一批不但在抗戰文學史上，就是在中國現代文學史上也佔重要地位的作品接踵出現」，其中提到《八十一夢》四個字。但並未作任何評論與說明。

鄭英華等主編《師範中文本科教材中國現代文學史》（長春：吉林教育出版社，一九八九）

對張恨水及其小說作品也隻字未提。

唐弢、嚴家炎主編《中國現代文學史》（北京：人民文學出版社，一九九一）

在第二十章「國統區的文學創作」中提到張恨水，但並未提出有別於前者的看法。「抗戰前後揭露國統區黑暗現實而產生較大影響的，還有張恨水的長篇《八十一夢》、《五子登科》。」此書比較特別的是其中提到《大江東去》、《巷戰之夜》兩部作品，說前者「很有控訴力量」；說後者「用滿腔熱情的筆觸，刻畫下級官兵與天津人民同心協力浴血抗戰」。接著提到的還是《八十一夢》與《五子登科》，說張恨水《八十一夢》「站在清貧的小市民的立場諷刺國民黨貪官污吏以及大後方官紳的紙醉金迷的腐朽生活」。《五子登科》「對國民黨接收專員沈醉於荒淫糜爛的生活之中，具有一定的揭露作用」。所以，直到九〇年代末，大陸研究者仍僅關注於張恨水作品的「揭露性」與「現實性」等特徵。

馮光廉等主編《中國新文學史》（北京：人民文學出版社，一九九一）

在第十章「通俗文學：大眾文化心態的表現與媚俗傾向的發展」

中寫到張恨水「一些愛國的通俗文學作家（包括鴛蝴派）也在自己的作品中增加了抗敵寇、反漢奸、反腐敗的內容。如張恨水的《大江東去》、《巷戰之夜》、《八十一夢》等。抗戰時期的某些武俠小說，也注入了保國安民、捨身取義、弘揚民族氣節的精神。」除此之外，又認爲後期從言情「胚子」中脫胎出來而往社會譴責的路上走，「顯示了作家追隨時代進步的步履」。此言也同樣認爲張恨水從「言情」的「胚子」脫胎，而走上「社會暴露」的道路。還是同樣視「言情」爲墮落，而以「揭露性」等「現實主義」作品爲高。

受到八〇年代中期後大陸思想控制較爲趨緩，陸續開始的通俗文學研究的影響（像魏紹昌、范伯群等人的「鴛鴦蝴蝶派」研究或是《張恨水研究資料》等陸續出版），所以此書也顯然開始關注「通俗文學」並專章討論。同時也開始特別討論「通俗文類」裡「言情小說」此一類型，並開始肯定《啼笑因緣》或《秋海棠》的重要性，此書甚至認爲「《啼笑因緣》是言情小說成就的最高代表」。不過整體研究思維仍不太脫前述小說史思維的脈絡，張恨水顯然只是因爲有「揭露」與「抗爭」方面的貢獻，才因此有了價值。文中說《啼笑因緣》之所以重要，是因爲「取代才子佳人小說有著對強權的譴責，對平民主義的呼喚」。所以重點是《啼笑因緣》因隱含著對軍閥強權的「對抗」才因此有了意義。而且張恨水因：

> 避開了通俗文學遊戲娛樂人生封閉自足狀態……使人物身上流動著的幾乎是與純文學一樣的感奮時代、生氣貫注的『熱流』。於是偏重快感與故事的言情小說，向純文學的注重功利與人生思索的方向靠攏與發展。

在這段詰詘長句中，是先否定張恨水的「通俗」氣質，認爲他「避開了」了「通俗文學」遊戲娛樂封閉自足等特質，再從而肯定他有接近「純文學」的「高度」。此一觀點是視新文學爲「純文學」，而以「純文學」之「高」，來貶抑「通俗」之低，再將張恨水拉到「純文學」的高度，並否定「偏重快感與故事的言情小說」。如此之「肯定」還是看不到張恨水的「眞正高度」。

但是，從此張恨水開始成爲「現代小說史」裡「鴛派」中愛國的「進步」作家；並將張恨水與「鴛派」其他未有「進步意識」的「落後」作家區分開來。不過，本書已稍微正視《啼笑因緣》在情節與人物安排上的獨特之處。

楊義《中國現代小說史》（北京：人民文學出版社，一九九三）

本書在第三卷第十章「舊派通俗小說」第二節用了三十頁專節討論張恨水，這種專節討論應是對張恨水高度「重視」的表現。他說：

> 到了張恨水，又崛起了一個令人迷惑的高峰。他在『迷戀骸骨』和『追隨時代』兩者之間孤芳自賞地徘徊著，掙脫民初鴛鴦蝴蝶派或『禮拜六派』的胚子，盡情地汲收著清末小說改良的養分，拘謹地採取七分迴避、三分接納的態度對待『五四』以後新的文學思潮……張恨水畢竟是掙扎出來了……張恨水小說轉變方向的另一個標誌，是他以嚴峻的現實主義態度諦視苦難深重的社會人生

字裡行間充滿了一連串的「評價」：一先貶抑「民國通俗小說群」

爲「骸骨」，顯然鄙薄他們對「傳統」的承繼；又片面肯定「清末小說」有著「改良」的養分，然後視「新文學」的主張才是「時代的進步主流」。然後將張恨水前後期所謂「走上現實主義態度」等「改變」，視爲一種對「新文學」的「起義來歸」。

此書以張恨水傳記爲經緯，很詳細地分析了《春明外史》、《金粉世家》、《啼笑因緣》、《八十一夢》、《魍魎世界》、《五子登科》等所謂「代表作」。其中所選張恨水代表書目與論點並無超越之處，同樣是以「揭露性」或是接近「新文學史觀」來肯定作品的「價值」。例如《春明外史》是「諦視著官場弊端與社會陋習……使作家跨越了一味言情的狹隘世界。」；《金粉世家》是「沒有多少五四以後的家庭革命或倫理革命的氣息」；《啼笑因緣》中「武俠行爲的描寫，是增濃了小說反強權、反霸道色彩的」；《八十一夢》是「它表明作家已同一批優秀的新文學家一道，對民族命運、社會陰影進行慧眼獨具的省察與沈思」。

此書較超乎前人的是楊義提到了少有人提起的《夜深沈》：「極其充分的表現了作家善講令人難以釋卷的悲歡離合故事的本領」，同時提到張恨水部份寫作技巧的優點與承繼（如小動作、風俗描寫、語言特色等）以及「雅俗咸宜的清趣」。但是從楊義結論對張恨水小說演變歷程的描述：

> 在這裡深深地印下了一行由鴛鴦蝴蝶派、舊派章回小說家、到接近新文學現實主義沈重的腳印。

因此，此書肯定張恨水，不是因他經營情節與場景的說故事本領；而是認爲張恨水能從鴛鴦蝴蝶派「悔悟來歸」，並走上「新文學現實主義」的大道，十分可貴。這是在大加貶抑著「非新文學小說體系」之餘，去尋找張恨水小說中接近「新文學」標準的特徵（如：「譴責性」、「揭露性」等），然後將張恨水拉到新文學所謂的「高度」，如此視之爲「肯定」。如此觀點，並不能眞正看出的張恨水「好」。張恨水之所以是「張恨水」，並非因他也有「新文學陣營」的某些文本特徵，而是他有異於「新文學陣營」等人的功力與特質。

錢理群等《中國現代文學三十年》（修訂本）（北京：人民文學出版社，一九九八）

此書較前代文學史更能正視張恨水的成就。「通俗小說」的專章，意味著文學史家愈來愈不能忽視那些被視爲「通俗文學」的非新文學陣營小說。但這種在新文學各種文類的討論中加入「通俗小說」的寫作編排，也仍是以新文學作品爲論述主體、以新文學所謂的「新」視角爲唯一視角的史觀。

此書注意到張恨水寫作技法上優越之處：提到《春明外史》「已預示出作者能在章回體小說內部進行部份革新的潛力」。也提到張恨水對章回體的改良：

> 他立足章回體而不斷拓寬其功能，追求新的潮流，不甘落伍。他讓章回小說能容納不同時代的題材內容，他注意到章回的回目格式的變化，他嘗試過言情以外的武俠、偵探、歷史、諷刺、幻想、荒誕等各種寫法，以把章回體調適爲一種富於彈性的新舊皆宜的文體❿。

---

❿ 錢理群等《中國現代文學三十年》（修訂本）第十五章「通俗小說（二）」北京：人民文學出版社，一九九八。頁三三九。

之後也是討論《金粉世家》與《啼笑因緣》兩本書，頗見新意。例如論《金粉世家》時提到「小說充溢著一種道德理想，以及這種道德理想受到現實無情摧殘後引發的傷痛感慨⓫」。論《啼笑因緣》：「反反覆覆的心理敘述，脹破了中國舊章回小說的容量，提出張恨水小說裡中國現代生活與傳統道德心理相互衝突的主題。」另外認爲「沈鳳喜的陷身，與城市環境對她的戕害有關；她的出身、職業、教養造成她的可悲的性格，這又是市井文化的陰暗面。」接著簡單提到他小說異於傳統章回的一些特徵，諸如結構不再一段一段、使用開放式結尾，以及各種「描寫」的筆法。然後又簡單介紹了《丹鳳街》、《八十一夢》。特殊的是提到《八十一夢》有著現代主義荒誕的表現手法。

總之，《中國現代文學三十年》已經深入提到張恨水在章回形式的變革與創新，也提到他小說裡一些文化意涵上的問題。最重要的是認爲他文本表現已有「現代性」特徵。但是，對於他作品的討論，仍然不離幾部所謂「代表作」；而且對張恨水終極的評價與定位，仍然不離在新文學的架構下，給予他通俗文學大家的頭銜。

從以上描述可知，在諸多「現代文學史」中的張恨水，出現下述幾種現象與觀點：

一、有的付之闕如，隻字不提；完全沒有任何關於張恨水的評述。

二、九〇年以前的研究將他歸於「鴛鴦蝴蝶派」；九〇年以後，說他前期是「鴛派」，後期接近新文學派，而又非新文學派。因此，

⓫ 同前註。頁三四〇。

視之爲「文學史上的悖論⓬」。

三、百部作品中只有《春明外史》、《金粉世家》、《啼笑因緣》、《八十一夢》、《五子登科》五部受到注意，而其中、像《八十一夢》、《五子登科》等因受意識型態與歷史因素影響，並非他眞正的佳作。比較特別的是楊義注意到《夜深沈》，錢理群等注意到《丹鳳街》。但是還有多數的作品根本未被解讀，遑論瞭解？因此眞正代表「張恨水高度」的許多好作品，還根本未被當代研究者所發現。

四、這些「文學史」、「小說史」無法摒棄新文學論述體系下的文學觀點，多還是順著三〇年代「新」「舊」兩派論戰的思考模式論述。如果去肯定張恨水有新文學作家般的「現實主義特徵」⓭，或是一味地強調張恨水的「反映現實性」，是根本無法看出張恨水之所以是「張恨水」的理由，更無法找到張恨水小說爲什麼那麼「好看」的原因。如同陳平原針對現有文學史處理「通俗文學」的疏漏所言：

> 對張恨水個人來說，入史意味著被學術界承認；可對於整個通俗小說創作來說，張恨水的入史並沒有什麼實質性的意義。因爲說到底，史家仍是從高雅小說（文人小說、嚴肅小說）的角度來閱讀、評判張恨水的小說，讚賞的是張恨水如何擺脫通俗小說的套路而向高雅小說靠攏，亦即肯定的是

⓬ 見楊義編《張恨水名作欣賞》的序言。北京：中國和平出版社，一九九六。

⓭ 現有評論者皆口徑一致地說：「張恨水在中後期逐漸向新文學寫實風格靠攏」。例如袁進說：「張恨水他努力跟上時代的腳步，他向現實主義文學潮流靠攏」。

通俗小說中的非通俗小說因素。《中國現代小說史》中高度評價張恨水的《八十一夢》與《五子登科》，而這兩部小說都並非張的代表作，只不過因靠近文人創作的高雅小說而入選（將他跟艾蕪、路翎的小說放在一起評述即爲明證）。⓮

誠哉斯言。總之，現有「現代文學史」評論不是集中於所謂「代表作」，就是特別吹捧張恨水對「國統區」政經情勢大加撻伐的作品。張恨水若對「統治階級」的腐敗越揭露，似乎就被捧的越高。然而他也有表彰國軍浴血奮戰的戰事小說，卻多不見提及。唯有在《中國現代文學三十年》提到《虎賁萬歲》是新聞記實的寫法。這種對作品「有條件的選擇」，導因於政治意識型態的干擾。因此多數評論者著重的多不是文本藝術性的高低，而是揭露性與諷刺性的高低。整體而言，既不能擺脫新文學霸權下與傳統爲敵的視角，也沒有擺脫視非新文學爲「他者」與「逆流」的態度，因此也就無法正視張恨水異於「新文學陣營」的風格與成就。

除了文學史外，現有的零星研究（詳見參考書目），其中當然有不乏創見與卓見者，但多數也並不太能擺脫上述的思考方式。最多者也是肯定他往「新文學進步的大道」上走，或是認爲抗戰後因張恨水思想主題的「正確」，因此出現了「雅化」的傾向：

總起來看，張恨水抗戰時期小說的雅化核心在於創作宗旨與思想主題。他終於由消遣文學走到聽將令文學，終於「帶

⓮ 見陳平原《小說史：理論與實踐》北京：北京大學出版社，一九九三。頁一一八。

> 藝投師」，被新文學招安到帳下。這使他終於有了到家的感覺⑮。

同樣地，上文肯定張恨水，是因爲他接受「招安」，成爲了「接近」新文學陣營的作家；同時也有「雅化」的努力。除此之外，多數研究者還喜歡強調張恨水小說「非常眞實而廣泛地反映了二十世紀上半葉中國的社會面貌」的「反映」功能，或是揭發「統治階級」腐敗等「揭露」功能。另外，有的雖「肯定」他是通俗小說「大師」，其實卻意味著他是比「新文學」作家「次一級」的「通俗作家」。

至於臺灣，只要一九四九年後在臺出生者多從未聽過張恨水，也無從知悉。因受政治因素的干擾，所有只要民國三十八年後身在大陸的作家，作品即不許在臺灣出版。所以除了偶而可在舊書攤上找到幾本從大陸來的張恨水原版小說外，早幾年前在臺灣是根本讀不到張恨水小說的。後來臺灣政治氣候雖漸趨開放，但因文學史觀念的侷限與偏頗，所以二、三〇年代只有新文學作家的作品得以重印出版，而當時非屬「新文學陣營」的作品並不可見。九〇年代以後，臺北業強出版社曾經與蘇州大學中文系合作出過民初都市通俗小說等傳記叢書，不過卻無張恨水的小說。在臺灣出版曾過張恨水的相關書籍只有：一、大陸學者袁進的《張恨水傳》⑯。二、臺灣某些

---

⑮ 孔慶東《超越雅俗：抗戰時期的通俗小說》北京：北京大學出版社，一九九八。頁一七四。

⑯ 袁進《小說奇才——張恨水傳》臺北：業強出版社，一九九二。

出版社曾零星出過《啼笑因緣》等幾部而已⑰。

不僅如此，張恨水一輩子編報紙副刊，許多二〇年到四〇年重要大報的副刊，無一不與張恨水產生重要關係，但現代「副刊學」之相關研究，卻少見有人提及張恨水。張恨水在抗戰時寫了十幾部小說，其中也不乏佳作。但「抗戰文學資料」或「抗戰文學史」上，也難以看到對張恨水抗戰小說的討論。所以，相較於九〇年代後新文學作家小說與傳記出版的蓬勃，臺灣應該算是張恨水研究的沙漠了。

總之，以張恨水寄身翰墨五十年，創作了百部中、長篇小說，數量之多、流傳之廣、影響之大，在中國文學史上無人能出其右。若說張恨水算是個大師級小說巨匠應不為過。但是「張恨水」及其作品，長期未受到應有的關注與評價，而且還有諸多缺漏與待斟酌之處：

一、現有論著中，多是幾部所謂「代表作」反覆地被討論。這些「代表作」，是否應稱做「代表作」，實有可議之處。不過目前多數作品從未被解讀，也欠缺地毯式地逐一閱讀作品，並為張恨水所有小說作分期與分類的整理工作。所以現在張恨水所有作品的全貌與演變，也尚未經人瀏覽整理後呈現。現在講到張恨水，多是像瞎子摸象，摸到「言情小說」，說他是言情作家；摸到「社會小說」，說他是社會譴責作家。完全看不到他在各時期不同的表現與嘗試。

---

⑰ 一九四九年後在臺北曾翻印的張恨水小說與版本只有：《啼笑因緣》（臺北：河洛，一九七八）（臺北：國家，一九八二）。《落霞孤鶩》（臺北：慈風，一九八一）。《美人恩》（臺北：慈風，一九八一）。《巷戰之夜》（臺北：慈風，一九八一）。

現在學界對這些以前「不入史」的小說作品，普遍存著人云亦云、以訛傳訛的問題。逐一閱讀作品者極其有限，卻多想當然爾地放言空論者。遍觀所有張恨水相關研究，論點多是「大同」中有「小異」，並無太多新意。

二、現有研究所持史觀十分單一。多從所謂「現實主義」揭露世相的觀點，去肯定張恨水的抗戰小說；並讚賞張恨水小說是如何揚棄「通俗小說」的套路，逐步走向「新文學的大道」。所以，「張恨水」文本上眞正的優點以及作爲一個婦孺皆知的小說大家的功力，還尚未被發掘。而且，張恨水小說除了有「反應當時社會面貌」的「社會」價値外，也應該還有其他文本與藝術上的價値與意義。其實張恨水之所以重要，絕非因爲他小說十分「通俗」與「暢銷」，是所謂「通俗大師」；也絕非他有所謂「進步」的思想主旨，而是因爲他文本卓越的藝術性。他是精彩的說故事高手，他能成功地塑造人物、鋪陳場景、安排情節，把故事說得非常動人有味。他的白話文簡潔精準，雖接近現代口語，又十分雅致，絕無歐化白話的詰詘難讀。但是張恨水小說這些文本上的優越性，在從前的研究中，卻少被提起。

三、研究者總是喜歡提到張恨水與「新文學」思想上的「同」，藉以拉抬張恨水。其實張恨水與新文學的「異」，才是更値得探討的議題。兩者相異，不是因爲一者形式「新」、一者形式「舊」，而是張恨水小說有著新文學多數小說沒有的說故事功力，有著一種來自於古代白話小說傳統的「世俗性」特徵。但是以往研究若用「是否感時憂國」的評論標準來檢證作品的「思想性」，當然看不到文本本身技巧表現的優劣與高下。

第二節　研究範圍與研究方法

從以上討論可知，「張恨水研究」還是個亟待開墾的領域，而且之前的研究因受到太多盲昧不清的意識混淆，誤讀所在多有。再加上很多張恨水的「好小說」根本不爲人所知，現有人云亦云的所謂「代表作」，又不是他最好或是最具代表性的作品。總之，在現代小說史上的張恨水就是：既不被重視；又充滿誤解。

本文企圖避免現有研究觀點的疏失與偏差，逐一揭示張恨水眾多小說的「原貌」，並嘗試給予新的評價。多數現代「非新文學陣營」的小說研究並不太從紮實的原典閱讀看出「新意」，多只是根據前人可能根本是「一偏之見」的研究結論中，以訛傳訛地自行架構所謂的理論體系。倘若眞正地毯式地細讀這些小說原典，就會發現現有評論充斥了太多「想當然爾」的誤解。因此，本論文欲「糾正目前學界對通俗小說知之不多而偏要放言空論的傾向⓲」，所以採取全面展現張恨水小說面貌的寫法。

過去張恨水研究，有著太多千篇一律的人云亦云，就是因爲總把張恨水與現代文學史上如：「鴛鴦蝴蝶派」、「通俗」、「暢銷」、「舊派」等充滿權力運作的複雜評價扯在一起，以致出現了一些「想當然爾」的論述。本書擬先擺脫這些既定評價，以足夠的閱讀距離，不帶成見地去重讀張恨水。同時一部小說文本在寫作或出版當時到底「通不通俗」、「暢不暢銷」，不應該成爲文本評價高低的因素。

⓲ 見陳平原《小說史：理論與實踐》北京：北京大學出版社，一九九三。頁一一九。

就像當代研究暢銷了數百年的《紅樓夢》、《三國演義》時，並沒有只當作「通俗」小說來讀；研究唐傳奇的學者，也從來沒有想過唐傳奇在當時應該屬於文士階級流傳的「不通俗文本」。例如在《三國演義》小說的文本研究中，小說的「接受」過程如何，有多少讀者，是什麼階層的讀者以及出版與銷售概況等，不必然是該處理的問題。所以關於張恨水是不是「通俗」或者「暢銷」作家，也不是張恨水小說「文本」研究本身，必須去碰觸的問題。另外，更因爲「通俗」的帽子，在古代文學研究領域是一個「中性」的描述詞，但在現代文學領域卻是一個隱含有「二流」意義的貶義詞。所以在研究前若不先放棄「通俗」這一先入爲主的評價，如何能重新評價張恨水小說？

本書要探問：「他的小說爲什麼那麼受歡迎？」「到底哪裡好看？」「到底爲什麼那麼吸引人？」等問題。還有，他的小說除了「好看」，到底「好不好」呢？也就是這種受歡迎的暢銷小說，文本的藝術性表現到底如何？因此筆者在逐一細讀張恨水所有小說後，第一步希望「揭示」：除了《啼笑因緣》外，張恨水小說還寫了哪些故事？這種逐一評析作品題材類型的寫法，可能會遭致論文章節架構欠缺「新意」的質疑。不過，因爲張恨水作品完全不爲人知以及在文學史上備受誤解的「特殊性」，迫使筆者必須先作地毯式的引介工作，以傳達張恨水小說其實是「這樣」根本不是「那樣」的概念。在張恨水小說類型的評介之中，到底哪些作品可稱爲「上乘」的代表作，哪些文本必須單獨提出討論的選擇與判斷，其實也是一種「功力」。本論文即因此提出了與前輩研究者並不相同的看法與結論。在類型與重要文本逐一的評介過程中，本文也不斷地與前代或當時相關小說文本交互比較，如此一可看出張恨水在小說流變中的位置，二可藉由爲世人熟知的「已正典化」文本，突顯出張恨水小說的文本特徵。

在這些題材類型以及重要文本逐一評介之前，本論文嘗試先將張恨水小說分期處理，同時揭示他所有小說分期演變的歷程。宏觀整體地找出張恨水小說的演變脈絡，可以使閱讀者得到關於張恨水小說鳥瞰式的整體概念。同時使人明瞭，張恨水小說的題材與敘事風格絕非一成不變的，張恨水也絕非一直都是「章回小說大家張恨水」，或是「言情小說家張恨水」，也絕對不能忽略張恨水「轉變」的現象。在分期論述之後，本論文再逐一揭示以下問題：張恨水的小說到底寫了什麼故事？這些故事可分爲幾種類型？這些不同的小說類型與前代或者同時的小說有何相似與承繼之處？他的「章回小說」到底有何異於傳統章回小說之處？他爲什麼「堅持」要寫章回小說？爲什麼後來又放棄了章回小說的「程式化格式」？他小說中的人物類型爲何？他如何「呈現」這些人物？他如何「說」這些故事？又如何讓情節引人入勝？他如何處理小說敘述者的聲音與話語？這種敘述者聲音與地位的處理與傳統小說有何異同？又與新文學陣營小說有何異同？他又如何處理小說裡的「時間」問題？

討論完上述關於文本層次的諸多問題後，要進一步省思三個文本以外的論題：一、在現代小說史上到底該如何定位張恨水？他的小說與同代小說（包括「新文學陣營」與「非新文學陣營」）有什麼相互的影響？本章將實際地透過與張恨水題材或風格接近的眾家小說作比較，找出他應有的定位。他文本風格接近所謂「鴛鴦蝴蝶派」小說嗎？又接近「新文學陣營」小說嗎？「文學史」上這種流派類別的分類有意義嗎？接續第一個問題，第二就是可以從張恨水的文本現象中，重新省思出當今「現代文學研究」史觀上什麼重大的問題？第三、最後，要怎麼評價張恨水？他是「通俗文學大家」嗎？他是「走向現實主義道路」的醒悟者嗎？他是「舊派小說家」嗎？他的小說爲什麼「好」，「好」在那裡；又爲什麼值得「重視」？

本論文主要目的是向世人展示張恨水小說的全貌，因此研究重心是「張恨水的小說文本」，所以本論文所採用的研究方法以「小說理論」與「敘事學理論」的思考方式論述。但並未單一套用某家論點，只是吸納各家理論概念進而形成自己處理論點的問題意識而已。尋常以爲能「通於俗」的所謂「通俗文學」，必定較欠缺文本研究的價値，而必須借重如社會學、性別論述等其他理論。其實任何形式的「文本」（即使是電話簿），都具有文本（text）本身的研究意義。而張恨水的小說文本尤其具有豐富的「文學」研究價値，他的小說絕不僅在於使人知道「當時人在作什麼白日夢？⓳」而已。因此本論文也不擬處理「張恨水小說中的某些意識型態」或是「張恨水當時的出版狀況與讀者分佈」，本論文也就並未採取如女性主義、後殖民論述之類對文本「意識型態」的興趣遠高于文本本身的理論⓴。也因爲張恨水當時的讀者分佈、出版概況、銷售數字等詳

⓳ 夏志清《中國現代小說史》第一章「文學革命」中講到所謂「鴛鴦蝴蝶派」中說：「這一派的小說，雖然不一定有什麼文學價值，但卻可以提供一些寶貴的社會性的資料。那就是：民國時期的中國讀者喜歡作的究竟是哪幾種白日夢？」

⓴ 如周蕾（Ray Chow）在〈鴛鴦蝴蝶派——通俗文學的一種解讀〉一文中將張恨水《平滬通車》與吳趼人的《恨海》；李定夷的《雙縊記》、《千金骨》；徐枕亞《玉梨魂》視為所謂「鴛蝶派」小說一起討論。姑且不論將張恨水與

細資料，現都已多不可考，所以也很難以「文學社會學」之類的理論討論。而且在張恨水小說文本研究都還乏人問津、謬誤百出之時，當然「文本」之外如出版發行讀者等「外在」問題，相較之下就無迫切討論的必要。

就再加上張恨水小說到底是不是非歸於「通俗文學」領域，還尚待斟酌，所以也不願驟然以「通俗文化研究」之類的理論蓋棺論定，因爲小說的雅俗之分，只是一個假定理論而已，其中充滿了流動性與變異性。而且任何小說，只要一被貼上「通俗」的標籤，好像就被打入「文學史」上的「冷宮」，成爲「次一級」的小說

在呈現張恨水小說全貌的同時，也將不斷地與前後以及同時代的「新舊」小說作品作比較。唯有不斷地透過異同的比較，才可幫助讀者更瞭解張恨水小說的特色、定位與承傳的軌跡。如果只看張恨水的作品，易流於一偏之見；如果只將張恨水納入「舊派通俗體系」討論，似乎又無看出他與新文學的相似以及交互的影響。同時目前學界研究二十世紀小說往往割裂爲「晚清小說」、「五四小說」、「鴛鴦蝴蝶派小說」，甚至「臺灣文學」、「香港文學」、「大陸新時期文學」等許多互不相涉的研究領域，如此斷裂的研究模式，是無法看出其中的承繼以及影響。本論文爲避免上述劃地自限的井蛙之觀，所以遍覽從古代、晚清、乃至民國以後不同陣營的不同小說，嘗試以宏觀的視角，省思張恨水非新非舊的歷史定位。

其他正宗「鴛派」哀情小說並置有無意義，周文以所謂的「觀看」理論評析張恨水《平滬通車》，似乎只是將小說文本斷章取義地當作西方理論架構合理性的註腳而已。至於到底「重讀」出張恨水小說什麼面貌，似乎還是語焉不詳。收入《婦女與現代性——東西方之間閱讀記》臺北：麥田出版公司，一九九五。頁一四一。

第二章　張恨水傳略與小說分期概述

本文本欲處理張恨水小說文本本身的問題，所以應與張恨水個人傳記與經歷沒有「絕對」必然的關連性。不過，因文學史長期的忽略，所以張恨水是誰？有何經歷？做過什麼事？寫過什麼書？多數人根本全無所悉。所以，本論文簡述張恨水的重要經歷，並非是要走「傳記研究」的研究路向；更不是要從作家的生平去對照出文本有什麼必然的呈現，而只是協助讀者在瞭解張恨水小說「文本」前，先給予一些「張恨水到底是誰」的初步概念。雖然此節看來屬於十分「傳統」的研究章節，但是爲使論文完整，並幫助多數只聽過「張恨水」三個字的讀者、或是根本不知道「張恨水」是誰的讀者明瞭「張恨水到底是誰」這個問題，所以必須在此呈現以下的敘述。而且在筆者專程赴北京往訪張恨水四子張伍先生後，更得到張恨水除了書面編年資料外許多人格與性情的整體印象。

第一節　張恨水筆名由來

張恨水，本名張心遠。安徽潛山人。一九一四年左右，就開始以「恨水」為筆名發表。關於「張恨水」此一筆名的來源，眾說紛紜。像最多人臆測說是因《紅樓夢》中「女人是水作的」概念而來；也有人傳說因張恨水迷戀冰心女士，因此以「恨水不結冰」之意義取名為「恨水」。若根據兩人傳記資料查詢，「冰心」此一筆名是冰心在一九一九年才首次使用，「恨水」此一筆名則早於一九一四年就已出現，所以二者應無關連。其實張恨水自己在〈寫作生涯回憶〉一文中曾說自己是因讀李後主「自是人生長恨水長東」之句，就純粹斷章取義截句而來，並無任何涵義。但若根據張伍描述❶，張恨水曾對他們說過，他一九一三年在蘇州讀書時，就因李後主「自是人生長恨水長東」詞句，體悟到光陰的可貴，那時就已取了一個筆名叫「愁花恨水生」，後來在漢口小報上投稿時，再截取為「恨水」二字以自勉。還有另一說就是張伍曾由張恨水好友郝耕仁的長女處得知，她曾聽她父親說「恨水」二字是取自李商隱的「恨水隨波去」。意思是不願隨波逐流，潔身自好。張恨水早年在北京時，的確曾用過「隨波」之筆名，所以此一說法，未必沒有可能。不過眞相到底如何，既不可能得知，也並不重要。

在二十世紀「非新文學陣營」的小說群中，多數作家都有極富「詩情化」與「陰柔化」的筆名。他們多放棄原本企求經世濟民、吉祥騰達等剛正博大的本名，轉而使用充滿辭章化、才子化等陰柔傾向的筆名。其中又尤以帶著哀情色彩的草木蟲魚鳥獸之字最多，或是使用一些看透人世的字眼。舉幾個典型的例子：周瘦鵑本名「國賢」；畢倚虹本名「振達」；嚴獨鶴本名「禎」；朱鴛雛本名「璽」；

---

❶ 見《憶父親張恨水先生》北京：十月文藝出版社，一九九五。頁六六。

包天笑本名「公毅」；許嘯天本名「家恩」等等。其他人的字與號也多有此一風格傾向：早於晚清時的韓邦慶號「花也憐儂」，陳蝶仙號「天虛我生」、孫玉聲號「海上漱石生」、貢少芹號「天懺生」。後來的朱瘦菊號「海上說夢人」，劉豁公號「哀梨室主」，嚴芙孫本名輝，但他又別號「黛紅」。劉半農早在一九一五年投稿《禮拜六》雜誌時，特別以符合此一姓名詩情化風潮的「半儂」二字爲筆名。不過當他後來向新文學主張認同時，他就又改回「半農」了。所以張恨水「恨水」此一筆名（一九一四），應當是在民初這一筆名風氣下產生。不過他與劉半農不同是，一九一九後，他也從未因「劃清界限」的想法而更改筆名，後來一炮而紅後，他也就繼續沿用了。

重要的是「恨水」此一充滿辭章化、才子化等陰柔傾向的筆名所產生的聯想，可能是張恨水易於被歸於「鴛鴦蝴蝶派」的原因之一。

第二節　張恨水生平概述

本論文按張恨水一生所處地域與時代，分爲以下幾個時期：

一、安徽江西時期（一八九五——一九一九）

二、北平時期（一九一九——一九三六）

三、南京時期（一九三六——一九三八）

四、重慶時期（一九三八——一九四五）

五、北京時期（一九四五——一九六七）

一、安徽江西時期（一八九五——一九一九）

（一）

即張恨水的幼年及少年時期。也就是張恨水豐沛小說根底的蘊釀期。他因父親在江西任稅務官，六歲（一九〇一）即在景德鎮入塾讀《三字經》、《論孟》等書，死記硬背。但因他聰穎好學，已被時人稱爲「神童」。九歲開始看《左傳》。十歲開始接觸小說和古詩。一日，偶然看見《殘唐演義》，十分入迷，他自己說從此就「跌進了小說圈」。開始看小說後，常偷看私塾老師放在桌上的《三國演義》，愛不釋手。但看到父親的《紅樓夢》時，翻了兩頁卻看不下去。此時也愛上了《千家詩》，請求先生教他讀詩。先生搖頭晃腦地教他吟誦，毫無注解，他也讀得十分有味。此時他就已有過目不忘，張口背誦，一氣背完的能力。同時他因讀完《五經》，先生硬要他學作八股，他居然也做成了「起講」。先生一看，更來勁了，就又要他作「試律詩」。張恨水被先生逼得只好死命啃《詩韻全璧》，就這樣糊里糊塗弄懂了平仄。這當然是被逼的「功課」，他的興趣還是讀小說，此時，他已把《三國演義》讀得爛熟，也已能完全看懂《左傳》了。他把零用錢省下來，全買了小說。因他父親視小說爲不登大雅之堂的「閒書」，嚴禁他看小說。張恨水只好夜半悄悄從床上爬起，挑燈夜讀至天明。十二歲（一九〇七）隨父親調往江西新灨縣，遇一思想開通的先生，給了他極大的影響。因這位先生所給作業較少，所以在兩個月之內，張恨水竟一口氣讀完了《西遊》、

《水滸》、《封神演義》、《野叟曝言》和半部《紅樓夢》。此時，他也精讀《聊齋》。他說，從《聊齋》和《紅樓》的本文和批註中「讀了許多典故」、「領略了許多作文之法」。另外，他也看《袁王綱鑑》與《東萊博議》，但這卻是父親逼他讀的，因這是通往仕途經濟之路的必選課本。同年冬天，他又隨父親調回南昌。

這時的張恨水已顯露他在小說方面的天賦和才氣。從小，他對小說此一敘述文體，就有種天生的敏銳。親戚朋友都知道他是「小說迷」，他父親後來乾脆給他取了「小說迷」的綽號。家裡的弟妹鄰童們，常圍著他，要求他講小說。他看過的小說很多，記性又好，隨意便能講述。爲了增強效果，又常自行加油添醋，多所穿插。精彩的情節，多博得小聽眾們的喝采。這些都激發了他對小說創作的衝動。他開始動筆寫了一篇武俠「小」小說，還特別畫了兩幅插圖。這年，他十三歲。

十四歲（一九〇九）的張恨水，已厭倦了作八股策論，他羨慕入學堂讀書的生活。南昌有所大同小學，素以維新和作風開明知名於時。他向父親要求入校就讀。張父本對新式學堂不以爲然，但當時科舉已廢，讀書做官的路斷了，學堂似乎成爲求學的正途。他怕耽誤兒子的前途，也就依允了。值得一提的是，張恨水一直生活在四書五經之中，幾乎不知道「新學」、「進化論」爲何物。校長同學把他當成守舊份子，常當眾譏刺。他忽然意識到時代變了，人如果落後於時代思潮，終將遭到淘汰。所以，他開始經常找些《時報》、《民呼報》、《民立報》之類的報紙來閱讀，久經陶染，也儼如新式少年。張恨水雖進入新學堂，但文學嗜好沒變，「依然日夜讀小說」、「依然愛讀風花雪月式的詞章」。並從《莊子》、《西廂》

上面「學會了許多挪騰閃跌的文法」；還由《儒林外史》的人物描寫中領會到諷刺手法的運用。從閱讀《小說月報》刊載的林譯小說裡，見識到中國小說少有的心理描寫❷。此外，在閱讀《花月痕》、《桃花扇》、《燕子箋》、《長生殿》等小說傳奇時，更醉心於書中典雅的詩詞和回目。其中張恨水特別喜愛提及《花月痕》的影響。《花月痕》因對《紅樓夢》的言情方式做了一次徹底而露骨的發揮，一直爲早期的「鴛派」作家推爲經典之作。而這正透露著，張恨水最早作品《春明外史》的根源性表現近於徐枕亞等人的原因。例如，他在言情小說中總是避免任何性描寫。而這點就使他與「止乎禮義」的早期「鴛鴦蝴蝶派」作家，有著一點點根源上的近似。

總之這時期的張恨水，據他自己說：「由於學校和新書的啓發，我是個革命青年，我已剪了辮子。由於我所讀的小說和詞典，引我成了才子的崇拜者。這兩種人格的融化，可說是民國初年禮拜六派文人的典型。」其實，這種又新又舊、不新不舊的特質，並非所謂「禮拜六派文人」的專利。因爲，當時除了在學院裡從創作理念上徹底顛覆傳統的「少數」作家外，多數知識份子皆身處於新舊抉擇的十字街口，在不新不舊間顧盼掙扎。

（二）

十七歲（一九一二）那年，正值民國肇始，當張恨水還作著將去英國留學的美夢時，父親卻因急病遽逝。張恨水遭逢生命中第一次

---

❷ 張恨水〈寫作生涯回憶〉，北平《新民報》，一九四九。

的巨大變故。歷史至此有了重大轉折。安徽潛山的張家並不富裕，張父雖是稅吏，卻為官清廉，去世後兩袖清風。那時張恨水的母親，帶著六個兒女返回安徽老家，家道從此中落。輟學的苦悶、沉重的家計、學業與前程的渺茫，都讓身為長子的張恨水日日發愁。次年（一九一三），他考入孫中山設在蘇州的「蒙藏墾殖學校」，張恨水家境非常清寒，當時到蘇州的路費和製裝費，還是堂兄張東野向上海親友募得。在墾殖學校時，又偏遇學校經費不足，常常停課。此時，他常以寫詩塡詞宣洩苦悶，又給自己取了個與時代風氣相近的筆名：「愁花恨水生」。這年（一九一三），他寫了文言短篇小說《舊新娘》和白話短篇小說《桃花劫》，寄給正徵求稿件的《小說月報》。稿件雖未獲刊登，卻受到主編惲鐵樵肯定的回信，使他大受鼓舞。魯迅署名周逴的第一篇文言小說《懷舊》，也正於這時在惲鐵樵主編的《小說月報》（一九一三年三月）刊登。這年秋天，因學校解散，他又回到家鄉，被迫與他第一個妻子徐文淑成婚。結婚當天，張恨水逃婚了。在母親與客人的軟硬兼施下，他才勉強回來，拜了天地。原來一心作著才子佳人夢的張恨水，竟被徐家騙了婚。徐家在相親時用了掉包計將漂亮的二姑娘冒充了大姑娘，徐家的大姑娘是位「門牙露出唇外，嘴巴難以合攏，一雙放大的小腳」的姑娘。因此徐文淑終身只是張恨水名義上的妻子，沒得到張恨水一點情愛。不過，張恨水卻還是贍養了徐文淑妻兒們一輩子。困居家鄉的張恨水，苦悶之餘，完成第一部章回體白話小說《青衫淚》。

十九歲（一九一四），張恨水再到南昌，又頗有逃婚的念頭。張母只好賣掉張家在南昌的房子，斷絕張恨水的後路，並希望他回家。但張恨水卻還是遠赴漢口，投奔叔叔張犀草辦的小報當編輯，並每日寫些補白文章。此時開始以筆名「恨水」發表。而之後數年，張恨水輾轉流浪。後來改行當演員，曾隨陳大悲主持的「文明進化團」當遞補演員到處演出，結果是病倒回家。家鄉父老視張恨水爲敗家子，於是給他取了個「大包衣」（廢物）的綽號。後來又進入「民興社」當演員，也是窮愁潦倒的回鄉。值得一提的是，二十三歲（一九一八）那年冬天，張恨水在家認眞剖析「林譯小說」，繼續琢磨小說寫作的技巧。後來張恨水經郝耕仁的介紹，進入《皖江報》當編輯，郝耕仁把張恨水的《未婚妻》介紹給《錫報》，這家報紙不僅刊登了這篇作品，還要求他繼續寫稿，這就是張恨水寫作生涯的第一步。二十四歲（一九一九），正式擔任蕪湖《皖江報》總編輯，而早期習作《紫玉成煙》與白話長篇言情小說《南國相思譜》，也於這時在報上連載。此外，短篇小說《眞假寶玉》、《小說迷魂遊地府記》也同時在上海葉楚傖（葉小鳳）主編的《民國日報》刊登。而這年正巧「五四運動」爆發，張恨水也在報上辦起介紹「五四」的特刊，宣傳一些新文化運動的觀點，甚至帶領鼓動編輯部同仁上街遊行。由於「五四運動」的爆發，這時候的張恨水，燃起了赴北京一闖的嚮往。

二、北平時期（一九一九——一九三六）

（一）

二十四歲（一九一九）的張恨水隻身來到北京，準備報考「北京大學」。根據張恨水四子張伍所述，張恨水那時想報考北大理工科系。他說張恨水一直對西方科學文明非常嚮往，雖無法遠赴英國，但卻從沒放棄學習的願望。有意思的是，實在無法將深具舊文人氣質的小說家張恨水與「科學」聯想在一起。不過被許多人誤以為「守舊」的張恨水，卻從未放棄向西方學習的渴望。因家累沉重，弟妹妻小都仰賴他扶養，因此他開始在上海《申報》駐京記者錢墨哂處工作。之後，因結識北京《益世報》編輯成舍我，又兼任了《益世報》助理編輯。但此時，忙碌的張恨水已完全栽入新聞界，而無暇讀書了。這又是他人生歷史的大轉折。幾乎同時，沈從文（一九二三）和魯彥（一九二〇）也離鄉背井地在北大旁聽。而張恨水由此開始的報人背景，正註定了他與新文學陣營分道揚鑣的命運。張恨水之所以成為相對的「舊」，不是因為抗拒「新」，而是因訓練不同、出身不同和對小說的功能認知不同；從而被「新文學陣營」貼上「非我群類」的標籤。他其實一直對「西方」懷有憧憬，就像他早期想赴英留學，也喜歡看翻譯小說，這可從他終身孜孜不倦、每日晨起朗讀英文即可見知❸。只是因出身的限制、生活的奔忙，使得他學習的視野一直受到局限。例如，從狄更斯是他最喜歡的外國作家，而早期他是由林譯小說來瞭解西方小說等情形，即可見一斑。不過因為他的好學不倦，所以日後他也將閱讀觸角逐漸伸向西方小說，文本的敘述形式也逐漸轉變。

二十五歲（一九二〇），張恨水從北京《益世報》改任天津《益世報》駐京記者。次年，又兼任蕪湖《工商日報》的駐京記者。同

❸ 一九二〇年，張恨水甚至曾因高聲朗讀英文，觸怒了北京《益世報》經理夫人，而被調離該職。

時，寫了長篇小說《皖江潮》，在蕪湖《皖江日報》上連載。這時的工作十分繁忙，他說：「簡直成了新聞工作的苦力」。而他盡其所得，贍養家小。之後兩年，除編輯工作外，就給上海大報寫點駐京通訊，工作並無太大突破。一九二四年，張恨水娶了第二任太太胡秋霞，這第二任太太，也不是佳人才女，而是一位賣水苦力的女兒，不識字。因被賣給人家作丫頭，不堪虐待跑到「平民習藝所」。張恨水憐憫她的遭遇，把她從習藝所領回後結婚，但是因兩人知識與生活方式差距太大，張恨水仍然處於婚姻不幸福的苦痛中。而他也終其一生地贍養著胡秋霞及其兒女。一九二四年，張恨水應成舍我之邀在北京創辦《世界晚報》，張恨水主編副刊《夜光》。這是他事業顚峰的開始。成舍我在張恨水生命中有不可磨滅的影響力，張恨水在北京開始發跡是因成舍我。因他偶然看見張恨水寫的詞，大爲嘆服，才從此結識。在《益世報》時，兩人互相唱和，詩酒流連。據說《春明外史》中楊杏園與舒九成聯句的段落，就記的是他與成舍我的吟詩故事❹。張恨水開始崛起也因成舍我，是成舍我看出張恨水的優點和潛力，所以請張恨水寫一長篇小說在副刊上連載，想不到一炮而紅。這就是轟動一時的《春明外史》的由來。張恨水三十歲那年（一九二五），成舍我又續辦北京《世界日報》，副刊《明珠》仍由張恨水主編。一九二七年，長篇小說《金粉世家》在《世界日報》上連載，又再度造成轟動。而成舍我也因張恨水的關係，逐漸成就了他報業的王國。因爲成舍我早年先後辦過《今報》、《眞報》和聯合通訊社，都找了張恨水幫忙，但因資本不足，幾經

❹ 見《春明外史》第八回「佛國謝知音既當詩藥　瓜棚遲晚唱詠月書懷」。

鎩羽夭折。後來就因北京《世界晚報》而開始立足，之後又陸續辦了《世界日報》、《世界畫報》。成了當時北方最大的報業托辣斯。這世界報系的逐漸成形，張恨水的功不可沒。但他兩人本來合作無間的關係，最後卻因薪資和用人問題不歡而散。一九三〇年，他因對成舍我苛刻的給薪方式不滿，宣佈辭去《世界日報》和《世界晚報》的編務，結束與兩報長達七年的合作關係，專心寫小說❺。

（二）

就在《春明外史》和《金粉世家》一炮而紅之後，一九二八年，張恨水應張學良創辦瀋陽《新民晚報》之邀，又撰寫《春明新史》。張恨水與張學良私交頗佳，據說《春明外史》中的韓幼樓寫的就是張學良。但張學良不但不生氣，還去看過張恨水，並聘他爲拿薪不上班的參事，等到《啼笑因緣》發表，張學良又派人把張恨水送到奉天玩。這時期張恨水稿約不斷，同時竟有六部小說一起進行。一九二九年，上海新聞團來北平訪問，張恨水因此結識上海《新聞報》主編嚴獨鶴。嚴獨鶴因張恨水家喻戶曉的名氣，便邀張恨水寫一長篇小說，於是次年就有了《啼笑因緣》的出現。嚴獨鶴說他把張恨水小說拉到上海：「譬如戲班中來了個超級名角」。一九三〇年，

---

❺ 一九三〇年四月二十四日張恨水在《世界日報》發表〈告別朋友們〉一文，闡明辭去職務的原因：「為什麼辭去編輯？我一枝筆雖幾乎供給十六口之家，然而生活的水平線總維持著無大漲落，現在似乎不至於去沿門托缽而搖尾乞憐。」顯示出對成舍我給薪態度的不滿。

《啼笑因緣》開始在上海《新聞報》副刊《快活林》上連載。《啼笑因緣》可說是張恨水最膾炙人口的一部小說，張恨水也因爲《啼笑因緣》一書，開始在上海立足，正式成爲「全國唯一婦孺皆知的作家❻」。之前的作品，都在如北京、瀋陽等北方的報刊連載，雖出單行本全國發行，但還未如《啼笑因緣》造成這般全國性的大轟動，當時掀起前所未見的「啼笑因緣熱」。

（三）

就在張恨水一九三〇年二月先辭去《世界日報》《世界晚報》等編輯職務，結束編輯生涯後；三月《啼笑因緣》也開始在上海《新聞報》連載時，同年秋天，張恨水到上海認識了世界書局總經理沈知方，賣掉《春明外史》、《金粉世家》的版權，並約定再爲該書局寫四部小說，後僅完成《滿江紅》、《美人恩》與《落霞孤鶩》三部。預支稿費四千元。同年冬天又返回北平專心從事寫作。

《啼笑因緣》使張恨水聲名大噪，此時他已成爲票房保證，成爲暢銷排行榜的常客。只要掛張恨水之名的出版品，就會大賣。因此，約他寫稿的報刊和出版家蜂擁而至。有些小報甚至謠傳他在十幾分鐘內收到幾萬元稿費，並在北平買下一座王府，自備一輛汽車。這些當然不是事實。他當時的確收到約六、七千的稿酬，他除了支

---

❻ 老舍《一點點認識》重慶《新民報》晚刊。一九四四年五月十六日。轉引自張占國、魏守忠編《張恨水研究資料》天津：天津人民出版社，一九八六。頁一一〇。

付一家十六口的教養費用外，還因此買了許多古舊木版小說，預備撰寫《中國小說史》，但計畫卻因「九一八事變」後戰亂遷徙而落空。張恨水是一傳統知識份子。讀書是志業，寫作是職業。偶而種花蒔草、畫畫寫字，出版發行等文化工業的利潤頭腦和生意經，在他身上是見不到的。其實他一輩子清貧，較優渥的日子也只有這幾年。《啼笑因緣》發表後，「春明中學」的女學生周淑雲對張恨水十分崇拜，後來十七歲就嫁給張恨水，改名「周南」成爲他第三任太太。至此張恨水才眞正圓了他「紅袖添香夜讀書」的才子佳人夢。

一九三一年，因東三省淪陷，張恨水開始在連載於上海《新聞報》的內戰小說《太平花》中增加抗戰內容，這是他第一部「國難小說」。一九三二年，爲激勵民氣，出版抗日短篇小說、詩歌及劇本之合集《彎弓集》。因爲「彎弓」，取自彎弓射日之意。這本書引起日本人的不滿，而向張學良抗議。一九三三年，張恨水寫了《啼笑因緣》續集。一九三四年，張恨水從北平赴西北遊歷，回來後寫了《燕歸來》和《小西天》兩部關於西北民風的長篇小說。西北之行，引發他眼界和想法的變化。他特別在小說中反映了民國十七、八年陝甘兩省的大災荒。

(四)

一九三五年，因北方戰雲密佈，張恨水於是應成舍我之邀到上海同創《立報》，並擔任副刊《花果山》的主編，期約三個月。此時撰寫《藝術之宮》發表。年底，約定的期限已至，成舍我挽留不成，只好請包天笑續接張恨水的職務❼。然而因冀東出現僞政權，張恨水被列入黑名單，也無法返回北平。於是前往南京。

北平時期，是張恨水最輝煌的一段時日。他最重要的經歷、最具代表性的作品和最優渥的薪酬，都出現在這段時期。同時也是作品數量最多的一個時期。這一時期張恨水多數時日留在北平發展，而且大多數小說以北平爲寫作背景，作品充滿濃厚的「京味兒」，因此概稱爲「北平時期」。

三、南京時期（一九三六——一九三七）

南京時期雖然很短，但卻有重要意義。因爲張恨水在南京出資與張友鸞合辦《南京人報》，這是他一生唯一自行出資辦報之經歷。他自任社長，並兼副刊《南華經》編輯。同時張恨水的新作《鼓角聲中》與《中原豪俠傳》也開始連載。報紙發行首日便有一萬五千份的銷售成績。但一九三七年，蘆溝橋事變爆發，南京也危在旦夕，銷售直線下降。十二月《南京人報》被迫停刊。張恨水往重慶。南

---

❼ 在包天笑的《釧影樓回憶錄續編》中曾提及此事，可資參考：「可是有一天，成舍我和張恨水兩人，惠顧到我家裡來，我覺得奇異，想他們無事不登三寶殿的，便直捷問到：『兩兄光臨寒舍，有何見教？』恨水先開口，便道：「『有一事要相懇。我此次隻身南來，家眷還在北平，前日接到家書，須要我回去一行，而這個立報副刊「花果山」，可否請公庖代一個月，一個月後，我就回來了。』……誰知張恨水施了他的金蟬脫殼之計，他並不是回到北平去，這個猴子跳到南京，和張友鸞諸位辦《南京人報》去了，而我一直作他的臨時代辦。」香港：大華出版社，一九七三。頁四〇。

京的生活經驗，使張恨水對南京能有觀察的機會。不久就寫了三本描繪南京風土人情的重要小說：《秦淮世家》、《滿江紅》與《石頭城外》。

四、重慶時期（一九三八——一九四五）

重慶時期，很顯然的是因對日抗全面爆發，張恨水隨之遷徙到重慶。一九三八年，經張友鸞介紹，張恨水又擔任了重慶《新民報》的主筆，並兼副刊編輯；此時期他也在重慶中央大學教授中國小說史的課程。一九三九年，長篇小說《八十一夢》開始連載，因譏刺時政，大受歡迎。但也因此受到當局關切。同年還寫了《蜀道難》、《秦淮世家》、《潛山血》等長篇小說。一九四〇年，寫有名的《水滸新傳》，不但受到讀者歡迎，也得到史學大師陳寅恪的激賞。一九四一年，寫《牛馬走》，又名《魍魎世界》。一九四二年，周恩來曾到《新民報》社對張恨水的《八十一夢》能揭示重慶「黑暗勢力」給予肯定。而這也是《八十一夢》並非最突出作品，卻受大陸研究學者最多青睞與討論的原因。一九四四年，新文學會、文協、新民報聯合發起爲張恨水慶祝五十壽辰。張恨水推辭無效，爲此避壽南溫泉。當天重慶各大報刊出祝壽專文達幾十篇之多。一九四五年，抗戰勝利。當毛澤東到重慶和談時，曾與張恨水見面。這年，張恨水攜家眷離開重慶南溫泉，準備返回北平。途中攜家帶眷的乘坐報社包租的帶篷卡車離開重慶。途經貴州、湖南邊境，顛沛流離，苦不堪言。這段經歷，就有了一九四七年的小說《一路福星》。北返途中，先到南京把《南京人報》交給張友鸞負責，然後於一九四六年抵達北平。

重慶時期，因國民政府的腐化昏庸，富知識份子理想性的張恨水，在小說、短評中對時政發表諸多嚴厲批評。思想逐漸左傾，開始企望改革，此時雖較接近共黨人士，但他始終不願被任何政治勢力收編或使用。

五、北京時期（一九四六——一九六七）

一九四六年，北平《新民報》創刊，張恨水任經理兼副刊《北海》主編。同時老舍的回憶錄《八方風雨》和茅盾的長篇小說《生活之一頁》，開始在該報連載。一九四七年，長篇小說《五子登科》也開始在北平《新民報》上連載。一九四八年秋天，因被新民報社總編輯排擠而辭去報社職務，結束三十年之記者生涯。該報總編輯出身學院，一向瞧不起張恨水，一九四九年，這位總編輯寫了篇「新民報——在國特統治下被迫害的一頁」，誣指張恨水與國民黨勾結。同年張恨水又遭受「大中銀行」經理侵吞了他全部積蓄，安徽家鄉又因土改財產遭受沒收，在一連串的打擊下，一九四九年，中國發生巨變，張恨水也面臨人生最大的難關。這年，他氣得中風而半身不遂了。這年，又是他生命的一個重大轉折。張恨水因爲中風，因書寫困難，作品產量銳減；而且四九年之後的政治氣氛又不允許作家自由創作。從此張恨水作品的風格驟變，再也沒有以往的水準了。

但是一九四九年後，張恨水相當受到中共高層的尊重。一九四九年，中華全國文學藝術工作者代表大會於北京成立。毛澤東、周恩來等人到場致詞。張恨水應邀參加，但因病未能出席。周恩來還派人探望，並聘為文化部顧問。就在文革爆發的第二年正月，張恨水又因腦溢血發作逝世。這未嘗不是他的幸運。以他曾經寫過這些「才子佳人戲子婊子高官顯貴」等「封建」的題材，恐怕也難逃噩運。

六、小　結

尋常人提及張恨水，不外喜歡強調他「多金」、「多產」等有名的刻板印象❽。人們以為以他如此多產，若以二〇年代末期北京一戶中等五口人家用不過七十元左右，張恨水就已有每千字八元稿費的比例估算，他財富可能十分驚人，甚至有傳言他買下了王府。其實在張恨水七十三歲的人生旅程中，除少年時有過較悠哉的歲月與生活外，餘者不是為生活工作顛沛流離，就是為國難飄泊奔波。眞可謂筆耕不輟，坎坷一生。即使是在一九三一到一九三七這幾年是他一生較優渥之時，也不過衣食無虞而已，絕非像某些南方小報所言張恨水擁有王府般的宅第，出入有車。他一生都有極為沈重的家庭負擔，十七歲父親亡故，身為長子的張恨水便要負擔起母親與五個弟妹的生計。前兩次不幸福的婚姻❾，三任的妻子，眾多的兒

---

❽ 如楊照在〈轟動中國的一男三女戀情……張恨水的《啼笑因緣》〉文中說：「張恨水的名氣，和『多產』、『多金』一直分不開關係……傳言說在半小時之內，沈知方就立即送給張恨水數萬元的現金，讓他可以買下一座豪華的王府。多金使得中國的新興閱讀群眾對張恨水充滿興趣。」。臺灣：《中國時報》，一九九八年，七月二十三日。

❾ 一九一三年被迫回鄉與徐文淑結婚，徐文淑一生始終留在張恨水安徽老家；

女，張恨水都一肩挑起照顧養育十幾口人的責任。他曾和女兒解釋，他因爲約稿的人太多，情面難卻。另一方面當然是因家累沉重。生活與責任的沈重擔子，趨迫著他必須不斷地寫、不斷地「賣文而生」。不過，他深感「賣文」絕非樂事，就如他說：「於是可見賣文之業，無論享名至如何程度，究非快活事也。❿」長年不停地寫稿，他說自己幾乎成了「文字機器」了。即使手頭稍微寬裕，他不是到處蒐購善本古書、爲寫中國小說史作準備（可惜這些書在幾次逃難流離中失落了，無法完成）；就是與人合辦學校（如「北華美專」⓫，不久卻因日寇入侵停辦）；要不就是將積蓄拿來自行辦報（如：《南京人報》，但不久南京也陷落又被迫停刊）。他絕非是擁有萬貫家財的文壇首富，而一直只是個安貧若素、清廉本分的讀書人。他清高廉潔、一生鄙夷做官，就如他曾說到自己受到幼時私塾先生的影響：

> 我這時本以打進小說圈，專愛風流才子高人隱士的行為。先生又是個布衣，做了活榜樣。因之我對於傳統的讀書做官說法，完全加以鄙笑，一直種下我終身潦倒的根苗。⓬

一九二四年張恨水再度與平民救濟院女子胡秋霞自由戀愛結婚，婚後兩人感情不睦，但胡女始終不願離婚。直到一九三一年與周南相識成婚，張恨水的感情才算有了依歸。

❿ 引自張恨水〈哀海上小說家畢倚虹〉一文。見於一九二六年五月二十九日北京《世界晚報》。

⓫ 當時文人似乎頗有集資辦學的風氣。像嚴獨鶴；陸澹安、施駕東等，在上海北京東路辦大經中學，鄭逸梅與趙眠雲合辦國華中學。見鄭逸梅《人物與集藏》哈爾濱：黑龍江出版社，一九八九。頁八四。

⓬ 張恨水《我的寫作生涯》。

因此他一生中除了曾接受張學良的不上班參議外，他不當官、不求官，一生從事新聞工作。雖然他堅持不做官，卻是個愛國的文人，他持續發表過許多愛國文章。

此外，張恨水也是深具傳統文人氣質的讀書人。張恨水十三歲時，就自己佈置一間與世隔絕的小書房，用小銅爐焚一爐香，靜心讀書，做起斗方小名士。就像他在《金粉世家》自序中說：「讀書種菜，但得富如袁枚之築園小倉，或貧如陶潛之門種五柳。……吾有吾身，今日品茗吟詩，微醺登榻，至逸也。」充分傳達了他對文人雅士、田園生活的仰慕。他的生活內涵風雅，雜學興趣極多，他既能編文明戲，又和曲學大家吳梅及吳梅的弟子盧前一起研究元曲、傳奇，並且經常唱和度曲。也能寫戲評。此外閒來無事時，他也喜歡塡詞賦詩、對楹聯、畫水墨畫、栽種園藝等雅事。他對中國傳統文化有種極度的熱愛，但卻沒有因此反對所謂的「新」的、外來的知識內涵。像他對西方自然科學、西洋小說都非常喜愛與嚮往。不過就文化情調的選擇上，他還是免不了對傳統文化內涵（尤指文人氣質）的眷戀。

另外，張恨水終身從事新聞工作，寫小說原是他的副業。許多人只知道「小說家張恨水」，卻少有人知道「新聞記者張恨水」。他一直在他新聞工作的崗位上，作一個有著風骨與格調的讀書人與新聞記者。在中國現代史上思潮動盪的世代裡，他是眞正中立的知識份子。他不偏不倚、不黨不派，只是爲民而鳴。他從不宣揚任何政治主義，不服膺任何政治理念，只是說眞話。所以他也不曾爲任何政權做過傳聲筒，也從不被任何黨派所驅使。所以國共之爭，他只是旁觀者，不過他卻極反對這類民不聊生的內戰。就如茅盾所說：

「張恨水寫了一輩子眞話，這和黨不黨沒有關係」。若與同時「左翼文學」作家寫作只是爲了服膺政黨理論、宗旨與運動的作法相較，張恨水堅持思想自由與獨立的風骨，著實難能可貴。雖然張恨水心中對好壞高下自有論斷，但他從不評論別人、非議別人。因此他也從不打筆仗，他認爲打筆仗、寫文章開罵是最無聊的事。如果罵你的人說得對，你就改；若說得不對，又何需搭理？他也同時對「左翼」打口水戰之類的「論戰」，提出不以爲然的批評：「在魯迅領導一部份文人的當年，文壇上的發表多於治學，叫囂多於研討，雖也是環境使然，而給予後來及當時青年的影響，卻是浮躁與淺薄。」如今觀之，張恨水之言實有幾分先覺者的清晰。

就是因爲上述種種理由，在中國現代文學史上，既看不到張恨水參加什麼文學流派，也看不到他有什麼論戰文章。他只是不斷地寫、不斷地寫出他想說的話。他絕不爲時潮所動，堅持自我立場，既不爲名、也不爲利。所以一九四九年後，他以中風發言不便的原因，幸運地避過許多必須口是心非的「政治運動」與政治風暴。老舍的一段話，可作爲張恨水讀書人風骨的總評：

> 張恨水是個真正的文人：說話，他有一句說一句，心直口快。他敢直言無隱……恨水兄就是最重氣節，最富正義感，最愛惜羽毛的人。……恨水兄是個沒有習氣的文人：他不賭錢，不喝酒……他比誰都寫得多，比誰都要有資格自稱為文人，可是他不用裝飾與習氣給自己提出金字招牌。閒著的時候，他只坐坐茶館，或畫山水與花卉⓭。

⓭ 老舍《一點點認識》重慶《新民報》晚刊。張恨水五十壽慶專刊。一九四四

除了小說，他也是全方位的寫作能手，他古今什麼文體都能寫。張恨水其實是「學者型」的文人，但多數人忽略這點。其實應該說他是兼具靈氣與學氣的作者，更爲貼切。因爲他除有驚人的天賦外，也是很用功的作家。他說：「我又不能光寫而不加油，因之，登床以後，我又必擁被看一兩點鐘的書。看的書很拉雜，文藝的，哲學的，社會科學的，我都翻翻。還有幾本長期訂的雜誌，也都看看。我所以不被時代拋得太遠，就是這點加油的工作不錯。否則我永遠落在民十以前的文藝思想圈子裡，就不能不如朱慶餘發問的話，『畫眉深淺入時無』了⓮。」他終生孜孜不倦地看古今各類書籍，例如他晚年閉門讀書，立誓讀完《四部備要》以及巴爾札克、契可夫、馬克吐溫等作。可惜後來中風，未能如願。總之，終其一生，張恨水都是個誠實又愛讀書的知識份子。他終身不涉官場、不入黨，在二十世紀這個人人以官爲高的時代，尤顯可貴。

總之，張恨水是二十世紀中國重要的小說家、辭章家、雜文家，也是記者、報人，同時又是兼具學者氣與文人氣的知識份子。

第三節　張恨水小說的發展歷程與分期概況

本文在遍覽張恨水近百部長篇小說之後，嘗試找出張恨水在不同時期文本表現的相異之處，其中大致可找到一些轉變的軌跡。希

年五月十六日。轉引自張占國、魏守忠編《張恨水研究資料》天津：天津人民出版社，一九八六。頁一一〇。

⓮ 張恨水〈寫作生涯回憶〉，北平《新民報》，一九四九。

望從如此宏觀大綱式的鳥瞰之下，得到一些關於張恨水小說文本的粗略印象。同時也證明張恨水文本的敘事風格，絕非僵固停滯的；他一直不斷地嘗試改變與超越。

張恨水所有小說作品大致可分爲四大階段，而這四大階段部份「恰巧」與現代史上的大事相關。此一小節可以參看本書附錄：「張恨水重要經歷與作品年表」，對張恨水小說轉變的脈絡與全貌會更爲清晰。

第一階段　是從一九一九年作品正式在報刊上刊登起算，一直到一九三〇年《啼笑因緣》刊載。代表作是《啼笑因緣》。

第二階段　從一九三一年九一八事變開始，到一九三七年蘆溝橋事變爆發前爲止。代表作是《夜深沈》。

第三階段　從一九三七年後到重慶，到一九四九年張恨水中風、大陸政權更易爲止。代表作是《巴山夜雨》。

第四階段　是一九四九以後，直到一九六七年病逝爲止。代表作是《梁山伯與祝英台》。

一、第一階段：成熟期

第一階段是他小說的起步期，卻也是成熟期。是從一九一九年作品正式在報刊上刊登起算，一直到一九三〇年《啼笑因緣》發表爲止。他所有造成轟動的代表名作，像《春明外史》、《金粉世家》、《啼笑因緣》等作品，都出現在此一時期。但是卻非他文本技巧表現的顚峰期。而此一時期也可說是張恨水在北平「世界報系」（《世界日報》、《世界晚報》）的時期，這時所有的作品幾乎都在世界報系上刊登，而且大多是在北方重要報刊上連載。

這階段的所有作品，包括《啼笑因緣》，寫的全是北京的民情與故事。幾乎所有小說均不離北京政壇、報界、文壇、教育界、妓院、梨園的描寫；偏重呈現上流社會仕紳階級的百態。

此時期作品雖全在北方發表，但整體風格則與上海從晚清到民國十幾年出現的的社會通俗小說群：如所謂的「晚清四大小說」與民國之後的《歇浦潮》、《上海春秋》等較爲相近。說是「相近」，是因都採取了宏觀多線的敘述方式，社會性強，可同歸於一個「傳統」之下。但其實相異點也不少。如敘述者的聲音地位、人物大量的心理聲音以及單線索情節結構(以一個主要故事去貫串眾多的人物軼事，以避免零碎)等部份，就與前述小說差異甚大。此時的重要小說如《京塵幻影錄》、《金粉世家》、《春明新史》、《斯人記》等，多不太離《春明外史》以言情爲縱線，並揭露社會眾生相的敘述風格。人物眾多，情節脈絡複雜；以宏觀視角及眾聲交替發音的敘述，展開社會的多重世相。但有時顯得拉雜。且眾多人物就如《儒林外史》的人物出場方式一樣，這段出現，下段又消失。雖然其中有主要人物穿插，使情節顯得較爲連貫，但是仍有晚清以來社會小說「人物展覽畫」的性質，也著重於「怪現狀」的揭露。本階段的小說也多爲體制龐大的巨著，如《春明外史》和《金粉世家》都有將近百萬字之多。張恨水此階段也喜歡在小說中增添古文、駢文和詩詞。有時就因詩詞和敘述的成功結合，甚至在小說中產生了詩的意境。最具代表性的例子非《春明外史》莫屬。因此，本階段作品是最受前代文學傳統影響的時期，一直到《啼笑因緣》出來，才看到張恨水本色風格的大致確定。

本階段最後一本作品《啼笑因緣》（一九三〇）在上海的出現，則算是到達一個高峰。既是張恨水小說由北向南發展的開始，也可從《啼笑因緣》看到前後兩階段轉變的痕跡。在此眾多軼事的枝蕪盡除，集中描寫的單線情節結構更趨確立。本階段重要的作品，應屬《春明外史》、《金粉世家》與《啼笑因緣》。另外，此時還有一本表現突出、但極少爲人提及的武俠小說《劍膽琴心》。

二、第二階段：轉變期

第二階段從一九三一年起算，到一九三七年抗戰全面爆發張恨水到達重慶爲止。此一階段稱爲「轉變期」是因爲幾大原因：第一、開始出現眾多前期未曾出現過的題材，第二、逐漸放棄章回小說的程式化格式與回目。第三、情節結構方式也大幅轉變。第四、單本小說字數多比前期要少。

一九三一年以後因日軍佔領東北，張恨水開始寫關於義勇軍的抗日小說。如：《彎弓集》（一九三二）、《東北四連長》（《楊柳青青》）（一九三三）等。而在一九三三年的《啼笑因緣續集》結尾則提到人物參加義勇軍壯烈而死。本階段也出現幾部與內戰有關的作品。如：《滿城風雨》（一九三一）、《太平花》（一九三一）。應與一九三〇年軍閥中原大戰暫告結束有關。

一九三四年他遊歷西北，爲陝甘人民生活之苦，大受震撼。從此他更著力地描寫貧窮與不幸。開始由上階段偏重的達官名流、才子佳人（如記者、高官、妓女、教師等屬於張恨水文人交遊圈中的對象），轉而描寫負販賣漿等市井貧困之流。其中著力刻劃市井社會的喜怒哀樂、生之艱辛。像《屠沽列傳》是描寫屠夫酒販，《落霞孤鶩》寫貧民教養院的辛酸，《滿江紅》寫秦淮歌女的賣唱生涯，《歡喜冤家》刻劃伶人的悲哀，《過渡時代》、《藝術之宮》則描繪裸體模特兒的遭遇，《夜深沉》唱出賣唱女和馬車夫之間的愛情經歷。其中表現小人物的情感，關心他們的命運，具有濃厚的人道主義色彩。另外如：寫西北之苦的《燕歸來》（一九三四）、《小西天》（一九三四），之後的《美人恩》（一九三四）、《藝術之宮》（一九三五）、《風雪之夜》（一九三六）等，都以重筆勾描貧困之慘狀。

本階段也著重新題材的嘗試與開發，較偏於內容上的轉變。開始嘗試多元的題材，偏離原有「社會言情小說」與「社會譴責小說」的題材路向。本階段可能因外敵內戰不斷，所以原本針貶北洋時政、諷刺時局的作品幾乎消失。題材變得多元而豐富。如：寫太平天國的歷史小說《天明寨》（一九三五），清末革命俠義小說《中原豪俠傳》（一九三六），續寫水滸故事的《水滸別傳》（一九三二）；寫少年遭誘惑墮落因而辜負父親的《現代青年》（一九三三）；寫大學青年泡妞混日的《似水流年》（一九三一）；設計精巧的騙術故事《別有天地》（一九三一），裸體模特兒辛酸矛盾的《藝術之宮》（一九三五）；與《桃花源記》類似的「山中傳奇」《秘密谷》（一九三三），撿煤的貧女成爲歌舞團名伶的《美人恩》（一九三四）；寫電影明星戀愛事件的《銀漢雙星》（一九三〇）；寫貧女留養院的三角故事的《落霞孤鶩》（一九三一）；將場景固定於西北旅館，以寫社會百態的《小西天》（一九三四）；一女三男赴西北旅遊的《燕歸來》（一九三四）；寫晚清江南小鎮裡學堂故事的《北雁南飛》（一九三五）；寫北京人力車夫與女戲子愛戀故事的《夜深沈》（一九三六）；以及火車上騙術高明的美麗女騙子的《平滬通車》（一九三五）。選材層面之廣，題材之「奇」，現代小說史上無人能比。在現代小說史上要找到與張恨水相似的故事題材，並不容易。

在形式上，逐步放棄文言回目形式（大致於一九三五《藝術之宮》後），改以標題的「章體」爲之。一九三五年後，仍保留回目形式的作品僅有《夜深沈》與《秦淮世家》。除回目外，同時也刪去了上階段熱衷且不忘在小說文本中露一手的詩詞（如《春明外史》、《金粉世家》等都有部份詩詞酬酢往來場面），逐漸擺脫傳統文人書寫的癖好。所以一九三五年以後的作品，嚴格地說，已經不能稱爲「章回小說」了，而是「長篇小說」。但是回與回之間，雖然揚棄了「且聽下回分解」的形式，但基本路數還是「賣關子」。此時也放棄多人多事的社會鳥瞰寫法，而改爲一書只寫一事的單線脈絡，慢慢走出晚清以降社會展覽畫似的情節格局。作品至少是一個具完整結構的故事，人物不多。大體上單線順時敘述，情節簡明，頭緒不繁。逐漸避免傳統章回小說寫流水帳的方式創作，他集中筆墨，講述一個故事。那種浮光掠影式的集錦寫法，已不再見到。而且著力於情節與故事的發展，因此部份故事「傳奇性」的成分較濃。

整體作品數量也較上階段爲多，且「中篇小說」也明顯增多。與上一階段《春明外史》、《金粉世家》、《京塵幻影錄》等動輒近百萬字的長篇巨構相較，篇幅大爲減少。這可能與《啼笑因緣》轟動以後，各方稿約增加有關。從一九三二到一九三六年幾年中，他甚至有同時連載近十部小說的記錄。也就是說，這一階段所有小說的寫作工作，幾乎是同時進行。至於其他的敘述形式並未有太大改變。

此時期絕大多數作品在上海的報刊上刊登，也可見其開始在南方發展的傾向。本階段的場景也由上階段的北京，擴展爲其他地方。在這階段寫北京的作品不多，只有：《天河配》、《落霞孤鶩》、《楊柳青青》、《似水流年》等。至於其他涉及的場景有故鄉「安徽」「潛山」（如《秘密谷》）；如江西等江南小城（如《現代青年》、《天河配》、《北雁南飛》、《滿城風雨》、《太平花》等）；陝甘西北（如：《燕歸來》、《小西天》）；南京（如：《石頭城外》）他選擇的場景地點，通常是他足跡到過的地方。這可參照張恨水傳記部份，便可明瞭。

本階段的重要作品應屬《楊柳青青》《中原豪俠傳》與《夜深沈》（《夜深沈》雖始寫於一九三六年，但一九三八年張恨水即赴重慶，所以全書大部份應是在第三階段完成的）。

三、第三階段：顛峰期

此階段正是他從一九三八年到重慶，至一九四九年大陸政權更易爲止，正是他停留重慶南溫泉和戰後回到北京的兩個時期。因爲他第一階段作品的轟動與名氣，所以研究者均視第一階段作品爲重要代表作。但筆者以爲，本階段卻是他文本表現最成熟精緻的階段。若與前期相比，這應該又是另一更高的顛峰。但如此顛峰，卻不被世人所知。因以往研究總是以藝術水準不高、卻因痛斥重慶社會的腐敗而受到大陸學者重視的《八十一夢》爲抗戰小說的代表。但因「瞎子摸象」的結果，當然對張恨水第三階段作品評價不高。《八十一夢》應屬張恨水小說的遊戲筆墨，絕非張恨水的當行本色，所以才會出現了認爲此時的張恨水「結構感差……這是向清末民初小說風格的倒退⓯」之類的評價。本論文經地毯式的遍讀過後，得到不同於以往的論點。

本階段作品可分爲五大類：

㈠是描述抗戰與逃難的作品，如：《巷戰之夜》、《蜀道難》、《大江東去》、《虎賁萬歲》等。

㈡第二類是寫重慶社會百態的作品，如：《八十一夢》、《偶像》、《魍魎世界》、《傲霜花》、《巴山夜雨》、《紙醉金迷》等。

㈢第三類是寫抗戰復原的故事，如：《五子登科》、《一路福星》。

㈣第四類則是其他，包括寫南京的《秦淮世家》、《丹鳳街》、《石頭城外》；以及寫農村的故事《玉交枝》。

㈤最後接著《水滸傳》而續寫的《水滸新傳》。

本階段的最大特色，就是出現幾部戰史小說。在上階段作品中雖提及內戰或抗戰，但還未大篇幅地描寫戰爭的場面。在這階段，《大江東去》寫南京城失陷與南京大屠殺實錄；《巷戰之夜》寫天津陷落前的巷戰；《虎賁萬歲》寫抗戰中由余程萬師長領導的著名戰役「常德之戰」。這些接近實錄的戰史小說，應是現代小說史上極少見的戰爭作品。

本階段又出現了大量的社會諷刺小說。這時寫的全是戰時重慶與戰後北京的社會百態，較著重戰時人性對「利」字的膜拜與臣服。寫人如何走後門、發國難財，如何成爲暴發戶，如何利慾薰心而放

⓯ 孔慶東《超越雅俗：抗戰時期的通俗小說》北京：北京大學出版社，一九九八。頁一四七。

棄原則、如何唯利是圖而貪贓枉法；也就是寫「人心之貪」。與第一階段不同的是第一階段較偏寫民初北京官場報界的軼事，寫他們如何捧戲子、嫖妓女、如何濫權、如何奢靡。當然，相對於要諷刺的負面人物，這兩類社會諷刺小說都有作對比的正面人物。綜而言之，就都是寫些「舉世皆濁我獨清」的文人，始終彰顯著某種「道德理想」。第一階段的正面人物多是清高且具舊才子氣息的記者，如《春明外史》的楊杏園、《斯人記》的梁寒山，甚或是《金粉世家》中清高自好的才女冷清秋。本階段正面人物則是些安貧樂道清廉克儉的知識份子，如《巴山夜雨》的教授李南泉、《傲霜花》的教授唐子安、《魍魎世界》的區老太爺。這其中多有著作者形象的自我投射。上兩階段偏於寫一二人物的悲歡愛恨，在這階段尤其如：《巴山夜雨》卻轉化爲對全人類悲歡離合處境與人性的關注。

本階段仍沿襲張恨水一貫的細膩筆法，但在文字工夫與技巧上，卻有更精緻的表現。最大的特色，就是作品的傳奇性大幅降低，前兩階段的故事性特徵也越趨變淡，再也沒有歌女與畫家、車夫與戲子、才女與富家子的戀愛故事。此時全是對人物生活狀況與處境的勾描，除了生活，還是生活。大量增加生活與場景的描述，但在藝術上卻達到前所未有的高度。幾個特別突出卻爲人所忽略的作品，如：《巷戰之夜》（一九三九）、《巴山夜雨》（一九四六）、《虎賁萬歲》（一九四六）等都有可觀之處。如《巷戰之夜》就只寫天津陷落前部隊和百姓與日軍街頭肉搏一夜的過程。全書細膩而鉅細靡遺地描寫巷戰的場景和部署，而且靜態的描寫明顯多於動態的情節交代，形成清新而又平實的風格。第一階段的獵奇搜秘，第二階段的生離死別愛恨情仇，在此皆不復見。張恨水前期，陳述的是事件和故事，講的是人物的遭遇；到此一階段，小說的情節性愈趨平淡了。就如張恨水在此書序中說：「而結構平鋪直敘，生平很少這樣寫法。」《巷戰之夜》的確是他寫作風格上的重大轉變。

而到《巴山夜雨》（一九四六）則是另一個高峰。《巴山夜雨》就只寫在重慶鄉下李南泉和四家鄰居們十幾天的家常瑣事；寫他們如何吃穿、如何躲警報、如何吵架、如何在戰爭與特權的蹂躪下艱難地活著。鋪陳情節的功力更為深厚，用筆卻平實平淡而頗有深意。逐漸放棄以交代情節為本的寫作方式。換言之，已不為說故事而說故事了，背後似乎有更大的寄意要抒發。靜態的感官描寫與心理狀態的刻畫也不少。《巴山夜雨》正是部深刻刻畫人物形貌性情的作品，書中寫四家鄰居發生的種種日常瑣事，而從這些家庭瑣事中看出不同的人性與人生。至於人物的離合生死等情節起伏，在這部小說中都被淡化了。而同年出現的《虎賁萬歲》，就只寫抗日戰爭中的「常德之戰」一役。他高度的白描功力，在此得到充分的發揮。要將原本零散的戰史資料，轉為有血肉的人物與情節，並非易事。他鉅細靡遺地敘述每個零星戰役中的人員、攻防、裝備與死傷；從眾多細節的鋪陳，建構出五十七軍驍勇壯烈的巨大形象。許多悲壯卻平實的大場景描寫，著實使人動容。但是太過地歌頌這些英雄們的英勇無畏，卻使作品缺少人性層面上的深度。但是那駕馭場景與情節的深厚功力，並無損這部作品的重要性。

此階段小說雖然仍保留部份傳統模式，例如：大量使用某某道：「　」的直接引語；對人物行止心理莫不給予詳細的說明或線索等。但本階段的部份作品已不太具備「通俗章回小說」的特徵，情節的淡化、場景的渲染，人物心理的大幅刻畫，反而使此時作品「近似」

新文學的長篇小說風格。

本階段最重要作品爲：《水滸新傳》與《巴山夜雨》。

四、第四階段：凋零期

此階段是從一九四九年直到逝世。

本階段作品的質與量明顯不如前階段的表現。一則因四九年後因政治運動不斷，自由創作的環境驟失。並無明顯左傾色彩的作家，在作品表現上都噤聲無言了。二則因一九四九那年，他因中風癱瘓，使得記憶力大不如前，即使後來逐漸恢復，寫作能力卻因此大受影響，可說功力大失。所以在四九年以後，因政治因素的干擾，前幾階段的作品題材完全消失。取代的是與時政與思想無關的古典改寫，如：《梁山伯與祝英台》、《白蛇傳》、《孟姜女》等作品。唯一較接近前階段的作品是《記者外傳》，這也是他本階段唯一的長篇小說。不過這本《記者外傳》卻一反張恨水擅寫「時事」的特色，寫了一些民初的社會政界百態，自傳性甚濃，是一部對「北京時期」生活的回憶錄，與《春明外史》頗像。一九五三年，他開始進行寫作的另一嘗試，就是把一些民間傳說或歷史故事改編爲小說。他第一部嘗試的是《梁山伯與祝英台》。一九五四年在香港《大公報》發表。之後又寫了《秋江》、《白蛇傳》和《孔雀東南飛》等中、長篇小說。一九五七年，寫《記者外傳》在上海《新聞報》連載，這是最後一本所謂「張恨水本色」的小說。這部小說也是寫民初北京政治和社會面貌的小說。體例頗類似《春明外史》、《春明新史》、《京塵幻影錄》等書。這也是張恨水第一本（除前述等改編小說外）未能立即反映時局、針砭時政，也欠缺時效性、時代感的小說。但很顯然的，一九四九年後張恨水在創作空間上受到極大的壓縮，只好以寫「舊聞往事」的方式，試圖找回過去的風格與榮耀，才寫出像《記者外傳》這種完全是追憶性的作品。因爲，四九年後，沒有成熟的出版環境，沒有百家爭鳴的言論報刊，沒有眾多引頸企盼的讀者，又怎麼會有蘊育張恨水的土壤和環境？於是張恨水的光彩從此黯淡下來。他失色的原因，不是因爲他才氣已盡，而是因爲時代。就像是後來一頭鑽進文物整理的沈從文，一九四九年因受不了政治壓力自殺獲救後，從此就再也寫不出如《邊城》般動人的小說了。沈從文如此，老舍如此，張恨水又何嘗不是如此？他晚期幾部小說如《巴山夜雨》、如《水滸新傳》，雖不像《啼笑因緣》等書有名，其實藝術表現反而達到另一高峰。以他中風後還積極精讀經典，鑽研寫作技巧來看，倘若時代不如此啃蝕人心，未嘗不可能出現更精彩的張恨水。同樣地，所謂「舊派」通俗文學的銷聲匿跡，絕不是因爲它是「文學史上的逆流」而自行「腐爛滅亡」，而完全是因爲時變世變。這些小說，一旦失去眾聲喧嘩的商業文化環境：沒有多元的報刊，失去了眾多的讀者，大家連話都不敢說了，哪有這類小說立足的地方？沒地方刊登作品，也沒人買小說看，大家都去學習改造了，這些小說，焉能不消失？

另外因身體因素的打擊，更使得他寫作水準大失。最明顯的，就是原本細膩的情節交代與細密的描寫，再不復見。筆調明顯簡潔了，但也簡略了。不變的是，寫小說前詳實的考據功夫。他寫這些古典傳說故事，也與他過去寫如《水滸新傳》的考據工作一樣認眞。

本階段僅有部份作品是在大陸直接出書發表（如《孟姜女》在北

京；《記者外傳》在上海），而多數作品是在海外發表，有的是在香港報刊上刊載，有的是只知爲「中國新聞社」向海外發稿，但在何處刊登，現在卻無法得知。所以，本階段的作品並未如前階段在大陸發生太大影響，不過如《梁山伯與祝英台》卻仍在海外造成轟動。本階段重要作品爲《梁山伯與祝英台》與《記者外傳》。

五、小　結

從以上各階段的說明，可清楚看出張恨水小說的演變歷程。他小說文本是其實一直不斷變異的，題材、敘事形式等等無不一變再變。不過多數對張恨水的研究卻忽略這種轉變。張恨水不是永遠停留在寫《春明外史》或是《啼笑因緣》的那個張恨水，也不只是寫《八十一夢》的張恨水。以上分期討論可清晰看出張恨水小說的體材、敘述形式在不同階段的轉變，而且文本與敘述是日趨精緻而成熟的。

此外，以前研究者多以第一階段爲張恨水小說最重要的階段，也多集中討論張恨水第一階段的小說文本，同時認爲張恨水後來有「退步」之虞。但本論文卻以爲，他最有名的小說雖都在第一階段，故名之曰：「成熟期」，但是敘述功力更爲成熟沈穩的好作品，應在第二、三階段，尤其是第三階段。其中《啼笑因緣》、《夜深沈》與《巴山夜雨》各爲每一階段結束前的重要力作，也可說是每一階段的顛峰之作。不過除了《啼笑因緣》之外，像《夜深沈》、《巴山夜雨》，還有《劍膽琴心》、《水滸新傳》等也都不是以往在張恨水研究中被特別注意的作品，值得研究者重視。

第三章　張恨水小說的故事類型（上）

——社會言情小說系列

下述幾章將討論張恨水小說究竟在說些什麼故事，也就是他到底「寫什麼」的問題。本章將以不同的故事題材作分類。而重要的作品也一併在此討論。他作品涵蓋各類題材，觸角極廣，但不外總有「說一個故事」的敘述企圖。不論是社會、言情、抗戰、歷史、俠義、旅行均有著墨，換言之，就是什麼題目都能寫。取材之多，選材之奇，涉獵之廣，現代小說史上無人能出其右。恐怕放諸整個中國小說史，也找不到寫了那麼多不同題材的第二人了。以下各節將以不同題材各分類型探討，也藉此逐步呈現出張恨水小說到底寫了些什麼、說了什麼故事？多數人受到「鴛鴦蝴蝶派」名詞的誤導，以爲他是言情小說家，甚至有人以爲他是「黃色小說家」。張恨水絕不只是言情小說家，除了偵探小說、神怪小說、公案小說之外，他小說的題材幾乎涵蓋了所有中國小說史上的所有題材。中國傳統白話小說概括說來無非四大題材：官場的貪與廉、情場的愛與恨、武場的勇與怯、世場的美與惡。古代通俗小說雖不乏談神說鬼話仙的題材，但也都不過是上述題旨曲折地呈現。若依魯迅在〈中國小說歷史的變遷〉中所提出的擬古、諷刺、人情、俠義四種品類而論，張恨水小說基本是以這四大類型爲主，卻充滿了時代性。

本書將張恨水小說所有故事題材區分爲以下兩大類：一是襲自傳統的故事類型。二是有別於傳統的新故事類型。襲自傳統小說（晚清以前）既有的故事類型有：一、社會／言情小說，二、歷史俠義小說，三、借古諷今小說。有別於傳統的故事類型的有：一、內戰抗戰小說，二、旅行探險小說，三、青年墮落小說，四、騙局騙子小說。

這些類型，綜而論之，寫的不外是「引誘」、「變化」或者「背叛」的故事。都是寫「人」如何受到美色、名利或者權勢的誘惑，因而「變化」的故事。「言情小說」寫女子如何禁不住名與利的引誘而變心，「諷刺小說」寫禁不住金錢誘惑的貪官和奸商，「社會小說」寫青年因禁不住虛榮與女色的誘惑而墮落，「抗戰小說」寫耐不住清貧而轉業從商的大學教授等等。因此多數小說寫的都是「抉擇」的問題，其中隱含著對「執著」與「堅持」的表彰，以及對「道德理想」與「氣節」的頌揚。

因張恨水小說眾多，題材幾乎是無所不寫，分類過程中雖經多次斟酌，其中難免仍有扞格不清之處。不過爲了方便釐清張恨水小說的題材脈絡，分類仍是一個必要作法。同時，本章在每一類型中，將擇一二本具代表性的小說詳細評析，以免作品眾多，討論容易失焦而顯得零散。

第一節　社會——言情小說緒論

所謂言情小說，廣義而言是指以男女情愛爲描寫的小說。張恨水的言情小說不是哀情小說，也沒有哭哭啼啼的眼淚鼻涕，也不只是「才子佳人小說」。張恨水絕大多數的小說都有男女愛戀的情節。他擅長舖陳一段男女三角或多角的戀愛經歷，而將言情故事置於一寫實的社會面相之中。在娓娓述說男男女女悲歡離合的故事時，間接地展露了時代生活面貌。此一小說型態，發展於晚清。就像林紓「拾取當時戰局，緯以美人壯士」❶的想法，他的《京華碧血錄》就是「經以國事，緯以愛情」。而且晚清的言情小說本就多有將「情」置於宏觀的時代背景之下的作法。例如吳趼人的「寫情小說」《恨海》、《劫餘灰》，符霖的《禽海石》等，都在言情之中綜合了大量的社會內容。但是晚清的社會小說，卻像是「人像展覽會」。一個人物引出另一個人物，一個故事引出另一個故事，前面的人物隨故事結束就隨之消失，也不在後面的故事出現。人物像走馬燈一樣上上下下，情節結構鬆散。雖然能顯示多元的社會面相，但是「雖云長篇，形同短制」，可讀性也不高。於是小說家們便以社會小說宏觀廣闊的優點，結合言情小說結構較完整的特性，融社會與言情於一爐。此一寫法可稱作以「言情爲經，社會爲緯」的書寫方式。

---

❶ 引自《劫外曇花》序。轉引自陳平原等編《二十世紀中國小說理論資料》第一卷。北京：北京大學出版社，一九八九年。頁七三。

晚清曾樸的《孽海花》略有此意味，但卻有兩者互不相涉的情形。有時甚至言情僅成爲陪襯，社會內容反而成爲重心。到了民初如《廣陵潮》等作品，才逐步增加言情的比重。而張恨水也是走這社會加言情的路子，就如左笑鴻對張恨水說：「你拿戀愛故事繞人，這個法子很不錯。」張恨水聽罷哈哈大笑。

這「社會——言情」系列❷可說是張恨水小說中的主流，不但數量最多，且代表作多屬這類作品。其實近代言情小說，從古代言情小說「才子佳人、小人撥亂」的典型結構，演變成以「三角選擇，時代風雲」爲情節發展的主線。張恨水也不離這一情節模式。小說所表達的婚戀觀念，代表了都會中的市民意識，他寫出了具有現實生活氣息的愛情故事。他在這類「言情」之作中，呈露了人間男女普遍存在的情感；但絕不是哭哭啼啼眼淚鼻涕的哀情小說，其中沒有談情說愛山盟海誓的表述，情感表達十分含蓄。從不直言出「情」與「愛」之類的言詞，更無激情肉欲的描寫。他不對雙方舉止親暱的情愛動作多加描繪，都是點到爲止，也絕無熱戀激情的對白，感情處理十分含蓄。小說著重的是兩人聚散離合的過程或內在情感上的深刻交流。小說中若寫人物心生愛慕的心情，多以如「心頭一蕩」表示人物愛戀與心動的感覺。他最擅寫男女有情似又無情並未互相認定的捉摸階段。如《春明外史》裡的杏園與梨雲、《啼笑因緣》

❷ 這系列明顯地以「言情」爲主線的作品有：《春明外史》一九二四、《金粉世家》一九二七、《天上人間》一九二八、《斯人記》一九二九、《啼笑因緣》一九三〇、《銀漢雙星》一九三〇、《滿江紅》一九三一、《落霞孤鶩》一九三一、《美人恩》一九三四、《夜深沈》一九三六、《如此江山》一九三六、《大江東去》一九四〇等。

裡的家樹與鳳喜、《劍膽琴心》裡的德小姐與秦學詩等等。除此之外，完全沒有男女浪漫幽會、卿卿我我的場景。小說多點到二人互相認定之後就情海生波，不是一方死亡，就是一方變心。若舉言情名著《啼笑因緣》中家樹與鳳喜的感情爲例。全書二十二回，眞正寫到家樹與鳳喜「談戀愛」的篇章其實不多。全書二十二回重心全在這一男三女的分合聚散，而不在兩方感情的進程與起伏；並不在「情」之本身，而在人物面對感情進退的心理過程。至於《春明外史》也對杏園與梨雲卿卿我我的過程，著墨不多。注重的也是兩人之間聚聚合合的離合關係。

最重要的這些言情篇章全是一些不無感傷情調的故事。這類故事總是柔緩地展開，作者以冷靜的筆墨，以淡淡的哀愁，從而打動讀者的心弦。小說喜劇收場不多，人物不是離散就是死亡，倘若不死不離，也並無團圓完滿結局❸。幾部作品的結局：《春明外史》中杏園、梨雲病死；《金粉世家》中清秋出走；《斯人記》中梁寒山與張梅仙最終沒有成爲美眷，小說在具有開放性可能的對白中結束；《啼笑因緣》中鳳喜發瘋、秀姑離開，麗娜與家樹結果如何並未交代；《夜深沈》中二和與月容在重重誤會與陷害設計中無法相守；《劍膽琴心》裡秦學詩與德小姐後來怎麼了，也並未交代；《太平花》中也讓李守白兩頭落空、放眼未來。他的小說結尾絕非如「鐘

❸　不過他並無刻意趨向「不團圓主義」。他在一九二八年六月五日北平《世界日報》副刊中發表〈長篇與短篇〉一文中說：「長篇小說的團圓結局，此爲中國人通病。紅樓夢一出打破此例，彌覺雋永，於是近來作長篇者，又多趨於不團圓主義。其實團圓如不落窠臼，又耐人尋味，則團圓亦固無礙也。」

擺」般只有左或是右兩種選擇，不是留下開放性結尾，就是讓糾葛的三人彼此都沒有結果。其中《春明外史》在感傷場面的處理上最爲做作，人物動輒嚎啕大哭、痛徹心扉，甚至因此病入膏肓、一病不起。因爲《春明外史》尚離民初「哀情小說」潮不遠，這可能是時代的影響。

另外，張恨水自第二階段起，刻意開發新的題材，像《燕歸來》、《秘密谷》等都是他新的嘗試。但是他卻仍在新題材中酌量加入言情情節，因爲他認爲言情的故事比起任何題材都具有吸引人的力量。即使他在抗戰時期也沒丟了原本融社會言情於一爐的習慣，像《傲霜花》即爲代表。即使是根據史實描寫常德一戰的《虎賁萬歲》，張恨水也請口述士兵說點可能有的感情故事，他好穿插在其中，避免全是戰爭的描寫會過於單調。因此可說，除了那些純粹的社會揭露諷刺小說外（如《春明新史》、《八十一夢》、《五子登科》等），他始終沒放棄在故事中加入「言情」成分的作法。而從他執意刻意地加入「言情」情節，也可看出他對小說「可讀性」的注重。下列是以其他題材爲主線，但其中也有「情愛」情節的作品。就是雖可歸之於其他類型的小說，如俠義小說、抗戰小說等，但其中仍有重要的「情愛」的情節。這些作品將置於其他類型中討論。

書　名	年　　代	本書隸屬類型
《劍膽琴心》	一九二八	俠義
《斯人記》	一九二九	社會
《滿城風雨》	一九三一	內戰
《似水流年》	一九三一	社會

《太平花》	一九三一	内戰
《秘密谷》	一九三二	旅行
《楊柳青青》	一九三三	抗戰
《現代青年》	一九三三	社會
《燕歸來》	一九三四	旅行
《小西天》	一九三四	旅行
《藝術之宮》	一九三五	社會
《中原豪俠傳》	一九三六	俠義
《一路福星》	一九三七	旅行
《傲霜花》	一九四三	社會
《虎賁萬歲》	一九四六	抗戰

到了第三階段進入抗戰時期，或因時局所致，他的確不寫專敘男女之情的「言情小說」，反而以極大篇幅描述夫妻間生活相處的微妙，前二階段那少男少女傾慕愛戀的情節全不可見了。例如：《大江東去》、《石頭城外》、《巴山夜雨》、《紙醉金迷》等作品，都對夫妻生活相處的諸多類型，有細膩而深刻的描寫。筆者以爲，或許早期的張恨水，因婚戀不幸福，一直處於愛情的苦悶之中，所以對才子佳人似的戀愛有種憧憬。直到一九三一年與周南結婚，才算眞正得到契合的美眷，但是婚後二人卻因故總是各分兩地。但到了一九三八年當周南攜子到重慶，全家搬到重慶市郊「南溫泉」時，張恨水可能這才對朝夕相處的夫妻生活有所體會。同時張恨水也將他的觀察場域轉移到鄰居夫妻的生活瑣事上，所以才會在此一階段出現特別多的夫妻故事。但到第四階段他大量將民間愛情題材，重寫

爲小說（如：《梁山伯與祝英台》、《孔雀東南飛》、《白蛇傳》等），則又是另一個「言情」的階段了。

這類言情類型的作品很多，無法一一討論。在此把以言情爲主線的小說分成二類，並擇重要者討論：一、言情故事中穿插大量社會軼聞的小說。其中討論《春明外史》、《斯人記》以及《金粉世家》三部。二、純粹言情但以社會爲背景的小說。其中討論《啼笑因緣》、《夜深沈》二部。

第二節　穿插大量社會軼聞的言情小說

這類作品大致有：《春明外史》、《斯人記》、《金粉世家》、《春明新史》《記者外傳》等。都是言情故事中加入北京政治與社會軼聞的集錦。這類小說以多頭緒方式，展開社會眾生的軼聞與世相。舉凡官場、報界、學界、梨園等等，無不涉獵。此類敘事風格的作品，都出現於第一階段，且都寫北京故事（《記者外傳》原因特殊而除外）。這類作品，是標準的「社會＋言情」的小說，就是可割裂爲兩部風格迥異的著作。「言情」部份，像是傳統的才子佳人小說：「社會」的部份，像是傳統的「譴責小說」，且以揭露與諷刺的筆法交替爲之。而《金粉世家》應也可歸於此類。只不過它是以一個家族及家族成員爲描寫對象，整體情節結構較爲完整，與前述作品的片斷性也不甚相同。不過，因他仍有藉敘說家族生活內涵以揭露社會世相的寫作企圖，如上妓院、嫖戲子、炒股票、外遇不貞等情節。社會性極強，故置於此處。這類小說的情節是根源於對讀者「陌生感」的依賴，以事件所產生的不安和詭異引發讀者的興趣。敘述者作著傳達大量軼事的工作。從張恨水這類小說也可看到《紅樓夢》與《儒林外史》兩大傳統在二十世紀的合一，其實對這兩大傳統的仿效，一直是從晚清到民國眾多小說作家的共同路數。

附帶一提的是，像《春明新史》、《京塵幻影錄》兩本北京政治與社會新聞集錦小說，其實與《春明外史》在結構上十分相似。只是《春明外史》以言情為主線，除有許多秘聞軼史外，還有大量抒發情意與情境的篇幅。但《春明新史》、《京塵幻影錄》純是北京社會與政治新聞的集錦，沒有主要人物的戀愛夾雜其中，說的不外是些名人的豔史或政壇內幕。這些名人包括總長、國會議員、大小行政官員、記者、教授、電影明星、名伶、名妓及名商大賈等等。且《京塵幻影錄》若與《春明外史》相較則更偏重於官場的世相與醜聞，可說是民國的「官場現形記」。而且在《春明外史》中大量的寫景與抒情的段落，在這三部作品中也不復見，而全是事件的交代。

一、《春明外史》（一九二四）

《春明外史》（一九二四）是以新聞記者楊杏園為人物中心，盡其所能地描繪了二〇年代北京城裡的各種奇聞軼事。正如書名所言，作者想寫出當時北京生活的「野史」，為讀者提供多面貌的北京生活畫卷，並同時諷諭時弊、抒發情思。據說若熟悉北洋軍閥政局及文壇諸家的人讀過，必會產生「此中有人，呼之欲出」之感。如時文彥即徐志摩，胡曉梅是陸小曼，魏極風是曹錕、曾祖武是楊度，舒九成即成舍我，韓幼樓即張學良，何達爲胡適，金士章爲章士釗等。整部《春明外史》的故事，都是以記者楊杏園的生活遭遇作貫串，他因職業與交遊關係，出入報社、妓院、茶館、戲院、飯館、俱樂部等不同場合；所以他也因此遇到不同人物，諸如：新聞記者、妓女、演員、官僚、總理、學生、政客、老師等等。筆鋒觸及各種人物，展開了眾多的社會世相。雖然如此，但總限於上層社會名人的交遊應酬之事。當時造成讀者爭相傳閱的盛況：「書中人物，皆有所指。在《世界晚報》連載的時候，讀者把它看做是新聞版外的『新聞』，吸引力是非常之大，很多人花一個『大子兒』買張晚報，就爲的是要知道版外新聞如何發展、如何結局的。當時很多報紙都登載有連載小說，像《益世報》一天刊載五六篇，卻從來沒有一篇像《春明外史》那麼叫座。作者詛訾那個時代，摘發抨擊某一些人和某一些現象，乃是出於當時作爲一個新聞記者的正義感和責任感❹。」

《春明外史》有廣闊的生活層面，有眾多人物組成的形象畫廊，盡情展現了一個報人對社會觀察的開闊視野。但全書的敘述重心還是一個「情」字。關於《春明外史》，張恨水他曾說：「我用作《紅樓夢》的辦法，來作《儒林外史》。」即已明確指出了自己「以言情爲經，社會爲緯❺」的敘述方式。這些桃色「緋聞」讀來與今天並無兩樣。其他還有許多如菩薩顯聖的騙局等等的社會奇聞。所以

❹ 引自張恨水的老友張友鸞在〈章回小說大家張恨水〉文中所言。收入張占國等編《張恨水研究資料》天津：天津人民出版社，一九八一。頁一二九。

❺ 見張恨水〈總答謝〉中之自述。

這類小說新聞性強、時事性高、極具「社會新聞化」。《春明外史》與包天笑以名伶梅蘭芳爲中心，反映民國開國後如辛亥革命、洪憲帝制、張勛復辟的野史《留芳記》（1925），在寫北京世相的題材上十分類似。

另外如《斯人記》，張恨水說：「《斯人記》只能寫我的朋友，以及我朋友的朋友的故事，俾使大家看了以資笑謔而已。」命名的本意，一可說斯人所記，也就是那個人所記下來的事。二可說是把斯人事記將下來，就是把那些人的事記將下來。書中寫的都是多是名伶、名妓、文人的故事，且多有眞人眞事可考。例如開頭幾回據說寫的是名伶梅蘭芳與妻子福芝芳相識的軼聞。故事從兩個女孩一同學戲開始。由此看出北京演藝圈的榮枯，與捧角家們（當今的追星族）的際遇。

不過這些社會政治軼聞，當時人讀可能頗感好奇與趣味，現在再讀卻充滿時代的隔閡，缺乏引人閱讀的內涵與深度。就像張恨水自己後來檢討：「《春明外史》太重時間性，因而減少了文字影響讀者的力量。且有若干不必要的諷刺，欠詩人溫柔敦厚之旨。」全書比較有意思的還是對杏園感情生活與感傷心境的描述。因此全書形成兩種迥異的風格，「社會」與「言情」在此並不相容；「社會」部份，敘述速度快，採概述法，抒情性低，細節與景物描寫少，人物類型化、漫畫化、醜角化，敘述口吻較爲誇大；「言情」部份則反之，不但抒情性強、敘述速度緩慢，且多細節與場景的刻畫，人物皆清高雅正心思細膩。不過張恨水後來的言情小說完全刪去在「言情故事」中加入這類軼聞集錦的寫法，多僅以時代社會爲背景而已，但社會性仍強。所以《春明外史》可說是張恨水唯一最接近「社會言情小說」定義的作品。到了第二階段後，連純社會小說也不再出現這類浮光掠影式的軼聞了。

另外，《春明外史》中張恨水追求詞章筆法的典雅，尤其在回目及穿插詩詞上用盡心思。張恨水酷愛詩詞，認爲以往的章回小說對回目都不太考究。所以他煞費苦心地推敲，始創了「九字回目」。如第一回：「月底宵光殘梨涼客夢天涯寒食芳草怨歸魂」。第二回：「佳話遍春城高談婚變　啼聲喧粉窟混戰情魔」。第三回：「消息雨聲中驚雷倚客風光花落後煮茗勞僧」。這種九字回目雖費事而辛苦，但是卻受到不少讀者的讚賞，不僅吟誦研究，私淑者大有其人❻。除回目的考究外，《春明外史》中還穿插不少詩詞，這些詩詞對渲染氣氛、刻畫人物等起了重大作用。全書約有七十多首詩詞，多數出於楊杏園之手，李冬青其次。他們倆由詩結緣、由詩傾慕、由詩死別。其中重要的有杏園和清人張問陶八首梅花的本事詩等等。書中還有二十多副對聯與輓聯（第二十二回）、兩篇祭文、一篇殘賦以及十幾封文言尺牘。這些四六文多出於杏園與好友碧波等人之手，雖然是文言，但與人物、場景、情節都有密不可分的關係，烘托出既清雅而又哀淒的氣氛與情緒。這些詩詞古文都讓《春明外史》顯得文人氣十足。

---

❻ 依據恨水之子張伍所回憶，如當時有讀者郭竹君，把《春明外史》所有回目，全部用原韻和唱，投到《世界晚報》。又如當張恨水之摯交金寄水第一次到家中作客時，竟會背誦《春明外史》全數的回目。而且金寄水連其他主要著作的回目都會背誦。金寄水並說，當張恨水的九字回目一出，模仿者不少，後來他們也都寫九字回目的小說了。詳見《回憶父親張恨水》北京：十月文藝出版社，一九九五。頁一二〇。

《斯人記》也有著「南曲散套」形式的「序曲」《江亭秋》，這也是張恨水所有小說中唯一以戲曲形式表現的「序」；同時也應該是二十世紀中國唯一以戲曲形式作「序」的小說。《江亭秋》讓本書的男女主角先登台亮相，自道身世，各顯才情，互道相慕之思。一日，兩人相約到陶然亭一遊，途中遇一對癡男怨女的墳塚，不免感時自傷。兩人想起張恨水《春明外史》中有一回寫到楊杏園與李冬青在陶然亭雅集之事，不妨也請張恨水將兩人的故事寫入小說當中：

> （旦拂衣笑介）兄對我身蔽綺維，有微詞乎？我以爲素富貴，行乎富貴，還不失爲率直。李冬青落落孤芳，亭亭淨植，我哪比得上。只是我不願梁兄學那豪氣消沈，清才抑鬱的楊杏園。（旦拈巾低頭，低語介）不得締此是之良緣，爰枉作來生之幻夢。（生）梅仙，底怕我步杏園後塵，不免短命嗎？其實他成爲街談巷語之資，博得後人不少同情之淚。我們兩人，縱相守一天，也不過腐同草木。（旦）聞張君近又有長篇小說問世，兄既係彼友人，彼或拉我做爲陪客，意未可知。（生）聞他新作，要寫若干對神仙眷屬，美滿姻緣，爾我敗興之人，未必可入風流之隊。（旦）《春明外史》又何嘗不是悲劇？
>
> 【東甌令】相思債，淚珠情，寫出文章才當眞。雖然難鏟山般恨，不墜入風流陣，你且把此情訴與後世人。

張恨水會引戲曲形式入小說，就如他以章回形式發表、以詩詞入小說一樣，皆來自於他對傳統文學形式的偏好與熱愛，也源於此時他喜歡以小說「炫才」露一手詩文表現的想法。他一直在嘗試不同的「改良」方式，因此雖然都是章回小說，但卻都有不同的表現形式。有的刪去套語，有的保留套語；有的有結尾詩；有的有精心設計的「楔子」或「序」……不過，都透露了他對傳統形式入小說的執著與堅持。《斯人記》這段「序曲」，充分反映他對這些古雅語言的眷戀。再加上他從《春明外史》到《斯人記》中對「才子佳人」式感情的高度興趣，也難怪引發「鴛鴦蝴蝶」之類的聯想。其實他的小說從人物、語言到敘述方式都是十分「時代感」的。

二、《金粉世家》（一九二七）

在《金粉世家》構思和醞釀時期，《春明外史》還在連載。張恨水開始刻意避免《春明外史》零散片段的結構。因此，他構思了整個故事，安排好情節大綱，列出一張人物表，標明主要人物的性格及相互關係。他以枝脈相連的家庭結構敘述時，自然寫出一班富家子弟的荒唐，避免了像《春明外史》那樣以一線穿多珠的零散弊病；從而一改《儒林外史》以來的「串珠式」與「新聞化」的情節特徵，使百萬巨著成為一整體的敘事結構。

《金粉世家》的作品主線十分簡單，寫的是北京內閣總理金銓一大家族的故事。借「六朝金粉」的典故，鋪敘了豪門從繁華到衰敗的歷程。其中以冷清秋與金銓小兒子金燕西戀愛、結婚、反目、離散的過程為情節主線，再另外旁及金銓與妻妾、四子四女、兒媳女婿等奢靡的生活與遭際。其中並穿插了許多商界和宦場秘聞。《金粉世家》寫大家族裡上至家長下至丫環，旁及妻、妾、兒、媳、女、婿、孫等的生活、情愛與紛爭。書中同樣對家庭成員奢靡揮霍荒淫無度的行徑，多所描寫。《金粉世家》在寫大家族由盛而衰、繁華盛景轉眼成空的悵惘之感，甚至直接在文中點出「人生如夢」的思考，與《紅樓夢》有相似之處。張恨水在《金粉世家》序的開頭就寫道：「嗟夫！人生宇宙間，豈非一玄妙不可捉摸之悲劇乎？吾有家人終日飲食團聚，明日而仍飲食團聚否？未可也。吾有吾身，今日品茗吟詩，微醺登榻，至逸也。悲劇今日如此，明日仍如此否？又未可知也。」而《金粉世家》就在這種「成敗榮辱轉眼空」的沈重與嘆息中作結。如第一百十一回中，寫到金太太上西山以後的寂寞與悲戚：

> 金太太這時一個人坐在屋子裡，心卻在北京城裡烏衣巷，那舊時幢幢的幻影，正一幕一幕在眼前映演著，兩眼淚珠子，在眼眶子裡，是無論如何也藏留不住，由微開著的眼縫裡，一粒一粒的，直流出淚珠來。……她道：「我心裡亂極了，簡直按不定。到了晚上，我在佛像下打坐，口裡只管念心經，心裡只想到繁華下場，禁不住眼淚直滾下來。」「無論哪一種繁華世界，我都經過了，如今想起來又在那裡？佛家說的這個空字，實在不錯。」「那烏煙瘴氣的一團黑影子，就是北京城，我們在那裡混了幾十年了。現實在山上看起來，那裡和書上說的螞蟻國招駙馬，有什麼分別？唉！人生眞是一場夢。」

金太太在此陷入繁華之夢消逝不再的痛楚之中。作者提出「烏衣巷」❼的象徵，明白契合了「繁華散盡」、「人生如夢」的主題。在最後一回張恨水頗具象徵意涵地寫了梅麗（金家小女兒）回到家中的場景：「天已晚了，一抹殘陽，在禿牆上照出金黃色來，映得這個院子很是淒涼。有幾根沒有燒死的瘦竹子，被風喚著，在瓦礪堆裡，向梅麗點著頭，好像是幾個人。」這不但寫出金家自火災以後的破敗，更整體象徵出金家離散崩潰的景狀。

雖然張恨水自己反對把《金粉世家》比作民國的《紅樓夢》❽，《金粉世家》還是可稱爲現代《紅樓夢》。比起《繪芳園》、《青樓夢》等清末的所謂《紅樓夢》續書，《金粉世家》算是最成熟的《紅樓夢》續書。金宅近於賈府，一個摩登林黛玉冷清秋、摩登賈寶玉金燕西，其他人物也應有盡有。這些人物穿上了時代的新裝，寫世家子弟的庸俗、自私、放蕩、奢華❾，張恨水抓緊當時的題材與社會議題，盡寫大家庭樹倒猢猻散的沒落。

《金粉世家》若和有同樣結構企圖的《京華煙雲》（一九三九）作比較，兩者有許多類似的地方。林語堂的《京華煙雲》也和《金粉世家》一樣寫豪族家庭的潰散，一樣寫活了北京的人情風俗，一樣有著《紅樓夢》的大家族架構以及「繁華若夢」的影子。但是《京

❼ 劉禹錫《烏衣巷》詩：「朱雀橋邊野草花，烏衣巷口夕陽斜。舊時王謝堂前燕，飛入尋常百姓家。」而此詩也被白先勇在《臺北人》一書中點明「繁華若夢」的主題。

❽ 張恨水在一九四九年〈寫作生涯回憶〉中說：「有人說，《金粉世家》是當時的《紅樓夢》，這自是估價太高。我也沒有那麼狂妄，去擬這不朽之作。而取徑也各有不同。」

❾ 參考徐文瀅〈民國以來的章回小說〉《萬象》第一卷第六期。一九四一年十二月。

華煙雲》中卻充滿了精神象徵和心理暗示。例如林語堂將自由豁達的道家思想，充分地在姚思安和姚木蘭身上顯現。而且他有意在小說中貫串近代史的脈絡，並刻意呈現文化的風貌。張恨水延續著《春明外史》對醜聞獵奇與「揭露」的興趣，《金粉世家》也頗爲強調金家少爺們嫖妓的奢華行徑，但是它未能與故事結局產生具思索性的因果關係，也未能將荒淫豪奢的「惡」，提昇到人性的高度去省思。就像張恨水自己檢討：「《金粉世家》給人消閒的意味居多，且對每回文字的長短沒有加意經營。」但是《金粉世家》卻直接表現著一種市民的道德和感情判斷。市民們藉此「窺視」著平日無法企及的豪門生活，並在閱讀過程中間接「審判」了腐敗與豪奢。讀者關注的是主角人物的遭遇與離合，希望知道「她爲什麼會這樣」的興趣遠比讀出意義還來得高。就因爲具有種種易「通於俗」的特質，讓張恨水因此而得到更多的讀者，但也限制了這部作品的「文學」成就。不過此書在情節的經營、人物的刻畫上，仍屬佳作。

第三節　與清末民初小說傳統的比較

一、與晚清「譴責小說[10]」的比較

張恨水上述小說與晚清「譴責小說」及民初「社會小說」有絕

[10] 此是魯迅在《中國小說史》中的定義。此處仍循此一「通行定義」敘述。

對的承繼性。這類譴責官場弊端的態度及宏觀社會的視野，應是上承《蜃樓志》、晚清四大小說、孫玉聲的《海上繁華夢》、張春帆的《九尾龜》以及李涵秋《廣陵潮》等描寫世情的社會小說。這類小說鋪展出浮華世相，展開政治、經濟、世俗、民情的斑斕畫卷。

從晚清到民國這類社會小說作者就是報人，多借小說來表達輿情或把小說當作監督時政的工具。張恨水這類富含社會軼聞的言情小說，書中事件繁雜，人物眾多。不少章節也因襲了晚清官場小說與譴責小說的章法。乍看尤其與晚清吳趼人《二十年目睹之怪現狀》最為類同，但細觀則發現二者實是異同互見。

揭露社會面相時，《春明外史》與晚清「譴責小說」一樣，常止於現象的展示，時而顯露出「獵奇」的成份。這類小說其實是以「小說」的形式架構寫「政治新聞」與「社會新聞」。這類社會性強、新聞性高的文本，應與吳趼人、李伯元、張恨水等人都身為記者有關。當然也與晚清小說「有補於史」的實錄觀念相關，不過他們為引起讀者的興趣，引的都是名人軼聞的「實錄」⓫。張恨水以寫「野史」的觀念作《春明外史》，即可見這從晚清以降的文學傳統。

《二十年目睹之怪現狀》偏重於揭露道德人心的腐敗虛偽⓬，

⓫ 如陳平原說：「倘若實錄的是凡人瑣事，，那既不能補史，也不能引起讀者的興趣；必須是名人軼聞的實錄，才兼有觀賞與補史的雙重功用。……讀者這一特殊的欣賞趣味，誘使新小說家大量引軼聞入小說。」見《二十世紀中國小說史》第一卷。北京：北京大學出版社，一九八九。頁二五三。

⓬ 《二十年目睹怪現狀》主要寫家庭醜劇與官場黑幕。如九死一生的伯父，滿

而《春明外史》則多是政要名流文士娼優等人的軼聞故事，這類軼聞對當時懷有探祕心態的讀者深具吸引力。另外「譴責小說」多寫官場中的官員，《春明外史》等小說則涉及較廣闊的社會階層。同時張恨水並未以強烈的道德判準去感嘆「世風日下」，或大力「譴責」這些「怪現狀」，兩者並不相同。但是因爲此時的張恨水還是偏重將「揭密獵奇」當作社會描寫的要素，所以《春明外史》等小說與晚清「譴責小說」一樣，未能太深入檢討醜聞背後所代表的人性意義，也沒有能寫出深刻的悲憫感。不過，似乎「呈現」就是作小說的主要目的。

二者都以一個主要人物貫串全書。《二十年目睹之怪現狀》以「九死一生」做爲主要人物貫串全書；如同《春明外史》是以記者楊杏園作爲貫串、《斯人記》以梁寒山爲貫串、《金粉世家》以冷清秋爲貫串。不過楊杏園不像「九死一生」一樣只是個欠缺飽滿形象的觀察者與傳述者而已，他本身也有複雜而曲折的故事。因此，《春明外史》與這類「譴責小說」群最不同的是，《春明外史》用了很大篇幅寫男女情意綿綿的戀情，一波三折，起伏跌宕，總欲勾人探問「後來怎麼了」？不像《二十年目睹怪現狀》等書，因缺乏

口仁義道德，卻侵吞死去弟弟的錢財，欺騙孤兒寡母（第二回）。另外一個買辦的兒子指使強盜去自己父親住處搶劫放火（二十九回）。黎景翼則爲圖謀家產，毒死弟弟，把弟媳賣到妓院（三十二回）。又如高談理學孝道的符彌軒，卻經常虐待祖父（七十四回）。旗人苟才爲了升官發財，強逼寡媳給總督作妾，而後來他的兒子卻和他的姨太太通姦。還有作爲貨捐局稽查的莫可文，不僅冒死去弟弟之名做官，還引誘弟媳爲妾（九十八回）。綜觀之，都是寫這些人爲財、爲色的「失德」行爲，其中道德判準鮮明。

主要的情節線索，欠缺引人一探究竟的的感染力，總使人有「讀不下去」之感。

像《怪現狀》之類的譴責小說多以大量對話交代事件與情節，並無對生活內涵細節的細緻描繪，因而敘述筆調顯得乾枯，人物也易出現服膺於情節的類型化傾向。張恨水卻以平易的筆調，寫活了北京各階層的日常生活。包括看戲、上館子、應酬聚會、詩酒往來、麻將娛樂等日常生活瑣事。作者對這些生活的平常事件進行了細緻入微的描寫。如《春明外史》第十回光寫余詠西、楊杏園與白瘦秋白素秋姊妹打牌，就十分詳細寫著各人有什麼牌、又各打什麼牌、如何出牌、出哪幾張牌的場面。光這場面就用了超過一千五百字去描述。如此使小說在故事的敘述之中，增添了許多「生活」的感覺。而越往後期張恨水小說中的「生活感」就越明顯，從而形成一種細膩飽滿的質感與風格。

《春明外史》與「溢惡」的「譴責小說」相較，主角楊杏園及朋友等人都深具善良的本質。不像《二十年目睹怪現狀》是一個充滿欺騙、陷害、敲詐、姦淫的陰暗世界。因此，他筆下同樣充斥著醜聞的北京，卻不像譴責小說筆下的上海那麼缺乏良善的希望。

二、與民初「社會小說」的比較

而所謂民初「社會小說」，乃指二十世紀一、二〇年代上海出現的大批社會長篇小說。大致包括李涵秋的《廣陵潮》（動筆於1909，1919完成）；嚴獨鶴《人海夢》（1918開始連載，1929出版）；朱瘦菊（海上說夢人）《歇浦潮》（在上海《新申報》連載5年，1921年出書）；畢倚虹

（婆娑生）、包天笑《人間地獄》（1923連載，1924出版）、《上海春秋》（上部成於1924，下部成於1926）以及《留芳記》（1925）；王小逸《春水微波》（1926）；平襟亞（網蛛生）《人海潮》（1927）等等。上述作品寫的都是上海。而葉小鳳的《如此京華》（1921）則寫的是北京。

民初這一系列的「社會小說潮」，根源應是《儒林外史》到《二十年目睹之怪現狀》、《官場現形記》等諷刺小說的傳統⑬。張愛玲曾試著探詢這社會小說群之所以蓬勃出現的原因。她說：「是否因為過渡時代變動太劇烈，虛構的小說跟不上事實，大眾對周圍發生的事感到好奇？⑭」

這類民國上海社會小說共同特徵是：酣暢淋漓地廣泛描寫世態眾生相，而這眾生相不外是：軍閥官僚的豪奢，名士美人的風流等等，都著重陰暗面的揭露。讀這些政治黑幕小說的讀者並非要從中尋找什麼，而大多出於普通人對公眾人物與異己世界瞭解的興趣。這一閱讀過程是一個巨大的「世俗化」過程，神秘人物的神秘性消失了，他們成為普通人物可以隨意談論的對象。也因為這類小說情節多來自於當時的新聞、軼事、傳言、八卦等，所以時事性很強、紀實性也強，以致於不同於單線條的一人一事或幾人幾事的小說，結構十分鬆散，更缺乏主題的統一性。包天笑曾說，他當年在為《月

---

⑬ 張愛玲曾同樣說過：「社會小說這名稱，似乎是二〇年代才有，是從『儒林外史』到『官場現形記』一脈相傳下來，內容看上去都是記實。」見〈談看書〉《張看》臺北：皇冠，一九八六第九版。頁二一五。

⑭ 張愛玲〈談看書〉《張看》臺北：皇冠，一九八六第九版。頁二一八。

月小說》寫稿時，請教吳趼人怎麼寫《二十年目睹之怪現狀》。吳趼人給他看一本小冊子，裡面貼滿了報紙上所載的新聞故事，也有筆錄朋友所說的。吳告訴他這些都是材料，把他串起來就是了。

晚清這類小說（「諷刺小說」）以描繪官場居多，民初社會小說沿襲著晚清小說對官場與妓院的高度興趣，因此仍有相當的篇幅寫的是妓院與官場。但整體說來，民國社會小說涵蓋面廣闊，並不限於官場。這類小說只表面地呈現出社會上各種「變」與「壞」的現象，暗中嘆息「人心不古」，但卻未能深究「變」的因素。這類小說作者喜歡以許多諷刺與戲謔的手法，不斷挖苦人的勢利、好色、吝嗇、怯懦等弱點；但多數僅停留於世故與黑幕的展現。他們對生活細節與習俗也有著高度興趣，小說對當時的服裝、吃穿、物價等生活情形均有詳細記錄。整體呈現出既不新又不舊的價值與道德意識⓯。

這類描寫細緻、講求寫實、不甚重視主題和結構、又喜歡追求「異常荒謬」風格的小說，有時給人醜聞羅列，人像展覽式的印象。雖然如此，卻不乏可讀性⓰。整體表現出宏觀展現社會的氣魄，時

⓯ 如張愛玲在《張看》〈談看書〉一文所評析的：「內容看上去都是記實，結構本來也就鬆散，散漫到一個地步，連主題上的統一性也不要了，也是一種自然的趨勢。清末民初的諷刺小說的宣傳教育性，被新文藝繼承了去，章回小說不在震聾發聵，有些如《歇浦潮》還是諷刺，一般連諷刺也沖淡了，止於世故。對新的一切感到幻滅，對舊道德雖然懷戀，也遙遠黯淡。」

⓰ 夏濟安說：「最近看了《歇浦潮》認爲「美不勝收」；又看包天笑的《上海春秋》，更是佩服的五體投地。可惜包著只看到六十回，以後的不知到那裡借的到。很想寫篇文章，討論那些上海小說。」見夏志清《愛情、社會、文學》〈夏濟安對中國俗文學的看法〉臺北：純文學出版社，一九七〇。頁二三三。

代性很強。這是中國古代通俗小說所沒有的氣魄。在此附帶一提，「舊派」小說此一宏觀的氣魄，與龐大的讀者群，對尚處於創始期的新文學陣營可能也是一大刺激。新文學遲至二〇年代末期，還多是短篇實驗之作，長篇極少。僅有的幾部長篇風格也多與「舊派」接近⓱。直到三〇年代新文學陣營才開始創作出如《子夜》、《家》等一批大規模描寫社會百態之作，但這些作品風格的賁張、情感的激越，與這類他們大加撻伐的「舊派小說」在敘述本質上實無二致。

早期張恨水小說的確與上述特徵相同，張恨水初期小說與這類小說同時出現，同樣承襲了自晚清以來這類宏觀展現社會的視野。當然張恨水報人及記者的身分，以及熱衷於社會軼聞的蒐羅，也同時是造成這類小說風格的原因之一。他小說雖然也同樣有部份如紀實性強、存諷刺之旨、新舊觀念紛陳的特色；但他卻有意地以潤澤飽滿的敘述文筆並加入情節主線來改進這類文本結構鬆散、描寫粗疏的問題。張恨水雖然有意改良社會小說形式上的缺失。但他這類富含軼聞集錦的言情小說與民初上海社會小說還是應可歸屬於同一體系。

⓱ 這時期新文學的長篇小說只有十部左右。張資平的《沖積期化石》等長篇小說，其敘述手法頗有與通俗小說看齊的態勢。老舍的《老張的哲學》（一九二六）、《趙子曰》（一九二七）的藝術格調與通俗文學陣營裡的「滑稽大師」程瞻廬也十分近似。王統照的《一葉》，楊振聲的《玉君》，嚴格說來稱不上是長篇。

三、與晚清「狹邪小說」及民初「社會小說」言情部份的比較

《春明外史》的前半部（妓女梨雲部份），敘述風格還有當時上海「社會小說」群敘述成規的影子。所謂的「社會—言情小說」都是出現在二〇年代上海的「社會小說」群，這些社會小說本應屬《二十年目睹之怪現狀》之類的社會揭露小說，但是其中又相當程度夾雜著文士與娼妓的愛情故事，也就是才子引風塵人物為知己的故事。包括朱瘦菊的（海上說夢人）的《歇浦潮》（一九二一）與《新歇浦潮》（一九二四）；畢倚虹（婆娑生）和包天笑合寫的《人間地獄》（一九二三年連載於《申報》，一九二四出版）、包天笑的《上海春秋》（上部成於一九二四，下部成於一九二六）等作品。而這些在上海發行的小說，同樣地寫了文士（多為記者與報人）與娼妓的愛戀故事，也同樣出現大篇幅文人宴客詩酒作對的場面。最重要的是，上述作品與《春明外史》（一九二四）幾乎同時出現⑱。

若這類寫文士與娼妓的小說，再往上推則明顯可看到所謂「清代狹邪小說」傳統的影響。如《品花寶鑑》、《青樓夢》、《海上花列傳》之類「以狹邪中人物事故為全書主幹，且組織成長篇至數十回者」⑲等「專寫妓院的說部」⑳。因清代「狹邪」文風影響所

---

⑱ 畢倚虹一九二三年開始連載《人間地獄》；包天笑同在一九二四年連載《上海春秋》。

⑲ 魯迅《中國小說史略》第二十六篇〈清之狹邪小說〉。

⑳ 引自秦瘦鷗〈閒話《狹邪小說》〉一文。載《小說縱橫談》花城出版社，一九八六，十二月。

及，再加上近代以來文人騷客皆有召妓冶遊、徵花載酒的風潮㉑，也像鄭逸梅說：「這時社會人士都喜歡吃花酒。把秦樓楚館作爲業餘遣興的消閒之所㉒」，當時連胡適之也喝花酒㉓。所以民國文人筆下的「社會小說」也多出現文士與娼妓的戀史。張愛玲也曾說到二〇年代的社會小說之所以喜歡寫妓院的原因：「寫妓院太多，那是繼承晚清小說的另一條路線，而且也仍舊是大眾憧憬的所在。也許因爲一般人太沒有戀愛的機會。有些作者兼任不只一家小報編輯，晚上八點鐘到報館，叫一碗什錦炒飯，早有電話請吃花酒，一方面『手民索稿』，寫幾百字發下去——至少這是他們自己筆下樂道的理想生活。㉔」張恨水這系列小說，有著同樣的題材，寫這些報界文人與娼妓的愛情故事。

但其中與《春明外史》（一九二四）有驚人的相似者可推畢倚虹（婆娑生）一九二三年在上海《申報》《自由談》發表的《人間地

㉑ 自清道光年間鴉片戰爭後，北京因法令鬆弛，妓風大熾。文士王公大臣出入「胭脂」、「石頭」等胡同，召妓佐酒，盡演風流。道光緒庚子時，因多次禁妓不成，京師只好將妓院集中遷於城外管理。其中頭一二等妓院多集中在前門外的八條胡同，故稱「八大胡同」。到民國初年仍方興未艾。至於上海，自鴉片戰爭失敗，始有租界。由於租界內妓院不受中國法令約束，妓院成爲文人騷客飲酒啜茶、結社雅集之地。例如李伯元在《南亭筆記》中說：「二十年前，名流薈萃滬江，時稱極盛，徵花載酒，結社題詩，先輩風流，令人神往。」

㉒ 鄭逸梅《人物與集藏》哈爾濱：黑龍江人民出版社，一九八九。頁二二一。

㉓ 包天笑說：「胡適之在上海吃花酒，這也無足爲異」《釧影樓回憶錄》香港：大華出版社，一九七一。頁四四九。

㉔ 張愛玲〈談看書〉收入《張看》臺北：皇冠，一九八六第九版。頁二一八。

獄》㉕。此書「以海上娼家爲背景，以三五名士爲線索」㉖，情節主線是柯蓮蓀與姚嘯秋等文人雅士（柯蓮蓀是中學教師；姚嘯秋是報社編輯）與妓女秋波、碧嫣之間的戀情，其中再夾雜另一些報界文壇朋友與各家妓女的故事。這些妓女都是高等妓院（長三堂子）㉗中的妓女，像秋波還是個「小先生」、「清倌人」（未與男性發生過性關係的處女，被鴇母嚴格看管），所以他們的感情是精神上的，不涉及肉欲，而妓女們也以這群文人爲日後從良的依靠。既然不寫肉欲，這堂子就成了純社交場所，也成了這群文人在婚姻之外寄託感情的地方。小說中更多是這些文人（據考證：書中柯蓮蓀即畢倚虹；姚嘯秋即包天笑；蘇玄曼即蘇曼殊）以「叫局」形式㉘在酒樓飯館中風流倜儻、詩酒共歡的情形。書中「無浮囂淺薄的情調，倒是在狹邪場中描寫太多的文雅風流，人情佳話。」㉙，格調較爲高雅。至於《春明外史》中

㉕ 張愛玲曾在〈談看書〉一文中有相同的看法。她說：「他的《春明外史》是社會小說，與畢倚虹的《人間地獄》有些地方相近，自傳部份彷彿是《人間地獄》寫得好些，兩人戀愛對象雛妓清波梨雲也很相像。」收入《張看》。頁二一七。

㉖ 引自陳灨一《人間地獄》序。

㉗ 是近代上海特有妓女的名稱，約在同治年間出現。「長三」的地位僅次於「書寓」的妓女，同爲上等妓女，但她們不具備「書寓」妓女那樣訓練有素的談唱技巧，而是以陪客侑酒爲主要服務。資料參考薛理勇《上海妓女史》香港：海風出版社，一九九六。頁一七三。

㉘ 因上海租界中妓女可公開活動，他們不必待在家中待客造門，而可以公開出入租界的公共場所，並委託茶樓酒肆待客寫貼以邀請妓女作陪，這種帖子叫做「局票」，客人請妓女作陪爲「叫局」，而妓女按約作陪稱「出局」。資料參考薛理勇《上海妓女史》香港：海風出版社，一九九六。頁一六八。

㉙ 范伯群〈通俗文學上一顆早殘的星——畢倚虹評傳〉臺北：《中外文學》一九九一，三月。頁一一七。

也多寫文人（多是記者或中學教師）與妓女的感情，也有類似的「格調」與「風雅」。張恨水多次形容妓女梨雲的清雅、淡素並強調她是清倌人、多病、善體人意而且命薄。此類女子乃爲自《紅樓夢》到《花月痕》而下的言情傳統中的典型女性形象。這類具正面形象的妓女，是作爲主角（身份爲文人知識份子）愛戀與寄託感情的對象。而《人間地獄》中由詩僧蘇玄曼介紹給柯蓮蓀的妓女秋波，與梨雲有相同的氣質，兩人也像梨雲與杏園一樣，偏重於精神上的愛戀。另外，兩書的妓女們也都以這群文士作爲託付終身的對象，如《春明外史》中的花君與劍塵等。兩書同樣有人物詩酒酬酢、吟詩作對的風雅場面。兩書的差異是《人間地獄》的重點幾乎完全在「海上娼家」的交遊；《春明外史》中除寫北京「八大胡同」的妓女梨雲外，還同時展開了北京各階層人士的軼聞與生活。

《春明外史》前半的言情段落與《人間地獄》頗爲近似，可能是因張恨水對畢倚虹小說風格至爲讚許，兩人私交甚篤，文人氣息相投㉚，以致張恨水下筆時也以這種他甚爲讚許的「風雅」與「格調」入文。

㉚　一九二六年五月二十九日張恨水在北京《世界晚報》上撰文〈哀海上小說家畢倚虹〉一文中說：「海上小說家，汗牛充棟，予恆少許可。其文始終如一，令予心折者，僅二三人，畢倚虹其一也。倚虹所爲長篇小說，動輒數十萬言而煉詞煉意，無不雋永可愛。《人間地獄》一書，予尤悅之。近閱上海報，知倚虹死，殊爲小說界惜此人才也。」另外據張恨水之子張伍先生所言，張恨水與畢倚虹兩人私交甚厚。

四、民初「哀情小說」的影響

若說杏園與梨雲的故事，可看到晚清「狹邪小說」的影子；那麼，從楊杏園與李冬青這段故事，看到的就是民初「哀情小說」的風格了。《春明外史》頗受民初「哀感頑豔」哀情小說㉛的影響。其中尤以徐枕亞《玉梨魂》爲代表。但因民初「哀情小說」群作家皆奉清末魏子安《花月痕》爲圭臬㉜，所以《春明外史》也清楚地承襲了《花月痕》部份的風格。其中大量詩詞古文駢文與詩酒作對尤是承襲《花月痕》的重要特徵。張恨水自己曾說他在十六七歲時：「我另賞識了一部辭章小說《花月痕》。《花月痕》的故事對我沒有什麼影響，而它上面的詩詞小品，以至於小說回目，我卻被陶醉了。㉝」如《春明外史》第二十回寫到楊杏園和清人張問陶八首梅花本事詩時說：「讀《花月痕》，見韋癡珠本事詩，和張問陶梅花詩原韻，心竊好之。」由此也可看出張恨水「心嚮往之」的痕跡。

㉛ 也就是所謂狹義的「鴛鴦蝴蝶派」。竊以爲「鴛鴦蝴蝶派」定義，不可無限延伸擴大，將二三〇年代非「新文學陣營」小說，也全涵蓋其中，造成時人誤解，以爲其他題材的作品全是眼淚鼻涕的愛情小說。所以「鴛鴦蝴蝶派」，應專指清末民初哀情小說群爲宜。如魏子安《花月痕》、陳蝶仙《淚珠緣》、徐枕亞《玉梨魂》《余之妻》《雪鴻淚史》、吳雙熱《孽冤記》《蘭娘哀史》、有關民初「哀情小說」相關問題，可參考拙作《鴛鴦蝴蝶派新論》臺灣宜蘭：佛光人文社會學院，二〇〇二年一月。

㉜ 如吳綺緣在徐枕亞《余之妻》序中說：「自幼偷閱石頭記，懊惱者，累日不飲不食，如癡如醉，家人以爲病。……其後閱《花月痕》，亦復如是。」

㉝ 見張恨水一九四九年北平《新民報》〈寫作生涯回憶〉。

所以他也就在《春明外史》中趁機展現了自己辭章的才華。不過，到了第二階段，這類「辭章」文字就全不可見了。

同時從《春明外史》中也可看到民初《哀情小說》的影響。若以《玉梨魂》爲例，楊杏園與李冬青、史科蓮的三角關係，與《玉梨魂》中夢霞、梨娘與倩筠三者之遭遇頗爲類似。都是男主角（杏園與夢霞）愛戀著極富詩才的甲女（冬青與梨娘），但甲女卻因故（一爲生病；一爲已婚）無法接受男方的感情，所以撮合男主角與乙女（科蓮與倩筠）交往。而且杏園與冬青的詩詞情緣、偏於精神上與性靈上的契合，都與《玉梨魂》極爲近似。又如第二十九回對楊杏園從「杏花」飄落而自傷孤獨的一段：

> 一個人扶著樹的幹子，癡站了一會兒。風已是停住了，那樹上的花，還是有一片沒一片的落下來，飄飄蕩蕩，只在空裡打翻身，落到拋下去。楊杏園便念道：「葉暗乳鴉啼，風定老紅猶落。」又嘆道「這地方，渺無人跡，就剩下這一束搖落不定的杏花，它像我這拓落人群飄泊無所之的楊杏園一樣呵。這樹杏花雖然獨生在這野橋流水的地方，還有我來憑弔他，只是我呢？」想到這裡，長嘆了一聲，便在杏花旁邊，找一塊乾淨的石頭坐了下去，兩隻腿併曲著，兩隻胳膊撐著膝蓋托著臉望著杏花出神，不知身在何所。

乍看這是傳統文人典型傷感悲懷的孤獨情緒。明顯有著《紅樓夢》中寶黛葬花段中傷身世嘆無常的影子。但這也和《玉梨魂》相仿。《玉梨魂》第一章《葬花》寫男主角何夢霞葬花：

> 此時夢霞之面上，突現出一種愁慘淒苦之色，蓋彼忽感及夫身世之萍飄絮蕩，其命之薄，正復與此花如出一轍。薄命之花，尤得遇我痴人痛憐深惜，爲之收豔骨卜佳城，草草一坏，魂棲有所，不可謂非此花之幸也。而我則潦倒半生，淒涼孤館，依人生活，斷梗行蹤，子期不逢，流水長逝，哪知今日又是明朝，前途無路，後顧難堪，我生不辰，命窮若此，誰從此後，識方千耶。於是高吟顰卿（儂今葬花人笑癡，他年葬儂知是誰）之句，不覺觸緒生悲，因時興感，鶯花易老，天地無情，嘆韶光之不在，望知己兮云遙，對此茫茫，百端交集，蒼涼感謂，不知涕泗之何從……

《春明外史》這一段敘述就像是《玉梨魂》同一思緒情境的簡化版。

綜而論之，《春明外史》與清末民初「哀情小說」群的特徵相近的因素有如下幾點：

第一、情節佈局上均採才子佳人形式。佳人或爲詩妓（《花月痕》）或爲才女（《玉梨魂》）。至於《春明外史》中楊杏園是善詩詞的皖中才子，冬青也是工詩善畫的才女。小說寫才子與才女詩函酬對。就如張恨水說：「《春明外史》的主幹人物，依然帶著我少年時代的才子佳人習氣。少有革命精神。」

第二、小說中主要人物都有多愁、多病、多才、多情的特徵㉞。全是些體弱多病、多愁善感、自傷身世、情深意摯、淚眼汪汪的才

㉞ 夏志清說：「情、才、愁」是中國「感傷—言情」傳統（如《西廂記》、《牡丹亭》、《紅樓夢》等）中人物的共同特徵。見〈玉梨魂新論〉。歐陽子譯。臺北：《聯合文學》第十二期。一九八五年十月。

子與才女。人物不但多鬱鬱寡歡、抑鬱以終，且個個多愁思多眼淚。

第三、書中除大量穿插哀感的詩詞與零星駢文的重要特徵外，還有許多同是「哀情小說」喜用的香詞豔字。如《春明外史》僅前二十回回目就有：「情魔、嬌羞、銷魂、花卿、月老、雙棲、纏綿、墜歡、良宵、蕩子、情海、溫存、娥眉、薄幸、私語」等字出現。除回目的「香豔」外，當《春明外史》描寫到女子裝扮神情以及悲淒心情時，特別容易出現許多四字句式。第二回寫妓女花君：「秋波微送，楚黛輕舒，笑了一笑。」第十回寫杏園遇到妓女白素秋：「鬢雲蓬鬆，雙髻斜挽，越顯得身材窈窕，淡雅宜人。想起剛才她流淚的那一番情形，正是未免有情，誰能遣此，也未免呆了。」又如第十三回杏園見梨雲低頭不語，這時敘述者便說：「楊杏園看見她這種情形，眞是：傷心恨我，薄命憐卿，弱情婉轉，無詞可達。」這明顯是受到《花月痕》的四字句與《玉梨魂》駢文四六句法的影響。如《花月痕》第十八回：「癡珠不知所謂，見秋痕前是一支初開海棠，何等清豔，這會兒卻像朵帶雨梨花，嬌柔欲墮；正不曉得他肚裡怎樣委屈！自然而然，也是淒淒楚楚。」但是《春明外史》這類四字麗詞只是偶而出現，並不如前代小說文本全篇是四言或六言的敘述。而張恨水這類豔詞麗句到《金粉世家》後就完全消失了。

第四、書中情人也都以詩詞書畫信件互訴衷曲。人物談的是說詩論月、含蓄纏綿的精神戀愛，偏於性靈上的相契相合。（從此項也可看出「哀情小說」遠祖《紅樓夢》的影子）

第五、主要人物都因故（因病或因死）未能成眷屬，相愛無法相守。人物最後也多走上因疾病死亡一途。如梨雲病死，楊杏園吐血而死。（《花月痕》、《玉梨魂》人物也都是吐血而死）。整體風格都淒清悲苦。

第四節　以社會為場景的言情小說

本節所謂「以社會爲場景的言情小說」，是特意與前節區分。前節所述的小說其實是社會小說與言情小說的綜合體，而也是明顯受到前代文學影響的小說類型。本節所述的類型，純粹以「言情」故事爲主線，只是因男女情愛發展的過程，頗受社會大環境的掣肘與影響。換言之，社會大環境的外在因素，直接影響著情愛故事的內在發展。其中的作品有：《天上人間》、《啼笑因緣》、《滿江紅》、《落霞孤鶩》、《夜深沈》、《如此江山》、《銀漢雙星》等。在此僅詳細討論《啼笑因緣》與《夜深沈》。

一、《啼笑因緣》（一九三〇）

《啼笑因緣》（一九三〇）是張恨水最重要的「代表作」。因爲一提到張恨水，沒有人不提到《啼笑因緣》的。此書一九三〇開始在上海《新聞報》上連載，這是《新聞報》副刊主編嚴獨鶴在北行時因慕張恨水文名特別邀約的作品。而這也是張恨水第一部在上海發表的小說。雖是連載小說，但他在動筆之先已有完整的構思。故事情節較《金粉世家》又更爲簡潔。他一直有意識地在改進晚清以來社會小說枝葉雜蕪的毛病。這是一部情節曲折多變的多角愛情故事。

當時上海市民見面，都把《啼笑因緣》中的故事當作談話的題材，預測結局；許多平常不看報的人，爲了《啼笑因緣》，也訂起報來了。最後當連載完畢，竟然是沒有結局的「結局」。因此讀者們要求再寫「續集」的聲浪很大。張恨水原本沒有寫續集之意。他說：「主角雖都沒大團圓，也沒完全告訴戲已終場。但文字上是看得出來的。讓讀者有點有餘不盡之意。我絕沒有續寫下去的意思。㉟」但是當時書賈們眼紅於此書的風行，請人捉刀出版了大批不忍卒讀的「續作」。因爲《啼笑因緣》被許多人續寫，逼得張恨水不得不改變初衷。他說：「可是上海方面，生意人講生意經，已經有好幾種《啼笑因緣》的尾巴出現。尤其是一種《反啼笑因緣》，自始自終將我那故事，整個的翻案。執筆的又全是南方人，根本沒過過黃河。寫出的北平社會，眞是也讓人又啼又笑。許多朋友看不下去，而原來出版的書社，見大批後半截買賣，被人搶了去，也分外的眼紅，無論如何，非讓我寫一篇續集不可。」《啼笑因緣》續作雖不如《紅樓夢》之多，但在現代小說史上也可稱首屈一指了。

張恨水不願作品遭人糟蹋，只好取消他原本「不可續、不能續」的主張，一九三三年，「自己」寫了十回的《啼笑因緣續集》。不過事後，他仍一直認爲自己去續《啼笑因緣》，還是爲不智之舉。的確，《續集》給每人安插了一個「結局」，雖滿足了讀者的「好奇心」，卻失了原本使人低迴的含蓄感。而且部份情節有牽強之嫌，人物性格前後相異，實是一大敗筆。就像張恨水自己所言：「《啼

㉟ 張恨水〈寫作生涯回憶〉，北平《新民報》，一九四九。

笑因緣續集》本是個累贅，本不該續。」《續集》改以沈國英爲主角。他因得不到何麗娜的愛，轉而同情與麗娜面容酷似的瘋女沈鳳喜。之後，家樹與麗娜訂婚出國，沈國英棄家從戎，沈鳳喜心碎而死。最後，沈國英與關氏父女，都因參加義勇軍「抗日」而爲國捐軀。所有人物，除樊與何外都以死作結，不過《啼笑因緣》這種結局卻換來他人「全書主角，除了樊何外，都一死了事，使別人要想再續，也無從著筆，很是狡獪！㊱」的評語。

《啼笑因緣》出版後就造成極大的旋風與狂熱，據張恨水本人在一九四九年《寫作生涯回憶》中說：「若除國內及南洋各地盜版的不算，《啼笑因緣》應超過二十版。第一版一萬部，第二版一萬五千部，之後也有四五千部的、也有兩三千部的。」近二十年間，竟發行了幾十萬部。此一出版數量大概可謂中國出版史上的「神話」了。他也說：「上至黨國名流，下至風塵少女，一見著面，便問《啼笑因緣》。」這種風潮，大概只有十年前徐枕亞的《玉梨魂》可堪比擬。因此作品不久後就被改編成話劇、電影和彈詞。《啼笑因緣》絕對是本世紀中國小說被改編最多的一部小說。由下所述，可清楚呈現這尚未歇息的「啼笑因緣熱」㊲：

1.當時爲取得電影拍攝權，上海「明星電影公司」和「大華電影社」還爲此大打官司。後來，上海「明星電影公司」於一九三二

㊱ 說話人〈說話〉第八則，原載一九三三年《珊瑚》，轉引於芮和師等編《鴛鴦蝴蝶派文學資料》福州：福建人民出版社，一九八四。頁一一五。

㊲ 以下資料大部份是請教張恨水之子張伍先生得知，並參考張伍《回憶張恨水先生》一書，頁一三九。另外並參考蔡國榮《中國近代文藝電影研究》臺北：電影圖書館出版部，一九八五。頁一一、頁八三、頁九三。

年拍成電影，由張石川導演、嚴獨鶴編劇，並由當時的紅星胡蝶主演何麗娜與沈鳳喜兩角、另有鄭小秋、夏佩珍主演，「卡司」十分強大。這是「張作」最早被改編為電影的例子，也是中國最早的一部彩色影片，在中國電影史上足堪記載。張恨水曾應邀與演員及拍攝小組說明小說立意並合影留念。

2.一九四五年由李麗華、孫敏在上海主演另一部同名電影。

3.一九五六年由香港拍成粵語片《啼笑因緣》，由梅琦、張瑛、吳楚帆主演。拍片前，張瑛親到北京與張恨水見面，並贈送他與梅琦簽名的劇照。

4.在一九六四年，分別由「邵氏公司」所拍的《故都春夢》（羅臻、王星磊合導，杜偉編劇，由李麗華、凌波、關山等主演）與「電懋公司」所拍的《京華春夢》（王天林導演、秦亦孚編劇、葛蘭、林翠、趙雷等主演）打對台。這與一九三二年一樣，又是一起《啼笑因緣》改編的雙包案。

5.張活游、白燕在香港拍攝了另一部粵語片，拍攝年代不詳。

6.一九七四年，香港拍成粵語電視連續劇《啼笑因緣》，由李司琪主演。

7.一九七五年，香港「邵氏」電影公司又再拍了《新啼笑姻緣》（由李菁、井莉、宗華、施思等主演）

8.一九八七年，安徽電影家協會、內蒙古電視台聯合拍攝了電視連續劇《啼笑因緣》，由王惠、孫家馨、李克純主演。

9.同年，天津電視台拍攝四集電視連續劇《啼笑因緣》，由魏喜奎主演。

10.同年，香港亞視拍攝粵語電視劇《啼笑因緣》，由米雪、苗可秀主演。這年竟出現了三種不同版本的改編電視劇。

11.一九八九年，臺灣拍攝《新啼笑因緣》連續劇，由馮寶寶主演。

12.一九九八年，大陸中央電視台與安徽電視台合作拍攝黃梅戲電視連續劇《啼笑因緣》。

13.另外舞台劇則有話劇、京劇、滬劇、河南梆子、粵劇、評劇、越劇、曲劇、評彈、大鼓等等，而且是不斷地翻新演出。其中《啼笑因緣》彈詞本子曾有陸澹盦、姚民哀、戚飯牛等多人改編，經朱耀祥與趙稼秋、姚蔭梅、蔣雲仙三代彈詞藝人的說唱，不斷改進，已成爲可以和彈詞四大傳統節目分庭抗禮的唯一現代劇目。

另外，從1933年5月的《珊瑚》雜誌署名「華嚴一丐」的《啼笑種種》一文中，更能看到出版當時令人啼笑皆非的「啼笑」熱潮，眞是盛況空前：

> 張恨水自出版《啼笑因緣》後，電影，說書，京劇，粵劇，新劇，歌劇，滑稽戲，木頭戲，紹興戲，露天戲，連環圖畫，小調歌曲等，都用爲藍本，同時還有許多「續書」和「反案」。就予所知，「續啼笑因緣」有三種：一爲《啼笑因緣續集》，乃張恨水自著；二爲《續啼笑因緣》，乃啼紅館主所著；三爲《續啼笑因緣》，乃無無室之所著，曾見登載於寧波出版之小報《大報》。「反啼笑因緣」亦有三種：一爲徐哲身著，予則聞名而未見；二爲吳承選著，披露於《禮拜六》周刊上，後更名《啼笑皆非》；三爲沙不器、趙逢吉合著，刊載於上海出版之《大羅賓漢》報，

名稱乃《反啼笑》，後忽不見。「新啼笑因緣」有兩種：一爲某人所作，出版於上海紫羅蘭書局；二登載於武漢之《時代日報》，作者未詳。「啼笑因緣補」，三友書社曾登報徵求是項稿件，後以應徵者寥寥，致未能印成單行本。此外，尚有杭州婁薇紅所著之續二回的《啼笑因緣》，某君所著之《啼笑因緣》，曹癡公所著之《啼笑因緣》，俞雲牖所著之《嘻笑因緣》。又有某報之「何麗娜」創作小說，市上流行之《關秀姑寶卷》與《沈鳳喜十嘆唱本》等等。海上無線電所播《啼笑因緣彈詞》亦有三種：一爲姚民哀作，一爲戚飯牛作，一爲陸澹盦作。翻印本，予曾見長安、香港、杭州三種，惟香港所印最精緻。

從結構看，整部作品若以鳳喜變心成爲劉將軍夫人此一情節支點作爲區分，可分爲前後兩部份。第一至九回是前半部，第十到二十二回是後半部。前半部偏重家樹鳳喜的戀情以及秀姑、麗娜對家樹的暗戀心情。還有就是詳述鳳喜抉擇前種種的預兆與心理歷程。後半部寫鳳喜變心以後，秀姑又撮合樊沈相見、鳳喜的不幸與發瘋、最後秀姑撮合樊何結合等情節。小說讓三位女性不斷地尋求與家樹結合的可能性，一直引發讀者探問「下面到底會怎麼樣？」的好奇，最後這種可能性落到了原本似乎最無可能的何麗娜身上。而且，到底「最後怎麼樣了？」，作者最終也未置可否。難怪會引起當時討論與爭閱的狂潮。

至於《啼笑因緣》到底爲何那麼暢銷？張恨水自己曾說過兩點原因。

就題材部份而言，他說：「在那幾年間，上海洋場章回小說不是肉感的，就是武俠而神怪的。《啼笑因緣》，完全和這兩種不同。」而語言部份，他也說：「又除新文藝外，那些長篇運用的對話，並不是純粹白話。而《啼笑因緣》是以國語姿態出現的。」其實當一九三〇年時，當上海的武俠、偵探小說熱潮剛過，在上海民眾已看膩了大同小異的「社會罪惡集錦書」（如《歇浦潮》（一九二一）、包天笑《上海春秋》（一九二四）等）；也在《玉梨魂》等這些情感空虛的哀感小說，日益失去了撫慰人心的力量時；變化的迫切性日益顯現。范煙橋說：「在那看厭了黑幕小說、黃色小說和武俠小說的當兒，《啼笑因緣》確乎是別有風味的。㊳」市民開始要求言情小說關心較實在的感情生活。張恨水的《啼笑因緣》這時適切的出現了。而《啼笑因緣》之所以造成前所未見的轟動，原因應是他以善良而富人情味的感情故事，感動了各階層的群眾。一改當時上海小說大多以窺探方式寫人情之惡的作法。而《啼笑因緣》寫感情細節中「追與求」「挑與逗」的委婉細緻，正開啓了中國二十世紀「自由戀愛」文本新的典範。若與同時代「新文學」小說還多在「哀婚姻之不自由」相較，《啼笑因緣》應該算是自由戀愛小說的成功先驅了。

他同時革除了當時上海舊派社會小說諸多弊病，一改全篇滿是對話的敘述形式。採用非傳統的技巧，大量加入自然場景的描繪，對襯托人物心理頗有助益。關於《啼笑因緣》的佈局，嚴獨鶴曾如

㊳ 氏著《民國舊派小說史略》收入魏紹昌編《鴛鴦蝴蝶派研究資料》上海：上海文藝出版社，一九八四。頁二九八。

此評價《啼笑因緣》：「全書二十二回，一氣呵成，沒一處鬆懈，沒一處散亂，更沒有一處自相矛盾，這就是在結構佈局方面很費了一番心力，也可以說，著作方法特別精彩。㊴」

此外《啼笑因緣》也因其對生活細節的細膩描寫，致使全書透露出濃重的生活情味。此外一改大雜燴式的多人多頭緒寫法，簡化情節脈絡。增加事件的衝突性。故事曲折生動、人物性格鮮明。其中遍佈「巧合」、「誤會」、「懸線」與「伏筆」，似有若無、話外有音地展示了樊家樹與三個女性之間的感情糾纏。情節層層而下，扣人心弦。他將戀愛情節與俠義傳奇的成功結合，增添了作品的戲劇性與緊張感。其中「善良」與「邪惡」的對立、扶危濟困與懲暴安良的情節，將市民潛存的願望，做了一次情緒性的宣洩。

同時《啼笑因緣》以人們耳根熟聽之語，運用「國語」（普通話）書寫。替代了民初言情小說偶用駢詞、古文的文謅謅句法，使語言更趨口語化，也更通俗化。不過人物（如鳳喜）卻用著恰如其份的北京話精準地書寫。文字簡鍊明快、絕少重複囉唆的贅述。另外，當時在上海執筆的「南方名家」們，足跡不離上海、蘇州、杭州、揚州，寫來寫去，總離不開這些地域。《啼笑因緣》卻寫的是北京，張恨水也有意在筆下增加北京風情的描寫。小說中歷歷如現地展示了老北京的天橋、先農壇、十剎海、北海和西山的風俗景觀。據老北京說，簡直把北京的風物寫「活」了。自然給南方的讀者一種「異域」新鮮感。聽說當時南方的讀者，到北京必指定要看沈鳳

㊴ 侯榕生〈簡談張恨水先生的初期作品〉收入張占國等編《張恨水研究資料》天津：天津人民出版社，一九八六年。

喜唱大鼓的「天橋」，即可見一斑。

另外，《啼笑因緣》的人物性格均鮮明突出。其中樊家樹的形象最令人印象深刻，他是以新式學生的身份出現，與人們想當然爾以爲張恨水寫的可能多是些「舊才子」的刻板印象並不相同。樊家樹他家財尚豐，但卻沒有一般公子哥兒的派頭與油腔滑調。他平民氣息甚濃，反對豪奢氣。他喜歡素樸的裝飾、清淡的生活，看不慣整日周旋舞場、影院的生活。他到天橋這種上層人不屑一顧的地方觀光；他不受繁文縟節階級區隔的羈絆，與游俠之士交往。樊家樹雖是受西化教育的新學生，卻深具跨越階級區隔的平民意識，並沒有高高在上的洋味公子氣。這與《中原豪俠傳》的秦平生頗有相似之處。所以他也與社會階層甚低的大鼓姑娘談戀愛；他不受「女子無才便是德」的觀念影響而送鳳喜上學；他不重門第、不考慮門當戶對、也不以權勢和金錢作爲婚戀的考慮，而是從愛情的本質出發。就像他和鳳喜說：「我們的愛情絕不是建築在金錢上。」而當鳳喜失身於劉將軍後，他也不受父權社會貞操觀念的影響說：「身體上受了點污辱，卻與彼此的愛情，一點沒有關係。」樊家樹深具新知識者通達開明的觀念，一切唯感情是問，唯人情是問；他尊重「人性」的自然需求，不同意個體必須服膺威權或制度的桎梏，而失去自我。他這種雖新卻又樸實、傳統的風格，想必令當時覺得新人物高不可攀的市民讀者擊掌叫好，備感親切。樊家樹其實是當時「新」卻並不「前衛」的人物，所以一般讀者認同度很高。而「新文學」作品中滿是前衛口號的「新青年」，雖然深具「菁英性格」，但卻易使一般讀者產生疏離感。

因此張恨水是以筆下的人物，正面地表達對新文化思潮「現代性」意識的肯定；樊家樹的態度，正是對傳統禮教貞操觀念的質疑、對兩性平等、階級平等、婚姻自由等現代意識的認同。此一態度，與魯迅在〈祝福〉對祥林嫂、巴金在《家》對婢女鳴鳳所持的態度並無二致，只不過魯迅、巴金等人是創造被迫害的人物以凸顯「禮教」的宰制，而張恨水乾脆塑造出一個超越「禮教」，根本對「禮教」視而不見的「理想」人物，側面地表達對傳統婚制禮教的不滿。

至於三位女性截然不同的出身、性格與生活形式，也提供了讀者不同的新鮮感，讓不同審美傾向的讀者產生不同的情感投射。所以，除了討論結局外，讀者見面也會互相討論：「你喜歡哪一個女子？」這與討論《紅樓夢》中釵黛何者爲佳的熱勁可堪相比。與樊家樹一樣，在當時這三位女性（唱大鼓書女、俠女、西化裝扮的富家女）都是中國小說史上少見的特殊角色，風情完全不同。一者性感美艷，一者清秀嬌媚，一者樸實羞赧。而且三位女性都具有二重性格：沈鳳喜清媚嬌憨而又虛榮矯飾，關秀姑俠氣十足而又柔腸似水，何麗娜放蕩不羈而又癡情內斂。就像《金粉世家》的冷清秋也有既溫情可人而又冷峻清高的二重性格。但是像沈鳳喜般愛慕虛榮的賣唱女、何麗娜般光鮮亮麗的富家女，在張恨水別處小說都有類似的角色出現。尤其是麗娜，她前後的大幅轉變反降低了角色的眞實度。但關秀姑卻是張恨水小說中少見的俠女（另一個俠女是《劍膽琴心》裡的少女朱振華），而她也是《啼笑因緣》中塑造最動人的女性。她雖有《兒女英雄傳》十三妹的影子，張恨水也多次暗示二者在俠氣方面的關連性，但是在形象與心理刻劃上，卻有太多的相異。因爲秀姑絕非只是個沒有話語權的陪襯，也沒有成爲謹守一女共事二夫的柔順女子。她有少女的羞澀，因她對家樹的愛與表達十分含蓄；又有俠女的智勇與成熟，因她隻身臥底劉將軍府協助鳳喜，最後甚至還殺了劉將軍。所以秀姑這行動判斷果決、但情感表達卻含蓄羞赧的二重性格，也讓秀姑成爲《啼笑因緣》中最耐人尋味的女性。而且《啼笑因緣》中與秀姑相關的段落，都特別優美而深富抒情性。以往研究者多將討論重心置於鳳喜身上，但秀姑可能才是家樹潛意識中最戀戀難捨的人物。

至於大鼓姑娘沈鳳喜從驚喜到慌張，從徬徨到掙扎，從惶恐到內疚等等心緒的起伏，都可說細膩入微。鳳喜在夢境中、沈思中、瘋狂中都有許多心理上的抉擇與衝擊。張恨水相當著意地寫沈鳳喜變化的內心過程，而非只是交代沈鳳喜的故事和遭遇而已。因沈鳳喜足夠的心理深度與完整的心路告白，容易勾起小市民們心中都曾有過的「虛榮」想望，如此促使他們明白鳳喜在金錢與愛情抉擇拔河賽的二難，也更因此想進一步去關心她的結局與未來。所以人物塑造之突出動人，心理層次之細膩，應是《啼笑因緣》掀起如此狂潮的原因。當然一個男子和三個迴然不同的女子，在因因緣緣之間，終究有什麼令人啼之笑之或者啼笑皆非的結局呢？這恐怕是所有「聽故事」的讀者，都想扣問的簡單答案。怪不得時人見面必討論《啼笑因緣》了。

二、《夜深沈》（一九三六）

《夜深沈》（一九三六）是很少被研究者提及的重要佳作。這也是張恨水所寫最後一本「純寫言情」的著作（抗戰之後，張恨水已不寫這類純言情的題材了）。此書將主要人物（車伕丁二和與賣唱女王月容）的情致與心事處理得十分委婉細膩而動人。不但情節的過程曲折複雜，而且首尾呼應，十分完整。其中兩人雖有情卻一直陰錯陽差無法相守的情節，高潮起伏，緊扣人心；對人物矛盾忐忑掙扎愁悶的曲折心理，也有相當細膩精緻的鋪敘。《夜深沈》當與《啼笑因緣》並列張恨水兩大言情著作，也可說是張恨水重要代表作。

《夜深沈》原是戲曲《霸王別姬》中「虞姬舞劍」的一段曲牌名，但作者卻將這一胡琴曲子貫串成爲男女主角情感關係的紐帶與與情節發展的線索，「夜深沈」三個字也成爲多義性的象徵。第一、這部小說的多數場景都是發生於夜晚，緊扣著「夜」字，而且有眾多「夜景」的場面描寫。第二、整部小說的主調就是「夜深沈」三字的感覺，沈重而清冷，深沈而悲涼；《夜深沈》曲子本身與胡琴聲的悲涼，正呼應了全書無奈悲戚的風格。第三、《夜深沈》此一曲子貫串全書多次出現。兩人因《夜深沈》調子結緣，之後全書以《夜深沈》曲調作爲男女主角感情的重要牽繫。每當《夜深沈》曲子一出現，便會牽動人物無奈的情感，幾個與《夜深沈》曲子有關的場景，都頗有可觀之處。像第一回月容第一次到二和家門口賣唱、第三十五回二和新婚之夜、第三十六回月容再粉墨登台等等，對兩人情感與情緒的變化，都有精緻的描寫。第一回寫到在夏日的夜晚，在家門口遇到拿著胡琴的男子、拿著月琴的婦人與一個沿街賣唱的小姑娘。街坊鄰里合錢點了戲，小姑娘開口唱了一段《霸王別姬》中虞姬舞劍的一段。胡琴聲〈夜深沈〉隨之響起，二和聽完後不覺悠然神往。這一段描寫非常精緻而細膩。在黑暗中描寫賣唱三人影子與聲音的動態：

> 那唱曲的三口子，一聲兒沒言語，先是椅子移動著響、後來腳步不得勁似的，鞋子拖了地皮響著，仝那三個黑影子，走出大門去了。二和躺著，也沒有說什麼，雖是在這裡乘涼的人依然繼續的談話，但他卻是靜靜的躺著，只聽那胡琴板，一片響聲越走越遠，越遠越低，到了最後，那細微的聲音，彷彿可以捉摸。二和還在聽著，但是這倭瓜棚上的葉子，被風吹的顫抖起來，這聲音就給攪亂了。王傻子突然問道：「二哥怎麼不言語，睡著了嗎？」二和道：「我捉摸著這胡琴的滋味呢！」

第三十六回寫到二和婚後，月容又再度粉墨登場，二和悄悄地捧場，當月容發現二和在場，臨時改唱《霸王別姬》，並同時又拉了一段《夜深沈》。這一段描寫兩人在台上台下四目相接的情景，也很精到：

> 看過以後，月容彷彿有什麼毒針在身上扎了一下，立刻四肢都麻木過去，其實也不是麻木，只是週身有了一種極迅速的震動。但是自己站在唱戲的立場，並沒有忘記，胡琴拉完了過門，他還是照樣的開口唱著。宋子豪坐在旁邊拉胡琴，總怕她出毛病，不住的將眼睛像他瞟著。她倒是很明白，把頭微微低著，極力的鎮定住。有時掉過身來，在腋下掏出手絹來，緩緩地揩擦幾下眼睛，眼眶兒紅紅的，顯然是有眼淚水藏在裡面。……那個在座位上的丁二和，先還是兩手撐了頭，眼望了桌面，向下聽去。很久很久，看到他的身體有些顫動，他忽然站起身來，拿著掛在衣鉤

> 上的帽子，搶著就跑出茶社去。到了茶社的門口，他站住了腳，掏出衣袋裡的手絹，將兩眼連連地揩著。聽聽樓上胡琴拉的「夜深沈」，還是很帶勁，昂頭向樓檐上看了許久，又搖了兩搖頭，於是嘆了一口氣，向前走著去了。但走到不到十家鋪面，依舊走了回來；走過去也是十家鋪面，又依舊回轉身。這樣走來走去，約摸有二三十遍。

第四、「夜深沈」三個字也象徵了兩人命運的捉弄與社會惡勢力的威逼。篇尾最後寫著：

> 二和站在雪霧裡，嘆了口長氣，不知不覺，將刀插入懷裡，兩腳踏了積雪，也離開了俱樂部的大門。這時除了他自己以外，沒有第二個人，冷巷長長的，寒夜沈沈的。抬頭一看，大雪的潔白遮蓋了世上一切，夜深深地，夜沈沈地。

《夜深沈》並未傳達什麼太深刻的人生思考，張恨水也從來不是以「思想性」或「哲理性」取勝。他善於經營情節、塑造人物，把故事與人物心事「說」得非常動人。《夜深沈》最動人的還不是那曲折離的情節，而是寫人物的情感、情致與情緒。其中丁二和老實、深情、執著、木訥的形象，刻畫地尤其生動。把那苦悶、無奈又善良的模樣，娓娓地道出。至於月容的思緒描寫也十分細緻。《啼笑因緣》裡對鳳喜這個小姑娘活潑又愛慕虛榮的個性多所伏筆，有一種嬌態可掬的自然美；但月容除了一開始善待體貼他人的溫婉外，卻較偏重遭遇與矛盾心緒的陳述。

其實《夜深沈》與《啼笑因緣》在情節結構上極為相似，同是賣唱女子受到男子援助，社會地位因而提高。但女子卻難抵物質的欲望而變心，最後都受人侮辱遺棄。鳳喜與月容卻沒有秦瘦鷗《秋海棠》裡的羅湘綺有著即使遭致迫害也要愛下去的狂熱。她們聽任膽怯與經濟欲一再控制自己，又一再悔恨。而張恨水總是給她們「一失足成千古恨」的結局，鳳喜發瘋、月容一再地掉入壞人的圈套之中，無力自拔。

第五節　言情小說情節模式的意義

在張恨水這些言情小說中，似乎都有一些具有意義的情節模式。以下分別討論：

一、三角及多角愛戀模式

在中國小說史中，三角愛戀模式是到二十世紀以後才出現的一種情節模式。在此之前，一夫多妻及媒妁之言的社會型態，根本不可能出現所謂「三角愛戀模式」。《兒女英雄傳》中二女同嫁安公子，且以姐妹相稱，和諧無事；《浮生六記》中芸娘主張丈夫納妾，而毫無醋意。這些雖是三角，卻確毫無衝突紛爭，與現代充滿排他性的三角戀愛完全不同。明清「才子佳人小說」中的第三者，多是從中破壞的「小人」，也並不符合現代三角愛戀的定義。清代唯一出現近乎現代小說三角愛戀模式的是《紅樓夢》。表面上《紅樓夢》中的寶玉、寶釵和黛玉三人間錯綜的感情，就像是標準的三角衝突模式。其實，對寶玉來說，寶釵背後所代表的意義，不是愛情的第三角（雖然他對寶釵也曾有肌膚上的遐思），而代表的是父母的威權，是婚戀不自由的痛苦。像《紅樓夢》此一「假性三角」的愛戀情節「模式」，直到清末民初的言情小說中，才大量出現。❹所謂「假性三角」，就是構成第三角者通常代表威權的父母，或者也是一個同樣被迫嫁娶的「假性」第三者，而非介入奪愛的第三者。而其中蘇曼殊的小說足堪代表。❹❶蘇曼殊的小說人物多身置於三角的感情糾葛之中，例如一九一六年刊於《新青年》的《碎簪記》❹❷。故事始於曼殊發現好朋友莊湜與杜靈芳的愛戀之情。靈芳送給莊湜一個玉髮簪作爲愛情的信物，並發誓「天不從人願者，碎之可爾」。但戀人私下的婚約卻遭到對莊湜有養育之恩的叔叔反對。叔嬸已打算讓他與蓮佩成婚。面對著叔嬸的催促，當蓮佩公開地企求他的愛情時，面對兩個女子的抉擇，莊湜變得更爲憂傷。一天，他發現放在枕頭底下的髮簪竟然碎了。他爲此不祥的發現而沮喪，竟然得了重病。不久靈芳來了一封信，披露了莊之叔叔曾說服她與莊湜斷絕來往，她答應了，因此她要叔叔打碎髮簪。遇到這致命的打擊，悲痛萬分的莊湜帶著一顆破碎的心死去了，隔天清晨，曼殊得知蓮佩已自戕

---

❹⓪ 此點參考陳平原《二十世紀小說史》第一卷（一八九七——一九一六），北京：北京大學出版社，一九八九。頁二一七。

❹❶ 蘇曼殊的小說多數都有三角的感情糾葛，例如《斷鴻零雁記》（一九一二）中的三郎、雪梅和靜子。《非夢記》中的海琴、薇香與鳳嫻。

❹❷ 見柳無忌一九四三年編《曼殊大師紀念集》臺北：喜美出版社，一九八一版。頁二六〇。

而死，靈芳竟也自縊身亡。另外，如符霖的《禽海石》㊸中，秦如華與顧紉芳自由戀愛且訂立婚約，只因離亂失散，如華之父逼他另娶華家的小姐。還有李涵秋的《廣陵潮》㊹中云麟與表妹伍淑儀情投意合，因雙方家長作梗，云麟只好改娶柳氏。

這些都是清末民初小說情節的典型型態。當時多數的言情小說體現著「哀婚姻之不自由」的痛苦，故事的衝突來自於面對三角關係無法抉擇的無奈。但第三角背後所代表的意義是威權與制度，而非愛戀。五四作家筆下最流行的形象常是一對或者三角之間的愛情糾葛，連像老舍一九二六年《老張的哲學》中李靜與王德的悲劇，也是上一代干預而婚戀不自由的主題。其實到一九三三年巴金《家》裡的覺新、梅表妹與覺新之妻瑞玨的三角關係，也是民初反抗傳統婚制主題的沿續。

但張恨水言情小說的三角關係絕不涉及長輩，而都是人物自我的抉擇問題（例外者僅有《中原豪俠傳》的秦平生與鹿小姐是因父母反對）。多以一男擇兩女或一女擇兩男的三角關係，突顯一種自我選擇的兩難，與清末民初盛行的言情小說迫於父命者相異，也與「新文學」陣營藉婚戀以抨擊威權制度迥異。當男女社交日趨開放多元，張恨水小說似乎反映了現代社會型態某些性別關係上的複雜性。且特別的是，造成三角的原因，多是以兩方定盟立誓後，一方又變心愛上第三人所致。所以，「變心」是張恨水小說三角關係生變的主因（詳

㊸ 見《中國近代文學大系、小說集六》上海：上海書店，一九九一。頁八五八到九二四。

㊹ 《廣陵潮》，江蘇古籍出版社，一九八五。頁五五一。

見後文「援助變心模式」）。

在男女的「三角關係」裡，中國古代的愛情模式多是「一男多女」的關係結構，例如明清「才子佳人小說」中《平山冷燕》、《玉嬌梨》、《好逑傳》等書就是「一個以上佳人共愛才子」（魯迅語）的模式。而《紅樓夢》、《兒女英雄傳》乃至於晚清之「狹邪小說」如：《青樓夢》、《花月痕》、《海上花列傳》等也全是一男多女、眾星拱月的情節模式。張恨水也有相當的作品是一男兩女的模式，不過與「共愛才子」的形式太不相同；這些男子，必須在同樣愛戀自己的不同女子之間，作一抉擇。故事往往就在選擇與矛盾之間展開。但情節脈絡雖然曲折，但並不複雜；且對愛情本質的省思，也頗爲簡單。因此也與錢鍾書《圍城》中方鴻漸（甲男）、趙辛楣（乙男）、蘇文紈（甲女）、唐曉芙（乙女）等人甲女愛甲男、甲男卻愛乙女、乙女又未必不愛甲男、乙男卻又愛甲女、甲女忽然又決定嫁給丙男的複雜三角不同。

張恨水小說中一男兩女模式的作品如下：

書　名	年　代	小說人物
《春明外史》	一九二四	楊杏園、李冬青、史柯蓮
《金粉世家》	一九二七	金燕西、冷清秋、白秀珠
《天上人間》	一九二八	周秀峰、黃麗華、玉子
《太平花》	一九三一	李守白、小梅、貞妹
《落霞孤鶩》	一九三一	江秋鶩、落霞、玉如
《如此江山》	一九三六	陳俊人、朱雪芙、方靜怡
《傲霜花》	一九四三	華傲霜、蘇伴雲、王玉蓮

《石頭城外》　一九四三　余淡然、素英、菊香

一男多女的模式：

《啼笑因緣》（多角）一九三〇　樊家樹、沈鳳喜、何麗娜、關秀珠

其實這種「一男兩女」或「一男三女」的三角情節形態，一直是中國現代小說史常出現的情節型態。像《藍與黑》、《星星月亮太陽》等小說也都是以一個男子面對不同性格、不同類型女性作爲對比。茅盾在《蝕》三部曲中的《幻滅》一書中，是透過靜與慧兩個背景不同的女子不同的感受來呈現故事；巴金的《霧》也寫了陳眞、周如水兩個個性對比的男子，兩人階級不同、財富不同。

不過，張恨水小說中一男所面對的兩種不同出身與類型的女子，微妙地反映出一種對文化的偏好與選擇。其中兩類女性形象的對立，絕不是美與醜，而是新與舊、土與洋、中與西的對比。如《啼笑因緣》中的三個女子正是三種文化形態的象徵，樊家樹與她們的情感糾葛正體現了不同文化模式的碰撞。而這也許正反映出十九世紀以來，受西潮衝擊的知識份子，對兩種文化抉擇的焦慮。張恨水的作品，總是較傾向選擇帶有傳統格調又不失文明氣息的那一方。而這正傳達了張恨水本身的態度。綜觀張恨水一生，一直地在新舊文化間找尋平衡點，他抱持一種兼容並包，不完全揚棄又不完全承繼的態度。如《啼笑因緣》的樊家樹是個受過新式教育的新知識份子，但他身上卻保留著更多傳統文化的氣息。換言之，他雖是新派學生，卻仍是個舊派少年。他喜穿長袍而不喜穿西服，喜讀詩詞而

不願進西化的跳舞場。然何麗娜是個完全「西化」的新潮女子，在家樹眼中，她過度時髦、過分奢華、過分放縱，是一個在交際場出入慣的世故女子。儘管爲了得到家樹的愛，她委曲求全、棄舞唸佛、改變形象，也仍舊無法完全打動他。秀姑又是個穿寬大藍布褂子，挽一雙細辮如意髻的舊式俠女。只有鳳喜是個中西合璧的人物，比起麗娜，她含睇微笑不失天眞浪漫。涉世未深而盡顯自然之美。而且她的伶俐纏綿，她的「女學生」氣質，又絕不是秀姑那老老實實的舊式女子可比。所以家樹最早自然醉心於兼容中西之美的鳳喜。

其他的作品中的對比還有如《金粉世家》的冷清秋和白秀珠、《似水流年》中的白行素與米錦華等等。白秀珠與米錦華與《啼》中的何麗娜同被當作較具負面形象的西化女子。她們共同的特色都是揮金如土、穿著暴露入時，如絲襪、高跟鞋、舞衣等，常出入舞廳飯店，個性嬌縱外放。而張恨水筆下常不自主透露出對她們的不以爲然，以及對另一類含蓄、溫婉、文氣十足女性的偏好。

這與部份晚清小說對「新女性」的譴責頗有相通之處。晚清小說中「新女性」的特點是留過洋，能說會道，酷愛金錢，不守婦道，淫蕩成性且理直氣壯（如《官場維新記》的寬小姐，《泡影錄》中的詹小姐）。而這一切，作家以爲都是西洋文化的影響。因此吳趼人、林紓等人特意突出小說中理想女性孝順、賢淑、節烈等「傳統美德」（如吳趼人《恨海》中的棣華），以與欠缺道德內涵的西化氣質相抗衡。不過張恨水強調的並非是道德品格的高低，而是文化氣質與涵養的迥異，從而反映出張恨水對文化情調的某種偏好。其實不只張恨水，清末民初的許多小說作家，喜歡藉不同類型的女性，表達二十世紀初知識份子對兩種不同文化的抉擇。像徐枕亞、章士釗、蘇曼殊等的小說中都是一男擇兩女，且自覺地藉不同女性的選擇表達他們對中西文化的選擇態度。㊺不過張恨水小說中出現這兩類對比，也僅限於第一階段，第二階段後期就全不可見了。

張恨水小說除卻一男擇兩女（或多女）外，也有相當的作品是一女與多男的情節型態。

一女兩男模式

《楊柳青青》	一九三三	趙自強、甘積之、桂枝
《天河配》	一九三三	王玉和、白桂英、林子實
《藝術之宮》	一九三五	李秀兒、萬子明、段天得
《大江東去》	一九四〇	薛冰如、志堅、江洪

一女多男模式

《滿江紅》（三角）	一九三一	李桃枝、于水村、萬有光、萬載青
《美人恩》（三角）	一九三四	常小南、洪士毅、王孫、陳東海
《夜深沈》（三角）	一九三六	楊月容、丁二和、宋信生、劉經理
《燕歸來》（多角）	一九三四	楊燕秋、伍健生、費昌年、高一虹

㊺ 此論點參考陳平原《二十世紀小說史》第一卷，北京：北京大學出版社，一九八九。頁二二一。

不過張恨水的一女二男情節，其實與他小說中一男二女情節無大差異，講的也是一種抉擇的過程。不過，這一女面對的兩男之中，卻帶有品德人格高下的對比。像《夜深沈》、《藝術之宮》、《美人恩》等作品，都是老實憨厚忠誠與花心虛華不實的對比。女子都是因一時虛榮心作祟受第三者男性欺瞞而上當，最後充滿悔恨。

這一女二男的情節，連在中國現代小說史上也是少見的。僅有的例如沈從文《邊城》，即說的是翠翠、儺送、與天保之三角關係。不過張恨水不像沈從文寫得那麼淡，寫一種人在造化作弄下無可奈何的絕望[46]；張恨水小說中人物的不幸，不是因人物意志的咎由自取，就是因社會惡勢力的阻撓，絕少涉及命運的問題。另外像蕭軍《八月的鄉村》在抗戰游擊隊的情節中，穿插了蕭明隊長、安娜與游擊隊司令陳柱的三角戀愛關係。不過，這情節架構也與張恨水上述模式迥異。這是陳柱因欲奪人所愛，以職權故意把安娜帶走，並命令蕭明留下照顧傷者，造成情侶的分離。書中對「愛」與「革命」間兩難的掙扎，有著激情而露骨的討論，與張恨水平實而含蓄的處理方式大異其趣。

至於這一女多男的型態，看似雖像多角，但其實只是因女子變心的第三角又有了變易，所以對於身爲第二角的癡心男子而言，意義上還是「三角」。就像是張恨水《滿江紅》中歌女李桃枝本與畫家于水村有感情，但後來又與銀行家萬有光出遊，旅途中又認識了萬有光的姪子萬載青。桃枝情感逐漸轉移到萬載青身上，但她後來

---

[46] 近現代小說中寫造化弄人的小說作品很多。如吳趼人《恨海》、茅盾《追求》等。

卻發現自己遭到欺騙。所以，對於于水村來說，不管是萬載青還是萬有光，都是相同意義的「第三角」，而並非「多角」。張恨水所有的小說中，眞正「多角」的情節模式只有《啼笑因緣》（一男多女）與《燕歸來》（一女多男）兩部，寫的都是人物同時面對多個對象的抉擇。張恨水曾提出言情小說不外三角、多角的「模式性」現象。他說：

> 予讀言情小說夥矣，而所作亦爲數非鮮。經驗所之，覺此中乃有一公例，即內容不外三角與多角戀愛，而結局非結婚，即生離死別而已。予嘗焦思，如何作小說，可以逃出此公例？且不得語涉怪誕，以至離開現代社會，思之思之，乃無上策。蓋小說結構，必須有一交錯點，言情而非多角，此點由何而生？至一事結束，亦無非聚散兩途，果欲捨此，又何以結束之？㊼

尋常人說所謂「通俗小說」都有所謂「公式化」的問題，因此此一小節的分析使張恨水的言情小說看來頗爲「公式化」。其實天下男女感情型態，數來數去，也眞不過「三角」與「多角」而已，也眞不過是「變心」或者「執守」而已。人類情感的發展絕對難以擺脫這幾種「模式」。倘若再複雜一點，不外是加上同性戀與雙性戀的狀況。不過即使是同性戀，仍然不外是「三角」、「多角」、「變心」等等「模式」。也因此，普天下任何「言情」名作品算來算去似乎也難逃三角、多角、生離、死別的情節架構。像「言情」名著：

㊼ 張恨水《美人恩》自序。

《西廂記》、《紅樓夢》、《簡愛》、《傲慢與偏見》、《咆哮山莊》等無不出此架構；普天下男女再多，愛情的離合關係，眞的也不過就只是三角與多角而已。所以「言情小說」本來就是「公式化」的，但是如何寫出人類共有的人生處境、情感關懷，並訴諸人基本的情感掙扎，引人共鳴，就是好壞言情小說的差別了。張恨水的言情小說能對「人情」之細微轉折處細膩呈現，敏銳地寫出人類共有的情感處境，打動人心、引發感動，就是「言情」佳作。

雖然所有「言情」作品，都不外「三角」與「多角」關係，但在不同時代的不同文本，就會發展出不同意涵與發生意義的三角戀愛。本節分析張恨水言情小說的三角模式發現，他的「三角模式」既無明末清初「才子佳人小說」的小人阻梗，也無從《紅樓夢》到「民初哀情小說」到巴金《家》甚至到瓊瑤小說等以父母威權爲第三者，寫一種「世代衝突」下的無奈。張恨水言情小說非常特殊的全來自一方的「變心」，因此形成特殊的言情小說系列。下一節將探討這些「變心」故事背後的意義與內涵。

二、援助變心模式

張恨水小說裡的男子（多數是知識份子）若遇到那貧困無助的美少女，似乎都會無法抗拒地又愛又憐。除了好感的表達外，他們都會對貧女予以經濟上的資助。原本的同情與憐惜就逐漸轉化爲愛慕。而女子也同樣因感念男子的資助而漸生情愫。就如《春明外史》的杏園看到梨雲、《天上人間》的秀峰看到玉子、《啼笑因緣》的家樹看到鳳喜、《夜深沈》的二和看到月容、《美人恩》的士堯看到小南、《小西天》的北海看到月英等等。不過有趣的是，除《天上人間》沒有寫完、《小西天》終成眷屬外，他們最後都被這些境況改善的美少女拋棄。在這些言情小說中、癡心的多是男人、變心的多是女人；這些女性只要一面對新的誘惑，就會喜新厭舊，完全無法持守到底。

其實張恨水言情小說寫的多是癡心、變心與見異思遷的故事。這類女性因貪圖虛榮而沈淪墮落，或爲金錢屈從於自己不愛的男人等情節，其實與張愛玲〈第一爐香〉，曹禺的《日出》等情節十分近似。

（一）女子變心與虛榮

多是貧女先與男子偶遇，女子受男子經濟的支援、生活的照顧，二人漸生情愫。就在女子景況日佳時（成名或社會階層提高），她往往就受不了第三者金錢、勢力等誘惑而變心。之後，才發現第三者的眞面目而充滿悔恨，而重新感念男主角的好。但最後，女主角不是發瘋，就是死去，兩人感情也無疾而終，終未能成眷屬。情節結構若以簡表顯示，不外是：

> 二人相識（或巧遇）→甲男資助照顧女→二人產生感情→女受乙男引誘→女變心→與甲男分手→女發現被乙男欺騙→女後悔→女孤苦無依

代表例子有：

《啼笑因緣》	一九三〇	樊家樹、沈鳳喜、何麗娜、關秀姑
《美人恩》	一九三四	常小南、洪士毅、王孫、陳東海
《藝術之宮》	一九三五	李秀兒、萬子明、段天得
《夜深沉》	一九三六	丁二和、楊月容、劉經理

※女子援男

《滿江紅》	一九三一	李桃枝、于水村、萬有光、萬載青

※妻子變心

《大江東去》	一九四〇	冰如、志堅、江洪

值得一提的是，從經濟角度去思考婚戀關係，是此一模式的特色。張恨水小說中很少有毫不考慮衣食住行，生活在虛幻情愛裡的浪漫男女。書裡的主角（幾乎全是女性）常喜歡以物質生活實際利益的角度來調整自己的婚戀方向，因此在這類小說中，經濟砝碼在感情的天平上格外地沈重。男子因對女子「經濟」上的援助從而得到對方的「愛情」；但對女子而言，男子的意義多只是個「經援者」，愛情則是一種因感恩而附帶發生的情感。因此她們總是很容易轉而尋求經濟條件更雄厚的對象。就因爲這些女子婚姻抉擇的基礎通常是經濟條件，所以一旦有比現有情人更有錢有勢的「肥羊」出現，女方很容易就拋棄原有浪漫愛的對象，忘卻誓言（像《啼笑因緣》的

沈鳳喜又轉而選擇更有權勢的軍閥）。這些女子都是窮苦人家出身，似乎殘酷和庸俗的現實生活讓她們認為富貴顯達遠比愛情更為重要。最特別的是這類女子身後還有唯利是圖的母親或是叔舅等親戚，不斷地鼓動她們作更「聰明」的抉擇。其實這類貧窮又勢利的長輩在他小說中十分常見，她們寄望女兒或外甥女能嫁個有權勢的金龜婿，好因此也大富大貴（如《啼笑因緣》的沈母；《春明新史》的羅太太；《丹鳳街》的何德厚）。就像《啼笑因緣》第八回寫到當樊家樹要離開北京回杭州老家時，沈母頓失「搖錢樹」的心情轉變：

> 那沈大娘聽到說家樹要走，猶如晴天打了一個霹靂，什麼話也說不出來及至家樹掏出許多錢來，心裡一塊石頭就落了地。現在家樹又和鳳喜留下零錢花，便笑道：「我的大爺，你在這裡，你怎樣的慣著她，我們管不著；你這一走，哪裡還能由他的性兒呀！你是給留不給留都沒有關係，你留下這些，那也盡夠了。」

又如第十一回寫鳳喜從劉將軍家回來，闔家同慶的景況：

> 鳳喜到家只一拍門，沈大娘和沈三玄都迎將出來。沈三玄見她是笑嘻嘻的樣子，也不由得跟著笑將起來。鳳喜一直走回房裡，便道：「媽！你快來快來。」沈大娘一進房，只見鳳喜衣裳還不曾換，將身子背了窗户，在身上不斷的掏著，掏了許多鈔票放在床上……（沈大娘）低低地微笑道：「果然的，你在那裡弄來這些錢？」鳳喜把今天經過的事，低著聲音詳詳細細的說了，因笑道：「我一天掙這麼些錢，

這一輩子也就只這一次。可是我看他們輸錢的，倒眞不在乎。那個劉將軍，還說請我去聽戲呢！」一句未了，只聽到沈三玄在窗子外搭言道：「大嫂你怎麼啦？這個劉將軍，就是劉大帥的兄弟，這權柄就大著啦。」

張恨水特別喜歡寫下層階級攀權附貴的虛榮心與務實態度。例子多的不勝枚舉。即使不是攀權富貴，也多少都有「唯錢是問」的價值。像《夜深沈》第三十四回中宋子豪對楊月容的一段訓示：「楊老闆妳可聽著，這年頭兒是十七八歲大姑娘的世界。在這日子，要不趁機會鬧注子大錢，那算白辜負了這個好臉子。什麼名譽、什麼體面，體面賣多少錢一斤？錢就是大爺，什麼全是假的，有能耐弄錢，那才是實實在在的事情。」

在他的小說中，這些女性尤以權高位重的大官（軍閥或銀行家）爲理想對象。小說裡女性對婚姻的觀念總是繫於對方的經濟基礎與社會地位，女性要靠婚姻對象的選擇得以「自我實現」。作了官太太，除了物質享受之外，那顯赫榮華的氣勢，那眾人傾羨的眼光，才是處於低下階層的百姓最想望的。這種心理可說是封建專制時代「高官與賤民」思想的餘毒，同時也反映了在許多文化模式下都有的「灰姑娘」情結——希望擺脫既有社會階層，能實現「痲雀變鳳凰」一飛沖天的顯達願望。因此，此一模式促使女方變心的「第三者」所代表的意義，並非是愛情，而是金錢與權勢。許多民國「舊派」小說也與張恨水一樣喜歡寫小市民這類的「括精貪財」的功利本質，由此我們也可以看到張愛玲小說人物的世故與算計，原來還有類似一脈相承的關係。其中也可明顯看出男性文人在面對社會地位的驟降以及新興財勢階級的興起所引發的強烈焦慮感和危機感。

更有趣的是，張恨水讓這些原本窮苦的女子，都因受到男主角的接濟與照顧，從此改變了社會階層和形象。如《啼笑因緣》中沈鳳喜因樊家樹從此而成爲「女學生」㊽；《夜深沈》的楊月容因丁二和才成爲名伶；《美人恩》的洪士毅更是拼命地抄書賺錢來接濟常小南，使她改頭換面。而後來她們也都因發現所嫁非人，遇人不淑，而爲自己過去的「見異思遷」悔不當初。最後她們又重新發現男主角的善良和眞誠，也對過去的感情戀戀不捨，但一切都無法重來。張恨水多以女子最後「受苦」或「不幸」等悲慘的情節，間接地「譴責」了她們的「不能執著」。就像《啼笑因緣》描述沈鳳喜如何在將軍府裡挨打受虐，乃至於羞愧成疾瘋瘋癲顛，人們始終不會毫無保留地同情她。因爲社會雖然險惡，但是這些女子也並非完全無辜。在情感生變的過程中，小說裡沒有強作調人的黃衫客，也不需要「豪傑之士，共感生之薄倖㊾」，命運總是會自行審判與懲罰。因此他雖極力刻畫這些小市民對於富貴夢的期待，但又不忘隨時以情節提醒讀者，這種交易與抉擇的不夠「道德」。不過，張恨水也讓我們覺得，這些女子其實並不壞，都只是些性格懦弱猶疑的「迷途羔羊」罷了。張恨水在表面上雖稍有譴責，但是情感上仍寄

㊽ 這「女學生」代表民初時一種特殊的新興階級。在「舊派」的小說中，這類「女學生」形象，特指西化、時髦、流行又文明的表徵。因此當時女孩趨之若鶩，即使不是眞的女學生，也偏好女學生打扮，藉以提昇自己的社會地位。此類小說的偏於物質虛榮與社會地位的「女學生」與沈從文《蕭蕭》中那代表自主自由與夢想的「女學生」意象不同

㊾ 唐傳奇〈霍小玉傳〉中之言。

予了深刻的同情。因爲結局的不幸，似乎又足以寬恕她們任何的過錯，讓讀者覺得她們只是一時糊塗才步入歧途，並未天良喪盡。就像張恨水自己說：「至於鳳喜，自以把她寫死了乾淨，然而他不過是一個絕頂聰明，而又意志薄弱的女人，何必置之死地而後快！可是要把她寫得和樊家樹墮歡重拾，我作書的，又未免『教人以偷』了。總之，她有了這樣的打擊，瘋魔是免不了的。[51]」既強調鳳喜「意志薄弱」的缺點，又認爲她的行爲咎由自取，仍必須付出「道德」上的代價，但下筆仍帶同情。

因此，在張恨水小說中眞正受譴責的是那些欺騙、引誘、出賣她們的惡人（如：沈鳳喜的叔叔，冷清秋的舅舅等）。因此，張恨水筆下對這些愛慕虛榮、趨炎附勢的女性，有譴責，也有同情。此系列的男性都很癡心專一。女子感情多次的「變異」，反而成爲這些男子道德人格的「試煉」。張恨水其實是以男主角的守貞，去「譴責」女主角的不能守貞。明顯地，他是以「從一而終」的價値觀念，去讚頌所謂的「純情」與「執著」。這種對「執著」的肯定，其實是貫串張恨水所有小說的重要理念。在抗戰系列等小說中，對「清廉」操守的「執著」，則有更多的著墨。

除了男子援助女子外，《滿江紅》則寫到歌女李桃枝暗中援助畫家于水村的情節。此書較寫的是女子暗中援助男子。不過這兩人卻因重重的誤會而一直無法結合。

---

[51] 見張恨水〈作完《啼笑因緣》後的說話〉。

（二）男子變心與欺騙

《似水流年》	一九三一	黃惜時、白行素、米錦華
《現代青年》	一九三三	周計春、孔令儀、菊芬

上述表格代表原是沈穩規矩的「好青年」，後來因受到物質與美色的誘惑，拋棄了原本的女伴或未婚妻。這類與上類女子變心的因素一樣爲了虛榮富貴而改變。另一類則是原本就是騙人感情的小白臉。共同特色是都是著西服的西化形象，家境寬裕、無骨氣，虛情假意，見異思遷等。如：《金粉世家》的金燕西、《秦淮世家》的陸影，《銀漢雙星》的楊倚雲，《藝術之宮》中的段天得，《夜深沈》中的宋信生等：

《金粉世家》	一九二七	冷清秋、金燕西、白秀珠
《銀漢雙星》	一九三〇	李月英、楊倚雲、柳暗香
《滿江紅》	一九三一	李桃枝、萬載青、于水村
《藝術之宮》	一九三五	李秀兒、段天得、萬子明
《夜深沈》	一九三六	楊月容、宋信生、丁二和
《秦淮世家》	一九三九	唐二春、陸影、徐亦進

當時新文學作家廬隱的作品也多有女子欺騙和受害的主題。她筆下那些懷著愛情想像「解放」了的女主角，對於那個由男人支配的社會毫無準備。他們最初的叛逆很快導致墮落。紈袴子弟熟練著玩弄「戀愛自由」的遊戲，並且利用了那些毫無社會經驗的犧牲者的純

眞的理想。在張恨水小說中，這種變心的形象，是絕對不會出現在具正面形象的主要人物身上，在此除金燕西、楊倚雲是張恨水著意刻劃寫這類用情不專的紈袴子弟外，其他都是以這類負面人物來襯托主要人物的忠誠與老實。像：《藝術之宮》裡是以段天得的壞，襯托萬子明的好；《秦淮世家》是以陸影的壞，襯托徐亦進的好；《夜深沈》是以宋信生的壞，襯托丁二和的好。有意思的是，上述幾例，壞的都是富家的浪蕩子，好的都是勤懇質樸的書販（萬子明、徐亦進）、畫家（于水村）與車夫（丁二和）。女子們都對自己當初變心拋下老實者，而後又被這些浪蕩子欺騙拋棄而悔不當初。

第六節　結　論

張恨水的「社會言情小說」系列，是他所有小說中數量最多，也是最具「張恨水本色」的代表性系列。張恨水寫「言情小說」，很少單寫情愛，都是將男女間含蓄的感情置於大的社會架構之中，或者「順便」揭示當時的社會面貌，所以稱之爲「社會言情小說」。上文陳述了張恨水「社會言情小說」的重要作品與特徵，其中最好的作品當推《啼笑因緣》與《夜深沈》。因爲那種在言情小說中夾雜大量社會軼聞的「言情小說」，其實是以寫「社會小說」爲主，以言情爲輔。因爲言情的情節線索常會受到社會瑣聞的干擾，情緒與氣氛又常易受到中斷，所以總是不如專寫「言情故事」的言情小說來得精緻動人。所以，張恨水最好的作品，不是《春明外史》或是《金粉世家》之類情節太蕪雜的巨作，而是情節脈絡高潮起伏、對人物性格、情感與心緒刻畫深刻的《啼笑因緣》與《夜深沈》。這兩作都有種抒情的美感、淡淡的哀愁，看完總令人有種低迴不盡之感。

第四章　張恨水小說的故事類型（下）

此章所討論的是張恨水小說除了社會言情系列之外的其他類型。在此又區分爲「襲自傳統小說類型」與「反映時代面貌的新類型」兩類。

第一節　襲自傳統小說的類型

所謂「襲自傳統小說」的類型，是說此一小說類型，是中國傳統小說中即有的小說類型。其中包括「歷史俠義小說」與「借古諷今小說」兩類。

一、歷史俠義小說

一般人都以爲張恨水只會寫社會言情小說，其實張恨水的歷史俠義小說寫得極好，又備受忽略。其中可再細分爲以下幾類：

㈠俠義小說

《中原豪俠傳》《劍膽琴心》

㈡原非俠義小說但表現豪俠精神的作品

《啼笑因緣》《丹鳳街》《秦淮世家》

㈢歷史小說

《天明寨》

（一）俠義小說

一般討論張恨水，都完全忽略他也是個很好的俠義小說家，任何「中國武俠小說史」中都沒有討論過張恨水❶。不過張恨水也似乎想將自己的小說與當時其他「武俠小說」作一區分。他說：「我寫武俠小說，是偶然的反串，自不必走別人走的路子。所以這部《劍膽琴心》裡，沒有口吐白光，及飛劍斬人頭之事。我找了一些技擊書籍，作爲參考，全書寫的是技擊一類的事情。❷」他反對「武俠小說」中的神怪情節，固然是因爲他個人對小說「現實性」的看重，另一則因爲他對他認爲武俠小說應回到司馬遷〈游俠列傳〉中的朱家、郭解者流。他並不強調這類游俠之人的武功之「奇」，而是強調他們濟弱扶傾、救人以危的「俠者」氣魄。張恨水自己有意避稱這類型小說爲「武俠小說」，以與他認爲所謂荒誕不經「口吐白光」等其他「武俠小說」作一區分。他認爲像《史記·遊俠列傳》、《水滸》等才是俠義小說的上乘之作。因此，他絕不寫過分渲染、荒誕

---

❶ 只有曹正文《中國俠文化史》在「民國武俠小說家」書目中錄有張恨水武俠小說兩本。上海：上海文藝出版社，一九九四。頁一二五。

❷ 引自張恨水〈寫作生涯回憶〉。

不經的武功傳說，或是「千里之外飛劍斬人頭」等玄虛情節。所以，他的俠義類作品不涉及怪力亂神，最多寫些各派武術家之間因意氣引起的私鬥，或是官府、鏢局與綠林之間的矛盾故事。但是若因此稱之爲「技擊小說」或「國術小說」又顯得太爲偏狹，乍看容易令人不解。所以本論文以「俠義小說」稱之，凸顯張恨水這類小說強調「俠」與「義」的成分，以區分「武俠小說」偏重「武」與「力」的現象。他這類「俠義小說」並不依循武俠小說的公式，既沒有各大正邪門派之征戰，也沒有爭奪權勢、幫主、奇劍、絕刀、秘本的情節。他的俠義小說也少一般武俠小說必有的「有仇報仇」（除了《劍膽琴心》中羅宣武欲報殺父之仇，但此非故事主線）與殺戮征伐等題材，反而多是「報恩」的善良故事。而且總出現著一些身懷拳棒技擊的豪俠之士與人爲善的情節。不是助人逃出火坑，就是助人結合良緣。這些人就像《史記》〈游俠列傳〉中所言：「赴士之困阨，既已存亡死生矣，而不矜其能，羞伐其德」。他們講信義、助人爲樂而且不圖報答。所以張恨水的俠義小說繼承的是司馬遷「刺客」、「游俠」以降的俠「義」傳統，多涉及扶危濟困、快意恩仇、仗義疏財之事。他也將傳統的游俠精神鮮明地訴諸筆端。而且張恨水喜歡以歷史敘述爲背景，讓這些技擊拳棒人物與歷史人物共同演出。因爲他是個有歷史癖的人，愛讀史書。所以他經常將眞實的歷史內容穿插在小說的情節之中。像《劍膽琴心》中穿插描繪了太平軍的三河大捷；《中原豪俠傳》就以辛亥革命前夕，河南王天縱組織隊伍響應革命的眞實事件爲背景。後來金庸武俠小說慣以歷史事件作爲虛構故事的情節架構，與張恨水的作法，實有雷同之處。張恨水這類小說有《劍膽琴心》與《中原豪俠傳》兩本。這兩部武俠小說，寫的都很精彩突出，也十分叫座。據張恨水自己說：「《中原豪俠傳》出版的第一日就銷售一萬五千份，這在當時是個很高的數字了。」

1、《劍膽琴心》（一九二八）

《劍膽琴心》（一九二八）又名《世外群龍傳》。一九二八年以《劍膽琴心》爲名連載於北京《新晨報》，後來在《南京晚報》轉載，才改名爲《世外群龍傳》。《劍膽琴心》是張恨水第一部俠義小說，但在細節描寫、氣氛渲染、人物刻畫、情節佈局等都頗具功力，表現細膩突出。小說以太平天國革命後的時局爲背景，寫幾個在太平軍中頗立戰功又身懷絕技的主角（如朱懷亮、張道人、于婆婆），在江湖上行俠仗義、打抱不平的幾段經歷。書中就寫著一幫正直忠厚的武林好手忙著協助孝子救父，然後又忙著湊合德小姐與秦學詩。文中特別喜歡強調俠者鋤強扶弱、濟弱扶傾的精神，人物也多是些如「黃衫客」之類的俠義之士，因此敘述間絕不摻雜寶刀神劍等神奇之談（如：平江不肖生的《江湖奇俠傳》）；也絕不寫虛妄幻想的劍仙鬥法（如：還珠樓主《蜀山劍俠傳》）。這些江湖中人，並非架構在一個虛構的幻想世界中，或是活在只有武林人物門派的武俠世界裡。小說不但都有明確的時間與時代脈絡，而且與現實世界的人物也多有交會與往來。全書大致以柴競爲貫串人物，情節線索交錯複雜，層層相環，懸念迭起，伏筆暗置，極其扣人心弦。情節曲折多變，撲朔迷離，往往更令人驚奇不已。整部小說被重重的「謎團」包圍。他不斷地丟出眾多的「懸疑」，只要一讀就會陷入這些「懸念」的探問上。隨著謎團一一的解開，更會對張恨水善於經營情節、埋放伏線的功力，大爲折服。《劍膽琴心》裡，朱氏父女行蹤爲何如此詭異？張道人到底是何方神聖？張道人又爲何忽然要趕赴南京？到底是誰在半夜偷了柴竟衣服上的紐絆？是誰冒了柴竟之名給了李孝子盤纏？那詭異的叫花子是誰？無人能上的古塔頂爲何無故失火？朱懷亮給李雲鶴的那把斷箭到底有何含意？幾天以後會出現的山東人到底是誰？火眼猴又到底是誰？爲何在寂靜的夜裡，荒廟會傳來極大的鐘聲？到底是誰救了韓廣達？女尼佛珠到底有何本領？是誰一連幾天到門禁森嚴的德小姐窗紙上寫著：「楊柳岸曉風殘月」？後來爲何又寫：「若不知，何以塗抹之；既知之，何以回報之」？全太守府裡的「大仙」到底是誰？等等問題，都引發讀者繼續一探究竟的興趣。隨著懸念的一一解開，就會發現這些伏線雖出人意料之外，卻又在情理之中。不過德小姐最後爲何失蹤？是柴竟救走了嗎？又到那裡去了？等情節作者巧妙地沒有交代，卻引發全書耐人尋味的迴懸感。所以不交代結局，也正是傳達此中人物全是不可測知、不可捉摸的奇俠。張恨水最後以張參將衙門裡「神龍無尾」四個字結束全書，表面上是寫這幫人的一種故弄玄虛之法，一方面則呼應全書武林中人全像「神龍見首不見尾」般地行蹤飄忽、自由無定；另一方面則是爲無結局的小說結局找到一個「結束」的有趣藉口。

《劍膽琴心》人物形象也鮮明突出，多寫些行蹤不定、來去自如的江湖中人，張恨水對他們行蹤的神出鬼沒、武功的高深莫測，頗有精彩的描繪。這些江湖中人有道士、有和尚、有乞丐、有駝子、有白髮婆婆、有山東大漢、有少女、有女尼、有婦人。張恨水除了以相互的打鬥場面來顯示他們武功之高外，還多是以他們特殊的舉止來凸顯這些人的身懷絕技。例如柴竟能以手指在牆上劃下凹痕、在樹下以筆尖打中樹上鳥雀的眼睛、能數次獨闖全太守衙門而像入了無人之境；孔長海因練輕功、內功而無法睡床；而朱氏父女則是行動迅捷輕巧，而且總是神不知鬼不覺。另外他倆又善舞劍。下面是一段對他倆劍術的描寫：

> 就在這時，忽然呼呼乎的一陣風響，卻沒有風來。一回頭，不見了朱懷亮。離這裡有三四丈遠，發現一團寒光，映著月色，上下飛舞，恍惚是一條十幾丈長的白帶子，糾纏一團，在空中飄蕩一般。那白光漸舞漸遠，呼呼的風聲也漸漸低微，忽然白光向地下一落，如一枝箭一般，射到腳底。剛要定睛看時，白光向上一跳，往回一縮，又是兩三丈遠。在白光之中，有一團黑影，正也是忽高忽低，若隱若現。那一條白光，就是剛才紅燭之下，看的那柄長劍。黑影呢，就是舞劍的朱懷亮。……姑娘說了一聲獻醜，展開劍勢，就在樹蔭下飛舞起來。她的劍光，雖不及朱懷亮的劍，矯繞空中，但是上下飛騰，一片白色，柴竟看了，已經覺得他手腕高妙。振華忽然將劍一收，劍光一定，只見柳樹的樹葉子，猶如下雨一般紛紛下落。低頭一看地下時，地上落了滿地柳樹葉子。柴竟看她舞劍的時候，劍光也不過剛剛高舉過頭，怎樣柳樹葉子，就讓她削了下來？（第二回）

全文敘述語言簡鍊明快，情節緊湊。但在描摹人物舉止、神態以及景物場景等卻又十分精緻細膩。《劍膽琴心》與其他武俠小說最大的不同是，書中有大量的非情節性敘述質素。例如大段的場景描寫，如第十三回一段對三峽山勢陡峭、水勢險急的細膩刻畫（詳見第六章「景物描寫」一節）。以及大段的人物描寫：如第四回一段描寫，對一個乞丐髒、臭、怪、奇等等形象給人此中有人、呼之欲出之感。又由這神秘乞丐能輕易使地上的石碑晃動，側寫其武功之高：

> 柴競站在亭子上，本靠住一塊石碑，說話的時候，忘其所以，倒不留心什麼。這個時候，就覺靠住的石碑，微微有些搖動，心中大疑，這種堅厚重大的東西，怎樣會搖動起來？一轉身到碑後一看，只見一個長連鬢鬍子的叫花子，背靠了石碑，坐在地下。他的頭直垂到胸前，正睡得熟。停一會兒，背在碑上微微展動，去擦身上的癢。柴競心知有異，便悄悄地站著，看他可說些什麼。那叫花子擦了一擦背，慢慢的又睡著，一顆頭卻轉偏到右肩上，口裡的殘涎，鼻子裡的鼻涕水，泉似的，涓涓不息，流將出來。看他的臉上，又黃又黑，一種塵土髒跡，一直塗平額角。身上穿著一套由藍轉黑的破衣服，左一塊補釘，又一個破洞，破得最大的地方，卻用一根稻草桿，將衣服糾處，結上一個小疙瘩。兩只腳上穿的白布長筒襪子，變成黑色的了。兩只襪子之外，一只是布鞋，一只又是草鞋。身邊放著一個竹棍，一個瓦盆，幾頭瘦小的蒼蠅，由他身上飛到瓦盆裡，由瓦盆又飛到他身上，找不著油水，兀自忙著。柴競見他是個極無賴的花子，就不再去理他。剛一轉身，只見那一方碑，又微微地有些顫動。

《劍膽琴心》中雖然也有男女愛戀的情節，但卻不是俠不離情的「俠情小說」❸。張恨水筆下的江湖中人皆非「英雄氣盛、兒女情長」的俠客形象，也沒有男俠女俠纏綿悱惻的情節。其中的愛戀情節多發生在非俠者身上。因爲《劍膽琴心》的人物並非全是武林中人，其中也有書生、秀才、格格、官員等人。所以其中的愛戀情節，一是發生在俠女朱振華與孝子書生李雲鶴之間；二是發生在書生秦學詩與格格德小姐之間。都非其中主要的俠義之士。《劍膽琴心》中的俠士，反而較偏於《水滸傳》諸人那種不近女色的態度。其中也反映了清代傳統社會以書生、孝子爲社會價値主軸的認同傾向。《劍膽琴心》中雖然有一些武藝高超、神出鬼沒的正義俠者，但是張恨水卻無意塑造任何「巨大」的「英雄」或「大俠」形象。所以像金庸小說中喬峰、郭靖之類的人物，在《劍膽琴心》裡也見不到。而且其中也見不到一般武俠小說常見的善惡之爭、正邪之爭等。

2、《中原豪俠傳》（一九三六）

《中原豪俠傳》（一九三六）寫的也不是口吐白光飛劍斬人頭於千里之外的神怪劍俠，而是有民族意識，有血有肉的武術之人。

---

❸ 俠情小說，唐代已顯端倪。《無雙傳》、《虬髯客傳》等作品皆俠中有情。但唐代的俠情小說，豪俠有餘，言情不足。而清代的「英雄兒女小說」：如《兒女英雄傳》，則出現了英雄氣盛、兒女情長的俠的形象。民初顧明道的《荒江女俠》，首次寫男女俠雙雙合走江湖，王度廬也有不少纏綿悱惻的「俠情悲劇」。後來的梁羽生、金庸、古龍等人的武俠小說，也莫不俠中有情。俠士們往往大談其情。

主線寫一批具俠義精神的武林中人在清末反清廷並進行營救革命黨人的活動。這群武藝超群的俠者，想盡辦法與體制對抗；並痛整這群的清朝官吏。一反自《水滸全傳》、清代以降「武俠公案小說」（如：《三俠五義》等）中清官率領俠客打擊貪官惡霸，在忠於既有秩序的價值體系下，反抗性完全消失的奴性傾向。這與同時像平江不肖生等人在武俠小說中大張「武術救國」，痛斥官府的腐敗與列強的蠻橫等愛國精神，有時代上的相契性。其中同時也凸顯了俠者不顧法紀、藐視權貴以及「不軌於正義」（《史記·刺客列傳》）的反叛精神。類似概念在《劍膽琴心》中就如第三十六回柴竟所說：「我在朋友面前，沒有答應此事則已，既然答應此事，國法不足畏，人言不足惜。」就傳達出一種重然諾、重友誼以及無畏官府國法的凜然氣質。

《中原豪俠傳》裡的主角是一個世家公子秦平生，他是留洋學生。父親秦鏡明是進士出身，時任糧餉局提調，在開封一地位高權重，關係極好。但是兒子秦平生卻總是帶著假辮子，不但偷偷到古吹台與馬老師學習武藝，還加入革命團體，密謀推翻清廷的計畫。這種清官的兒子就是革命黨、許多江湖人士夥同一路等等的情節安排，戲劇性衝突可想而知。再加上河南警備道公署稽查員邱作民對秦平生的懷疑以及一路追查，以及平生的幾次脫險，更造成情節的巨大張力。全書以秦平生、郁必來、馬老師等人營救革命黨人的前後發展爲主線，並以秦平生與鹿小姐之間的朦朧戀情帶出滿漢聯姻的困難。其中還有夾雜清官對「革命黨」的痛恨以及當時民間許多對「革命黨」的傳說與臆測，讀來令人頗感有趣。例如第三回秦鏡明對秦平生說：

> 「我對你說，從今天起，就不許你練拳棒。你若是不聽我的話，瞞著去幹，我要知道了，就把你當革命黨辦。」平生沒作聲，臉上卻有淺淺的笑容，但是極力鎮定，又忍回去了。秦太太笑道：「大人恨革命黨過分了。動不動就把人當革命黨辦，好像你要用厲害的刑罰去對付的就是革命黨。」秦鏡明冷笑一聲道：「那也不假，我要拿著革命黨，要親眼看見他個個死在刀下，方才罷休。」秦太太道：「革命黨同你有什麼仇恨，你要這樣處置他才甘心。」秦鏡明道：「說起來，你也會恨他的。這些亂黨，十之八九，是朝廷拿出錢來造就的學生。它們受了朝廷的厚恩，不想圖報，丟了書不念，反而要無父無君的，聯合起來造反，你想那可恨不可恨？」

這段彰顯了不同立場的不同價値觀。《中原豪俠傳》並未一面地站在「革命黨」的立場，將所有清朝官吏都寫成昏庸愚昧，該殺該伐。像秦鏡明、邱作民、甚至鹿普這一鑲黃旗人，都沒有被醜化或是丑角化。反而強調他們的開明進步。像邱作民是上海法政學堂畢業；鹿普是河南即用知府，「因爲愛談洋務，所以和在開封的一批時髦官吏，很是談的來，秦鏡明也是其中一個。」因此，張恨水寫的是兩方如何鬥智鬥力的過程。並未將二者寫成是善惡正邪的對立、或是一廂情願地以「漢賊不兩立」的民族主義觀點來詮釋兩方的「道德處境」。不過因「革命黨」這邊有江湖人士協助拯救，所以總是能技勝一籌。因此，張恨水還是借此一歷史情境凸顯這群技擊人物的「義高技奇」。

《中原豪俠傳》與《劍膽琴心》一樣有極多的「懸線」與「懸疑」。如一開始為何一個少年公子說出「有心人」三個字，那賣唱本的會那麼吃驚？「有心人」到底是誰（「有心人」其實是從「郁必來」名字減省筆劃而來）？為何秦平生聽到抓到革命黨時「面皮就紅了」？為何馬老師聽到「郁必來堂」就微笑了一下？而且許多驚險的場面，都在千鈞一髮之際，順利化解，讓人同捏把冷汗。如郁必來、江師爺、秦平生等人在四海春樓議事時，突然大批清兵加以包圍，能否脫險？邱作民對秦平生的跟蹤與懷疑，他能否擺脫？馮師伯假扮御史出現在開封大小官員面前，能否以假亂真？總之，文中處處皆是奇思、懸奇、懸疑與吊人胃口的情節，環環緊扣，具有引人一看的效果。其中尤以馮師伯假扮朝廷暗訪御史劉鐵珊矇騙過開封當地的大小官員，並趁機用計釋放了革命黨人一段，最為有趣。其中將中國自古至今官場上的送迎文化，大加嘲諷了一番。這段寫得極為精彩，對細節的掌控，包括官銜、官服、官帽、隨從、轎子以及這群官員面見大官那種忐忑難安的心理狀態，都有出色的刻畫。例如第十四回的一段：

> 因之這些大官，雖把他當了北京來的御史，可是心裡頭還是有些奇怪，怎麼他又是縮頭縮腦的。這個想法不過擱在心裡，誰也不敢說出來。這時，所有在車站上的幾千隻眼睛，全都射在這位老頭子身上。假如這老頭子咳嗽一聲，在場的人也不免會跟了他的身子一哆嗦。他似乎知道在這些人包圍下不能快走的。所以步子非常得緩，費了很久的時間，他才出了站。在站的人不看見了這位欽差大人，就

> 像狂風推浪一般，互相推擠猜說，這到底是怎麼回事。不過大家存著一份懷疑的心，可是又有一種相同的觀念，就是對於這位欽差，可信其是，不可信其非。所以把那位欽差恭送以後，首府首縣同兩位道台帶了幾位重要的官員，全到候車室裡商議著。說是欽差大人既是來到開封，不管他是明察還是暗訪，官不打送禮的，對他多多客氣一點，總不會錯。好在他走得慢，趕快派幾個干弁，跟到旅館去辦差。那兩個引道跟隨，知道他是欽差，當然會引他到開封最好的一家旅館去的。商議定了，首府首縣就挑了兩三名專門辦差的衙役，追到旅館去辦差，各官員全趕回衙去，換上樸素官戴，預備衙役回信說欽差在那家旅館裡，然後大家坐轎子去參謁欽差。可是等到衙役回來報告，確是不知欽差何往。這其中最感苦惱的，還是首府與首縣。分明迎著欽差進了城，卻讓欽差跑掉了，這是個大笑話。首府戴高銘，把官衣官帽全穿戴好了，只是端坐簽押房裡等候消息。後來一位差役，匆匆忙忙跑來告訴說、欽差已經到警備道衙門去了。

張恨水實不愧是講故事的能手。雖然，張恨水對這些武俠技擊功夫也多有著墨，但是他俠義小說之「奇」，完全是靠情節線索交錯之「奇」，而非武功劍術本身之「奇」。本系列小說沒有社會小說的枝蕪龐雜，沒有部份言情小說的拖沓平庸，讀來頗令人耳目一新。若純就對故事與場面的經營功力、對場景與人物的描寫功力而言，張恨水的俠義小說更勝金庸等武俠大家一籌，可惜全不受人知悉，也不太有人提及討論。

（二）非俠義小說但表現豪俠精神的作品

這類作品體現在一種俠義精神的表現上。人物並非武林中人，但張恨水卻著力發掘這些平民百姓身上的豪俠之氣。作品充滿理直氣壯的庶民趣味。浮於世的不是英雄，而是升斗小民。這些小人物在都市的暗潮裡，有著各自的認眞、警覺與驚慌。張恨水在《丹鳳街》自序中說：

> 讀者試思之，捨己救人，慷慨赴義，非士大夫階級所不能亦所不敢者乎？友朋之難，死以赴之，國家民族之難，其必濺血洗恥，可斷言也。

他喜歡寫市井俠風，筆下有許多愛打不平、講信義、重然諾的人物形象。作品不具神乎其技的傳奇色彩，而都是平凡百姓發出的懲惡揚善的正義精神。像《啼笑因緣》中關壽峰、關秀姑父女，兩人仗義疏財，打抱不平。當樊家樹被人綁架時，關壽峰冒險搭救。當沈鳳喜被軍閥劉德柱霸佔，暗戀著家樹的關秀姑還是冒險臥底，讓兩人在公園能一訴衷情。最後還「山寺除奸」，殺了劉德柱，幫沈鳳喜報了一箭之仇。關壽峰肝膽照人，救朋友於困危；關秀姑出生入死，爲民除奸。而關秀姑連在感情上也是捨己爲人的。總而言之，這群人皆有好友重義、知恩圖報、打抱不平、爲民除害等人格特質。除《啼笑因緣》外，另外的作品還有：《秦淮世家》與《丹鳳街》。

1、《秦淮世家》（一九三九）

《秦淮世家》寫於一九三九年，在上海《新聞報》連載。張恨水曾說《秦淮世家》是「以歌女爲背景，而暗射著與漢奸廝拼的。」他想用此書諷刺南京漢奸。但深覺用筆隱諱，不能暢所欲言❹。所以楊育權並非僅是一般的惡霸，而是一個大漢奸。不過，用筆眞是太隱諱了，細觀後僅能從文中提及的《桃花扇》與楊育權見人行九十度鞠躬禮等細節勉強看出一二。全書比較特別的是對秦淮河畔風土民情的刻畫，還寫活了一班市井人物。有時從這些雞鳴狗盜之徒身上，反而看到直率的人性、渾樸的人情。張恨水在此著意刻畫這些「小人物」，以致文中充滿庶民趣味；形象突出的不再是才子文士，而是擔蔥賣菜的升斗小民。如《秦淮世家》寫汪老太的世故、王大狗的熱情衝動、徐亦進的穩重義氣、妓女阿金的驃辣豪放、趙胖子的勢利等等。每個人在面對惡勢力的因應態度皆不同，由此也可看出每個人物性格的差異。反而是如楊育權、二春這些主要人物處理地比較刻板單一。

2、《丹鳳街》（一九四〇）

《丹鳳街》是一九四〇年發表於上海《旅行雜誌》，原名《負販列傳》。據他說之所以要寫這群小人物來擔綱「英勇」的任務，

---

❹ 見〈寫作生涯回憶〉與《水滸新傳》自序。

是要由此證明下層百姓的「有血氣，重信義」（《丹鳳街》序），此一想法是萌生於抗戰前清晨觀看壯丁受訓時的感受。後聞日寇南京屠城，念及當年所見壯丁或恐罹難，不禁淒然。再加上他深爲市井屠販之人捨己救人、慷慨赴義的俠腸義膽所感動，遂作此書。

總之，張恨水有意爲這些市井之徒作傳，原名「負販列傳」，就是寫以「紀傳體」筆法寫出人物群像。這群人朋友有難，爲朋友兩肋插刀：民族有難，他們赴湯蹈火。書中對這群人俠腸義膽的群像，倒是頗有刻畫。不過這群傻子麻子狗子大個兒等人，全是義氣、豪氣與大而化之的人，反而有「千人一面」的類型化問題。其實從張恨水對下層「小人物」名字的安排，就知道他的確把這群人當作「群體」在整批處理。他們全無正式文雅的名字，都是渾號，或是排行。如狗子、猴兒、阿大等。在他小說中通常主要人物才有文雅的名字，所以在寫這些市井之徒時，很顯然他也並沒有凸顯個體故事的敘述企圖。

《秦淮世家》與《丹鳳街》的情節架構不外是強凌弱，弱抗強的善惡對立公式，頗入舊套，缺乏新意。部份作品寫惡勢力的壓迫，較缺乏複雜多元的道德省思。不過，張恨水的重點並不在「強凌弱」的情節，而是普通百姓路見不平的義氣，與困厄相扶持的同情心。這類小說皆出現「受害者」、「迫害者」與「拯救者」微妙的三角架構：

	受害者	迫害者	拯救者	助害者
《秦淮世家》	二春小春	楊育權	王大狗和阿金（未救成	陸影（前男友）
《丹鳳街》	何秀姐	趙冠吾	洪麻皮楊大嫂（未救成	何德厚（舅）
《啼笑因緣》	沈鳳喜	劉德柱	關氏父女	沈三弦（舅）
《小西天》	朱月英	賈多才	縣長太太等女權運動者	胡嫂子（嫂）
《夜深沉》	楊月容	劉經理	丁二和（未救成）	田氏夫婦（鄰居）
《春明新史》	羅靜英	王鎮守使	沒人拯救	羅太太（母）

像上表所述，解救行動最終多功敗垂成，《丹鳳街》中洪麻皮等人最後用計要把秀姐接出，不幸卻被趙冠吾識破，未能順利救出秀姐。秀姐後來仍抑鬱病死。《秦淮世家》王大狗、毛猴子和徐亦進同去救二春，但在楊育權家門外就因槍傷失敗。最後二春欲刺殺楊育權報仇，卻不幸身亡而死。其他類型也多有類似情節。像《夜深沈》劉經理欲用計謀拐騙月容，但直到書尾丁二和都束手無策。張恨水小說不太有大快人心的結局，善良的人物通常無法贏得勝利，獲得解脫。像《啼笑因緣》雖然關秀姑殺死了劉德柱，但鳳喜的發瘋、與家樹感情的「無解」，仍是使人不悅的巨大「陰影」。

二、借古諷今小說

此類借古諷今小說有《新斬鬼傳》、《八十一夢》、《水滸別傳》、《水滸新傳》。張恨水經常藉點化古代小說，作為嘲諷現實的曲筆。這根源於中國「言之者無罪，聞之者所以戒」的諷刺傳統。

中國向來就有借古諷今的技巧，張恨水以「口無所謂臧否，心有所褒貶」的春秋筆法，讓情節與人物本身來體現作者內心的價值傾向。而張恨水是個充滿道德義憤與個人良心的作家，他的確以「以抉摘社會弊惡自命❺」，因此文中揭示了深刻的批判與反思。至於其中的虛構與附會，則是諷刺過程的一種策略。魯迅曾說：「『諷刺』的生命是眞實，不必是曾有的實事，但必須是會有的實情。❻」所以「諷刺小說」並不拘於事實的眞，而在於人性的深。

其實張恨水多數的作品都帶點諷刺性：言情小說暗刺軍閥或漢奸；社會小說冷嘲熱諷地寫盡小官僚的嘴臉、乞官者的厚顏屈膝、奸商的鑽營；俠義小說中以小人物的無畏捨己暗刺士大夫階級的懦弱自私；連探險小說他都說是以「山中國王」的下場暗諷夜郎自大的士大夫。但是，部份作品是通篇以「諷刺」筆法爲之，或以「寓言」、或以古人與小說中的虛構人物來譏刺社會世相百態。是嘻笑怒罵的一種憤世之言，也可說是純粹意義上的世相小說。

1、《新斬鬼傳》（一九二六）

《新斬鬼傳》（一九二六）是仿《斬鬼傳》而寫。《斬鬼傳》原是清康熙年間煙霞散人以民間故事「鐘馗打鬼」故事所作的諷刺小說。《新斬鬼傳》的創作意圖與《斬鬼傳》的卷首詞：「世事澆漓奈若何，千般變態出心窩。只知陰府皆魂魄，不想人間鬼魅多。」

---

❺ 魯迅《中國小說史略》《諷刺小說》部份。

❻ 《且介亭雜文二集》〈什麼是諷刺〉。

的觀念相同，以鍾馗在「含冤」、「負屈」二將軍協助誅滅群鬼的原始情節下加入新的時代色彩。也就是說。他把原本神魔世界的時代更新了。第一回寫鍾馗剿除群鬼，被封爲驅魔帝君後，又過了幾百年，孫悟空突然鬧革命，推翻玉帝，建立了共和，明顯地意謂時處民國初年。但鍾馗依舊身居廟堂，繼續驅魔的職位，掌有兵權。因有人大膽，偷換了鍾馗廟堂的匾牌，鐘馗怒而興兵，要繼續斬妖除魔。鍾馗要斬的鬼，也全是共和時期的鬼怪。張恨水以一大群鬼類，如：狠心鬼、勢利鬼、鴉片鬼、風流鬼、下流鬼、吝嗇鬼、刻薄鬼、頑固鬼等影射時人行徑，特別的是他還寫了一批文化鬼類：如：道學鬼、玄學鬼、空心鬼、不通鬼等，側筆諷刺了當時文化界的「怪現象」。玄學鬼指哲學家巫焦巴，聽那巫焦巴大談西方哲學心理學，滿口老子墨子，其實是烏七八糟又迂腐不堪的學者；巫焦巴即是「烏攪」「胡搞」之諧音；空心鬼是指臉皮很厚而腹中空空的浪漫派文人顏之厚；不通鬼指文句不通而又一派胡言的詩人胡言。但斬鬼大將軍含冤卻不識這群文化鬼的眞面目，因這三人看來滿腹經綸，舉止文雅，誰知他們竟是鬼怪之流？此也暗喻世人習於以貌取人、以頭銜識人的行徑。玄學鬼還以「標點陣」差點將鍾馗等人套住，因爲鍾馗哪懂所謂的「新式標點」？其實這類文化鬼，鍾馗斬也斬不盡，至今還繼續遺禍（疑惑）人間。有意思的是，最後鍾馗削盡群鬼，只留有沒臉鬼未能剷盡。最後詩云：「已遣良心歸地獄，獨留沒臉在人間」。如此處理，無疑留了意味深長的結尾。意思彷彿是說，只要這些連臉都不要的沒臉鬼存在一天，世上就永無寧日。曲折地提出世上之所以群鬼亂舞的根本原因。所以《新斬鬼傳》表面上看似神怪小說，其實全是時代現狀的反射，其中寫盡人間的齷齪與人性的陰暗。此書挖苦諷刺加幽默，嬉笑怒罵，皆成文章。此爲早期之作，但已逐漸可見功力與天份。惜下筆太過直露，趣味十足，厚重不足。而鍾馗斬鬼一直是他偏好的諷刺性題材，到了一九三九年的《八十一夢》的第四十八夢「在鍾馗帳下」，也是以斬鬼暗喻人間鬼魅橫行，顛倒眾生。

2、《八十一夢》（一九三九）

《八十一夢》（一九三九）發表於一九三九年重慶《新民報》副刊，據說是張恨水在大後方最爲暢銷的著作。可能因譏刺重慶時事、痛快淋漓大快人心所致。《八十一夢》是張恨水作品中少見的體例。雖名《八十一夢》，並非眞寫了八十一個夢，而是以約十幾個短篇集結而成。這些短篇除了在「夢」的形式上有所關連外，各篇夢境所表現的內容都是獨立的。就像張恨水在《寫作生涯回憶》中說：「各夢自成一段落，互不相涉，免了作社會小說那種硬性融化許多故事於一爐的辦法。」這些夢境唯一相似之處，就是他想借此書隱諱含蓄地傳達自己對貪官橫行、物價飆漲、囤積居奇、醉生夢死等社會現象的不滿。其中題材與人物出入於眞幻虛實、來往於古今四方。文中充滿暗示、影射、誇張與嘻笑怒罵，極盡荒誕。就如他在《自序》中說：「於是吾乃有以取材於《儒林外史》與《西游》、《封神》之間矣。此《八十一夢》之所由作也。」也就是說他以神怪荒誕的形式寄託著社會現狀的諷喻。這作法其實也上承古代小說家往往因夢寫實的傳統。

「楔子」交代了夢的來源：「我寄居北平，曾得了一次作夢的怪病。」「或一日記下兩三夢，或一日記一夢，或兩三日記一夢，不知不覺寫了一大捲紙。」他把各種離奇有趣的夢逐日記載下來，不知不覺，竟成一大捲，數數正好爲八十一夢。但後來卻被老鼠咬成一團破爛的殘紙，爲免耗子再來咀嚼殘稿起見，就刊於報端，耗子既無法一一咬之，他也可「搪塞工作」。有意思的是他比喻說：「耗子大王，雖有始皇之威，而我也就是伏生之未死，還能拿出《尚書》於余燼呢。」「楔子」如此交代，頗得古代筆記的趣味。敘述者除在「楔子」裡說明這八十一夢從何而來，如何剩下如此殘卷的原因。也不斷強調夢境本屬虛妄，並否認夢境具有現實意義。如「楔子」中：「閒話少說，諸公對於現實的社會，感到煩膩的，看一看我寫的夢中生活吧！」又如「尾聲」中：

> 何況這根本是夢話，充其量不過是夢中說夢，夢話就以夢話看了，何必當眞呢？中國的稗官家言，用夢來作書的，那就多了。人人皆知的《紅樓夢》自不必說。像演義裡的《布夷夢》、《蘭花夢》、《海上繁華夢》、《青樓夢》，、院本裡的《蝴蝶夢》、《南柯夢》……太多太多，一時記不清，寫不完，但我這《八十一夢》，卻和以上的不同。人家有意義，有章法，有結構，但我寫的，確是斷爛朝報式的一篇糊塗帳。不敢高攀古人，也不必去攀古人，我是現代人，我作的是現代人所能作的夢。也有人送我一頂高帽子。說我是《二十年怪現狀》、《官場現形記》一類的作風。夫我佛山人與南亭亭長，古之傷心人也。他們之那樣寫法，除了那個時代的反應而外，也有點取瑟而歌之意，

可是我人微言輕，絕不作此想，縱有此意，也白費勁。作長沙痛哭之人多矣，那文章華國的責任，會臨到了我？

他可能因時局不宜暢言之故，只能以曲筆爲之；不過這種否認一切責任，一切寄託的口吻，未嘗不是另一種對人生的透徹。然而細看，仍能發現他還是別有懷抱的，還是在文中稍微提示了文本與現實人生的關連。如在「楔子」中他說：「不過反過來，再回想夢中的生離死別，未嘗不是眞事所反應的，又著實增加許多傷感，多少可以滲透一點人生意味。」另外，「楔子」最後他說：「有人問時値抗戰，向讀報人大談其夢，何其無聊？」從他答詩「羞向朱門乞蕨薇，荒山茅屋學忘機。盧生自說邯鄲夢，未必槐蔭沒是非。」詩句中的「未必沒是非」，也可隱約窺知文中的興寄。既然如此，那強調虛妄的上文就產生了字面意義與確實意義（或可稱隱含作者的想法）相反的不可靠敘述，即反諷敘述。這類敘述就是刻意強調「不可靠」以取得特殊的效果。

《八十一夢》由於寫的是夢境，敘事者「我」可以任意顚倒時空，拿歷史與小說中的人物和典故，作遊戲筆墨，並在錯綜顚倒的自由想像中譏刺現實人心。夢境能使時間幻化，以致可以出入於神話與世俗、歷史與小說，將古今眞幻的人事熔於一爐，形成了充滿荒誕又富現實性的文本世界。不過有意思的是，那些抗戰時偷雞摸狗、舞弊營私的社會百態，部份竟也可當作反照今日社會的「鏡子」。張恨水對人性之貪婪與陰暗，的確有一針見血的透徹。

《八十一夢》雖然是張恨水敘述形式非常特殊的作品，也是被多數大陸學者點名的所謂「名作」❼。雖可說是「奇書」❽，但是其實藝術表現並不太高。張恨水並不擅長經營短篇小說，他短篇小說的表現都不太突出，因此十幾個短篇組合而成的《八十一夢》也有同樣的問題。多數大陸學者喜歡強調《八十一夢》的諷刺性與現實性特徵，但是諷刺性現實性是張恨水小說的常態，並不能特別凸顯《八十一夢》的特色。況且諷刺性強，會有「辭氣浮露，筆無藏鋒，過甚其辭」等過於露骨的問題。雖然文中嘗試「以古諷今」，以許多古今人物諷喻重慶的時人時政，但可惜「詞鋒太露❾」。因爲罵得痛快，罵得好，不見得就是好作品。

此外，《八十一夢》也有張恨水早期社會揭露小說裡「人物臉譜化」的問題。將人物姓名帶上敘述者價值的評論。這作法在晚清所謂「譴責小說」中是屢見不鮮的。如《官場現形記》中人物叫陶子堯，後來果然逃之夭夭；叫邊邁朋者，後來果然出賣了朋友。而像《花月痕》、《二十年目睹之怪現狀》、《官場現形記》竟都同樣用了個名字「苟才」。人物在此大多只是隱含作者意念貫徹下抽象的符碼，缺乏個性、缺乏性格史。從《八十一夢》中對人物姓名的選用如：萬士通、魏法才、馬知恥等也可知這類人性格是先驗而不變的，他們是代表某種道德類型而出現。在這樣的道德價值控制

❼ 《八十一夢》多被大陸學者當作「名作」點名討論，原因之一可能《八十一夢》曾經多次受到毛澤東與周恩來的讚賞有關。

❽ 楊義在《中國現代小說史》第三卷中說《八十一夢》是「繼張天翼《鬼土日記》、老舍《貓城記》、王任叔《証章》之後，現代文學史上的一部奇書。

❾ 魯迅在《中國小說史略》《清之譴責小說》章中對「晚清譴責小說」的評價語。

之下，又有先驗的道德標準在前，人物自然成爲臉譜。而人物類型化、漫畫化、醜角化，再加上誇張的敘述口吻，有人以爲可增加諷刺性，其實反而減低諷刺的力度。因此，《八十一夢》裡人物性格類型化的單一傾向也是造成小說深度不足的原因之一。所以他自己也說：「《八十一夢》無足可稱。」

其實，《八十一夢》中更值得討論的可能是擬仿（parady）的技巧。他改變原有經典作品價值或歷史人物的位列席次，給予作品相逆反的意義，並故意暴露「擬仿」的痕跡，造成一種荒謬又帶有嚴肅性的效果。而且越是把夢描寫得像現實一樣，就越能凸顯現實本身的荒謬與與失常，加強全書逼眞的迫切感。而且整部小說支離破碎，找不出統一的敘述原則，反而彰明現實世界無系統的本質。

3、《水滸新傳》（一九四〇）

一九四〇年，張恨水以《水滸傳》的情節爲底本寫了《水滸新傳》（一九四〇），宏揚民族救亡圖存的意識。在《自序》中他提到因身處上海孤島的《新聞報》只能登略有抗戰之意卻不明說的作品，因此他打算寫一部歷史小說來描寫中國男兒在反侵略戰爭中奮勇抗戰的英雄形象。幾番考慮，覺得北宋末年最宜選用。本想以岳飛與韓世忠爲主角，但有《說岳》一書在前，不易討好。翻《宋史》時翻到「張叔夜傳」，靈機一動，覺得可以用此人爲線索，將梁山一百八人參與勤王之戰作爲結束。如此寫法，「能夠略解上海人的苦悶」；又是「現成的故事，也不怕敵僞向報館挑眼。⑩」，因此就

⑩ 見《水滸新傳》新序。

有了《水滸新傳》。直到一九四一年底，上海全境淪於敵手，他才停止撰寄。朋友多勸他續寫，直到一九四二年夏季，在得知上海小報請人冒名續寫後，他擔心「在敵人控制下的文字，不能強調梁山人物民族思想……甚至寫得宋江等都投降了金人，也有可能。」於是他又一氣續完。

以《水滸》爲線索，不但是討好也是張恨水拿手的題材。因爲他對《水滸》做過認眞的研究，他曾專門寫了一部《水滸人物論贊》，其中評論了《水滸傳》中七十幾個人物。他還對《水滸》中的地理位置做過考證，寫過《水滸地理正誤》的一組短文，糾正了不少《水滸》地理位置上的錯誤。在研究《水滸》後，一九三二年，他以阮小七打漁殺家那段故事試寫了《水滸別傳》，就以北宋淪亡的歷史隱喻九一八、一二八事變後的亡國危機。此外，他還精心研究《水滸》所用的俗語和口吻，在《水滸》原著中若找不到可模仿的詞句，則參酌宋人小說及語錄。就在這一連串紮實的基礎上，《水滸新傳》的成功是不言可喻的。他說：「《水滸別傳》引著我在抗戰期間，寫了一篇六七十萬字的《水滸新傳》。《水滸新傳》當時在上海很叫座，……這書裡的官職地名，我都有相當的考據。文字我也極力模仿老《水滸》，以免看過《水滸》的人說是不像。」《水滸新傳》在當時受到很大的迴響好評。史學家陳寅恪《乙酉八月聽讀張恨水著水滸新傳感賦》，也有感而賦詩。詩云⓫：

誰締宣和海上盟，燕雲得失愓縱橫。

⓫ 《陳寅恪詩集》北京：清華大學出版社，一九九三。頁四九。

花門久已留胡馬，柳塞翻教拔漢旌。
妖亂豫么同有罪，戰和飛檜兩無成。
夢華一錄難重讀，莫遣遺民說汴京。

所以《水滸新傳》應屬《水滸》續本⓬，他繼金聖嘆的七十回本後，寫梁山英雄招安後抗擊金兵、爲國捐軀的悲劇，走的是借古喻今的路子。也可以說，他改寫了《水滸全傳》中受招安的一百零八好漢征遼無一損失，征方臘卻陣亡過半，最後被奸臣圖謀害死的結局。《水滸新傳》內容寫梁山派遣柴進、燕青至東京探聽朝廷動靜，得知朝廷將發兵征討，於是返寨共謀抵禦之策；之後盧俊義領一支兵至海州，爲張叔夜所困，屢戰屢敗，遂起招安之局，全軍歸於張叔夜軍下。張叔夜也升任南道都總管。一百零八將後隨張叔夜北上抗金，浴血苦戰，最後幾乎全爲國捐軀了。《水滸新傳》將全書重點置於「爲國捐軀」，以符合激勵抗戰民心之旨。他說此書：「充分的描寫異族欺凌、和中國男兒抗戰的意思。」除了寫梁山英雄的英勇悲壯、金兵的殘暴等部份外，《水滸新傳》更重要的是描繪了北宋朝廷官員的貪污腐敗、因循苟且、儒弱自私，點出北宋滅亡的主因與必然性，達到以古諷今之效。如《水滸新傳》中寫到雙槍將董平到宋金交界的雄州任兵馬都監，但原任的都監高忠是高俅的堂兄

⓬ 張恨水在《水滸新傳》〈凡例〉中曾評論現存之《水滸》續本：「《水滸》續本，世有三種。一爲金聖嘆割裂後之古本遺文，後人題曰《征四寇》，其實並非續作也。二爲雁岩山樵陳忱所著之《後水滸》，三爲俞仲華所著《蕩寇志》。陳著似係續百十五回本。與吾人見解略有同處。俞著雖亦敘七十回本，與拙作意見，根本相反。仁智之判，是在讀者。」

弟，只知貪污軍餉，致使雄州兵馬連年缺額。而高俅貪圖高忠賄賂，不發兵馬給董平，致使董平帶著老弱殘兵壯烈犧牲。而知州奚軻是童貫門下的清客，只懂得些吹彈歌唱，金兵一到，臨陣脫逃。而北宋朝廷主和派猖獗，官僚結構腐化，漢奸賣國、國庫空虛。因此梁山英雄的抗金義舉，多方掣肘，腹背受敵，只好去打一場明知不可為而為之的仗，最後多壯烈犧牲。

張恨水《水滸新傳》與《水滸傳》的比較如下：一、文字雖模仿《水滸》原書以宋代之白話口吻與詞彙述說，連人物衣冠、官職、地名、年月、器具皆有翔實考據；但他仍以一貫的細膩筆法刻畫人物、描寫景色，就絕非水滸原書所能相比。二、《水滸新傳》在保持原作人物原有性格的同時，為求別開生面，就把敘述重心轉移到原作不太著墨的小角色如：時遷、曹正、湯隆等人的身上。「這種避實就輕的焦點轉移，簡直是一種聰明透頂的敘述謀略，他相當充分地發掘了某些角色的潛在可能性。⓭」尤其寫到一些次要的梁山英雄，如孫二娘、時遷、曹正、孫新、顧大嫂等屠沽出身的人物時，最是細膩生動。三、不像原著般將戰爭的勝負歸之於武將個人武藝的高低，也就是不以將領決戰結果作為兩軍勝敗的樞紐。他說：「中國舊小說所敘戰鬥，恒以將為主，《水滸》未能例外。其實兩軍勝敗，決於數將百十回之交鋒，實無是理。此種錯誤，不宜再蹈。但《水滸》人物，以單刀短打見長，完全不取，又與原傳不能照應。故特於兩軍鬥陣間，多敘武將之引導，以作點綴。」四、刪除了《水

⓭ 此論點參考楊義〈張恨水：熱鬧中的寂寞〉一文。《文學評論》一九九五，三月。

滸傳》中的神話情節。如：戴宗的神行、公孫勝的呼風喚雨以及羅真人的神通廣大等。五、雖保有原本章回小說的回目，但刪去了許多章回的套語。如：「卻說」與「下回分解」等章回形式。他說上述套語，「原係說書人口吻，筆述者未察，相習成風，實可不必。」

第二節　反應時代面貌的新類型

一、內戰與抗戰小說

與張愛玲刻意悖離大敘述相較，張恨水一直刻意地接近國族與歷史的大論述。他一直在小說中承載著他對世事與國族的關懷。他有很深切的「以文濟世」觀念，他心心念念要拿筆去「喚醒群眾」，他有一種書生報國的赤忱。面對中國連年的內亂外侮，他也不可避免地要以文人之筆禦侮抗敵，並留下歷史的見證。他竟能在二十天之內寫了一本包含詩歌[14]、小說、劇本、筆記的《彎弓集》。其序中說：「今國難當頭，必以語言文字，喚醒國人，無人所可否認也。以語言文字，喚醒國人，必求其無孔不入，更又何待引伸？然則以

[14] 《彎弓集》中的〈詠史四首〉表現愛國傷時的悲憤感：「山河脱幅三千里，兄弟鬩牆二十年，豈是藩籬原易輟，本來箕豆太相煎。江東名士渾如醉，壁上諸侯笑不前。猶嘆藥爐茶灶畔，有人高比趙屯田。」（之一）「爭道雄才一槊横，幾時曾到岳家兵，中原豪傑無頭斷，遜國軍臣肯膝行。盜寇可憐侵臥榻，管弦猶自遍春城。書生漫作長沙哭，只有龍泉管不平。」（之二）另外他為抗日戰事所作〈健兒詞七首〉更是壯烈豪勇：「含笑詞家上馬乎，者呼不負好頭顱。一腔熱血沙場洒，要洗關東萬里圖。」（之一）

小說之文，寫國難時之事物，而貢獻於社會，則雖烽煙滿目，山河破碎，故不嫌其爲之者矣。」不過以往的研究多將張恨水的「抗日小說」（如《彎弓集》等），視作一種從所謂「胭脂俗粉」的「鴛鴦蝴蝶派」向「新文學陣營」靠攏投誠之舉。像最常被研究者引用的一段魯迅的話：

> 我贊成一切文學家，任何派別的文學家在抗日的口號之下統一起來的主張……文藝家在抗日問題上的聯合是無條件的，只要他不是漢奸，願意或贊成抗日，則不論叫哥哥妹妹，之乎者也，或鴛鴦蝴蝶都無妨。⓯

或如朱自清說：「抗戰以來，第一次我們獲得眞正的統一。⓰」所以，就因爲上述這類充滿輕蔑的言論，所以研究者都視張恨水開始寫抗戰小說爲一種「棄暗投明」之舉。其實，張恨水自始至終都是一個關心國家前途、百姓生計的作家，他的《彎弓集》（1932）是當時中國最早出版的抗日作品集，絕非是到1938年《中華民國文藝界抗敵協會宣言》⓱後，張恨水才「一時歸到了抗戰的大旗下」。而張恨水早在《彎弓集》前就已有一些對戰爭造成生民塗炭、民不聊生現象的省思，如《滿城風雨》、《太平花》等。所以，「抗戰小說系列」的出現，不應視爲張恨水本人思想或風格上的轉變。

在這類與戰爭有關的類型中，又分爲「軍閥內戰系列」與「對

⓯ 〈答徐懋庸並關於抗日戰線統一問題〉《魯迅全集》六卷，頁五二九。

⓰ 朱自清《新詩雜話》《愛國詩》。

⓱ 一九三八年四月一日《文藝月刊》第九期。

日抗戰系列」兩大種。

（一）軍閥內戰系列小說

這「內戰」是特指一九二八年前南北軍閥的混戰狀況。所以這類作品都集中於第一階段。作品中描寫軍閥內戰紛亂者，如：《滿城風雨》（一九三一）（第一部帶有抗日色彩的作品，「國難小說」之開端）與《太平花》（一九三一）。在《春明新史》、《啼笑因緣》、《夜深沈》中也寫到軍閥蠻頇、擾民、作威作福的情景。

《滿城風雨》（一九三一）其中雖有小段伯堅與淑芬姊妹的三角戀情，但在作品中所占篇幅不多，全書還是以揭露軍閥與日軍對百姓的侵擾、對土地的蹂躪爲主。至於《太平花》是以多角的「言情」爲主線，內含反軍閥、反內戰之旨。其中部份篇幅敘述軍閥混戰對百姓生命財產的重大破壞，像苛稅納捐、強擄民女等。又如最後一章所述，原來的「安樂窩」只剩荒涼寂靜，深秋本是豐盈的收穫季節，但田野裡卻全是荒蕪的野草。原來婉轉的情歌「太平花」，現在卻變成淒苦的怨曲。美麗的太平花，也就隨戰火埋喪在荒煙蔓草之間。除描寫這些戰爭摧殘的景象外，也多藉人物之口揭示內戰本質的荒謬。如第三章寫到李守白與一個受傷的兵閒談的內容：「名譽算什麼？反正是自己人和自己人火拼，就是打了勝仗，又有什麼名譽呢？」「值得，他們這兩條命，死得連狗屁不值。值得的只有上面的人，幹了這一仗，得了兩省地盤，坐上巡閱使了，家私無數萬萬？小老婆論打，在打仗的時候，他可離著戰線上千里地呢？贏了，他升大官，輸了，他媽的一拍屁股，腳板底擦豬油，向國外一跑。」至於名為「太平花」也有多重意義，第一、是一種花名叫「太平花」；第二，女子（韓小梅）美如「太平花」；第三，一首傳唱的民謠名叫「太平花」。不過這「太平」之和平寓意，與「安樂窩村」之「安樂」寓意，都是對內戰頻仍、百姓流離失所、朝不保夕的對比與嘲諷。

若比較這兩部作品，《滿城風雨》因著豐厚的內戰細節、有堅實的內戰生活基礎，所以顯得較為飽滿厚實。人物動作細節與心理描寫也都較為細膩。不像《太平花》既要寫複雜的言情故事，又要凸顯內戰之不仁與荒謬，二者結合得較為牽強。且《太平花》多以人物之口直接譴責內戰，較缺乏深刻的力量。換言之，就是無法用寫實情境與細膩的心理手法來為某種思想辯護；而且無論在思想上或情緒上的描述，都沒有其他作品語調的眞誠。

其實兩部皆非他作品中的上乘之作。因為兩部書「言情」的部份，都寫得牽強而不夠吸引人。且人物部份的思想單一保守、行為過時，像是道德的傀儡，欠缺歷久不衰的普遍性。或許是因勉強將「言情」情節塞入要揭示的「內戰」戰況中，所以造成「言情」的情節部份遠不如單純「言情的小說」來得深刻細緻，反而破壞了全書的表現。這種描寫軍閥紛戰實況的小說，除葉聖陶短篇小說《潘先生在難中》還稍有涉及之外，在中國現代小說史上實難以見到。而且葉聖陶主要凸顯的是潘先生利己懦弱的人格特質，軍閥之「難」，只是故事敘述的場景而已。不像張恨水有宏觀且大場面的「寫史」企圖，所以雖然這內戰系列藝術表現不高，但仍有極強的記實與歷史價值。

（二）對日抗戰系列小說

一九三七年張恨水以抱病之身，拋棄了所有經營的事業與家庭，把《南京人報》的機器全裝了箱，把全家人安置於故鄉山上，坐著一艘湧滿了人頭的小船，隻身到達重慶。一則他不願在受敵寇佔領的淪陷區內生活，二則希望能不辭任何艱苦，為抗戰盡份力量。但是在重慶的所見卻讓他「憤慨、感觸，還有說不出的一些情緒。⑱」因戰時的張恨水身處重慶，所以他的抗戰小說不同於在上海孤島或淪陷區作家所寫的農村游擊隊作品，他寫的多是大後方重慶的人物與故事，且大部份在重慶發表。此時張恨水小說若在上海發表者，則多不直言抗戰，而以隱曲方式傳達抗戰之旨。如《丹鳳街》、《水滸新傳》等。還有部份作品是抗戰勝利後才在北平發表。如《巴山夜雨》、《虎賁萬歲》等。這些抗戰系列小說大致有：《巷戰之夜》（一九三八）、《蜀道難》（一九三九）、《八十一夢》（一九三九）、《大江東去》（一九四〇）、《魍魎世界》（一九四一）、《傲霜花》（一九四三）、《巴山夜雨》（一九四六）、《虎賁萬歲》（一九四六）、《紙醉金迷》一九四六等。其中又可分以下幾類：

1.側寫東北義勇軍者，如《楊柳青青》、《啼笑因緣續集》。

2.不直接寫抗戰，但文中提及人物最後走上從軍抗敵之途或討論到「抗戰」。如：《丹鳳街》、《如此江山》、《美人恩》。

3.直接寫戰場與戰爭。寫國軍與日軍如何交戰及淪陷區的慘

⑱ 轉引重慶《新民報》總經理陳銘德在《八十一夢》序中所言。

狀。如《大江東去》寫南京大屠殺，《虎賁萬歲》寫常德之戰，《巷戰之夜》寫天津失陷。

4.寫重慶社會百態與政局，尤偏重於經濟生活的層次。這是張恨水抗戰作品中最多、也是最重要的系列。主要寫各式人物如何面對戰時困蹇的經濟狀況，寫各人面對環境壓力有人屈服，有人堅持的處理態度。當然也提到了重慶受轟炸的景貌。在此寄託了他對時局極複雜的憤慨、感觸與情緒。作品如《傲霜花》、《巴山夜雨》、《魍魎世界》、《紙醉金迷》等。

5.揭露戰後社會面相，如《五子登科》

上述第一部份所謂「側寫東北義勇軍」的作品，都是以九一八事變日軍侵佔東北後的軍事狀況為情節背景。當時東北戰況吃緊，因還未全面抗戰，為區分起見，所以稱為「東北義勇軍」。其中《啼笑因緣續集》只簡單提到人物如關秀姑、沈國英等人參加東北義勇軍而戰死。

1、《楊柳青青》（一九三三）

眞正全力寫到「東北義勇軍」的生活與戰況者，當屬《楊柳青青》。《楊柳青青》原名《東北四連長》，原一九三三年開始在上海《申報》副刊《春秋》連載。直到抗戰勝利後，上海出版商要重新出版，於是張恨水加以修改，才更名為《楊柳青青》。然而此一言情主線，卻是架構在九一八事變後，中國東北的緊張局勢上。其中寫日軍的侵略活動、繁重的軍隊勤務、頻繁的部隊移防、慘重的傷亡狀況。本書著重的倒不是戰爭與侵略的本身，而是平實地寫出當時軍人的生活、感情、家庭與一切的艱苦與悲哀。甚至寫軍人的不平，部隊中多數人在前線浴血奮戰，但卻有人（如甘積之）能因裙帶關係照樣找個閒差升官發財。此外，還寫到軍人妻子的掙扎與寂苦、一般人對當時軍人的印象等，十分深刻。書中趙自強新婚期間即遠赴戰場，最後戰死的遭遇故不必論。桂枝當時答應嫁給自強，因為自強此一軍人身份，不知經過多少反覆的掙扎及考慮。又例如第十四回寫到另一關耀武連長，多日未能回家，且因部隊又未能按時發餉，家中小兒急病，妻子在家束手無策，恨無援手。田連長的未婚妻最後也難耐寂寞而另嫁給甘積之了。張恨水能對軍人生活寫得如此細緻深刻，是深深地下了番功夫。他說：「我對軍事，是個百分之二百的外行。」但是他為了寫好《東北四連長》，深入瞭解軍事生活，曾專門找一個當過義勇軍的學生長談，合作了三個月之久。所以這本小說因有真實的生活細節作為根底，顯得飽滿且充滿生活情味。對許多委曲含蓄的情致，也寫得十分深摯細膩。如第十八回部隊即將出征開拔，對出征者及送行家屬心情的描寫。第二十八回當趙父聽說兒子陣亡時的情緒與要否告訴媳婦的心理掙扎等等，都頗具動人的感染力量。所以《楊柳青青》算是第二階段頗受忽略的重要力作。

至於直接描寫抗戰的戰場與戰爭者，則有《大江東去》與《虎賁萬歲》。

2、《大江東去》（一九四〇）

《大江東去》於一九四〇年起連載於香港《國民日報》，一九四三年在重慶出版。在大後方的銷路僅次於《八十一夢》，也是一部當時家喻戶曉的名作。本書以抗戰時期軍人家庭婚變的故事為主線，並在其中詳細登載南京保衛戰與南京大屠殺的內容。本書大概是中國二十世紀小說史上唯一記錄了南京大屠殺慘況的小說。所以本書重點之一，寫南京撤退之壯烈、寫日寇屠殺場面之慘絕人寰，兼具有「記史」的功能。就像寫《楊柳青青》一樣，《大江東去》中關於軍事生活的描寫，也來自於一位親身參與南京保衛戰的軍人之口。不過情節主線仍是在一段婚變的三角故事上，寫盡了感情本質的脆弱。這類故事可能是當時頗常見的故事，許多長期軍人離家在外，生死未卜，妻子在家禁不住時空的阻隔與長久的孤寂，情感產生轉移。

3、《虎賁萬歲》（一九四六）

另外《虎賁萬歲》（一九四六）則是二十世紀第一部戰史小說。此書鉅細靡遺地寫余程萬師長在一九四三年率領七十四軍五十七師八千多人在「常德」一地奮勇堅守、絕大多數壯烈犧牲的真實戰史。只有二十多天的戰役，張恨水卻以幾十萬字的篇幅，極其細膩地寫戰爭的每一個環節與過程。當時軍力如何配備？如何部署？如何進攻？傷亡的狀況如何？彈藥的數量有多少？戰術的運用等戰況莫不精細記載。這種對大戰爭場面的描寫，非功力高深者，恐將無法勝任。《虎賁萬歲》是抗日戰爭史上的重要史料，也是重要的抗戰小說，值得注意。

除了上述直接描述戰爭慘況外，還有許多對抗戰生活與人心記載的小說。張恨水曾說：

> 在抗戰時期，大後方的文藝，也免不了一套抗戰八股……在抗戰期間，一切是要求打敗日本，文藝不應當離開抗戰，這是對的。不過老是那一個公式，就很難引起人民的共鳴。文藝不一定要喊著打敗日本，那些間接有助於勝利的問題，那些直接有害於抗戰的表現，我們都應當說出來。

所以，他很清楚絕不能寫純為抗戰而宣傳的「抗戰八股」，作品還是必須有相當的可讀性與藝術表現。而所謂「抗戰八股」，他可能指的是「新文學陣營」的中游擊戰爭小說；這類小說有著既定的公式如：農民士兵粗野的語言，每隔一個段落加插的愛國歌曲，對日軍性暴行的露骨描寫⑲等。在那小說全成為愛國戰爭傳聲筒的時期，張恨水對抗戰八股的「公式」卻有著清晰的反省。那麼，若不寫「八股」那要寫些什麼呢？他說：

> 抗戰是全中國人謀求生存，但求每日的日子怎樣度過，這又是前後方的人民所迫切感受的生活問題。沒有眼前的生活，也就難於爭取永久的生存了。有這麼一個意識，所以我的小說是靠這邊寫⑳

所以張恨水並不全寫上前線，而寫來自深刻體會的抗戰生活面

---

⑲　參看夏志清《中國現代小說史》第十一章第一階段的共產小說。

⑳　一九四九年〈寫作生涯回憶〉。

貌㉑。而且這系列作品還是未改他以宏觀的廣角角度「揭示」社會生活百態的敘述習慣。總之，除了抗戰本身，還有更多對「腐敗」的鞭笞。其中最多的是寫抗戰時重慶社會的人心百態。這類作品主要觸及抗戰時重慶經濟生活的眾生相。他寫物價的飆漲、人心的貪婪、生活的艱苦拮据以及對物質欲望的渴求。小說對抗戰時重慶的政經弊端與官員的貪污腐敗，有十分深刻的刻畫。也就是說，都是從社會經濟生活的角度透視抗戰期間重慶的人生型態。他以眾多深富譴責性的題材，觸及社會人心深處躁動不安、亟欲爆發的不滿情緒。對於社會上不公不義等骯髒齷齪之事，提出大快人心的揭露與譏刺。所以小說一在報上連載，每每大為轟動而造成街談巷議的話題。嚴格說來，這類應另置於「社會揭露譴責系列」中討論。但因與抗戰息息相關，所以才放置於此。總之，張恨水從社會經濟的視角，描繪抗戰「大後方」經濟混亂、投機成風、醉生夢死以及因經濟結構顛倒而出現的諸多社會現象。其中特別突出「餓死事小，失節事大」的道德價值。這一系列代表的作品有《魍魎世界》、《傲霜花》、《巴山夜雨》、《紙醉金迷》等。其中重要的應屬《傲霜花》與《巴山夜雨》。

㉑ 張恨水此一概念頗像胡風在一九三八年寫的〈論持久抗戰中的文化運動〉一文的論點。胡風在此文中對作家專寫抗戰題材，表示不耐煩。他說：「到處有生活，到處有題材」，作家不需要離開自己的生活去寫不熟悉卻看似「有意義」的題材。

4、《傲霜花》（一九四三）

《傲霜花》（一九四三）又名《第二條路》。主要是寫抗戰重慶一地知識界的故事，寫了一群大學教授面對窮窘生活那種歧路徬徨的心態，順便寫抗戰時文化人生活窮困的景況。這應是兩年前寫《魍魎世界》的知識份子部份題材的擴大與深化。小說以在大學教英語的女講師華傲霜爲主要人物。她三十幾還未婚嫁，本對婚姻採清高而蔑視的態度，但卻因故暗戀上男子蘇伴雲。但蘇伴雲卻另有所屬，追求著另一個女戲子。小說的主線是對華傲霜「老小姐」心理與遭遇的描寫，而她最後嫁給企業家夏山青。全書有許多對華傲霜遲婚心情的刻畫，十分有趣而深刻。所以《傲霜花》也是以三角戀愛爲主要情節線索。但是「言情」卻非此書的目的，張恨水更著意刻畫大學教授朝不保夕的困窘狀況。他寫著窮教授們爲著可憐的生計問題奔忙不息，諸如排隊買平價米、背米袋回家、借錢等事。

在小說中，他不斷提出兩種對比，第一，他一直以文化水準不高者的富裕優渥對比讀書人的清貧窮困，凸顯貧富狀況與知識高低成反比的畸形現象。小說一開始就描寫演藝界名角王玉蓮的闊綽與排場：如坐擁半層樓、化妝品多到可開展覽會、魚蟹火腿海參都稱「家常小菜」，身上大衣價值數十萬元等等。但他通曉多國語文的老師唐子安，卻住茅草屋、吃紅薯粥、穿破舊的棉袍。囤積居奇的不法商人一夜暴富，堅守崗位的文化人卻在窮困中煎熬。而熬不住者，就另謀發展。

第二，是寫大學教授面對貧困生活時，「堅持清貧」與「改變轉業」兩種類型的對比。所以《傲霜花》一書原名《第二條路》，就是寫這群知識人紛紛考慮「棄文從商」的轉業掙扎。例如：聰明機敏的蘇伴雲棄文從政「榮登」處長了。精於算計的梁先生棄教經商了；他甚至連名字都改爲「發昌」，後來果然生財有道，一改教書時的落魄潦倒而自己開了公司。洪安東在經歷了借錢治女兒病不成只好賣書還債等挫折之後也終於踏上從商之路。華傲霜在尋尋覓覓之餘，最後也選擇了歸國企業老闆爲歸宿。其中眞正能堅守教育崗位，能「安貧樂道」者極少；而且堅持者大多景況淒涼，與「見風轉舵」者的志得意滿，恰成對比。就像在梁昌發公司開幕典禮的那天上午，耿直、倔強的談伯平教授卻因病而逝。一邊是熱烈的慶典；一邊是淒冷的死亡，境遇的對比，不言可喻。

所以，本書就在「先生將何之？」的課題中提出兩難的疑問。這無疑是亙古以來中國知識份子的兩難，我要堅持理想，還是隨波逐流？我要堅持人格與道德，還是求得快樂與溫飽？此類問題，屈原早在《漁父》與《卜居》中就問過，但本世紀的知識份子似乎也爲之苦惱不已。雖然趨富避窮是人的本能，但是一般人可隨本能而走，可以見異思遷、可以見利忘義，但惟讀書人就必須有風骨、必須「憂道不憂貧」。所以當物欲橫流、道德淪喪時，最掙扎的就是知識份子。「安貧」固然是一種氣節，不過倘若日子實在過不下去了呢？就像《傲霜花》第三、四章洪安東與唐子安光討論「賣書換錢」一事就有不少掙扎筆墨。像第三章文人氣十足的唐子安告誡洪安東說：「這個如何使得？我們雖窮，也不至於討論的把飯碗和打狗棒丟了。」言下之意是說，書是讀書人的根本，要飯的再窮，也不能丟掉打狗棍，就像讀書人再窮也不能扔下書。唐子安成日浸在書裡，有種超然物外的灑脫，所以發此言論。就像在最後一回當人家問他轉業與否時，他說：「我以為一個人，不完全是看錢說話，靠物質享受找路徑的。我們住著草屋，吃著紅苕（即紅薯）稀飯，表面上的確苦不堪言。可是清夜捫心，覺得我的靈魂上沒有蒙上絲毫的齷濁。說到聖賢書為何事，也許太腐化一點。不過我們忝為知識份子，應該嚴守自己的崗位。我並不是說改行的人就錯了，各有各的看法。」不過像唐子安說這話也要以不虞溫飽的物質條件為後盾。他在此是做為正面的理想人物出現的，但是走投無路的洪安東又能如何呢？因此，小說開始洪安東的「賣書」舉動就成為放下讀書人身段與堅持的重要象徵，然後接著才有轉業從商的舉止。很顯然深具書生氣質的張恨水也藉此來深思這些問題。所以本書第六章名為「哪件『事』大」，就是由蘇伴云與唐子安兩人對「餓死事小，失節事大」的辯論展開對「氣節」與「生存」孰重的省思。小說多處呈現這類道德處境的掙扎與討論。《傲霜花》中並沒有把這個問題以簡單的道德高下來論斷，而是讓不同主張不同類型的各式人物，在情節中相互呈現。因此他也沒有對從「錢」如流者，在敘述上予以道德上的譴責，只是讓人物各自因「道不同」而「不相為謀」而已。但是若從敘述者言談之間，仍可揣測出隱含作者張恨水對堅持者人格與氣節的肯定。

5、《巴山夜雨》（一九四六）

《巴山夜雨》（一九四六）是張恨水中風前完成的最後一本幾十萬字的長篇鉅作，也是他在第三階段作品表現的重要顛峰，甚至可說是他一生作品的最高顛峰。同時也是他生前唯一來不及出版單行本的小說。若稱此書爲張恨水的最重要代表作，毫不爲過㉒。不過可惜世人對這部小說多毫無所悉，也從未被討論。《巴山夜雨》書名來自李商隱《夜雨寄北》：「君問歸期未有期，巴山夜雨漲秋池。何當共剪西窗燭，卻話巴山夜雨時。」隱然含著張恨水對抗戰時大後方生活艱難、飄泊無定的追憶。

《巴山夜雨》寫的是抗戰時重慶「疏建區」郊居生活的各種型態，且本書還是張恨水自身生活的「夫子自道」㉓，帶有濃厚的自傳色彩。此書他是以深具文人氣質的教授李南泉爲中心人物，娓娓陳述著李南泉夫妻倆及鄰居夫妻奚敬平夫婦、袁四維夫婦、石正山夫婦等四個家庭十五天的生活或婚變故事。其中對夫妻生活、兩性關係有極深刻的刻畫。李南泉是夫妻間大致恩愛，但兩人常鬧些無傷大雅的小彆扭或是小拌嘴。奚太太是本書中除了李南泉之外特別重筆描寫的重要人物，也是一個令人哭笑不得的丑角人物。奚太太自稱家庭大學校長，每天教孩子唸著不成文法的英文，對丈夫和孩子似乎都「管教有加」，奚敬平對太太似乎也言聽計從，像是「模範丈夫」。但誰知奚敬平早已在重慶市與另名女子同居。石太太是個女權運動的倡導者，整日忙於調解糾紛，但她沒想到大學教授石

㉒ 筆者到北京面訪張恨水兒子張伍先生時，張伍先生也持同樣的看法。不過，此一看法，卻是從未有人提及。

㉓ 一九四五年五月十六日重慶《新民報》在慶祝張恨水五十壽辰專刊中登了一則廣告：「恨水先生談，彼將集中精力，在此五年中，寫一份量較重的長篇巨著。其題材已選定，聞背景即爲張氏所居之南溫泉，將以其自身之生活爲經，而以此一小社會之種種動態爲緯。」

正山竟與女僕兼義女私通並棄家出走。袁四維夫婦吝嗇無比，兩人可謂「臭氣相投」，但袁四維在發了國難財後，卻眠花宿柳，揮霍無度。最後肥胖的袁太太爲博丈夫歡心，爲減肥打胎而喪命。主要出場人物除此還包括女伶楊豔華、方院長公館的大小姐、兩個副官等等。一共是六條故事線索交錯地齊頭並進，各條線索條理清晰，又彼此相關。他花大篇幅寫幾對夫妻在戰時生活裡各種相處的微妙關係：如恩愛、吵嘴、冷戰、鬧彆扭、外遇等等。這些夫妻患難、柴米油鹽、世故人情、蜚短流長等日常「瑣事」，寫來是如此眞切自然。因對生活細節的細膩刻畫，讓此書乍看雖覺平淡無味，細讀後卻有雋永動人之感。這些緋聞瑣事，反而使小說有了一種普遍性與永恆性。從這些人物婚姻的關係與狀況，似乎也可看到當今婚姻的各種型態與亂象，進而使人省思婚姻的意義以及「人性」裡一些陰暗的本質。曾有人以爲，這些婚姻亂象是因戰時才造成人性的扭曲，其實這應該就是人性本有的問題。

本書除陳述一些鄰里「閒事」外，最重要的就是穿插重慶當時七日八夜受轟炸與躲轟炸的慘況，並鋪寫戰爭當前人的恐懼、無助與變態。附帶著批判重慶高官「方院長」（據悉乃指當時的「孔院長」）子女的跋扈、副官囂張的氣焰。其中寫一個男裝打扮、不可一世的方二小姐，其實寫的就是赫赫有名的孔二小姐。「孔方」二字相連所產生的聯想，不言可喻。反正本書就是透過李南泉的眼，寫這山野小村中平凡百姓的喜怒愛憎與憂患掙扎。張恨水這本戰時小說在敘述者娓娓道來的口吻中，顯得平凡而眞摯。有時凡人比英雄似乎更能代表這時代總量的歷史觀。

綜而論之，《巴山夜雨》有許多突出的特色。首先，眾多人物各有突出的形象與性格。不論是各人的唯唯諾諾、趨炎附勢或是阿諛奉陳，多僅以簡單的舉止描述，即勾勒出鮮明的輪廓。此外，《巴山夜雨》的人物除知識份子李南泉外，多不是其他作品曾出現過的「類型人物」。可說生動眞實地展現了一幅「蜀中山村眾生圖㉔」。張恨水越到後期，用筆越淡，人物的好壞善惡也越來越不是從名字、形象或言談上就可簡單二分了。像此書也循往例地寫了做官者的「嘴臉」，但是《巴山夜雨》寫到兩位爲虎作倀的副官，除了一貫的厭惡，竟還帶著悲憫。形象突出且自稱爲「家庭大學」校長的奚太太，在作者充滿嘲諷的筆下，舉止雖可笑滑稽，但也頗爲可愛，令人莞爾。對奚太太後來在婚姻上的遭遇，筆下也隱約透露著憐憫。

本書傳奇性低、情節性淡；沒有感人肺腑的戀情故事、也沒有寫得令人咬牙切齒的貪官污吏。全書不像以往作品以高潮迭起的情節結構吸引人，只是平實地著力於書中人物性格面貌的陳述。只是淡淡地陳述著李南泉眼中所見之鄰里瑣事、心中所思之感慨憤懣。用筆雖淡，卻很深刻感人。這種淡筆的運用，顯示張恨水的功力已到爐火純青的另一境界了。全文無一字諷語，卻能於細節描寫中顯示出高超的諷刺技巧，雖辛辣卻又幽默。張恨水到此才眞正達到「婉而多諷」的境界。而且語言優美沖淡，將自然景物寫得極爲詩情畫意。因《巴山夜雨》一書情節發生的時間約是中秋前後的秋季。所以對於秋晨、秋夜、秋雨、秋林、秋月等秋景，多有如畫般幽雅的白描。本書對自然場景的描繪，也是所有作品中最多以及最成功的。

㉔ 此名詞轉引自張伍《回憶父親張恨水先生》北京：十月文藝出版社，一九九五年。頁三三二。

張恨水的《巴山夜雨》若與散文《山窗小品》合併著看，就更有意味。《山窗小品》主要寫張恨水個人戰時生活窘困的情形與對生活的隨想。這類作品從生活的體會中，細密地鋪陳出生活本然的面貌。平實中自有動人之處。

6、《魍魎世界》（一九四一）

除了《巴山夜雨》與《傲霜花》外，其他的作品還有：《魍魎世界》、《紙醉金迷》等。《魍魎世界》（一九四一）又名《牛馬走》。以戰時的重慶爲背景，寫各階層人物的經濟生活。寫各人如何在金融經濟秩序大亂的環境裡，成爲「搶錢一族」。《魍魎世界》是以區家一家人爲主要描寫對象。區英、區杰原都是知識份子，區英原學西醫，歐杰是中學教員，但在物價飛漲之餘，迫於生計，不得不棄學經商。區英先到重慶郊區做些小買賣，積聚了些錢後，回到重慶，然後轉到香港去做大生意了。弟弟區杰學會開汽車，跑緬甸做長期販運，也大發其財。兩兄弟雖然從商，但還有點清高正直的氣質，並不屑作奸商。另外心理學教授西門德博士，雖然也是知識份子出身，但對攫財之事精明而善算，後來到香港爲人辦貨，也成了大商賈了。此書由經濟秩序的惡化寫出知識界的墮落和矛盾。相較於前述棄學從商的例子，區家的歐莊正老先生則是當作對比人物出現。他出身知識世家，父祖輩做過清朝的翰林，地位顯赫一時。他自己也是個學富五車的老教育家，但到抗戰時卻窮困不堪。但他一直訓誡兒子們要有知識份子的格調，爲人要正派，絕不要作投機鑽營之事。他自己也以身作則，爲人正直廉潔，嗜好讀書。他與世無爭，同時發出「君子安貧，達人知命」的感嘆。張恨水似乎對知識份子必須「降格」「轉業」才能謀生的無奈不無感慨。

除知識份子外，他還寫許多暴發戶，一些原本屬於貧寒階層的人力車夫、抬轎的、修腳的，在這混亂的社會裡也突然地暴發了。這些人得意洋洋地往來於重慶商界的台前台後，以社會的舞台主角自居。社會經濟結構的畸型型態，致使一些極爲清貧的公務員、學者、教師、新聞從業人員等心生不平。就如小說中說：「當今社會是四才子的天下，第一等是狗才，第二等是奴才，第三等是蠢才，第四等是人才。」因此，素以「君子憂道不憂貧」自命的知識份子，按捺不住無法安貧者，也投入這瘋狂搶錢的行列。另外還寫一幫極有經濟勢力與社會地位的財閥、官僚與投機商如何聚斂搜括的過程。如何利用手中的權勢，顯赫的地位，相互勾結，囤積居奇，倒買倒賣，大發國難財。就是這群魍魎鬼怪，在抗戰最艱難時，欺行霸市、操縱物價、又揮金如土。他寫出一個人慾橫流的世界。這些人市儈氣濃厚，吃喝請客、送禮塞錢、自我吹噓、勾心鬥角。因爲他們善於鑽營、工於心計，所以在混亂的重慶他們卻過得得意而快樂。就像第十四章虞老先生所說：「我說從前是中華兵國、中華官國，如今變了，應該說是中華商國了！」本書對這群人著墨不多，但仍怵目驚心地展示了在大後方發國難財的浪潮下，經濟生活的腐敗與投機。

7、《紙醉金迷》（一九四六）

《紙醉金迷》（一九四六）寫抗戰最後半年席捲重慶的黃金浪潮。

小說中說：「全重慶無論男女老少都發生了黃金病。」因爲那時黃金的價格飆漲，投機商人、銀行經理、甚至小市民，都傾家蕩產大舉購買黃金儲蓄券，連政府的官員也挪用公款作黃金投機的生意。所有人都把希望寄託在黃金翻漲的暴利上。最後政府下令壓低並穩定黃金價格，使這些投機者一夕破產。在絕望之餘，他們有的陷溺舞廳賭場尋求麻醉，有的走上劫殺謀財之路，有的乾脆逃之夭夭。他寫出一個人欲橫流的社會。本書揭露人性之惡，寫盡人性中投機、發財、自私自利的特質。其中的諷刺手法和新文學陣營中艾蕪、沙汀《在奇香居茶館裡》、張天翼《華威先生》頗有相似之處。

8、《五子登科》（一九四七）

其他還有揭露戰後社會面相的類型，如《五子登科》（一九四七）就寫抗戰勝利後，重慶的「接收大員」金子原到北京接收的種種行徑。在日本機關下做事的漢奸劉伯同與其妻妹楊露珠，一看局勢逆轉，就處心積慮地奉承「接收大員」金子原，希望趁機獲得「人在曹營心在漢」的脫罪之詞。這些漢奸把他安置在接收過來的朱門豪宅中，且使出美人計，如安排楊露珠百般獻魅甚至將自己體己的舞女田寶珍奉上。另外又獻上許多中飽私囊的計策，私佔許多原應收歸國有的房屋及汽車。此外金子原又利用權力讓弟弟在重慶與北京兩地走私黃金，賺取差價。因此他在短時間內，私自「接收」了大量金條、珍珠與房產。當秘書兼女友的楊露珠告知金她已懷孕一個多月時，金子原回想到北平不過數月，竟然房子、車子、妻子、金子、兒子都將擁有，不禁欣喜若狂。

張恨水寫此書出奇地冷靜。字裡行間，不像早年寫軍閥貪官總有醜惡的刻板形象（例如：粗暴蠻橫、肥頭大耳等），書中並無對金子原本身形象有醜化否定的描述。敘述者只是娓娓客觀地陳述金子原的行徑，沒刻意出現不以為然的口吻。看來似乎並無刻意預設立場，也無意激起人們的憤恨之情。

9、小　結

張恨水的抗戰小說沒有抗日英雄的傳奇故事，與四〇年代延安出現的如《新兒女英雄傳》、《抗日英雄洋鐵桶》等作品大不相同。這類小說塑造了一批抗日英雄，而且將小說的傳奇色彩，集中在小人物英雄品質的刻畫和渲染上。過分樂觀地誇大英勇的「奇蹟」，我們看到一系列神乎其技的故事。例如洋鐵桶彈無虛發，智殺鬼子隊長，鑽糞坑死裡逃生。李四哥飛牆走壁，王鐵牛力拔千鈞……但某些情節上人為編造的痕跡，致使部分內容明顯失真，顯然與生活邏輯不甚相符。這種無視抗戰的艱難現實，自我膨脹的「阿Q」特質，反而無法激勵人心，而予人虛假的感覺。

而張恨水的抗戰小說並不是空洞地宣傳昂奮的戰鬥精神。他只是細膩平實地展現戰時生活面，以反映人生的社會寫實態度，很強的社會憂患意識，關注著人群。「以經濟生活為聚焦的這類作品，已經減弱了張恨水早期作品的傳奇格調，增濃日常生活的色彩了。對人生價值與人生型態的熱情關懷，已經超過對故事刺激性的探尋了。㉕」在顧及宣傳抗戰之旨與言情故事外，他也嘗試以慈悲的精神去檢討個人的命運，並開始省思「人性」的本質，以及人性在戰爭中的扭曲。在這抗戰系列作品中，張恨水對「氣節」與「節操」問題的省思分外深刻。而這也是當時重慶其他小說，如陳白塵的《歲寒圖》、巴金的《寒夜》、靳以的《生存》、于伶的《長夜行》等同樣關注的議題。這可能與當時知識份子生活窘迫，對是否要投入投機發財的行列，多少都有幾分掙扎與感受。

二、旅行探險小說

本系列小說都是以旅行者為主角，或是引遊記入小說。雖然是以「遊記」或「旅人」為貫串小說情節的大架構，但內容仍不脫「言情」與「呈現社會面貌」兩大題材。代表作品有：《秘密谷》（一九三三）、《燕歸來》（一九三四）、《小西天》（一九三四）、《蜀道難》（一九三九）、《一路福星》（一九四七）等。

（一）《秘密谷》（一九三三）

《秘密谷》（一九三三）創作靈感可能來自《桃花源記》，此外再結合探險小說的情節質素而成。現實的殘酷、生計的艱難，山中的善良單純相較，與山中還是世外桃源的。小說寫一失戀的青年康

㉕ 引自楊義〈張恨水：熱鬧中的寂寞〉一文的觀點。《文學評論》一九九五，三月。

百川和朋友（一個生物學家、一個地質學家、一個詩人）組成探險隊到安徽天柱山探險，在深山中發現一處傳說已久的「仙境」，其中住著明末避亂的遺民後代。經過數百年後，他們依然保有古代的儀制與民風。但這群人絕非桃花源人們那麼的淳厚和美。他們不但分幫拉派，互相攻擊；還想拿主角們帶來的新式獵槍征服對方，以求登上王位。張恨水徹底顛覆了「桃花源」的「樂園」原型。無論「桃花源」被渲染地多麼太平、君子國被寫得多麼謙恭，只要人性有自私貪婪的可能，征戰殺戮之事是終不會免的。張恨水窺破了此一迷思。因此，在《秘密谷》中「桃花源」的人們不是與世無爭的，傳說中山上的「仙境」也不是寧靜祥和的。雖然在第八回時「山中」人朱力田雖說：「後來有兩三年，我們這山上什麼東西都有了，一不納錢糧雜稅，二不抽丁當兵，三不受官吏剝削，四不興訟，五不逃兵災，天下那裡再尋這樣的樂土？」這段話傳達了仙境的存在，往往是人間理想的反映。但有意思的是，張恨水更進一步思考這類「烏托邦」世界存在的可行性。因爲只要人有自私、貪婪的利己本質，似乎就難以避免征伐之事，可能無爭嗎？在小說中，「山中人」之所以仍有內戰紛擾，是因爲因代代繁衍，也有人口過剩的問題。若再遇荒年，糧食愈短缺，就愈有分配的問題。因爲一部份有存糧的人，因私心不肯繳糧再行分配，就劃另一山頭沃地據地爲王。所以開始了兩方的征討。這群山下人就在不甚熾烈的砲火中閃躲，並加入溝通兩方與調停的工作。這似乎是對人性會有無私與善良的可能，提出質疑。仙境尚且如此，人間又豈能找到樂土？這似乎是種深沈的絕望。最後，他不是讓探問者遁世避世，也不是讓尋問者「遂迷不復得路」，他反而把「仙境」中人——那戰敗的叛軍國王蒲望祖夫婦帶入塵世。秘密谷國王夫婦到南京後，雖受到大肆歡迎，甚至把他們置於學院中當作考古的研究對象。但這終非長久之計。百川一行人既無餘力長久接濟他們，他們也無謀生本領，所以只好拉洋車爲業。但最後蒲望祖卻在大街上被車壓死。百川決定在回安徽老家時，帶皇后一同返回天柱山，順便一尋心儀的情人。但皇后回去能活的下來嗎？張恨水沒交代。

張恨水曾說：「藉著這些人，可以象徵一些夜郎自大的士大夫。後來那個國王出來到南京，拉洋車死了。因爲他不會幹別的。㉖」看似有諷刺之意。不過他的本意應該只是想創作一部探險小說。不過這題材並非他所擅長，所以此書並非上乘之作。而他也不例外地將探險與言情情節結合。

（二）《燕歸來》《小西天》（一九三四）

一九三四年他寫了《燕歸來》與《小西天》兩部小說。這是張恨水遊歷西北後的陝甘記實。嚴格來說，《燕歸來》不像長篇小說，反而像是楊燕秋等人西北遊歷記。以「遊記」方式寫文章，在中國屢見不鮮，但引遊記入小說，還是要從晚清的《老殘遊記》開始。本書題目《燕歸來》意涵著「燕南飛今又歸」之意。象徵楊燕秋又回到西北故鄉。但此書並非張恨水作品中的上乘之作。人物描寫也不夠突出。男子們尤爲「扁平」，而楊燕秋一開始是個溫文沈穩、獨立有主見的女子，但部份章節卻性格大變。如第十一回當另一女

㉖　見〈寫作生涯回憶〉，一九四九年。

性洪朗珠出現時，不但變得任性、尖刻而且咄咄逼人，一反之前豁然大度的形象。較可一看的是許多對西北風物、古蹟的描寫與討論。因爲人物一路上參觀，每遇古蹟就有一番介紹與討論，如第十三回的「風陵渡」，第十七回的「灞橋」、第十八回談到的「古曲江池」、「雁塔」、「武家坡王三姐廟」等等。總之這是本很好的陝甘風貌引介書而已，對旅遊路線、吃住狀況、生活條件、景點歷史背景等都有「生動」且詳細的「介紹」。

《小西天》同是一九三四年張恨水從西北回來所寫的作品，但是在情節結構與人物塑造上都較《燕歸來》成功。如果說《燕歸來》偏重的是陝甘的古蹟、風景與旱災；那麼《小西天》則寫的是西安的各種民間「人物」與經濟教育狀況。他以西安的一家「小西天」旅館爲背景，描寫旅館內發生的各種事件。《小西天》雖只寫西安的一家旅館，但其中涉及的人與事，卻像是三〇年代中國社會的縮影。例如投機鑽營的小市儈、做著升官發財夢的外地人、跋扈而不可一世的官僚、唯唯諾諾的茶房、尋找商機的外國人、形容憔悴的貧女、理想正直的知識份子、經歷坎坷的妓女等等。人物頗具有典型性與象徵性。

關於《小西天》，根據張恨水自己說：「這是用名劇『大飯店』的手法，以西安一個大旅店爲背景，寫著各階層的人物。㉗」這與後來老舍的名劇《茶館》十分類似。同是以一間「茶館」呈現著當時各類人物的面貌。不過老舍還以縱剖面表現不同時代的同一場景，彷彿從此一「茶館」中看到中國近代史的變遷與影響。張恨水

㉗ 張恨水一九四九年〈寫作生涯回憶〉。

雖未加入時代變遷的因素，此種寫法，仍是西方影劇界常用的敘述方式。像西片《大飯店》、《愚人船》、《海神號》、《火燒摩天樓》、《愛之船》、《鐵達尼號》等等，都是固定於同一場景，故事在各個角色之間偶然建立的人際關係中發生。劇情雖被制約在一定環境裡，但從浪漫到醜惡都可能同時在此出現，而情節往往在善與惡的矛盾及對立中產生戲劇效果。《小西天》也是如此。張恨水雖以「揭示」西北生活全貌爲目的，但其中人物明顯可分爲善與惡兩部份。善的是有理想的知識份子與貧窮的少女，惡的是逢迎、投機、不務正業、利慾薰心、強佔民女的小官與商人；還有貪利而不顧親情的嫂子。這是張恨水中後期小說最具代表性的善惡分類法。雖然他將這些人物的善與惡寫得細膩而入木三分，但有時仍有人物太過類型化的問題。《小西天》中仍然不例外地加入了一段王北海疼惜朱月英的愛戀故事。總之，《小西天》可說是西北現實生活的實錄，題材也爲現代小說史首見。

三、青年墮落小說

在張恨水小說中，像《現代青年》、《似水流年》、《過渡時代》、《美人恩》等都寫青年受到引誘而墮落的過程；其實就是寫子弟不上進的逆子故事。父親辛苦賺錢供兒子讀書，本來循規蹈矩的兒子學壞後卻拿來浪擲、揮霍、交唯利是圖的女朋友。將父親的關心踐踏於腳下。這類故事在民國上海章回小說中也頗爲常見。例如：一九一八年《中國黑幕大觀》出版時王鈍根序曰：「故《中國黑幕大觀》，學校以外之教科書也，使天眞爛漫之少年，忠厚樸實之君子，讀之而知所戒備，尤使貧困之士，勿歆小利而隳其身家，厥功偉哉。」張恨水寫這類少年受誘惑墮落的作品，也隱然有此種教化功能。不過這系列小說的出現，象徵此時父權已逐漸失去對兒輩的約束力，代之而起的是父子間撫育與贍養的現代平等關係；文中也對傳統道德式微後青年人的行止，作了探討，同時寫孝道、勤儉、負責、忠誠、信義等等美德的淪喪。這類題材在三、四〇年代的電影如《三個摩登女性》、《人道》或者《新生》也常見，描述純潔的農家子弟上城讀書，又如何地被都市（物質）的罪惡所沾污。拍攝目的也完全相同，都在「發揚教育精神，指導青年迷津」（《新生》廣告）。

張恨水小說除了上述明指青年學壞的情節外，還有許多作品雖與上類情節並不相似，但都帶著主角墮落沈淪的情節因素。有的是寫少女因意志不堅、涉世不深，再加上物質的誘惑，因而一步步在花花世界中失足墮落；如《藝術之宮》、《美人恩》等作品。有的則在感情上遭到矇騙；像《銀漢雙星》。有的掉進物慾的深淵；像《啼笑因緣》等等。

《藝術之宮》（一九三五）是中國現代小說史上少見的題材。與之相關的有包天笑在一九二二年的〈愛神的模型〉㉘。它是以美術學校的裸體女模特兒爲主角，這應與張恨水一九三一年辦「北華美專」的聞見相關。其中探討女子身體、金錢、家計與社會價值等諸多衝突與掙扎，議題極富爆炸性。但張恨水並未在此彰顯個人的道德意向，反而對女模特兒有著諸多的同情。

㉘ 《星期》第12號。大東書局，一九二二。

總之，這類作品不外寫社會充滿誘惑與圈套，虛榮而意志薄弱的純潔青年常是無法抗拒的。

四、騙子騙局小說

張恨水小說中《平滬通車》《偶像》與《別有天地》都可歸入騙子騙局故事系列。此一系列的作品絕少被談及㉙，但其實是一頗具趣味的部份。這系列故事是純爲說故事而說故事。稱爲騙子騙局小說，不外就是因小說從頭到尾描述了一個設計精巧的騙局。一開始讀者並不知道這一切都是騙局，一直到小說結尾東窗事發，讀者才與小說人物同時恍然大悟，之前的一切原來都只是設計精巧的佈局與圈套而已。

其中《平滬通車》與《偶像》寫的都是男性遇到存心設計陷害的女騙子。《平滬通車》寫的是商界名人胡子雲在平滬線的鐵路上，遇見穿著時髦高貴的女子柳繫春，從此自以爲豔福不淺，夢想著在呆板無聊的火車旅程上，能坐享美女共臥的豔遇。後來這個女子以酒灌醉了胡子雲，將他行李中的超鉅額支票款項捲竊而走。從此胡子雲衣衫襤褸、潦倒地流落街頭。《偶像》寫的是抗戰時在重慶的名雕刻家丁古雲「老」先生，也是遭到冒充學生的美女藍田玉設計拐騙，讓他逐步落入情感的圈套，再將他向公家暫借挪用的巨額支

㉙ 周蕾在《婦女與中國現代性》臺北：麥田出版公司，一九九五。第二章中曾討論到《平滬通車》。不過，她將《平滬通車》當作許多理論體系的註腳，讀者讀過後仍不知張恨水此作面貌到底爲何？

票盜領一空，然後人去樓空。從此丁古雲再也無顏現身，便佯裝火災身亡，再以其他面目姓名僞裝出現。張恨水這類小說的主題應不是「女人是禍水」此一概念，而是諷刺某些體面受尊崇的名人，虛僞做作的生命本質。像《偶像》裡丁古雲表面道貌岸然，義正辭嚴，素爲藝術界所推崇。不過後來他所做的一切，卻全污穢地不可對人說。

另外，《別有天地》則寫了一個鄉紳爲圓發財夢，到了省城，本夢想花錢買個不大不小的官，攀權附貴，一家增光。不過其實根本是詐騙集團有計畫的矇騙，宋陽泉逐步落入一個設計精巧的大騙局中而渾不自覺。當恍然大悟以後，才驀然發現，做官夢碎，錢財也被洗劫一空。這類小說無疑充滿濃厚的警世意味，意味著人如果貪婪功利，有逾軌越份的非分之想；不管是貪圖女色官位，最後很可能「偷雞不著蝕把米」，而失了一切。其中張恨水把人性在女色、名利、官位與錢財前的渴望虛僞，勾描地十分深刻而耐人尋味。其中尤以《別有天地》爲佳作。張恨水很善於嘲諷中國人那股「做官夢」以及官場中的腐敗，小說中常出現想要撈個官做做的人物。其中的價值觀不外如《別有天地》第二回唐堯卿爲勸宋陽泉落入圈套，便以下述一套「做官哲學」勸他：「像你這種人，手上拿得錢出來運動，又在年富力強的時候，爲什麼不出來？你就萬分不會做官，一年三千塊錢，我可以作那個保。做別的事，掙了錢，人家不過說一聲發財而已。唯有做官，掙了錢，人家還說是光宗耀祖。一樣的掙錢，爲什麼不做官。你是個國字臉，很有官樣。將來作久了，再添上兩撇鬍鬚，你不但像個知縣，簡直像個道尹。宋陽泉聽了這話，直由心窩裡笑將出來，彷彿自己已經作了道尹一樣。」這類對做官身份「有財有勢」的富貴想望，根源於傳統威權政治體制中，做官者權力無限、眾民「必須」仰望的現象。不過張恨水筆下對這類「做官夢」卻是多所譏諷，因此在張恨水其他小說，如《金粉世家》、《春明新史》、《小西天》等等都有類似的人物。

第三節　結　論

一、張恨水小說故事類型綜論

張恨水小說題材或者類型，其實不像一般人以爲他寫的都是「言情小說」，或是「社會言情小說」。多數人只知道寫《春明外史》、《啼笑因緣》的張恨水，其實除了「社會言情小說」以外，他也寫俠義小說、抗戰小說、歷史小說、學生小說、探險小說等等。可說是無所不寫。他所觸及的題材非常廣泛，若一言以蔽之，不外都是些「世情小說」。也許因他身爲記者的職業性敏銳，總是對「現實」充滿著興趣，關心著社會人心的各種面相。他所嘗試寫過的各種小說題材，應該是現代小說史上最多的。張恨水一生在不停地嘗試著各式各樣的內容和表達方式，他說：「當年我寫小說寫得高興的時候，那一類的題材，我都願意試試。」因此他對現代小說史的「題材」與「類型」多所開拓，有許多現代文學史上前無古人的「第一」：他是第一個用小說形式描寫西北生活與災荒者，如《小西天》、《燕歸來》；他是第一個用小說形式描寫大戰役及戰史者，如《虎賁萬歲》；他是第一個用小說形式描寫「南京大屠殺」實錄者，如《大江東去》；他是第一個以鼓書藝人爲主角並以北京「天橋」爲背景創作小說者，如《啼笑因緣》；他是第一個以小說鼓吹「抗日」者，如《彎弓集》（似乎找不到更早於張恨水《彎弓集》出版的抗日小說）；他也是二十世紀第一個將傳統民間文學文本改寫爲小說者（如：《梁山伯與祝英台》、《白蛇傳》等）。但是上述這些看似「平凡無奇」的結論與發現，在以往的研究中卻從未被提出。因爲倘若光看《啼笑因緣》、《春明外史》或《八十一夢》，管中窺豹，是根本無法「發現」張恨水全面的表現。

張恨水小說題材演變的歷程，其實就是中國近現代文化史、政治史變遷的風貌。從清代的太平天國之亂（《劍膽琴心》《天明寨》）、推翻滿清的革命勢力（《中原豪俠傳》）、寫到晚清學堂中婚姻無法自主的問題（《北雁南飛》）；民國後又寫北洋政府（《春明外史》、《記者外傳》）北洋軍閥（《啼笑因緣》、《春明新史》）、內戰（《滿城風雨》、《太平花》）、九一八事變後東北義勇軍（《楊柳青青》）、西北災荒（《燕歸來》、《小西天》）、漢奸（《秦淮世家》）、抗戰戰役（《大江東去》、《虎賁萬歲》）、抗戰逃難（《蜀道難》、《大江東去》）、大後方生活（《巴山夜雨》、《紙醉金迷》、《傲霜花》）、勝利復原接收（《一路福星》、《五子登科》）等等。整體而言，張恨水小說的確紀錄了近代政治史變遷的過程。同時也記錄了當時各階層人物的生活史與文化史，主題莫不觸動時代命脈。以上題材類型上的表現，現代小說史上絕對無人可與比肩。

二、張恨水小說文化意涵上的對立現象

在張恨水小說的故事類型中，可發現許多在文化意涵上的二元對立因素。如善惡對立；城鄉對比；新舊對比；貧富對比等。有意思的是，其中鄉村、貧窮、舊的、傳統的通常是接近善的一方；相反的，其中城市、富有、新的、西化的通常接近惡的一方。

張恨水小說的主要的善良人物，總是以自己的方式與「惡意」和「惡勢力」抗爭。並堅持堅持正直與道德。張恨水總想以一種眞誠的善良去取代惡意。若與清末民初「狹邪」與「黑幕」小說中，「以暴易暴」「以惡意制伏惡意」等欠缺眞誠的道德意圖相較，張恨水的道德衡準無疑地極度分明。其中的是非對錯絲毫沒有模稜之處。有時這種善惡隱含著權貴與平民的對峙，例如軍閥與百姓的對立（《啼笑因緣》），或是高官與平民的對立（如《巴山夜雨》中的方二小姐與其他平民，《秦淮世家》的趙院長與一群負販之徒）。不過他也並非絕對地以顯貴與否的「階級」去區分善與惡。就像他並不將《金粉世家》任國務總理的大家長金銓刻意列爲「惡」的一方。但有時善與惡的對立隱約就是新與舊的對立。此處的新舊對立，可完全代換爲中式與西化的對比；土氣與洋派的對比；甚或有錢階級與勞動階級的對比。其中的對比，是由人物的衣飾外貌、生活方式或是職業來作區分。大致可分爲下表幾種階級，其中隱然有著社會階層的高下之別：

甲	知識份子（記者老師）	傳統形象	著長衫	住樓房會館	上茶館	家境小康
乙	勞動者或藝人	傳統形象	著短衫夾襖	住胡同	上茶館	家境清貧
丙	大學生女學生	西化形象	著西服洋裝	住洋房	上飯店舞廳	家境優渥
丁	高官軍閥	西化形象	著西服	住洋房	上飯店舞廳	家財萬貫

在張恨水小說中這四類人物呈現非常有趣的互動關係。通常甲類知識份子看不起丙類西化公子哥兒的「浮華氣」、丁類高官的「官僚氣」；而乙類人物又羨慕丙丁類人物威風十足的「富貴氣」。

小說中明顯透露出這些勞動階層或藝人等乙類人物對丙丁類人物的的豔羨。他們視穿西服洋裝、住洋房、吃西餐、上飯店爲文明與地位的象徵；而這「西化」又通常是以「知識」與「財富」作後盾（有錢有閒的子弟才能上新式學校），是貧寒者無法企及的。例如《啼笑因緣》中沈鳳喜社會階級的日趨「高」升（如沈鳳喜從唱大鼓的女子→女學生→將軍夫人），可大致窺探出當時潛藏的社會價值觀。當沈鳳喜還是個唱鼓書的女子時，她有著「女學生」情結。這與沈從文〈蕭蕭〉中的「女學生」情結相較，並不相同。〈蕭蕭〉中的「女學生」除代表著「文明」的形象外，更有著對自由與自主的嚮往。而沈鳳喜期望拋去賣唱女「陳舊」的形貌；她向樊家樹要鋼筆與眼鏡，她夢想穿上「女學生」的西式制服，她欽羨著「女學生」與「新文明」的牽繫。這恐怕不只是虛榮心理作祟，更多的也是對代表「西化」與「文明」新形象的渴望。因爲在她眼中，「文明」（或可說是「識字」與否）即代表「權勢」與「優勢」，而「權勢」則又代表「金錢」。這種想法，也爲她之後情感的變化埋下伏筆。所以對沈鳳喜來說，「女學生」身份背後的意義恐怕是社會階級的躍升，是榮華生活的開始。此一心態多少反映了當時「崇洋媚外」、「喜新厭舊」的價值觀。

張恨水也特別喜歡寫貧寒女子對「摩登」與「新潮」的虛榮嚮往，終而墮落的故事。她們以爲著西化的時裝就是「時髦」的表現。例如《小西天》第十一回中寫「小西天」旅館門口總有些小姑娘在等著客人上門，她們不惜出賣肉體以換取「看起來」西化的虛榮。其中說到「飯店皇后」的故事：

> 可是摩登害了她。這兩年，交通便利了，東方的人，紛紛的向這裡來，時裝的女子，常常可以在街上碰到。小姑娘們那個不愛好看，也就跟著東方來的女人學……她們愛上了摩登，總是要學的。家裡弄不到錢，就到外面去找，這「小西天」就是她們第一個找錢的地方。……這又是交壞朋友的壞處了。比如都是窮姑娘，誰也穿不起綢裙子，光皮鞋，可是其中有一兩個突然的摩登起來，手錶也有了，綢衣服也有了，絲襪子也有了。大家都少不得研究研究，這東西由那裡來的呢？日子一久，壞人不用引，就上了路。

對市井小民來說，穿西裝革履的勝於穿大褂布鞋的；能穿西服，吃西食，住洋樓，就代表神氣與威風。學者們鼓吹思想層面或是文學形式的「西化」，甚至「西學爲用」等理論，對小市民而言，壓根兒不發生影響。而張恨水小說中，多處描繪了小市民這類對西方「物質文明」嚮往的「厭舊」心理。

除了寫乙類人物對後兩類階層的羨慕之外，同樣的，張恨水言情小說也常出現人物面臨兩個不同階層對象的選擇。

如《夜深沈》第八回寫到當車夫丁二和看到捧楊月容的宋信生，作者顯然特意造成兩者在階級上與物質條件上的對比：

> 二和眼快，也就看到那位穿西服的，雪白的長方臉兒，架了一幅大框眼鏡，裡面雪白的襯衫，和雪白的領子，加了一條花紅領帶，眞是一位翩翩少年，大概是一位大學生吧，在他西服小口袋裡，插了一支自來水筆。幸而他轉過臉去是很快，不然，二和要把他面部的圓徑有多少，都要測量出來了。

從上文可知，對二和來說，那人有太多自己無法企及的優越條件。此處的對比更加明顯，除了洋派西化對傳統土氣、貧對富、白淨光鮮對黯淡樸素的對比外，最重要是那「眼鏡」與「自來水筆」的意象。筆與眼鏡，凸顯了「大學生」此一代表文明與富有的「寵兒」階級。因此，這裡更有識字的知識階級與目不識丁的勞動階級的高下對比。二和在此，自然有被比了下去的愴然感。總之，這對比正看出明顯的階級區隔。西服、眼鏡、鋼筆、領帶、高跟鞋等，代表前衛、先進、富有、文明，反之則否。從此也可看出當時人對西方文明與知識階層的傾慕。這種新舊對比，充分反映了下層階級面對這些「新興寵兒」的自卑；在他們心目中，「大學生」或「女學生」，代表的是無法企及的「文明」與「進步」。這種兩種文化階層的對比差異，在新文學的小說中是絕對不會出現的。因爲新文學作家自己就是「新興寵兒」，他們的觸角多來自於對自我的省視；雖然基於某些「理念」，他們也寫下層階級，不過偏重的是制度的壓迫，很少觸及這類人對權勢、富貴與文明的渴慕。

有類似文化對比意涵的作品不勝枚舉。類似的作品還有《藝術之宮》、《夜深沈》、《滿江紅》、《啼笑因緣》、《天上人間》、《現代青年》等。《藝術之宮》、《夜深沈》與《滿江紅》都是寫乙類女子原來與甲類人物（像窮畫家）或乙類人物（像車夫）有感情，但後來看到丙類衣著光鮮花俏的學生就見異思遷了。值得推敲的是，在張恨水小說裡這些富有且絕對西化的男性人物，都呈現了像紈袴子弟般負面的人格：像始亂終棄、欺瞞、浮華不實、看重外表的裝扮、注重物質的享受等。如《金粉世家》的金燕西、《夜深沈》的宋信生、《藝術之宮》的段天得、《似水流年》裡像黃惜時般成天混吃玩樂、不太讀書的大學生群。而且當女子被他們「知識」與「文明」的外表吸引後，最後必然會發現原來只是一場情感的騙局。然後這些女性才回過頭發現原來甲類與乙類的人物才是踏實安穩的對象。小說裡西化的女性雖沒有西化男性那麼惡劣，不過也都是賦予驕縱、揮霍、只知濃妝豔抹、吃喝玩樂等較負面的氣質。像《現代青年》的米錦華、《金粉世家》的白秀珠，《啼笑因緣》中的何麗娜、《天上人間》的黃麗華等。像《啼笑因緣》的何麗娜也要在茹素吃齋、 素淨裝扮後，才能獲得樊家樹的垂青。

所以，張恨水小說中，裝扮西化與物質條件的「西化」者，多傾向於「惡」的、浮華不實的；而形象近於中國情調與氣質者，不管是讀書人還是勞動者，多屬於「善」的、老實的。這似乎可看出張恨水特殊的文化傾向。不過，他小說中也並非所有的「學生」都如此圓滑不實。像《啼笑因緣》的樊家樹、《中原豪俠傳》的秦平生都是世家子弟、留洋學生，但是他們卻深具平民特質而未沾染西化富家習氣。所以，張恨水並非對「大學生」有所微詞，也並非反對穿西服、過西化的生活，他只是對某些虛華不實的富家子，只知追求自以為「文明」的西化外表，卻毫無「文明」的內涵與作為感到不齒。所以他質疑的是「西化」形式的虛浮，傾慕傳統文化內涵的厚重。這可從他筆下的主要人物都是甲類愛穿「長衫」的讀書人即可知曉。

張恨水個人面對中西兩種文化抉擇的痛苦，似乎也反映在小說人物對於不同對象的選擇上。《金粉世家》、《啼笑因緣》、《天上人間》、《現代青年》等寫的都是寫男子對於選擇賢淑卻帶土氣的傳統女子還是時髦卻不夠淑雅的西化女子，有著無所適從的掙扎。像《天上人間》從周秀峰對兩個女子差異的選擇中，也可看出當時中西兩種文化方式的衝突。其中黃麗華是個西化富有又美麗的女學生；陳玉子是個貧窮能幹溫婉的傳統姑娘。像小說第一回秀峰經人介紹在西式遊藝場上看到黃麗華的模樣如下：

> 在這盛行剪髮的時候，她竟留了一頭漆黑的頭髮，扭著辮子，挽了一個蝴蝶結，身上穿著豆綠色的上衣，罩著蟠桃領的杏黃坎肩，黑的光髻之下，鮮豔的衣服之上，露出一截光脖子。……周秀峰正要點頭行禮，黃女士早伸出一隻雪白的胳膊來。他這才知道人家慨然的讓他握手，於是半鞠著躬，用手托住黃女士四個指尖，微微地搖了幾下。就在這一搖撼的時候，只見他第四個指尖上帶了一粒鑲了很大鑽石的戒指。在那手腕上，有一只最新式的手鐲。

而他教員寄宿宿舍樓下住的陳玉子卻是一個傳統形象的大姑娘：

> 陳大娘後面，跟著一個十七八歲的姑娘，頭上梳著丫髻，又光又黑。沿著額際，有小小一叢稀疏的捲髮。雪白的臉上，露出兩鬢下的長毫毛，正是表示中國人固有的一種處女美。他穿了一件藍布長衫，袖子短短的，露出兩隻白胳膊。這正是陳大娘的大女兒，名字叫做玉子。周秀峰每日在窗下看書撰講義的時候，常見她在一間開著窗户的屋子裡作針線。因此，雖不說話，卻和他很面熟。

小說寫著周秀峰擺盪在這兩種文化美感之間猶疑不定的心情。而其中因兩位女性家境住所貧富的懸殊，西化與傳統也隱然帶有貧富對立的意味。而且因黃麗華的談吐、學識與陳玉子的不識字恰成對比，所以西化與否似乎也是知識階層與勞動階層的對立。可惜這本寫的不錯的《天上人間》因故沒有寫完，無法從張恨水對結局的安排中看出他最後的抉擇。然而，從其他作品中仍可隱然看出他對傳統文化氣質的偏好。

以上論述得知，張恨水的確有舊傳統文化情結，他對傳統文學中「美善」的因素，總是有不忍遽棄的掙扎。充分表現出反叛傳統又依戀傳統；嚮往現代又排斥異端的情結。如此可解釋為何他一直只願作個改良者，而不願作個全面揚棄者。但也不能因此就推論他「反創新」、「反西化」。張恨水並不認為「堅守傳統」是一條必然的路，他也並不是抱殘守缺的僵化者。像《過渡時代》中就一針見血地諷刺幾個滿口之乎者也天理人欲道學者的虛偽；另外，從他自己在小說形式上對「傳統」形式的逐一揚棄、對新題材類型的大膽嘗試等，皆可知道他絕非一個固守傳統的死硬派。

另外，上述四類階層也隱然含有經濟條件的對比，也就是貧富對比。甲乙兩類是窮人，丙丁兩類是富人。他常以丙丁兩類的富貴凸顯甲乙兩類的窮窘。他是將兩個貧富高低不同的場景並置對比，藉以突顯出窮困之「困」。如《斯人記》中記者梁寒山先目睹老讀書人金繼淵弔唁場面的窮窘淒涼，再以他參加滿是美酒珍饈與佳人的宴飲場合作爲與前者的對比。也因爲張恨水對甲乙兩類人物在情感上的同情與接近，所以他在許多作品中都著力刻畫貧窮人家的生活景況。也可說他對貧窮境遇的描寫興趣，遠超過對「富貴」生活的刻畫。小說從居住擺設的簡陋、穿著的破舊、下餐無著落等困境，都細膩地呈現。出現大段貧窮的描寫段落有《小西天》、《傲霜花》《風雪之夜》、《夜深沈》、《秦淮世家》等作。不過他並未將這些貧窮視之爲另一階級的壓迫，或是刻意書寫。只是將「貧窮」當作人物的一種困境或考驗，或是藉以凸顯富者的「爲富不仁」。

至於城鄉對比的問題。張恨水眞正以「城鄉對比」爲主題的小說不多，但《歡喜冤家》、《石頭城外》這二部卻直接觸及了這一問題。在這兩部中，都寫到城裡人到鄉下住段時日的情節。不過因鄉下生活習慣、吃住條件、價値觀念與城市的迥異，頗讓城市人覺得不適應，其中充滿了城鄉差距的描寫。《歡喜冤家》是寫人物走投無路，必須前往鄉下投靠親戚；而《石頭城外》是寫一對夫妻，因厭倦城市生活的忙碌嘈雜，對鄉村的閑靜自在頗感嚮往，欲往鄉村小住。到了美麗的鄉村，卻又發現習慣的差異與不便。其中還描寫了村姑與都市女子在裝扮、舉止、觀念上的差異。其中對城鄉生活差距的對比，頗有細膩的陳述，頗能反映當時中國城鄉面貌的變遷。其實張恨水的小說多是都市小說，他寫北京、南京與重慶，而不寫上海。完全以農村爲題材的作品，僅有《玉交枝》；以鄉下爲題材的則有《巴山夜雨》、《魍魎世界》等描寫抗戰生活的小說。

第五章　張恨水小說的人物類型

第一節　緒　論

人物塑造之成功與突出，是張恨水小說之所以扣人心弦的重要因素。若不專章討論，恐怕無法道出張恨水小說的重要特質。張恨水筆下人物很多，三教九流無所不包，如：政客、富商、歌女、戲子、妓女、教授、老師、記者、學生、藝術家、俠客、和尚、菜販、書販、車夫、小偷等，卻各有其符合身份的言談與舉止。他總是以恰如其份的對話與連串的動作，細膩地傳達出人物的性格與人格；敘事者很少以形容詞對人物作多餘描述，而只是詳細陳述人物衣飾等外在形貌特徵以勾勒人物的身份、職業與性情；人物也絕非「千人一面」，而是各有性情神態。表現了極強的人物塑造能力，透過一顰一笑一舉一動一言一行來表現。魯迅在《中國小說史略》中論《儒林外史》時所言：「既多據自所聞見，而筆又足以達之，故能燭幽索隱，物無遁形，凡官師、儒者、名士、山人，間亦有市井細民，皆現身紙上，聲態並作，使彼世相，如在目前。」之言，也能作爲張恨水小說人物形象的最佳評註。總之張恨水小說人物雖多，但面貌各異，多能令人產生栩栩如生、如在目前之感。人物使讀者產生貼近感、產生認同情愫，容易隨之喜、隨之悲、隨之困頓、隨之抉擇。

張恨水對不同人物的形貌、舉止、言談、表情、器用等都有精細的觀察，因此他能讓人物適切地說著合乎時代、身份、職業、省籍、性格的話；有著該有的舉止動作。就人物所用的「直接引語」而言，例如張恨水能讓古今不同人物說著符合當時代的口頭語。宋代人說著宋朝時的口白。像是《水滸新傳》第一回燕青道：「小人得蒙衙內垂青，三生之幸！以後全仗足下攜帶，將來若有寸進，沒齒不忘。」又如第八回老娘在驢背上笑道：「小兒便是恁地憨直，頭領休得見怪。盤纏我們自有些，金銀不敢拜領。敬受一匹緞子，老身將來作襖兒穿。」等等對話，就與他以民國爲背景的普遍話及各地方言口白極爲不同。

至於不同職業身份，張恨水也能分別傳達。其中對中下階層等勞動階級話語的掌握，更是精到。這些未有太多文化教養粗人的「粗話」，夾雜在知識份子主角之間，分外凸顯。這可明顯證明張恨水具有敏銳的觀察能力。像《秦淮世家》中對野雞妓女阿金的刻畫和其他與知識階層交往的優雅妓女有極大的區別。這種妓女之「俗」、之「土」、之「眞」，恐怕古今小說皆難以見到。如第八回：

> 說著，左手取了桌上的鏡子，右手拉開抽斗，取一把牙梳，站著舉了鏡子，梳了一陣頭髮，仍把鏡子放在桌上，支了煤油燈靠好，打開雪花膏缸子，挖了一大塊雪花膏在手心裡，兩手一搓，彎著腰對鏡子撲著粉。趙劉二人都瞪直了眼珠望她，她毫不介意，把身上短褂子脫了，露出上身雪

> 也似的白肉，兩個碗大的乳峰，只管顫巍巍的抖動，她靠近了趙胖子站定。趙胖子忍不住笑了，因道：「鹿孆的，你真不在乎！」阿金從從容容把牆上一件花綢夾衫取下來，穿在身上，板了臉道：「我在乎什麼？窮人只知道飢寒，不知道廉恥。你趙老闆中意，我立刻就賣給你，打個折頭，你給五塊錢，憑了趙老闆作中，不算事的，是龜孫子。」趙麻子只是笑，沒說話。劉麻子道：「滾罷，不要廢話了。」

至於省籍。在張恨水小說更能看出各省方言的不同運用。張恨水所有作品都是敘述者以民國以後的普通話敘述，但是人物因籍貫不同、所在地不同而說不同的腔調與方言。幾部以北京為描寫背景的作品，是北京當地人就會以「北京話」對話。像《啼笑因緣》的樊家樹是杭州人，他說的是普通話；而沈鳳喜卻說的是道地的北京小姑娘說的北京話，而敘述者也用普通話敘述。另外使用方言的例子極多。像是《中原豪俠傳》第一回跟著秦平生的小三兒一急，就露出了他的汴梁話：「你說啥話兒，俺早聽到說，他們全是白面書生——多半還是出洋留學生呢。他們的頭子，是在外國的，俺全知道。」在第四回有一個開封臬台衙門的牢頭禁子劉麻子，因他是山東人，就說著一口道地的山東土話。當馬老師帶著秦平生到了劉麻子門口，並不敲門，在地上撿了一塊石頭，隔牆就拋了進去。聽到院子裡面，已是叱拍的一聲響。接著就有人罵了出來道：「這是誰家沒有爹娘教養的野孩子，向俺院子裡拋石頭。你也不打聽打聽，俺劉麻子是誰？你向太歲爺頭上動土。俺要捉到你這小子，活剝你的皮。」至於《劍膽琴心》裡的旗人格格德小姐，就說的是一口標準的北方官話，她說：

> 姥姥，到了武昌，你總得陪我耽擱三五天兒。小孩兒的時候，就聽到人說黃鶴樓，來去好幾趟，都沒有遊逛去，真算白到了湖北。這一回無論怎麼說，你得帶我去逛逛。就是老人家知道，這也是很風雅的事兒，大概不能派我們一個什麼罪的。再說天倒下來，還有屋頂撐著啦。你拼了，賣一賣老面子，決不能夠有什麼事。你是答應不答應呢？我這兒先給您請安了。

而像《巴山夜雨》，因爲大江南北的人都到四川大後方逃徙，所以書中人物方言的運用特別靈活而多樣。像李南泉夫妻說的是普通話；吳春圃夫妻說的是山東話。如第二章吳先生本人，正累得有點兒上氣不接下氣，聽到太太這麼一抱怨，他就叫道：「你說這話，簡直不講理。俺叫恨今天別跑，恨要跑。」吳太太隨身就坐在石頭上，扭著頭道：「咱不跑就不跑了吧。過這種揪心日子，還有個活頭哇？炸彈炸死了，俺說是乾脆。」另外，奚太太在平常雖說不標準的普通話，但一急就冒出下江話：「這句閑窩（話），我不能承仍（認）。」楊豔華則說的是帶著京腔的普通話。至於四川當地人說的都是四川話。像第四章擺水果的小攤販就用川話說：「天天都在這裡擺，今天就朗個擺不得？」在李南泉家幫傭的王嫂說的也是川話：「別個本來不要打牌，幾個牌鬼太太要太太去。她有啥子辦法？消遣嘛，橫豎輸贏沒得好多錢。」（第四章）當地的張工頭也說的是川話：「郎個的，你說郎個的嘛！我們是和李先生幫忙，沒有要錢！你不要說我們搶你的生意。別個家裡讓炸彈片子整得稀巴爛，等到收拾乾淨了好歇息。你老是不來，把別個整得啥是不能做。」張恨水人物的語言使用非常靈活多變，總是能適切地傳達人物的神情性格與笑貌。

至於人物的名字部份，在張恨水小說裡通常各種類型的人物都有符合性格的名字，正面形象的人物若是知識份子通常是一些能傳達清高雅正聯想的字詞，如：杏園（《春明外史》）、家樹（《啼笑因緣》）、寒山（《斯人記》）、秀峰（《天上人間》）、秋鶩（《落霞孤鶩》）、水村（《滿江紅》）、南泉（《巴山夜雨》）等；若才女則多使用清秋（《金粉世家》）、〻青（《春明外史》）、寒雲（《斯人記》）、玉秋（《記者外傳》）等。歌女戲子則多喜以花卉爲名，如玉蓮（《傲霜花》）、豔華（《巴山夜雨》）、桂英（《天河配》）等。還有另一類正面人物的名字傳達了知識份子端正不阿的形象，如：志前（《小西天》）、北海（《小西天》）、士毅（《美人恩》）、守白（《太平花》）等。而軍人又特別強調其剛正：如自強（《楊柳青青》）、志堅（《大江東去》）。而一些負販市井之人，則就多是二狗、老大、毛猴之類的渾名。即使是野雞妓女也叫阿金（《秦淮世家》），而非《春明外史》裡那與讀書人階級相交的妓女叫「梨雲」。而負面人物的名字通常也容易引發「負面」聯想，像《小西天》裡的銀行家賈多才（假多財；假多才）；《五子登科》中將「金子」、「房子」等五鬼搬運的重慶接收大員金子原；《大江東去》的薛冰如名字裡的「冰如」則是「如冰」的隱喻，暗示她到後來處心積慮地想與軍人丈夫離婚的「冷酷」。張愛玲曾看出張恨水爲人物命名的奧妙：「每一個數字還是脫不了他獨特的韻味。三和七是俊俏的，二顯得老實。張恨水的《秦淮世家》裡，調皮的姑娘叫小春，二春是她的樸訥的姊姊。《夜深沈》

裡又有忠厚的丁二和，謹愿的田二姑娘❶。」

不過張恨水部分小說中仍有人物類型化、典型化與好壞二分的問題。不過並不太多。小說會以人物模樣、裝扮、氣質、衣飾外在的論斷人物，似乎某一類型人物就必有某種裝扮與舉止。例如是姨太太就妖嬌豔媚，是女學生就清麗活潑，是胡同裡的大姑娘就羞赧素樸，部份人物並無太多層面的內在刻畫。而且各階層女性的差別有時只在外貌與裝扮，在心理層面與思考方式卻並無太大的差異。

本章欲探究張恨水小說人物的各種類型，各有何種的形象與氣質？這些人物有什麼魅力？與傳統小說及新文學陣營小說中人物有何相異同之處？他又如何刻畫這些人物？又如何呈現這些人物？

第二節　張恨水小說的人物類型與形象

張恨水的人物類型頗具有張恨水特色：寫的是「車夫與戲子；畫家與歌女；才女與富家子等」皆非「新文學陣營」小說會出現的人物與故事。其中「主要人物」可由性別分爲下述兩大類：

㈠男性則多是知識份子：如記者、中學教師、大學教授等。其他還有軍人、市井人物等。

㈡女性可分爲：具有詩才的才女；氣質秀雅的妓女戲子歌女；正氣凜然的俠女、負面形象的太太等。

---

❶ 張愛玲《流言》〈必也正名乎〉臺北：皇冠出版社，一九九三年三版。頁三七。

㈢長輩形象：也可分爲三類：功利的寡母；善良可憐的寡父；出賣晚輩的舅舅。

至於其他的非主要人物還有：強擄民女作威作福的大惡人（像《啼笑因緣》的劉將軍、《丹鳳街》的趙冠吾等）、貪婪的小官、或是攀權附貴的痞子等。因此張恨水小說沒有如《禮拜六》雜誌中的言情小說、茅盾部份作品或是瓊瑤小說中常見的人物形象。例如：被逼成婚備受摧殘的少女、被婆家小姑欺凌的少婦、專橫暴虐的父親、或是不體貼又呆頭呆腦的丈夫等。

一、張恨水筆下的男性形象

（一）知識份子系列

張恨水小說中男性的主要人物多數是知識份子，或是些深具知識份子氣質的人物。其中出現最多的是報社記者（如《春明外史》的楊杏園、《斯人記》的梁寒山、《太平花》的李守白、《記者外傳》的楊止波等）；中學教師（如《落霞孤鶩》的江秋鶩、《小西天》的程志前）；大學教授（如《天上人間》的周秀峰、《傲霜花》裡的唐子安等人、《巴山夜雨》中的李南泉）或是學生（如《啼笑因緣》的樊家樹、《中原豪俠傳》的秦平生、《滿城風雨》的曾伯堅、《小西天》的王北海）等等。這些記者老師、學生都是二十世紀的新知識份子，而不是古代的才子讀書人。這些知識份子全有專情、善良、品味純正、不喜浮靡的人格特質。而他尤喜強調這些人的風骨與傲氣。即使是《秦淮世家》中在夫子廟前的書販徐亦進也莫不如此。在張恨水所有小說中，男性主要人物非知識份子者僅有《楊柳青青》的軍人趙自強、《丹鳳街》的菜販童老五、《夜深沈》的車夫丁二和；但這些人還是以深情、老實的形象出現。

張恨水從不強調這些知識份子的「外在」之美，反而他總是寫這些人穿件長衫破襖，素樸之至。許多人以爲張恨水寫的是才子佳人小說，他筆下一定有許多風度翩翩的美「才子」。他小說中眞正接近舊才子佳人氣質的小說也只有《春明外史》而已，因爲書中主角楊杏園酷愛古詩詞，以及多情、多愁、多病等形象與傳統小說中的「才子」刻板形象較爲吻合。其他小說的人物其實都是現代知識份子，但他也並沒有將這群深具傳統讀書人氣質的知識份子以「才子」形象來處理，去強調他們的外貌或者過人的才氣。張恨水從不強調男子容貌之美、衣飾之美等「外在」形象，他小說中男子若容貌俊俏、衣飾光華，多半是屬於穿著西服「小白臉」型的負心漢。他總是特別強調人物的氣質、格調以及道德操守，這些人除了善良老實、也多少具備些孤高的名士氣質。例如《春明外史》的楊杏園就有孤高傲世的名士氣，他爲人正直且以清白自許，是一個出污泥而不染的人物。《巴山夜雨》的李南泉也是個甘於淡泊，一介不取，不隨流俗，成日拿本書到山窩裡躲警報，沈浸在書中樂趣的讀書人。這些知識份子都傳達出濃厚的舊式文人氣質，還不時流露出「孤高」的耿介、以及不喜俗喧的「冷」與「靜」。例如在《春明外史》與《斯人記》多次提到「幽人生在勢利場中」、「冠蓋滿京華，斯人獨憔悴」等言。《天上人間》裡的中學教員周秀峰在第一回說：「我是一個孤獨者，到那裡都是一個人。」另外，他們也都有著較偏向傳統的文化氣質。例如：較贊成古詩、喜歡聽傳統曲藝或者不喜歡進入西化的娛樂場所。像《啼笑因緣》樊家樹雖是個新式學生，但他老愛穿長衫，不喜歡上舞廳，反而喜歡去「天橋」之類的地方聽鼓書。《天上人間》的周秀峰雖然是西洋留學生也是個大學教授，但他也是個不喜歡上舞廳，反對新詩的知識份子。

而且這些知識份子也共同透露出對權貴的藐視、對趨炎附勢、貪財好利者的鄙視。如《巴山夜雨》第一回：

> 李太太更是奇怪，就披衣踏鞋，跟著走到前面屋子來。見他丈夫伏在三屜小桌上，文不加點地，在寫一張字條。李太太道：「你這是作什麼？」李先生已把那字條寫起，站起來道：「我討厭那些發國難財的囤積商人。我見了他就要生氣。你說老徐要來找我，我知道他是為什麼事。我明天早上出去，留下一張字條在這裡，拒絕他第二次再來找我。」李太太笑道：「就為了這一點？你真是書呆子，你不見他，明天早上起來寫字條也不遲。於今滿眼都是囤積商人，你看了就生氣，還生不了許多的氣呢。」……李南泉道：「太太，你別搖頭，抗戰四個年頭了，我們在大後方還能夠頂住，就憑我這書呆子一流人物，還能保持著一股天地正氣。」

另外像《春明外史》的楊杏園與《斯人記》中的梁寒山，都與世家子弟、社會名流等所謂「名士」話不投機，反而對耿介清貧的老讀書人特別敬重。

因此，從這些主要人物的眼中，小說中多次出現對知識份子窮窘困境的嘆息。像《斯人記》第十二回出現的寒儒金繼淵，就是上述特徵的綜合。他是前清進士，在大學教書，形象窮愁潦倒：「穿了一身舊布衣，還綻上幾個補丁，腋下夾了一個用舊報紙作成的小扁包」，但卻十分和藹可親。梁寒山與一班「社會名流」在美酒珍饈中話不投機，但卻與他在粗茶花生中相談甚歡。小說花了不少筆墨寫金繼淵對學問的痴迷以及對朋友的誠摯。他甚至將終生的積蓄托給他自以爲可靠的趙旅長，不打任何字據，還天眞地以「誠信」待人，到臨終前還堅信對方絕不會賴帳。不久金繼淵病倒了，學校又因四個月未發薪水，家庭境遇非常窘困。之後就寫金太太兩進趙府索債未果，備受凌辱；以及金繼淵死後弔客稀少的淒涼冷落。至於抗戰時的小說，這類窮困的老讀書人就更多了。像《傲霜花》第二章寫到的洪安東、第二十九章寫到教史學的老教授黃漢圖：

> 他看到洪安東進來，就放下了架的那隻腳，也許是他起身表示客氣，也許他感覺得腳上那雙青布鞋，未免太破舊了，因此放下而收藏起來。洪先生是個要去的人，對於這種緊守崗位的勞苦老同志，倒格外表示了敬意。這就向他點著頭道：「好幾天沒有看到黃漢老了。」他喝了一口開水，笑道：「我是個懶人了，只要不上課，我就閉門在家裡坐著。原來是為了少出來，少花錢，久而久之，也就成為習慣了。很熱的開水，喝一杯罷。家裡已買不起熱水瓶，喝開水，每日不免有個固定的時候。」

又如《巴山夜雨》寫到一群手無縛雞之力的讀書人，必須用扁擔扛著「平價米」的困窘。在第三章「斯文掃地」中，他寫楊、吳兩位老教授合力扛米的落魄景象，也是寫讀書人在經濟景況上的窮困與「淪落」：

那位扛米的教授，倒還不失了他的斯文一派，放下米袋子米籃子，就把捲起的藍布長衫放下，那副大框子老花眼鏡，卻還端端正正架在鼻樑上。……他向吳先生拱了兩拱手笑道：「不敢當！不敢當！」吳教授道：「趕上這份年月，咱不論什麼全要來。」說著操了句川語道：「啥子不敢當？來吧？」說著把扁擔往口袋裡一伸，然後把那盛米的籃子柄，也穿著向扁擔上一套，笑道：「來吧？仁兄，咱倆合作一次，你是子路負米，俺是陶侃運甓。」那位楊教授彎著腰將扁擔放在間上。吳先生倒是個老內行，蹲著兩腿，將肩膀頂了扁擔頭，手扶著米袋。楊教授撐起腰之後，他才起身。可是這位楊先生的肩膀，沒有受多少訓練，扁擔在藍布大掛子上一滑，籃子晃了兩晃，裡面的米，就唆的一聲，潑了不少在地面。吳教授用山東腔連續地道：「可糟咧糕啦！可糟咧糕啦！放下吧，放下吧，俺的老夫子。」楊教授倒是不慌不忙蹲著腿將擔子歇下。回頭看時，米大部份潑在路面石版上，兩手扶了伏鼻樑上的大框眼鏡，拱著拳頭道：「沒關係，沒關係，捧到籃子裡去就是了。」……楊先生彎下腰去，將左手先扶了一扶大框眼鏡，然後把掃帚輕輕在石板拭著，將灑的零碎米，一齊掃到米堆邊，一面搖著頭道：「不用不用，我兩隻手就是簸箕，把米捧到籃子裡去就是。」吳春圃笑道：「楊先生，你不行，這樣斯斯文文的，米在石頭縫裡，你掃不出來。」李南泉因他說不用簸箕，並未走開，這就笑道：「這就叫斯文掃地了」。這麼一提，楊吳兩個恍然大悟，也都哄然一聲笑著。楊先

> 生蹲在地面，他原是牽起長衫下襟擺，夾在前面腿縫裡的。他笑得周身顫動之後，衣襟下擺，也就落在地上。吳教授笑道：「仁兄這已經夠斯文掃地了，你還要把我們這大學教授這一塊招牌放到地下去磨石頭。」

幾個穿著長衫的老教授，用著簸箕和雙手，蹲在地上急忙地挖著石縫間的米粒，此一景象直可蔚爲「奇觀」。米袋沈重不說，一面扶著大框子老花眼鏡、還要拉著長衫的下擺，窘態可想而知。書中如第三章多次提到人物的抱怨：「唸書人已是無身份可言了」；「把我炸死了，倒也乾脆，免得活受罪，也免得斯文掃地。」張恨水就以這些生動的對話與舉止，恰如其份地寫出當時知識份子自我解嘲的無奈與處境。

小說文本中一些具理想人格的正面人物，寄託了「隱含作者」張恨水批判不法不義的意氣，敘述者在情感上與道德上總是與負面人物保持著批判與否定的距離。從張恨水筆下對這類人物的偏愛以及對操守的強調，似乎透露出他心中的某種人格理想。他筆下的主要人物，無論是知識份子，還是負販屠沽之人，都深具正直、清廉、善良、老實的道德操守。這些耿直、老實、善良的人物在小說中構成了特殊的形象系列。在這些知識份子身上，可以看到張恨水自我形象的影子，因爲他一生稟承著傳統文人的氣質，總以知識份子的價值和品味觀察世界;忠實恪守著讀書人的道德和風骨,潔身自好。這類知識份子群像「應該」是張恨水人格形象的某種滲透，也「可能」與張恨水個人的氣質與道德堅持有關。

除了正面的主要人物外，還有另一小類是作爲負面的知識者形象出現。這負面的知識者形象，都出現於抗戰時期的抗戰小說，正好與主要人物形成清高剛正與貪婪猥瑣的對比。《傲霜花》裡的教授梁先生；《魍魎世界》裡的西門德博士；《偶像》裡中了美人計的丁古云老教授等。這些負面人物正好都是大學教授，但這些人負面的人格並非與職業有關，而是用來凸顯正面理想人物的「節操」。另外有意思的是，張恨水似乎有一點「反商情結」，所以小說多數負面人物竟多是銀行家或銀行家之子。像《金粉世家》的金燕西（其父雖爲國務總理，但也是銀行的總董）、《小西天》的賈多才；《滿江紅》的萬有光、萬載青；《夜深沈》的宋信生等。而且他小說裡凡是「利之所從之」的商人似乎都沒有很好的形象。

另外還有一些鄉紳型的老知識份子，雖不明顯被當作負面人物，但卻被當作描繪的人物系列，有時還被當成諷刺與調侃的對象。像《別有天地》第一回就寫了這麼一個鄉下的讀書人：

> 這位念信的鄉先生，約莫有五十上下年紀，嘴上生兩撇八字黑鬚，眼睛外罩著一幅玳瑁邊的蝦子鉗眼鏡。眼鏡兩隻腿子，都斷了一小截，卻用一根粗棉線湊成了半周向後腦上一套，算把眼鏡硬掛在頭上。他毛藍布夾袍上，也罩了一件青布馬褂。那馬褂雖說是青的，然而左一塊，右一塊都變了焦黃色，實在是有花紋的了。胸面前有兩個扣絆，已是稀鬆萬分，扣不起來，鈕釦便顛之倒之，像爛熟的蘋果一般，向外翻著垂下。可是在這位鄉先生，猶覺得他這樣穿著，整整齊齊，不脫書生的本色。他姓唐，號堯卿，是個自幼飽讀孔孟之書，而不曾一遊泮水的老童生。在他

這樣，一般人都很為他抱屈，真個文章憎命。然而到了四十以後，他也就淡於仕進，大有不為良相，即為良醫之志。

張恨水的小說人物常就是藉由這類外型的勾描，因此有了栩栩如眞的形象。這類科舉時代的老讀書人在張恨水筆下還不少。像《天明寨》中滿口聖賢文言的朱子清也是。

在新文學陣營的小說中，有許多知識份子，例如：在頹唐與絕望中咀嚼孤獨的呂緯甫（魯迅《在酒樓上》）；不堪「虛空的重擔」而悔恨悲哀的涓生（魯迅《傷逝》）；不甘沈淪而又無力自拔的「我」（郁達夫《沈淪》）；負著時代苦悶絕叫的莎菲（丁玲《莎菲女士的日記》）；用淒苦與軟弱埋葬自己的覺新（巴金《家》）；充滿幻滅與悲涼的倪煥之（葉聖陶《倪煥之》）；忽而自暴自棄、忽而狂熱浪漫的王曼英，以及茅盾筆下對革命充滿幻滅、動搖與追求的知識者群像。綜而觀之，新文學陣營小說中的知識份子竟同樣呈現著孤獨、惶恐、困惑、尋覓、苦悶的形象特質。而張恨水小說中這些主要人物相反地非常堅定執著，從不猶疑困惑。他們都是知道自己要什麼的人。因此張恨水也寫知識份子的困境，但多是因生活貧困，必須面臨「窮」或「達」；「堅持」或「隨俗」的選擇。他思考的是如何在亂世中保持個人的氣節與格調，而不像新文學涉及的是小我或大我；革命或者愛情的兩難。他們也會爲了民族的苦難與浩劫而「苦悶」，也極度關心國事，但卻不像葉聖陶《倪煥之》、茅盾《子夜》、巴金《新生》等小說裡的知識份子會投入如「五卅慘案」等政治運動（張恨水自己是屬於會投身愛國運動如「五四」「抗戰」等；但不參加有黨派色彩的運動）。他們也沒有面對像張天翼《敬野先生》、巴金《霧》等面對

「革命」的掙扎、猶豫與頹廢。張恨水筆下的知識份子都沒有什麼轟轟烈烈的「革命」事蹟，也絕不是「英雄」。他們總是以凡人的姿態，以自己微弱的能量，善良地關心弱勢，協助不幸的人走出陰霾。

（二）軍人系列

軍人可大致分爲好壞兩類：好的像是《大江東去》裡的孫志堅、江洪，《楊柳青青》的趙自強，《虎賁萬歲》裡的余程萬等。此乃延續主要人物多爲正直人物的寫法。張恨水不外是強調他們愛國、堅毅、勇敢、正直等特質。不過這些軍人的模樣都不大相同。像《大江東去》的江洪是「圓圓的臉，筆挺的胸襟，是一位很健壯的少年軍人。……圓胖而平潤的面孔，粗眉大眼，透著忠厚。」而志堅則是「瓜子臉、腮上帶了紅暈、身體細長，若不穿了軍服，他竟是個文人……白晰的面孔，目光有神。」（第一回）一個身材較爲圓胖，粗眉大眼；另一則是較爲白晰瘦長，像個文人。《楊柳青青》的趙自強模樣也不太一樣。第一回透過老姑娘的眼看到的趙自強是：「雖是粗眉大眼的黑漢子，面團團的，倒也帶有幾分忠厚之像。」至於《虎賁萬歲》的余程萬師長則強調他的戰功，特別凸顯其冷靜、沈著的領導風格。

至於壞的軍人系列則有大軍閥和副官之類的人物。張恨水小說裡出現不少軍閥，如：《啼笑因緣》、《夜深沈》《春明新史》等等。這些大軍閥一律是癡胖、蠻橫無理的大老粗，總是被當作是「惡」的對象，形象多頗爲刻板。至於《巴山夜雨》裡「方院長」的副官們反而未成爲「刻板人物」。他們又可恨、又可憐。在小說開始是被當成身負特權的「權貴人物」。如第二章對劉副官穿著的描寫：

> 他穿了件藍綢短袖襯衫，腰上的皮帶，束著一條黃色卡其褲，下面光著半條腿子，踏了雙紫色皮鞋。頭上蓋著巴斗式的遮陽帽，手裡拿了根烏漆刻字手杖。這是重慶度夏最時髦的男裝，手中不方便的人是辦不到的。

從李南泉的反應，也可同時在李南泉身上那種厭惡權貴的知識份子風骨：「李南泉老遠地看了這傢伙一眼，覺得他派頭十足，就打算踅過屋角去，避開了他。」第四章寫到劉副官作威作福的嘴臉：

> 這時，忽然有陣皮鞋聲響，隨了是強烈的白光，向攤子上掃射著，正是那穿皮鞋的人，在用手電筒搜尋小攤子。這就聽了一聲大喝道：「快收拾過去，哪個叫你們擺在橋頭上？混帳王八蛋。」……劉副官跑了過去，提起手杖，對那人就是上中下三鞭。接著抬起腳來將放在地面的水果籮子，連踢帶踩，兩籮沙果和杏子滾了滿地。口裡罵道：「瞎了你的狗眼，你也不看人說話。管理局？什麼東西！我叫管理局長一路和你們滾。」

而且從第七章甄小弟的一段言論，也側面知悉其他人物對這些副官的深惡痛絕。他說：「我本來願意學空軍的。我父親說，到了我可以考空軍的年齡，他也贊成我去投考。可是有一個條件，一定要像劉副官、黃副官這種人都不再做副官，才可以讓我去。」不過，這些在外頭趾高氣昂的副官，遇到他們的「主子」，就都噤若寒蟬，不敢吭聲。第十二回寫可憐的黃副官雖然在外作威作福，很是討厭。但是他卻因奉二小姐之命關了一些大學生，引起學生的抗議，掀起軒然大波，學生還到處貼標語。方院長大發雷霆。他與劉副官倆不知要不要放人，連夜去「請示」二小姐。他們對著方二小姐低聲道：「當然要向二小姐請示，才敢放，而且夜已深了。」二小姐窗邊的窗戶台上。，正有一個網球拍，她順手撈了過來，就劈頭向劉副官頭上砸了來。」不料卻一砸卻砸在黃副官身上。「他雖挨了一網球拍，只將身子顫動一下，卻沒有走開，劉副官沒有說話，他也不敢說話。二小姐罵道：混蛋！一百個混蛋！誰讓你們辦事，辦得這樣拖泥帶水？罵畢，扭轉身就走了。黃、劉二人呆呆地站了一會，一點結果沒問出來。二小姐又已進房睡去了，誰有那麼大的膽子，還敢向二小姐請示？」黃副官先是挨了二小姐一劈，後來又被方院長用手杖痛揍痛罵，他說：「憑你們像我家狗一樣的東西，也敢隨便抓人，隨便關人？」黃副官他「跪在地上，又痛、又羞、又怕，兩行眼淚拋沙般落下來。」後來經過複雜的調停過程，整個事件才過去。第十三回就寫到黃副官受不了這整件事的刺激，拿把手槍對著腦門一槍自殺了。後來黃副官棺材淒涼地經過李南泉家門口，李南泉也想給他焚張紙錢。因此《巴山夜雨》中的黃副官、劉副官等人，張恨水並未完全當作「惡」的對象來寫。這些副官，就是芸芸眾生中的「人」，他們有愛欲嗔癡、喜怒愛樂，他們雖然會耍些小壞，但他們也有他們的苦痛、掙扎與不得已。而且即使是劉副官、黃副官與田副官，也是各各性格不同、修養不同。因此到此時，張恨水才眞正成功地寫出了「副官」群像，不像以往寫軍人，總是不如知識份子寫得那麼有味。

二、張恨水筆下的女性形象

因爲張恨水在過去的文學史中，一向被歸入鴛鴦蝴蝶派，因此多數人想當然爾地以爲鴛派一定都寫些傳統的閨秀女子。就如楊照所說：

> 鴛鴦蝴蝶派替以女人為中心的文學題材奠立了合法的基礎。而且這裡的「女人」，是在家戶裡，在傳統裡感應種種複雜人際，被種種封閉空間關鎖的女人，而不是五四「新文學」裡熱中處理革命女性，都會公領域的女性……進而原本在鴛鴦蝴蝶派裡為了強調女性世界的「不變」與「靜止」而發展出的細節描寫技巧……❷。

那麼被稱之爲所謂「鴛派大將」張恨水筆下的女子就想當然爾地被認爲是嫻靜端莊恪守禮教的舊式女人。其實張恨水筆下的女性都是都會公領域的女性，不是成日上電影院或是遊山玩水吟詩對月的女學生，就是活躍於男性社交社會的歌女、戲子、演員、模特兒，否則就是與男性稱兄道弟、深具男兒氣概的俠女。其中沒有一個具有傳統婦女的典型形象（如貞靜、孝順、服從、大門不出、從一而終等），張恨水也從不從她們身上凸顯任何傳統閨秀女子的美德。不像林紓、吳趼人等人很喜歡強調女子的「舊道德」，她們筆下的女人才

❷ 引自〈透過張愛玲看人間〉收入《夢與灰燼——戰後文學史散論》第二集，臺北：聯合文學出版社，一九九八。頁六六。

眞的是「被種種封閉空間關鎖的女人」。

張恨水中期以前作品都是少女，而後期則多是婦女，這可能與張恨水本人對女人認知的歲月歷程有關。張恨水筆下具「正面」形象的女子，雖是清秀佳人，但性格思想上卻多少有點男子的「大氣」或是大家風範。若套傳統作品女性形象而論，就是賈探春、紅拂女之類的女子。像《金粉世家》的冷清秋、《啼笑因緣》的關秀姑以及《滿江紅》的李桃枝等。所以，張恨水小說沒有丁玲或茅盾作品中那種自省、自傷，或對革命、理想懷抱憧憬卻又頹唐失望的時代前衛新女性。但也絕非沈從文筆下像《蕭蕭》、《三三》或是《邊城》裡的翠翠那般純潔無邪到有點傻氣的鄉下小女孩。就像張愛玲曾說：「張恨水的理想可以代表一般人的理想，他喜歡一個女人清清爽爽穿件藍布罩衫，於罩衫下微微露出紅綢旗袍，天眞老實之中帶點誘惑性。❸」也就是賢淑端莊中又要有點慧黠靈動的活潑。張恨水筆下也透露出他不喜歡過於嬌縱、活潑、穿著暴露、打扮冶艷、成日跳舞玩樂的西化女子。他筆下的女性形象，就如林語堂言：「凡是女子，風度要緊。陰陽倒置，總是寒傖。我想女人略帶靜嫻，才有意思。這如唐詩，可以慢慢咀嚼。美國女子，就如白話詩，一瀉無遺，所以不能耐人尋味。❹」所以張恨水筆下的女性多以溫柔、嫻雅，但又活潑靈動的形象出現。他從不太強調這些女子的美豔或者身材臉蛋等外在容貌，而突出的是女子個人的氣質或才情。

張恨水小說中的主要女性可詳分爲下述幾種類型：才女；妓女

---

❸ 張愛玲《流言》〈童言無忌〉臺北：皇冠出版社，一九九三年三版。頁九。

❹ 林語堂《無所不談合集》頁四五四。

戲子歌女模特兒演員；俠女；太太等等。以下分別討論：

（一）才女系列

張恨水小說中有一些深具知識份子氣質的才女。如：《春明外史》的李冬青、《金粉世家》的冷清秋、《斯人記》的張寒雲、《記者外傳》的孫玉秋等。張恨水小說中不同類型的人物擁有不同風格的名字，像這類才女的名字就帶有一些人格與氣質的暗示。例如：冬、清、秋、寒、雲、玉等字，都引發出如冰清玉潔、清新脫俗等清雅形象的聯想。這些女子都能畫善詩，性情耿介不群，皆深具「舊文人」的氣質與風骨。張恨水其實是把她們當作自我人格投射的知識份子。

《春明外史》的李冬青因父早逝，她不願看嬸母們冷言冷語的臉色，遂帶著母親與弟弟另租房子，自立更生，只爲求骨氣與尊嚴。另外《金粉世家》中的冷清秋出於清貧的書香家庭，雖嫁入鐘鳴鼎食的金府，卻仍能淡泊自守、不肯苟合於頹靡的富貴世家。在她受到夫婿金燕西多次欺瞞與侮蔑後，她說：「我爲尊重我個人的人格起見，我也不能去向他求妥協，成爲一個寄生蟲。我自信憑我的能耐，我還可以找碗飯吃，縱使找不到飯吃，餓死我也願意。」爲了人格獨立，冷清秋終於帶著兒子走出了金家大門，過起了自食其力的生活。《金粉世家》的冷清秋在人格涵養、精神氣質上與《春明外史》的楊杏園十分相近，都有中國文人傳統所賦予的的一股氣質，就是：赫然獨立於社會之中，而自甘淡泊；深秉傳統薰陶而感傷時世。有意思的是，此二人後來都沈溺於佛學以求心靈的平靜，頗有避世之意。張恨水出現這類型強調「氣節」與「骨氣」的女性人物，其實與上述男性人物中強調風骨的知識份子群像，有著相似的價值根源。

（二）妓女戲子歌女系列

張恨水多數小說裡都有這類型的女子：娼妓如《春明外史》、《金粉世家》《斯人記》；歌女如《啼笑因緣》《秦淮世家》《滿江紅》；戲子如《夜深沈》《歡喜冤家》；電影明星如《銀漢雙星》《趙玉玲本記》；還有《美人恩》說的是歌舞團團員的故事等。這類女子，可說是張恨水人物的一大主流，也是張恨水接近「舊派」的最明顯特徵。不過這也是因張恨水生活環境和記者的職業與「舊派」作家較爲近似，他們的交遊圈可能並無那種學院派的新女性，看到的都是輿論關注的特殊職業女性的離合故事。即使晚到抗戰時小說，像《傲霜花》中也有戲子王玉蓮、《巴山夜雨》裡也有戲子楊豔華。

張恨水筆下這類女子多是活潑靈動的小姑娘，自小家境貧困，但卻都有愛慕虛榮、缺乏自制力的人格特質，所以情感上都共同有「變心」的情況出現。他寫盡了當時女子在公共場域拋頭露臉爲解決生計問題的艱難。不過再細看這些身爲藝人的小姑娘，卻是模樣、個性都不相同。

像《夜深沈》裡的月容是個聰明、能幹、善體人意、身材嬌小的小姑娘，小說幾次透過二和的眼勾勒出她的外貌。如《第一回》：「她跳下車來，將手理著頭上的亂髮，這才把他的眞相露了出來：

雪白的鵝蛋臉兒，兩只滴溜烏圓的眼珠，顯出那聰明的樣子來。」張恨水幾次強調月容聰明的眼神：第二回：「他聽了這話，倒眞個愣住了，瞪了那烏溜的眼睛，只管向他望著。」「二和走到院子裡了，回頭看到了他這兩片鮮紅的嘴唇裡，透出雪白的牙齒來，又把那烏溜的眼珠對人一轉，這就不覺呆了。」所以，月容開始是以慧黠靈動的形象出現。從她逃出師父的魔掌刻意向二和求救開始，就凸顯了她善於觀色察顏的能力。像直到第四回二和才知道月容並非是完全「碰巧」遇到自己的：

> 月容說：「我第一次遇著你的時候，就知道你很好。」二和說：「那個第一次？」月容道：「就是那天晚上，我在這院子裡唱曲兒的時候。」二和笑了，將手上的長掃帚，又在地面上掃了幾下土，笑道：「那晚在星光下，我並沒有瞧見妳，妳倒瞧見我了？」月容道：「當晚我也沒有瞧見你，可是有兩次白天我從這門口過，我聽你說話的聲音，又看到你這樣的大個兒，我就猜著了。」二和又站住了把掃帚柄抱在懷裡笑道：「這可巧了，怎麼妳昨天逃出胡同來的時候，就遇到了我？」……二和在屋子裡拿出漱口碗牙刷子來，在缸裡舀了一碗水，一面漱著口，一面問道：「我還得追問那句話，怎麼這樣巧，昨天你就遇著我了呢？」月容笑道：「不是看到你那馬車，在胡同口上經過，我還不跑出來呢。」

一直等二和不斷追問，才追出這段接近「謀畫」的行動原委。至於第三回提到月容身材的嬌小：「二和在燈光一閃的時候，看到那嬌小的身材，這讓他想起星光下一段舊事。」張恨水極力寫月容的慧黠與賢淑。

至於外表，他喜歡強調妓女的清秀淡雅。因此即使是寫妓女，這些才子們也要一再強調自己心儀妓女的超塵絕俗。這可明顯透露出張恨水本人的「才子」審美觀。因為明清以來才子心儀的「佳人」，都是清秀淡雅的；面貌豔麗與否還是其次，最重要的是氣質的秀雅端麗，而且也還必須清瘦苗條。這與英雄帝王身旁必定是冶艷豐腴的「美人」，審美觀截然不同。如《春明外史》第一回描寫梨雲：「身上穿了一套月白華斯葛夾襖夾褲，眞是潔白無瑕，玲瓏可愛。……杏園心想：『人家說妓女都是下賤不堪的人，像我看今日那個梨雲，就覺得小鳥依人，很是可愛。』」第二回：「梨雲穿了一件淺灰嗶嘰的衣服，前面頭髮都燙著捲起來，穿了一雙緞子的平底鞋子，越顯出一種淡雅宜人的樣子。」第十八回寫：「舒九成見梨雲穿一件銀杏色的旗袍，週身滾著蔥綠色絲邊，梳著光滑的長辮，雪白的臉兒，倒覺得很是淡雅。自己生平最是討厭妓女的，如今見了，倒覺得很有些動人的地方。」第二十四回當杏園第一次看到李冬青有下列描述：「一言未了，只見何太太穿了一身豔裝，走了出來。後面跟著一位二十開外的姑娘，長髮堆雲，圓腮潤玉，雙目低垂，若有所思，皓齒淺露，似帶微笑。不事脂粉，愈見清癯。她身上穿了件瓦灰色皮襖，下穿黑布裙子，肩上披了一條綠色鑲白邊的圍脖，分明是個女學生。和何太太豔裝一比，越發顯得淡雅。」敘述中不是「白」，就是「淡雅」，要不就是低眉微笑，明顯透露出一種獨特的審美價值。

以戲子娼妓歌女明星為主角，是張恨水人物的重要特色。這恐怕是張恨水被歸之於「舊派」的重大原因之一。因爲「新文學陣營」從來不碰觸這類題材，絕不會以這類「舊社會」的女性爲題材，他們寫的不是鄉下小城的女性（凸顯傳統禮教的荒謬）；就是思想前衛成日想著革命與愛情自主的留學女學生。寫這類歌女戲子，似乎成爲當時所謂「舊派」的專利。縱觀民初所有社會小說、言情小說，絕少有不寫這類女子的。例如何海鳴的〈老琴師〉就藉老琴師的感覺，寫歌女的美人遲暮，甚至比「同是天涯淪落人」的關懷更進一步。

不過若上溯晚清，晚清也少有重要作品沒出現這類女子。狹邪小說姑不必論，就連所謂「晚清四大小說」的社會譴責小說，也無一不在書中提到妓女與妓院。原因可能是這些小說全依附於報刊連載，本身富含濃厚的社會性與新聞性所致。而晚清時的娼妓，因身份與生活方式的特殊，受著市民的關注，有著今日明星一般的「風頭」。這些女性因其身份與社會階層的特殊，很容易成爲社會上具有「明星」意且義舉止受人關注的一群。因此，戲子和妓女成爲從晚清到民初小說重要的描摩對象，這不能不說是「明星效應」的發酵。因爲從晚清開始，「書寓女子」（高級妓女）這類身份特殊的非「良家婦女」，就像公眾人物般被報章文人不斷品評；甚至辦報刊登妓女選美的「花榜」（如李伯元的《遊戲報》等），選舉「名妓四大金剛」。民國以後，妓女與戲子這類特殊女子的緋聞與行止，以及迥異於尋常百姓的交際生活，穿戴吃住，全是社會關注的焦點。這類小說尤其喜歡寫大官捧妓女姘戲子的「社會新聞」，他們如同今日的影視明星與政治人物般受到市民的注意。循規蹈矩的市民，藉閱讀這類「八卦消息」來滿足窺探癖及離經叛道的潛意識。由此可側面觀出晚清這類社會性強的小說與民初「舊派」小說實有嫡系關係，只不過民初的社會小說，因為出現了五四「新文學」，所以一九一九年後就成為「舊」的。不過，它們與「晚清小說」實有太多本質上的近似。強調「啓蒙」的，是晚清的小說理論，而非小說的本身。大多數的晚清小說雖稍有「感時憂國」，但其中也有絕對濃厚的逸樂與市場取向。而到了民國，漸漸從娼妓擴大為歌女、戲子以及電影明星，這類女子的情感與生活，是市民所感興趣也樂於聽聞的。這些女性因其身份與社會階層的特殊，很容易成為社會上具有「明星」意義、舉止受人關注的一群。

除了戲子和妓女，「女學生」也是當時具有明星特徵的一群。因此，張恨水早期小說中也出現部份的「女學生」。女學生是當時城市中時髦的「典範」，她們在吃穿遊戲等舉止上都引領著風潮。當時架著眼鏡、帶著鋼筆被認為是時髦而文明的象徵。因此當時的月份牌上，除了古裝美人，許多是女學生模樣的清純少女。女學生的生活——園中會晤、讀後小憩、抱琴靜思、石欄小坐，以及讀書、寫信、談話、郊遊、梳妝等，都被月份牌廣而告之。當時的女學生像明星一般地受到市民的矚目。因此許多不是女學生身份的女子，也都喜以「女學生」裝扮，藉以提昇自己的地位。如二十年代京劇坤伶孟小冬、三十年代影星王人美都以女學生打扮出現❺。至於張恨水小說中也有部份「女學生」，如《春明外史》白瘦秋姊妹以女學生裝扮會客；《金粉世家》中金家姊妹出洋留學的女學生生活，張恨水也多加描寫；《啼笑因緣》沈鳳喜在第三回中也曾以藍布竹褂，黑布短裙，露出穿白襪子的圓腿，頭上改換了雙圓髻的女學生

❺ 詳見素素《前世今生》〈青青校樹——女學生〉上海：遠東出版社，一九九六。頁三三到四一。

裝束出現。家樹笑道：「今天怎麼換成女學生的裝束了？」鳳喜笑道：「我就愛當學生。樊先生！你瞧我這樣子，冒充得過去嗎？」不過，很明顯的這類「女學生」只出現在早期作品，充分反映了時人面對女生進「洋學堂」的側目與豔羨心理。三〇年代後，「女學生」三字，也隨著女子入學的逐漸普及而無啥新奇了。

（三）俠女系列

其實俠女應該算是張恨水寫得最好的一類女性。他小說中出現的俠女，最重要的就是《劍膽琴心》的朱振華與《啼笑因緣》的關秀姑二人。他既寫俠女的豪氣、膽識，又寫他們面對感情的嬌羞含蓄。「俠骨柔情」的性格形象很是立體突出。《啼笑因緣》的關秀姑兼豪爽俠義與女性羞澀於一身。她厚道、實在、義氣、勇敢；話雖不多，舉手投足卻耐人尋味。小說既寫他暗戀樊家樹的少女情懷，又寫她潛入劉將軍宅保護鳳喜、手刃劉將軍的英勇果敢。而她對感情的態度，尤其有古代俠士「無己無功無名」的風度。她心中雖眷戀著家樹，她覺得自己並非家樹的意中人，所以她總是慷慨地「成人之美」，出世隱退。小說多次描繪著她來無影去無蹤、神龍見首不見尾的形跡。她總是在仗義行俠後，悄悄地功成身退；似乎不為紅塵世俗所牽絆，翩然離去。她看似嫻靜溫婉，其實卻非常果敢有主見，是標準外柔而內剛的女子。關秀姑是張恨水寫得非常成功的女性形象。

至於《劍膽琴心》裡的朱振華就與關秀姑在氣質上差異甚多。朱振華豪爽、率性、真誠、大而化之，絕不是那種心緒委婉細緻的女性，可以說是現代「酷妹型」的人物。就如第十九回的一段：

> 船到了半江，天越黑了，把這一江水，倒反映成了白色。那風越刮越小，雪卻來勢勇猛，白茫茫一片，下得分不出東西南北。在遠處猶如無數白色的小島，在空中飛舞。再向遠望，可分不出什麼是雪片，只是渾渾沌沌的，下了一陣的白霧。船行到此，也就分不出東西南北。李雲鶴由船艙裡爬到船頭上來，四周一看，簡直是深入白雲陣裡。平常人說，水天一色，這真是水天一色了。雪落在船板上，船蓬上，立刻也就堆積起來，全船是白成一片，這樣的景致，是生平以來所未曾看到過的。背靠船桅，不覺詩性大發。就隨口吟道：「披雪駕白風，飛過滄海東」。李漢才也是個秀才先生，聽到兒子吟詩，兜起一肚子墨水，也就緩緩地由船裡爬出，也站在船頭上。笑道：「好雪景啊！」正要說第二句時，振華卻也從船裡伸出手來，扯著李氏父子長衣的下擺道：「你這兩位先生真是書呆子，這樣大雪天，不說迷了東西南北，行船不容易。就是在岸上，我們也應該縮到屋子裡烘火。沒有看到你兩個人，不怕死又不怕冷，站在風雪頭上讀文章。船上凍得很滑，一失腳落下水，那可不是玩的。」朱懷亮喝道：「你這孩子，真是放肆，怎樣說出這種話來？李先生不要見怪。」

振華其實關心他人的冷暖與安危，但她卻是以這類近乎調侃、嘲弄的說話方式來表達。從她扯著人家男子長衣的下擺大嚷、從她口中如「書呆子」、「不怕死」等措辭都可明顯看出他性格上的直率之處。而且從前段李雲鶴看到雪景的詩興風雅再與振華「口不擇言」的態度相較，得到兩人性格上與生命態度的基本歧異。而這種歧異，也是貫串全書的。朱父接著斥責振華的無禮放肆。朱懷亮這類對於自己女兒的評價，在小說中所在多有，因此也可間接得到關於朱振華性格上的印象。如第十九回：「我這女孩，說話很是任性……就是心直口快一點，還留著她一點天眞，我也就隨她去。」第二十回他說：「譬如我這女孩子，跟了我這一個老頭子，所見所聞，沒有一樣是斯文的。所以她也就不知不覺，只管淘氣起來。」

振華的好勝心極強，對自己的武功頗爲自傲，而且絕不服輸。第八回就在朱懷亮說了一句「況且他們師兄妹，功夫也早得很，不可以胡來。」後：

> 柴竟聽了這話，倒也罷了，振華聽了這話，一把無名火，由心窩裡直冒上來。腳正踏在椅子腳棍上，啪的一聲，把腳棍踏成了粉碎。腳向地下一落，把椅棍踏成了粉碎。腳向地下一落，把椅子前的一塊大石磚，踏下去兩個窟窿。

後來她甚至獨訪趙駝子單挑較量，只是要證明自己武功獨步。第十六回就因爲于婆婆說了一句：「姑娘太爽快了，她這一去，不會誤事嗎？」就刻意表演了一場翻牆盜取民宅廚房裡一整壺熱茶的本領。

書中對振華與書生孝子李雲鶴之間的似有若無的情感也頗有描述。其中寫著振華是如何主動地照顧著李雲鶴，又是幫他洗補破襪子（第二十一回）、又是在雪地荒野裡冒險到處爲他找禦寒的生薑（第二十回）。第二十一回當朱懷亮與她談及與李雲鶴成親的想法時，振華卻又有少女般柔情的嬌羞。

> 振華見父親這樣鄭而重之的說話，也就不敢像平常一樣調皮，便低了頭，靜靜坐著，聽他父親向下說。朱懷亮道：「我有這一把年紀，你是知道了的。俗言所謂風中之燭，瓦上之霜，知道哪一天死？設若一日不幸，我兩腳往那裡一伸，只剩下你一個年輕的姑娘，孤苦伶仃，你又靠著哪一個人？倒不如趁我沒有死之先，把你安頓好了，我才好放心。不過這件事不能魯莽從事，總要看看人家如何，人才如何，是不是可以和我們聯親？論到這李氏父子，第一是為人厚道，的確是個君子，我們這種良善人家，難道還望榮華富貴的門第不成？只要是清白人家，良善君子……」那朱懷亮道：「咦？我和你說話，你倒睡著了！」振華倒不是睡著，他聽他父親說話，置之不理，固然是不好；光聽父親說，翻了兩眼望著他，也是不好。所以索性低了頭，右手剝著左手的指甲，默然不語。等到朱懷亮問他睡著了沒有，他抬起頭來笑道：「哪個睡著了呢？」朱懷亮道：「你既沒有睡著，我問你的話，你聽見沒有？」振華道：「我一不是聾子，二又不隔十丈八丈遠，怎麼聽不見？」朱懷亮道：「你既然聽見了，那就很好。我說的話，你意思怎麼樣呢？」振華又無言可答了，低了頭，還是剝他的指甲。朱懷亮道：「我也知道，小李先生是個文弱書生，和你有些談不來。」振華突然站起來，將臉一轉道：「我幾時說過這話？」朱懷亮笑道：「你原不曾說過這話，我

> 見你有些不大願意的樣子，以為討厭他是個窮酸秀才哩！」振華起了一起身子，正想說什麼。只因他父親望著她。把話又忍回去了。朱懷亮道：「平常你是嘴快不過的人，這倒奇了，總不見答應一個字。」振華見父親逼得厲害，索性不說了，就起身回她自己房裡去。」朱懷亮看那樣子，似乎可以答應，料到硬作了主，是不要緊的。

這是很有趣的一段。一個父親滔滔不絕地講著；一個本來活潑爽直的女孩子，在此卻只是一直低著頭，剝著手上的指甲，悶不吭氣。振華偶而被激出幾句很「酷」的回應，例如：「我又沒聾，怎麼聽不見？」這種應答方式，充分透露出這小女子的性格特質。張恨水成功地寫出一個武功高強、豪氣萬丈的俠女，面對感情之事卻又「欲語還羞」的態度。

（四）太太系列

上述幾點寫的都是少女。張恨水顯然有著賈寶玉認爲女子已婚就會「污濁」而成爲「死魚眼睛」的觀念，所以他小說中善良的都是十幾歲的少女，即使再變心虛榮，作者筆下都不免寄予同情與諒解。這與金庸、沈從文筆下的少女多是慧黠單純的特點十分相似。張恨水小說中，壞的惡劣的算計功利的都是婦女，例如妻娘嫂姑等人。不是不惜一切地要女兒嫁給權貴的母親，就是出賣自家人的姑嫂。至於這些婚後的太太們，在小說中也以較爲負面的形象出現。而且這些太太形象，明顯地出現於張恨水小說的中後階段，這應該和青年「張恨水」與中年「張恨水」在年齡與心境的差異有關。年輕時張恨水對心目中理想的女性形象仍有想望與期待，所以出現了不少較接近美好的「少女」形象。例如《春明外史》的李冬青、《斯人記》的張寒雲、《金粉世家》的冷清秋、《啼笑因緣》的關秀姑、《劍膽琴心》的朱振華等、《燕歸來》的楊燕秋等等。另外，《啼笑因緣》的沈鳳喜、《夜深沈》的楊月容即使在感情上見異思遷，張恨水下筆仍然語帶悲憫，多所愛憐。不過，當他小說到中後階段時，不但「少女」形象不再多見，連那種觀看女性的仰視角度也逐漸消失。像到《大江東去》寫薛冰如執意離婚，開始採以平視的角度；到了《巴山夜雨》，卻都成爲俯視的觀看角度，而這些太太們，也開始出現些「丑角化」傾向。其中的主角李南泉，高高俯視著這群女人，心中兀自竊笑。竊笑這群女人的愚昧、無知與自以爲是。

因此前二階段善寫男女模稜兩可的戀情故事，到第三階段抗戰時期幾乎完全消失，取代的是許多婚姻與夫妻生活的情節。這時他著力寫了幾個「太太」，形成特殊的「太太」系列。其中以《巴山夜雨》中的「太太」系列，像李太太、奚太太、石太太、吳太太、袁太太等人，都各有性情與故事，最爲突出。另外，在《紙醉金迷》中的魏太太也有極鮮明的描寫，她好物質享受、嫌丈夫賺錢不力、對外在誘惑缺乏抵抗的意志力，沈迷打牌等形象，直可與巴金《寒夜》中的妻子樹生相較。

所有的太太，形象最突出的，莫過於《巴山夜雨》中的奚太太。這個奚太太，恐怕也是中國小說史上絕無僅有的女性角色。奚太太是張恨水筆下一個又可愛、又可笑、又可憐的婦女；主角李南泉與奚太太有不少的對話與「過招」情節，他是以又好笑、又憐憫的態度看這位世間奇女子。這奚太太她外型並不太美：「他是張棗子臉，兩尖尖，牙齒原是亂的，鑲了三粒金托子假牙。眼角向下微彎著，帶了好幾條魚尾紋。」（第二章）這說的是她的臉。之後敘述者接著說：「這一笑之中，實在不能引起對方的多少美感。」第七章則描繪了奚太太的標準衣飾、髮型與鞋子：「她永遠是那樣，穿了件半新的白花長褂，腳下拖著一雙皮拖鞋，臉上從來不施脂粉。薄薄的長頭髮，梳著兩個老鼠尾巴的小瓣子。」第十三回則說的是她的膚色與身材：「抬頭看時，乃是奚太太。她穿了一件其薄如紙的舊長衣，顏色的印花，和原來綢子的杏黃色，已是混成一片了。這樣薄薄的衣服，穿在她那又白又瘦的身體上，在這清晨還不十分熱的時候，頗覺得衣服和人脫了節，兩不相連，而且也太單薄了。」

她最突出的本領就是吹牛與嚴重地自我膨脹，然而更根源性的可能是來自於她「好面子」的問題。例如她自命爲家庭大學校長，中學堂裡，無論哪一門課，她說自己都可以教。但是當孩子來問她英文時，她看也不看，昂著頭道：「那有什麼不知道？I is a man. You is a boy.。」小孩子又道：「兩個人怎麼念呢？」奚太太道：「多數加S，有什麼不知道，two mans。」李南泉的反應也挺有意思：「李南泉聽到奚太太這樣教他孩子的英文，眞有點駭然。可是他知道的，他是一位最好高的婦人，絕不能當了她孩子的面，直截說她的錯誤，便沈默了一下，沒有作聲。」（第二章）另外關於膨脹自己學識程度的例子還不計其數。

> （奚太太）手裡拿了一本英文雜誌，那雜誌封面上清清楚楚地印了一個英文字：Time。……奚太太將書一舉道：「這

是家庭雜誌，有不少東西，可以給我們參考。」李南泉眼望了那書封面，笑道：「你買到多少本英文雜誌？」她道：「奚先生帶回來幾本，都是家庭雜誌，躲警報時借給你看。」李南泉笑道：「那你所送非人。我的英文，還是初中程度，怎麼能看英文雜誌？」（第七章）

那石太太遠遠看到她手上拿了一本英文雜誌，就知道她用意所在。大聲笑道：「奚太太是越來越博學多聞了。在家裡看英文。這一點我不行，全都交回給老師去了。」她也大聲笑道：「我那有功夫看英文書。在家庭雜誌裡，找點材料罷了。……她說著，又把些雜誌舉了一下，笑道：這裡面東西不少。」說到這裡時，正好甄先生也站在這邊走廊上，他笑問道：「甄先生，你的英文是登峰造極的，你說美國新到的哪種雜誌最好？」甄先生道：「自到後方，外國雜誌，我是少見的很。」奚太太道：「那麼，我借給你看吧。」說著，交給她的一個男孩子送了過來。李南泉在一旁看到書的封面，暗叫一聲「糟糕」，原來是一家服裝公司的樣本。甄先生是個長者，將那樣本看了看，沒作聲，就帶回屋裡去了。李南泉覺得這是很夠寫入《儒林外史》的材料，手扶了走廊上的柱子，只管發著微笑。……奚太太脖子一揚道：「怎麼樣？我不能談詩嗎？若說舊詩，上下五千年，我全行。」（第十一章）

至於袁四維太太則是個有著大肚子的胖太太。袁太太對「減肥」的想望與行動，一點不輸今日女性在「集體減肥意識」下的自虐與自殘。《巴山夜雨》第四章寫著：

> 因之這袁太太四處打聽有什麼治胖病，尤其減小大肚囊子的病。她曉得中醫對此毫無辦法，就多多地請教西醫。……除了不吃任何葷菜之外，她吃的菜裡，油都不擱。原來的飯量，是每餐三碗，下了個決心，減去三分之二。水果是根本戒絕了，水也盡可能少喝。唯有運動一層，有點辦不到，只有每日多在路上散散步。同時，自己將預備的一根帶子，每日在晚上量腰兩三次，試試是不是減瘦了腰肢。在起初每餐一碗飯之下，發生了良好的反應，大肚囊幾乎縮小了一吋，可是自己的腸胃，從來沒有受過這份委屈。餓得肚子像火燒似的，咕嚕作響。尤其是每餐吃飯時，吃過一碗以後，勉強放下筷來，實在有些愛不忍釋。孩子們同桌吃飯，猜不到她這份痛苦，老是看到她的碗空了，立刻接過碗去，就給她盛上一碗，送了過來。餓人看到大碗的飯，放在面前實在忍不住不吃，照例她又吃完了那一碗。

這些「太太」形象鮮明，個性表情如在目前。都不是什麼類型人物，或是扁平人物。張恨水到後來都不再寫女性之美，他年輕時筆下女性最大毛病就是「虛榮」；中年以後他筆下女性眞是醜態百出，毛病叢生。

三、張恨水小說中的長輩形象

在張恨水小說裡全是單親家庭（除《金粉世家》的金家外）；不是

寡父，就是寡母，但寡母居多（寡父僅有《美人恩》裡的常父、《似水流年》裡的周父、《藝術之宮》的李父、《楊柳青青》的趙父）。所有的男女人物都是與寡父母相依為命。這可能多少反映了張恨水自身早年喪父的遭遇。不過這些寡父母的形象頗為刻板扁平，也並非主要人物。多是作為主要人物困境的來源。大致可分二類：一類是善良孤獨又貧病交加的父親或母親；一類是夢想著覓個乘龍快婿，好榮華富貴的功利老婆子，不段地慫恿女兒嫁給權貴。

第一類的父母以弱者形象出現，多是貧病的孤獨老人，與子女相依為命。如：《秦淮世家》《夜深沈》中的母親、《藝術之宮》《美人恩》裡的父親等。他們都是無力、待照顧的可憐老人，子女也因此背負著沈重的生活重擔。因此張恨水小說的父親形象並沒有像《子夜》裡的吳蓀甫之父；或是《家》裡的高老夫子等有著封建大家長的象徵。

唯一在《金粉世家》出現的大家長金銓，卻是一反新文學打倒威權的思考公式，反而以開明的形象出現。有學者質疑《金粉世家》的「批判性」，認為「作品疏離了清末譴責小說的痛快刻薄的作風，而在家庭內幕的展示中，對上一代創業者多了一點寬容姑息的鄉愿意味。❻」只因為《金粉世家》的大家長總理金銓與民初政局弊端毫無瓜葛，金家父母不但沒有賈政專橫，也沒有《家》中高老夫子的僵固，反而十分講究平等，作風又很開明。不但善待下人，讓兒女婚戀自主，性格還溫謹和善。張恨水的《金粉世家》也因此被視為跟不上「五四」家庭革命或倫理革命的「進步」，「顯示了舊派

---

❻　如楊義《中國現代小說史》頁七一九。

章回小說家和新文學作家之間思想觀念上的距離❼」。張恨水寫《金粉世家》自始至終似乎並未有任何「暴露統治階級」、「打倒威權體制」的「載道」意圖，不過這種純粹說故事的作法，卻讓《金粉世家》的人物有著不同於民初言情小說及新文學小說中「嚴父」的「刻板形象」，也多了讓人讀了有種「輕鬆、有味❽」的舒緩寬容感。這正是張恨水在二〇年代的獨特之處。如夏志清說：

> 五四運動以來，有不少人寫過大家庭的小說，這些小說家對舊式家庭先抱了極幼稚的成見，以為屈服於舊禮教聽從父母之言而結合的小夫婦，其生活一定是悲慘的，相反的，反抗家庭而自由結合的人一定有光明快樂的前途，丫環們一定受到虐待而投井上吊，姨太太們一定抽鴉片而感到性的苦悶，結果寫成的小說是現實的歪曲，給人極可笑的感覺。❾

戴著「新文學」以及「左派」觀念眼鏡的評論者，也因此而批評張恨水欠缺批判意識，過於保守。不過，在現代文學史上有著太多夾雜著意識型態去醜化「上層統治階級」的作品，張恨水反其道而行的作法，反而顯得獨樹一格。其中更有意思的是，張恨水早在一九二四年就開始探討男女自由戀愛後因個性、家世、觀念不同所

---

❼ 同上註。

❽ 張恨水在〈寫作生涯回憶〉中說：「這十幾年的統計，《金粉世家》的銷路，卻遠在《春明》以上。這並不是比《春明外史》寫得好到那裡去，而是書裡的故事輕鬆、熱鬧、感傷，使社會的小市民層看了以後，頗感到親近有味。」

❾ 見《愛情、社會、小說》臺北：純文學出版社，一九七〇。頁一六。

導致的婚姻問題時，一九二八年後出現的新文學長篇小說反而與民初的「哀情小說」一樣還在「哀婚姻之不自由」⑩。所以題材的新與舊，實不應僅從所屬派別論之。

第三節　張恨水小說的兩性關係

張恨水小說裡兩性關係的描述往往是：女性佔主導地位，具有主動性；女性是行爲與動作的發動者，是「主語」。而男性則是被動的受控者，是「賓語」。傳統小說的女子情感也多是主動的，例如崔鶯鶯、李娃或是白娘子等都是。張恨水筆下的女性也不是被男性審視，被剝奪了發言權的「他者」及「沉默者」。他常以大段的「言說」和直接的心理描述，表現女性的思想和感覺。而這些大量的心裡聲音，也就形成一系列的女性觀點。不過這女性觀點，卻絕不同於丁玲小說那種性苦悶與無可奈何的煩躁，而只是女子對生活遭遇或感情的簡單省思。其中多數沒有憤懣、沒有激越、沒有絕望。不過張恨水此舉並不是爲凸顯女性的主體，而是基於一種敘述習慣以及服膺於情節需要。作爲主要人物的男子都很尊重女性、疼惜女性（如楊杏園、樊家樹、王北海等）。雖然有一些作爲小白臉形象的男人在「踐踏女性」（詳見「言情小說」「變心」部份），不過張恨水是將他們與軍閥等大惡霸共同歸於「惡人」系列，視之爲非「常態」來

⑩ 民初哀情小說多是以「哀婚姻之不自由」為主題。關於此論題可參看拙作《禮拜六雜誌言情小說研究》。臺北：輔仁大學中文研究所碩士論文，一九九三。

處理。他以男子是否欺壓女性，或是人格道德之高尙與否明顯區分爲善惡兩類，並未從「體制」上去著墨。因此「女性主義」者不太容易在張恨水的作品中找到女子被「父權體制」壓迫的情節。壓迫與欺凌並不普遍存在於制度之中，而是源因於某些特定的惡人。

而且這些女子在感情態度上皆主動、務實、敢愛敢恨。都是積極的追求（或暗示）心儀的人，又果決地決定分手。如《春明外史》梨雲主動寫信、送照片給楊杏園；《中原豪俠傳》鹿小姐丟手帕以表芳心，又在拜訪秦府時，將自繪畫像餽贈心上人；《大江東去》薛冰如主動大膽地追求先生的好友，還處心積慮地想與丈夫離婚；《啼笑因緣》中女子也都大膽的表達愛意，積極的送相片（沈鳳喜、何麗娜），含蓄者送髮絲（關秀姑）；《劍膽琴心》的俠女朱振華也是主動地照顧書生李雲鶴；《記者外傳》裡的孫玉秋也是主動對楊止波示好寫信。全是主動邀約、明顯暗示。至於論及分手拆夥，這些女子也毫不留情，總是遠遠地把這些老實癡情的男子甩在一邊。至於男子反而都是猶豫不決、戀戀不捨（楊杏園、樊家樹、丁二和、童老五等），也就是不敢愛不敢恨的人。不但遇事缺乏行動力，甚至多是被女子拋棄者與被女子拯救者，或是被女子照顧者。像《劍膽琴心》中的書生李雲鶴也是個形象孱弱，病了需由俠女朱振華援救照顧。另外，在張恨水俠義小說裡，救「公主」的都不是王子（男主角），而是王子身邊的小人物。像是《丹鳳街》中，最後救何秀姐的不是與秀姐有情的童老五，而是王狗子、洪麻皮等小販。《秦淮世家》救二春的除了暗戀二春的徐亦進，更重要的行動者還有偷兒王大狗、毛猴子和妓女阿金。《小西天》中的學生王北海，眼睜睜地看著心上人朱月英要被賣給賈多才而束手無策。在張恨水小說裡的男主角普遍有猶豫、懦弱、不夠果敢的氣質。而他也沒把男主角視爲解救女性的英雄，絕不像西方童話故事中公主必待王子的吻才能甦醒。有時男子甚至還得等待別的女子來救。例如在《啼笑因緣》中，處在失望中的樊家樹，既沒去救沈鳳喜，也不敢殺了劉德柱，這些事都由具有「黃衫客」身份的關氏父女來擔綱。家樹的感情在三個女子間游移、擺盪、猶豫，最後甚至連自己都被綁架了，要待關壽峰來救。他對感情的抉擇，也是暗戀他的關秀姑在半強迫中促成的。（例如秀姑安排他偷偷和鳳喜在公園見面。是秀姑自行潛入劉將軍府幫助鳳喜，並傳達音訊。最後也是秀姑暗中造成家樹與麗娜面對面的機會）張恨水這類小說的男主角的行動，不是救人的，而是被救的。不是主動積極的，而是被動消極的。就像是《丹鳳街》裡愛著秀姐的童老五，還要王狗子串連朋友不斷慫恿才展開行動，最後甚至下鄉離開了。《夜深沈》的丁二和，自己本身就是劉經理計謀下的受害者，面對生計的艱難、老母的無助，他根本無力去救正處於計謀中的楊月容。當他忍無可忍，走投無路，拿了刀想要復仇時，卻萬慮叢生，最後還是無助的放下復仇的刀。比起男子的軟弱，有時女子似乎還更爲勇敢果決。例如《秦淮世家》中的二春卻一反女子孱弱的刻板印象，自行復仇，雖功敗垂成而死，但爲母親和妹妹解圍。又如《啼笑因緣》中的關秀姑，她不論謀刺行動與愛情抉擇都那麼地乾淨俐落，即使他對樊家樹仍有戀戀之情。至於《小西天》裡的朱月英，最後還是縣長太太等伸張女權的女性挺身出來拯救，而情人王北海一直只是個鼓掌的旁觀者而已。《丹鳳街》中眞正策畫並刺探援救計畫者，也是菜販楊大個的妻子楊大嫂。像《丹鳳街》中秀姐爲了母親嫁給趙次長；又爲了朋友免遭禍患才跟趙遠赴上海。她們因拯救他人而犧牲自己，反而是另一種「強者」形象的表徵。所以，在張恨水小說中果決的行動者往往多是女子。

不過，從小說中女性要靠選擇婚姻對象來自我實現，而且對於對象的選擇會受「經濟條件」的影響而無法掌控自我。多少也反映了當時女性經濟獨立條件的身不由己。所以這類女子在張恨水眼裡看似強，其實還是弱。因爲他們無法掌控自我，意志上是懦弱不堅的，而需要男子保護。

另外張恨水小說中也不乏有女子影響男性的例子。《中原豪俠傳》第二十五回嵩山下寨主王天柱的夫人周玉堅。她本是一個女學生，不巧卻被王天柱看上，他硬請人作媒，要討了來。這位周小姐不是平常女子，她料著不答應，逃不出縣境，就慨然答應了婚事。不過他卻要寨主正式登門求婚。王天柱硬著頭皮，找了幾位上了歲數的老前輩一路同去。周玉堅還是穿著平常女學生的樣子出來會見。而且爽直地說：她自己不是一個平常的女子，也不是鼓兒詞上說的千金小姐，虜了去就可以服服貼貼作壓寨夫人的。她提出三個條件，第一，王天柱以後不可作鼓兒詞上的惡霸，既然有錢有勢，爲何不大大作個好人，爲國家出力。第二，她說自己不能終年關在家裡，要王天柱每年陪她出去遊歷一趟。第三，她要王天柱跟她唸書，每天唸一課書，唸不熟不准進房。說到這裡，連老先生們都忍不住笑了。她還是一本正經、毫不難爲情。然後她從裙子下面，抽出一把刀，對準了自己脖子，然後說：「王五爺最厲害的手段是要人死，我就不怕死，死在你這英雄面前，我也很有面子。」結果王天柱也沒想到她這麼乾脆，也就一拍胸道：「好，我都答應了，你做事這樣爽快，也很對我王老五的勁。」當天兩人就同喝血酒、憑天起誓。周玉堅雖不是如紅拂女、十三妹等傳統俠女，但是她的確有俠女般「女中丈夫」的氣魄。此一例子，已顛覆了傳統寨主強擄民女、強凌弱、男欺女的傳統情節。周小姐堅持情慾自主、行動自主、生死自主，不但毫無閨閣氣，甚至還有某些鬚眉之夫所沒有的識見與氣魄。既不畏強權、也不願受人操控，氣勢不但凌駕於男子之上，膽識也受到男性的敬重佩服。可說是女權主義的徹底實踐者。這些生理特徵上的「女性」，在張恨水小說中，並非絕對只從屬於「陰性」特質。

另外的小說裡還有口頭上大力鼓吹女權主義的女子。像《小西天》中賈多才想強逼貧女朱月英為妾，一群婦女開會要援救她。

> 只走到廊子下，就聽到有一位嬌滴滴的女人聲音，在那裡演說著。她說：「我們站在婦女的立場上，不能挽救這樣一個女子，那是我們的羞恥，無論如何，我們必定要首先樹立女子的人格，要樹立女子的人格，又必定不讓女子作人家的玩物。」北海聽著，覺得這位女賓說話，實在有勁，趕快的繞了個大彎子，繞到大客廳後面，伏在窗台上，隔了玻璃，向裡面看去。只見一張大餐桌子四周，全圍坐著女人。那個說話的女人，依然在人群中站了起來。看她穿了那窄小腰身的棗紅色旗袍，胸面前挺起了兩塊，屁股後面，撅起了一塊，曲線美是非常之明顯的。這西安城裡雖然也有少數燙髮的，可是那樣子，總是剪得非常之難看的。這位女士的頭髮卻燙得很好，頂上平坦，在頭髮梢上，卻捲曲了許多層雲勾子。她的臉上，有很濃厚的胭脂粉，尤

> 其是在那嘴唇上，塗擦著胭脂膏，就在這紅的嘴唇裡，發出聲音來。她繼續道：「女人被人家看成了玩物，原因雖然很多，但是女人愛慕虛榮，甘心作人家的奴隸，這也是原因之一。要不然，男子們就能欺負女子嗎？現在這位朱女士，就是這麼樣一個人，靠她自己跳出火坑來，那是不可能的。」說著，托住面前的茶杯托子，三個指頭，作了蘭花手的形式，夾了茶杯的把子，送到紅嘴唇邊，呷了一口香茶，她接著把胸脯子一挺，又道：「我們若是要為全婦女界求解放，我們就必須把眼面前這個不能自立的女子挽救起來。要不然，我們只管是口裡唱唱高調，更讓人聽了笑話了。那為了省事一點，從此以後，我們還是免開尊口罷！」她說完了，還把她的高跟鞋子頓了一頓，表示她那份憤懣的意思。全場的女人，這就鼓起掌來。北海看到，心裡就想著，像這位女太太那份激烈的樣子，那是可以壓倒賈多才的氣焰的。只是她這份打扮，好像她這幾句話，是不應當由她嘴裡說出來。

張恨水藉由王北海這一西安男學生的眼睛，看著這一場「西安城裡婦女運動的第一次表現」（第二十二回藍專員夫人所言）。這一段張恨水雖然呈現了當時婦女運動的一些「實況」，但是筆下卻隱約透露了對這位女權運動者的不以爲然。他不以爲然的似乎不是拯救婦女這類言論，而是這位女權運動者自己衣著前凸後翹的性感穿著與濃妝豔抹的花枝招展，似乎正是取悅男性以及引發人「玩物」聯想的一種作法。如此豈不與「女權主義」的本意相違？在此，張恨水並沒有醜化她，相反地把她寫得非常美而優雅。不但頭髮燙得美，而且她的動作也是優雅的，不過卻稍微顯得做作了些。一面是一段她說話停頓時的動作：

> 說著，托住住前面的茶杯托子，三個指頭，作了蘭花手的形式，夾了茶杯的把子，送到紅嘴唇邊，呷了一口香茶，將杯子放下，然後又在衣襟下面，掏出一方花綢手絹來，兩手捧著，在嘴角下按了兩下，把茶漬擦乾。

上述舉止，加上她說話時把高跟鞋頓了一頓以表憤慨等動作，都讓這位女性那嬌嗔婀娜的模樣，卻又滿口女權、拯救等激進態度，形成有趣的反差。由此例也可看出張恨水對人物小動作的描寫，確有獨到之處。

另外，在《巴山夜雨》裡也有兩個女權主義者，一者是奚太太，一者是石太太。不過張恨水似乎對女權主義者又敬又畏，頗有嘲諷之意。奚太太除了對自己學識上的「自信」之外，還對自己對丈夫的「管教」，甚爲自豪。第二章奚太太說：「我們家奚敬平，是被我統治慣了的。慢說軌外行動他不敢，就是喝酒吃香煙，沒有我的許可，他也不敢自己作主。你看他由城裡回來，抽過紙煙沒有？」她還說自己有一個主張：「丈夫討小老婆，太太就討小老公，而且必須是說得到做得到。在這種情形下，男子受到威脅，他才不敢爲非作歹。」第三章她又說：「老奚見了我，像耗子見了貓一樣……也並不是說他怕我。我在她家作賢妻良母，一點嗜好都沒有，他不能不敬重我。」當奚太太和李太太說：「婦女要聯合起來，反對男人的壓迫」時，李太太說：「你說的話，我完全贊同。不過壓迫誰，倒也不至於。我們倆口子，誰不壓迫誰。唯其是誰不壓迫誰，半斤碰八兩，常常抬槓。」第七章寫到石正山太太要組織一個婦女工讀合作社，請李南泉當發起人，於是到了李家：

> 她又是疏建區另一型的婦人，是介乎職業婦女與家庭太太兩者間的人物。她圓圓的臉，為了常有些婦女運動的議論，臉上向來不抹脂粉，將頭髮結個辮子橫在後腦杓上，身上永遠是件藍布大褂。不過她年輕時曾負有美人之號，現在是中年人，更不忍犧牲這個可紀念的美號。因之，頭髮梳得溜光，臉上也在用香皂洗過之後，薄薄敷上一層雪花膏。那意思是說，只要人家看不出她用化妝品，他還是儘可能地利用化妝品。

第十一章：

> 石太太臉上表示了十分得意的樣子，兩道眉毛間向外一伸，然後右手握著拳頭，伸出了大拇指，接連著將手搖了幾下，笑道：「那不是吹，我石太太出馬料裡的事，絕不許它不成功。假使我沒有替人家解決問題的把握，那我也就不必這樣老遠地跑了去了。一切大功告成。婦女界若是沒有我們這些多事的人，男子們更是無惡不作了。李南泉笑道：「好厲害的話。所謂男子們，區區也包括在內嗎？」……石太太道：「李先生不瞭解新時代的女人。」

不過這兩個自以爲強悍精明，視所有的男人爲假想敵的女人，丈夫後來都有了外遇。之後的描寫更是精彩，奚太太成日哭哭鬧鬧，第二十二章寫到原本堅持不施脂粉、到處拯救婦女的石太太，竟然變了樣子：

> 她已經燙了頭髮，這頭髮燙得和普通飛機式不同，乃是向上堆著波浪，而後腦還是換了雙尾辮子的環髻。她是很懂得化妝的，因為她是個圓臉，他不讓頭髮增加頭上的寬度。如此，臉上的胭脂，擦得特別的紅。而這紅暈，並未向兩鬢伸去，只在鼻子左右作兩塊橢圓紋。唇膏塗的是大紅色的，將牙齒襯托得更白。身上穿了件藍白相間直條子的花布長衫，四周滾著細細的紅鑲邊。光了兩條雪白的膀子，十個手指甲，也染得通紅，她是越發摩登了。李南泉沒想到石太太會變成這個樣子。

從上述的例子可知，張恨水似乎嘲諷了女權主義者。當時的女權主義者自以爲能掌握先生，制裁男人。其實當時再多的理想、再多所謂的「女人拯救女人」的口號，當婦女經濟無法獨立時，一切的口號似乎都是婦女運動者的一廂情願。這些女權主義者天天去拯救別人，當自我面臨婚姻問題時，卻無法自救。急切哭鬧的處理方式，反而使心不在此的先生，更加意興闌珊。自以爲是兩性關係的伸張者，卻根本是無助的弱者。當時不管外表看來有多強悍、多獨立的女性，倘若無法自我謀生，丈夫一旦外遇或是離婚，對她們而言，似乎就如噩耗一般。而且從李南泉的男性觀點來看，女人視不施脂粉、不取悅男性爲「女權」的象徵。但是倘若不事打扮，最後被「拋棄」的還是女人，所以又何必去堅持這類「女權主張」？男性天生有「悅容貌」的傾向，那麼女人到底要不要爲「悅己者容」

呢？後來石太太竟然變裝以「取悅」先生，這其實就深刻地點出當時女性根本無法離開婚姻的悲哀。《巴山夜雨》寫了幾個無法掌握先生的女人，袁太太最後也因「取悅」先生吃了減肥藥而死。

書中其實點出許多婚姻外遇的根本問題。婚姻沒有朝朝暮暮的實質內涵，時空阻隔，是經不起任何外來的誘惑與考驗。奚先生、袁先生都因爲在重慶市上班，妻小則遠在鄉下，時空阻隔，難免不發生差池。是一夫一妻制對男性多偶愛欲的傾向根本就是種箝制，還是情感本質就是脆弱的，絕對經不起任何「寂寞」與「引誘」的挑逗？

至於李南泉夫妻間雖然問題不大，但是經常的小拌嘴，以及非眞實意義上第三者等（戲子楊豔華不是第三者，而只是李太太心中假設懷疑的第三者），都對兩人的相處模式產生干擾。李先生夫妻這類段落引出當兩性交往機會頻繁後，夫妻間產生的諸如醋勁、猜疑等的緊張關係，到底要如何化解與消融等問題。進一步導引出婚姻生活的互信基礎如何建立的省思。就像第三章吳春圃老教授夫妻也有同樣的問題。當李南泉夫婦送坤伶楊豔華等人走時，吳先生道：

> 「俺就愛聽個北京小妞兒說話。楊豔華在你屋子裡說話，好像是戲臺上說戲詞兒，俺也忘了累了，出來聽聽，不巧得很啦！她又走了，俺在濟南府，星期天沒個事兒，就是上趵突泉聽京音大鼓。」吳太太在她自己屋子裡插嘴道：「俺說，恨小聲點吧，人家還沒走遠咧！這麼大歲數，什麼意思？」吳先生擦著汗，還不住地搖著頭，咬了牙笑。李太太道：吳先生這一笑，大有文章。他笑道：「俺說句

> 笑話兒，都有點酸意。李太太，你是開明份子，唱戲的女孩子到你府上來，你滿不在乎。」

李太太只是看似開明，吳先生哪曉得她現在心裡「醋意」正濃，只是壓抑著而已。其中有意思的是，第六章細膩地寫了一段李南泉對坤伶楊豔華產生的微妙「感覺」，其實這種好感並不是「感情」，更談不上外遇。不過卻寫出即使沒有「出軌」的標準先生，也不可能完全沒有「動心」的時候。這一段寫李南泉與楊豔華合唱一段「紅鸞禧」：

> 回頭看去，楊豔華微笑著，向他點了兩點下巴。那意思是說「不錯」。他也就會心回個微笑。等到金玉奴上場，楊豔華也十分賣力地唱白。……那楊豔華站在桌子邊斟著一杯茶喝，在杯子沿上將眼光射過來向他看著。李南泉也忍不住微笑，不僅是她這個眼風。他覺得今天這齣戲，和她作了一回假夫妻，卻是生平第一次的玩藝。取了一支煙吸著，回味著。他的沈思，被好事的老徐大聲喊醒。

另外因這些太太們喜歡在家事閒暇時打打小牌，但是當先生不以爲然時，如何對彼此的興趣尊重或是欣賞，也成爲夫妻間相處的一門大「學問」。《巴山夜雨》由李南泉一家呈露了許多現代夫妻間一些微妙緊張，但卻無關大局的相處狀況，這些都是深具「現代意義」的論題。另外也看到他們如何在不斷的小彆扭之間仍然患難相扶持，依然一天天過著相互照料的夫妻生活。本書從平淡的瑣事中透露出夫妻感情基礎就是「生活」本身此一婚姻眞諦。所謂「老夫老妻」雖然嘴裡外表看來「互不相愛」，但在如何吃穿、如何養家、如何對待子女等等「生活」的淬鍊上，卻一步步讓感情更爲彌堅。這也是中國夫妻特殊的相處模式。就像第四章李南泉說：「我以爲不抬槓的夫妻，多少有點作僞。高興就要好，不高興就打吵子，這才是率直的態度。」

所以，張恨水小說基本上違反了「女性主義」者設定的兩性關係模式與修辭。他筆下的女性絕非「純潔、忠貞、專一的性道德遵循者」；也絕非「服從男性、追隨男性、爲男性奉獻愛情的從屬角色」而已。張恨水也沒有「建立男性話語的牢籠」，而讓女性「處於客體的從屬位置」。在此「始亂終棄」的是女人，癡情執著的反而是男人；誘人上當的是女人、受騙者卻是男人（《平滬通車》《偶像》）；救人者是女人，待拯救的反而是男人（詳見《俠義小說章節》）；感情主動自主果決的是女人，被動猶豫的反而是男人。

第六章　張恨水章回小說的特色

第一節　緒　論

張恨水堅持章回小說的創作，自有他的主張。他說：

> 我為什麼這樣緘默？又為什麼這樣冥頑不靈？我也有一點意見。我覺得章回小說，不盡是可遺棄的東西，不然，紅樓水滸，何以成為世界名著呢？自然，章回小說有其缺點存在，但這個缺點，不是無可挽救的（挽救的當然不是我）；而新派小說，雖一切前進，而文法上的組織，非習慣讀中國書，說中國話的普通民眾所能接受。正如雅頌之詩，高則高矣，美則美矣，而匹夫匹婦對之莫名其妙。我們沒有理由遺棄這一般人，也無法把西洋文法組織的文字，硬灌入這般人的腦袋。竊不自量，我願為這班人工作。有人說，中國舊章回小說，浩如煙海，儘夠這班人享受了，何勞你再去多事。但這有兩個問題：那浩如煙海的東西，他不是現實的反映，那班人需要一點寫現代事物的小說，他們從何覓取呢？大家若都鄙棄章回小說而不為，讓這班人永遠

> 去看俠客口中吐白光，才子中狀元，佳人後花園私訂終身的故事，拿筆桿的人，似乎要負一點責任。❶

第一、他認為章回小說之所以不合時宜，並非章回此一形式的問題，而是所載內容未能切合時代與生活所致。 第二、他以為引進西化文法與形式，根本不合中國人的閱讀習慣。而且也沒有必要鄙棄民族既有的敘述成規，去全面擁抱一種連自己都覺得生疏的文學形式。他清醒地知道自己要什麼，而且獨自無悔地走著。

第二節　仍保留傳統章回小說形式的部份

張恨水小說中大幅使用著人物對話的「直接引語」（可參考本書「敘述話語」一節），人物對話絕對維持「某人道：『　』」的傳統形式。而不像新文學作品受西方小說影響，時而將「某人說：」置於一句話後，或者根本完全省略是誰在說話的說明文字。因此張恨水小說版面的印式，也就如傳統小說一樣只分大段。在大段中都是一句話接著一句緊密地挨著寫，並不分行。從未出現新文學作品中因何人在說話的標示不清，所以必須用新式標點，每句對話分行書寫的形式。不過在一九四九年後部份古事新寫的零星作品如《秋江》、《白蛇傳》、《孔雀東南飛》等，可能因海外發行的關係，卻是用一句一行的新式排版法排版。不過他卻仍延續著先前直接引語的寫

❶ 引自〈總答謝——並自我檢討〉載於重慶《新民報》一九四四年，五月二十日。

法，並未因此而改變敘述方式。

張恨水雖避免使用一些章回小說的「程式」語言，但也留了不少傳統章回小說中的敘述習慣。例如初期作品仍有上下聯的回目，就仍循傳統「花開兩朵」的作法，每章節大致安插兩個事件。章尾也與傳統一樣預留懸疑，以「下回交代」的形式收尾。而下一章開篇也以「卻說」開場，再稍述前章結尾的情節。他仍保留了傳統說明「前情」以銜接下文的形式。如此可幫助讀者熟悉故事，減低閱讀障礙。這似乎也是他文本能通於俗的原因。中期以後，他雖放棄章回的回目形式，而改為用標題表現；也完全放棄「下回交代」及「卻說」的形式，但章尾預留懸疑伏線的作法，卻未改變。因此，改換場景或另一故事段落的銜接，絕對在每一章回之中。他總是將同一故事段落的「後事如何」，預留伏筆於下一回開始時敘說。不像新文學的長篇小說，每一章節的開始，就是一個與上章無連貫的嶄新場景。

以上特徵大概是區分二十世紀小說作者到底是「新」還是「舊」的判斷方式。雖然他有許多「改良」的作法，但是這類較保留傳統的敘述格式，可能他相對於全盤揚棄的「新」文學而顯得較「舊」的主因。不過這也是他之所以較為「通俗」的原因之一。

第三節　異於傳統章回小說之處

雖說張恨水有部份傳統章回小說的形式特徵，但是他小說中也有許多異於傳統的形式特徵。他一直有意識地嘗試「改良」傳統章回小說。其實若想求作品能「通俗」的作者，若不時時調整腳步，逐漸增加新的敘述質素，必將逐漸遭到淘汰。他曾說：

> 關於改良方面，我自始就增加一部份風景的描寫與心理的描寫。有時，也特地寫些小動作。實不相瞞，這是得自西洋小說。所有章回小說的老套，我一向採取逐漸淘汰手法，那意思也是試試看。在近十年來，除了文法上的組織，我簡直不用舊章回小說的套子了。嚴格的說，也許這成了姜子牙騎的『四不像』。❷

這「四不像」正是他博採新舊之長，堅持「改良」主張的結果。他既然立志改良章回小說，那麼他的小說有什麼特色，又與傳統的章回小說有何不同？其實，此一論題就是比較張恨水小說與傳統長篇小說及現代章回小說有何異同之處？因爲，自一九一九年前，中國所有的長篇小說幾乎都是章回小說，直到「新文學運動」以後，才有不採「章回形式」的長篇小說出現。不過一九一九年後，也仍有大量以章回小說形式存在的長篇小說。

一、回目形式的延續與揚棄

張恨水精於製作非常典雅工整的回目，還爲自己定了五個創作回目的原則。他說：「我自小就是個弄詞章的人，對中國許多舊小說回目的隨便安頓，向來就不同意。即到了我自己寫小說，我一定

---

❷ 引自〈總答謝——並自我檢討〉載於重慶《新民報》一九四四年。

要把它寫得完美工整些。所以每回的回目，都很經一番研究，我自己削足適履的，定了好幾個原則。一、兩個回目，要包括本回小說的最高潮。二、儘量地求其辭藻華麗。取的字句和典故，一定要是渾成的。四、每回的回目，字數一樣多，求其一律。五、下聯必定以平聲落韻。這樣，每個回目的寫出，倒是能博得讀者的推敲的。可是我自己就太苦了。」

其實最能體現章回小說特色的，反而是回目。明清小說回目雖然不乏佳句，但大多以本回故事中人物的行止作成對句，不太重視情境渲染。張恨水把回目特色刻意推敲，使回目突顯出意境之美。從《春明外史》開始，特創章回小說史上從未見過的九字回目。例如《春明外史》中第一回「月底宵光殘梨涼客夢　天涯寒食芳草怨歸魂」。《金粉世家》第六十九回的「野草閑花突來空引怨　翠簾繡幕靜坐暗生愁」。《啼笑因緣》中第一回的「豪語感風塵傾囊買醉　哀音動弦索滿座悲秋」。回目無不工整清麗，境界全出。

不過，張恨水小說這種九字回目從一九三一年的《似水流年》，減為八字句，但也頗富特色。如《似水流年》第十回：「一語忘情水流花謝　兩番同病藕斷絲連」。同年的《別有天地》也是採八字回目，如第四回：「車上千金求官登道　鏡中一笑對客凝眸」。這八字回目與傳統三五句法的八字回目也不同，他全是上四字下四字成句，這應該也是章回小說史上僅見的。除上述兩部八字回目的作品外，直至一九三四年《美人恩》之前的所有作品都採九字回目。這九字回目就成了張恨水章回小說的重大特色。傳統白話章回小說多為七字句（如《三國演義》、《水滸傳》、《西遊記》、《金瓶梅》、《儒林外史》、《老殘遊記》），或八字句（如《紅樓夢》、《花月痕》、

《海上花列傳》、《歇浦潮》），也有多是七八字偶有九十字句的回目互相混用的作品（如《二十年目睹之怪現狀》），不過卻沒見過完整使用九字句回目的。因此，張恨水小說應該是中國章回小說史上唯一使用九字回目的作品。

但自一九三五年後，回目形式就逐漸消失。在一九三四年的《燕歸來》、《小西天》、《美人恩》等都還保持傳統章回的形式；但到一九三五年那年開始寫的作品，除《北雁南飛》外，像《天明寨》、《藝術之宮》、《平滬通車》等三部作品，就已放棄回目，每章改以標題方式展現。如《平滬通車》中的第一章「一個向隅的女人」，第二章「萍水相逢成了親戚」，第三章「中了魔了」等等。因此一九三五年之後直到逝世，他絕大多數作品都沒有傳統回目了，只有零星地寫古代題材的作品，如《中原豪俠傳》（清末）（一九三六）、《水滸新傳》（宋末）（一九四〇）；以及《夜深沈》（九字回目）（一九三六）及《秦淮世家》（八字回目）（一九三九）兩部還保有回目形式。所以一九三五年是一重要的轉變關鍵。進一步推敲則更可發現，他越著力書寫的作品，回目就越亦講究，如《春明外史》、《金粉世家》、《夜深沈》等。特別一提的是，若以《張恨水全集》版本觀之，豈不早於一九三一年出現的《太平花》竟已放棄回目改採章體了。追究原因乃是因《全集》中的《太平花》是一九四五年張恨水重新改寫，而他當時也把原本一九三一年版本的回體改爲章體，因此他並未在一九三一年時揚棄回目形式。

張恨水最後爲何放棄最能代表章回小說精神的回目形式呢？他在《寫作生涯回憶》中曾說經營回目其實是「吃力不討好」的差事：「謂不討好云者，這種藻麗的回目，成爲禮拜六派的口實。其實禮拜六派，多是散體文言小說，堆砌的詞藻，見於文內，而不在回目內。禮拜六派，也有作章回小說的，但他們的回目，也很隨便，不過，我又何必本末倒置，在回目上去下功夫呢？」顯然回目的「傳統」色彩，讓他因此戴了不少的「帽子」與頭銜。所以爲避免落人口實，避免別人緊咬著「回目」此一傳統的形式不斷地攻訐，他因此才斷然割捨。不過，從一九三五年後他仍偶用回目形式，就可看出他對回目的拿手與不捨。至於張恨水爲何大致從一九三五年後開始大幅放棄回目的使用呢？恐怕是經一九三二年前後經新文學陣營重炮攻訐之後，所不得不有的痛苦「調整」吧！其實他還是認爲，章回形式絕非是小說無法創新與精緻的「問題核心」；保留回目，也絕不是小說品質低下的主因。傳統的章回小說如《三國演義》、《紅樓夢》，也從未因章回形式而失了光彩。他認爲傳統形式是可以因加入外來質素而產生嶄新面貌，並不一定要全盤否定。但是迫於當時「新文學陣營」挾全盤西化的強勢概念主導，凡未全盤揚棄傳統者一律被目之爲「落伍」的壓力，使他覺得似乎不必要如此堅持以遮掩了他「改良」與「創新」的努力。因此張恨水雖曾是「章回小說家」，但他也並非終其一生地用著被象徵爲「保守」的回目形式。不過「回目」的精緻恰好是張恨水小說的重要特色，他因不夠新穎、現代的外在質疑而放棄，其實十分可惜。

二、篇首異於傳統小說

張恨水小說的開篇方式迥異於傳統章回小說的篇首。使用不少中國傳統小說未見之寫法，頗予人耳目一新之感。大致歸納爲以下數種形式：

（一）先寫人物所在場景後帶出人物

多數作品是先以人物所在場景開篇，一改傳統章回小說中開篇必不可少的史傳性資料，如：家世介紹、身份介紹、人格介紹等。如《儒林外史》的開篇就十分具代表性：「雖然如此說，元朝末年，也曾出了個嶔崎磊落的人。這人姓王名冕，在諸暨鄉村裡住，七歲上死了父親，他母親做些針黹，供他到學堂去讀書。看看三個年頭，王冕已經十歲了。」又如《醒世姻緣》第一回：「當初山東武城縣，有一個上舍，姓晁名源，其父是個名士，名字叫做晁思孝，每遇兩考，大約不出前第。只是儒素之家，不過舌耕餬口，家道也不甚豐腴。將三十歲，生子晁源，因係獨子，異常珍愛。漸漸到了十六七歲，出落得唇紅齒白，目秀眉清。」張恨水文本中敘述者並不直接帶出人物，也不太說人物的祖宗八代、來龍去脈等背景資料。他總是像電影鏡頭一般先緩緩帶出遠景、再近景、再帶到周邊的人物、再帶出主角人物。當然有時也從場景直接帶出主要人物，頗有如「電影鏡頭」般帶人入戲的味道。有時他甚至會用這本書「開幕」的措辭，而看他的開篇，也真給人開幕入戲的感覺。這其實頗像另類變型的「說書人」，因爲他有意識地要慢慢帶「讀者」（聽眾）進入故事之中，他正在慢慢地寫（說）一個故事。既不像傳統白話小說般從古早古早的歷史神話開始說起（如《水滸傳》、《西遊記》），也沒有開篇就來段對人情世故的長篇大論（如《醒世姻緣》、《花月痕》），但也完全沒有直接以人物對話或衝突場面開場的。像晚清吳趼人的

《九命奇冤》，一開始就直接寫一夥強盜打劫之衝突與對話場面，在張恨水小說裡就不可見：

> 「嗨！伙計！到的地頭了！你看大門緊閉，用什麼法子攻打？」「呸！蠢才，這區區兩扇木門，還攻打不開麼？來！來！！來！！！拿我的鐵鎚來！」砰訇！砰訇！「好響呀！」「好了，好了！夾門開了！呀！這二門是個鐵門，怎麼處呢？」

張恨水文本的開篇卻都與上述幾種傳統文本不同。他總是以場景描寫開場，再逐漸帶出人物和故事。例子不勝枚舉。如《巴山夜雨》：

> 四川的天氣，最是變幻莫測，一晴可以二三十天。當中秋節前後，大太陽燻蒸了一個季節，由兩三場雷雨，變成了連綿的陰雨，一天跟著一天，只管向下沈落。在這種雨絲籠罩的天氣下，有一排茅草屋，靠背著一帶山，半隱在煙水霧氣裡。茅草簷下流下來的水，像給這屋子掛上了排珠簾。這屋子雖然是茅草蓋頂，竹片和黃泥夾的牆壁，可是這一帶茅屋裡的人士，倒不是生下來就住著茅草屋的。他們認為這種叫做「國難房子」的建築，相當符合了時代需要的條件。竹片夾壁上，開著大窗戶，窗戶外面，一帶四五尺寬的走廊。雖然是陰沈沈的，在這走廊上，還可以散步。我們書上第一個出場的人物是李南泉先生，就在這裡踱著步，緩緩來去。他是個四十多歲的男子，中等身材，穿了件有十年歷史的灰色湖縐舊夾衫，赤著腳，踏上了前

> 面翻掌的青布鞋。兩手背在身後，兩肩扛起，把那長圓的臉子襯著往下沈。他是很有些日子不曾理髮，頭上一把向後的頭髮，連鬢腳上都彎了向後，在這鬢腳彎曲的頭髮上，很有些白絲。鬍渣子是毛刺刺的，成圈的圍了嘴巴。他這走廊上，看了廊子外面一道終年乾涸的小溪，這時卻流著一彎清水，把那亂生在乾溪裡的雜草，洗刷得綠油油的。溪那面，也是一排山。樹葉和草，也新加了一道碧綠的油漆。
>
> 在這綠色中間，幾條白線，錯綜著順著山勢下來，那是山上的積雨流下的小瀑布。瀑布上面，就被雲霧遮掩了，然而透露著幾叢模糊的樹影。這是對面的山峰，若向走廊兩頭看去，遠處的山與近處人家，全埋藏在雨霧裡。這位李先生，忽然感到了一點畫意，四處打量著。由畫意就聯想到了久已淪陷的江南。他又有點詩意了。踱著步子，自吟著李商隱的絕句道：「君問歸期未有期，巴山夜雨漲秋池。」

小說先從四川的晴陰雨等天氣開始談，由遠至近，再說到山前霧氣中的一排茅草房子。甚至還說到茅草屋的建材是茅草、黃泥和竹片的合成「傑作」。從茅屋的簡陋帶出「時代需要」與「國難」的概念。接著「鏡頭」又從茅草屋裡帶到窗外的一條走廊。主要人物這時便在屋外的走廊上散著步。「鏡頭」這時開始給人物特寫，也是由遠至近，由粗而細。先大略估計著他的年齡，身材，觀察他的穿著鞋子。再進一步細寫他的頭髮與鬍鬚。最後，寫他正在遠眺的動作。然後從人物就又回到茅屋周圍自然景物的描寫。這時「鏡頭」

似乎又拉遠，寫山上的瀑布，和雲霧中的樹影與人家。最後再以李商隱名詩點題，略點明書名「巴山夜雨」的原因。這近七百字的描寫，全是與情節發展並無太大關連的陳述，但是卻帶出一種如詩境般的恬靜氣氛。很明顯的，這種緩慢的開篇方式，著意表達的是一種氣氛與意境；除場景的烘襯外，人物的行止與心理成了敘述的重心。而《巴山夜雨》全書正是部深刻刻畫人物形貌的作品，也同樣有置情節於人物刻畫之後的特點。至於人物的離合生死等情節起伏，在這部小說中都被淡化了。這種先寫場景再寫人物的寫法，幾乎是張恨水小說文本始終貫徹的程式化開場形式。這類由遠至近、由場景再人物的開場，如《現代青年》也是如此：

> 一個很值得紀念的晚上，三四點鐘的時候，我們書中主要人物的一個，正在磨豆腐。那時天上的星斗，現著疏落凌亂的樣子，風半空裡經過，便有一些清涼的意味。街上是一點聲音沒有，隱隱慘白的路燈，在電燈柱上立著，映出這個人家的屋簷，黑沈沈的，格外是不齊整。因為街上的情形是這樣，所以屋子裡頭的磨豆腐聲：兀突，兀突，……一聲聲響到街上來。屋子裡是個豆腐作坊，佝僂的屋子，露出幾根橫樑。檐席下垂著一個圓的蔑架子，上面晾著白頁；柱子上挑出許多小竹棍子，棍子上掛著半圓形的豆腐旗子，好像給這屋子裝點出豆腐特色來。四周除懸著豆腐旗外，其餘是豆漿缸，豆乾架子，磨子，燒豆漿的矮灶，大缸，小桶，以至於燒灶的茅草，把這個很小的屋子，塞得一點空隙地位都沒有。屋子柱上掛了一盞煤油燈，燈頭

> 上冒出一枝黑焰，在空中搖擺不定。滿屋子裡，只有一種昏黃的光，照見人影子模糊不清。這磨子邊有個五十上下的老人，將磨子下盛著的一木盆豆渣，倒在矮灶上一個濾漿的布袋裡，開始要做那篩漿的工作了。灶門口茅草上，坐著一個青年禿子，灶裡的火光，照著他通紅的臉，圓頂上，稀疏的黃髮，光光的額角，半開不閉的眼睛。他手上捧了一束茅草，只管向灶口裡塞著，不時的頭向前點動著，在那裡打盹。老人道：「小四子！你今天沒有睡夠嗎？」小四子突然頭向上一伸，睜開眼道：「水燒開了嗎？」老人道：「水是沒有燒開，柴快燒完了。年輕人這樣打不起精神來，怎樣混到飯吃！時候不早了，去把小老闆叫起來吧！」

這段文字，先點出時間，然後同樣像電影鏡頭般從「遠景」——天上的星斗，拉近到街上，再拉近到路燈。再寫從街燈映照的屋簷下，傳出的磨豆腐聲。然後再將焦點拉近到這房子，再鉅細靡遺地描寫豆腐店中的擺設與情景。最後才以特寫鏡頭帶出在豆腐店工作的老人來。然而老人還不是主角，在下文又仔細勾勒店內伙計的形貌，最後才逐漸帶出主角小老闆周計春。又如《巷戰之夜》的開頭，同樣是由遠至近，由景至人。

這些自然景物的描寫，多是爲點出季節、時令及時間。像《巴山夜雨》點出秋雨，《現代青年》點出夜晚，而《巷戰之夜》點出黃昏日暮：

> 太陽沈沒下去了，西邊天腳，還有些紅暈。藍色的天空，

陸續露出了星點，這正如日間休息的游擊健兒，開始活動起來了。大別山腳下的小平原上，大樹圍繞著一所莊屋。游擊健兒，穿過了四周的樹林，在莊屋門口的打稻場上集合著。這稻場上並沒有別的聲音，只是稻場外的水塘，青蛙像放著田缺口一般，來了個千頭大合唱。他們不知道有戰爭，照常的唱著它大自然之曲。不完全的月亮，鑽出了雲片，在十丈高的大樟樹頭上，偷窺著水塘和莊屋，在他偷窺之下，不怎明亮的月光，照見了稻場上有幾十個人，成排坐在地上休息。除了蛙曲，依然沒有其他的聲音，可想到這些人的沈默。水塘裡的白荷花，被露水潤濕了，正散佈著清香。清香環繞在每個人的頭上。

此例與前者不同，雖寫的是一群人而非一個人，但仍一貫的先寫場景，最後才帶出場景中的人物。仍然先寫天、再寫地；先寫日月星辰，再寫平原山川。所以再帶出平原上大樹旁莊屋的打稻場上。接著再寫聲音，從喧鬧無憂的蛙聲對比游擊隊員的肅靜緊急；從花香的幽雅安詳對比戰爭的動魄殘酷。

張恨水這種寫法與傳統閉篇方式相違。西方小說往往從一人一事一景寫起，中國傳統小說則往往先展開一個廣闊超越的時空結構。神話小說從盤古寫起，歷史小說則從三皇五帝開始寫起。若不從遙遠的時空寫起，則會先來段振聾發聵有益世道人心的訓示。因此傳統章回小說幾乎難見這種純寫景的開篇，也難見純以人物舉止動作爲開篇的形式。

（二）以風土民情的描繪開始

這一類其實與前類十分近似。只是前類偏於自然景物的描寫，此類偏重在當地的風土民情。張恨水總是刻意地勾勒小說人物所處的特殊地貌與風俗，使小說幾近「方志」或是「風俗民情志」的功能。所以在他筆下北京的名勝，如：頤和園、北海、西山、天橋、大市柵或是大小胡同等無不盡入書中。當他有意寫這些他筆下眷戀不已的都市時，他通常會以最能代表當地歷史或民情意義的場景開篇。如：《金粉世家》從北京名勝「頤和園」開篇：

> 卻說北京那西直門外的頤和園，為遜清一代留下來的勝跡。相傳那個園子的建築費，原是辦理海軍的款項。用辦海軍的款子，來蓋一個園子，自然顯得偉大了。在前清的時候，只是供皇帝、皇太后一兩個人在那裡快樂。到了現在，不過是劉石故宮，所謂亡國鶯花。不但是大家可以去遊玩，而且遊覽的人，還少不得有一番憑弔呢！北地春遲，榆楊晚葉，到三月之尾，四月之初，百花方才盛開。那個時候，萬壽山是重嶂疊翠，昆明湖是春水綠波，頤和園和鄰近的西山，都進入了黃金時代。北京人向來是講究老三點兒的，所謂吃一點，喝一點，樂一點，像這種地方，豈能不去遊覽？所以到了三四月間，每值風和日麗，那西直門外，香山和八大處去的兩條大路，真個車水馬龍，說不盡的衣香鬢影。

這是他早期的重要作品，文中大量成詞成語的運用，易顯雕琢富麗之感。但是這種四字成詞，大致到了一九三〇《啼笑因緣》後，就全不可見了。此例並不算純粹寫景，這其中帶有點說書人說著北京歷史、典故、民情、風俗的口吻。這裡說到兩條大路，是爲了要帶出《金粉世家》故事的開頭：金燕西在這條路上第一次看到冷清秋。顯然張恨水在此有意在此帶出北京的名勝與歷史。這種開篇方式也是傳說中國小說所不可見的。

後來的《中原豪俠傳》則寫的是清末汴梁城外大相國寺前的一個場景：

> 那是個十月小陽天氣。太陽在天空上照著，又沒有什麼風，一不飛黃沙，二不冷。汴粱城裡的大相國寺，下午一點多正正集合著中下等社會的人，開始熱鬧。提起這個大相國寺，大有來頭，在宋朝就建築了的。所以《水滸傳》上提到魯智深上東京，就投奔的是這裡。到了後來成了一個平民市場，頗有點像北京的天橋、南京夫子廟。大相國寺裡，茶棚酒館，戲場，書攤，什麼玩意都有。在東廊下一片空場子邊，有一家大茶館，人語喧嘩，正紛紛地上著人。在茶館子外，擱著一條寬板凳，凳上支了一只小木箱子。在箱面上橫了許多的白麻繩，夾住了二三十本刻印的小冊子。書面上大大的印著書名，有朱洪武，風波亭，吳三桂，讓臺灣，曾國荃打南京這些名目。在箱子上，橫直三根竹竿，架上橫了一方白布，上寫大名「郁必來堂」，精印古今故事，每冊賣錢十二文。在架子下，郁必來跨凳坐著。看他

> 約莫五十上下年紀，頭上帶了軟梗黃草帽，上身穿藍布腰襖，攔腰緊了一根青布袋子。長方臉，高鼻子，黑黑的兩撇短八字鬍子。兩只大眼睛，倒是閃閃有光。

這也是先從富有地方色彩的寬闊場景，帶出主要人物。當然也不先寫人物，是先寫人物所在位置，所攜帶的東西。然後才對出場人物細膩地描繪一番。又如寫南京秦淮河畔歌女故事的《秦淮世家》，開篇寫起南京秦淮河畔夫子廟的場景，更是細膩生動：

> 這是很多年以前的事了。秦淮河在一度商業蕭條之後，又大大的繁榮起來。自然，到了晚上，是家家燈火，處處笙歌。便是一大早上，那趕早市上夫子廟吃茶的人，也就擠滿了茶室的每一個角落。一個初秋的早上，太陽帶了淡黃的顏色，照在廟門前廣場上，天上沒有風，也沒有雲，半空裡含著一點暴燥的意味，所以市民起得早，光景不過是六點多，廟附近幾所茶樓，人像開了水閘似的向裡面湧著。夫子廟廣場左手的奇芳閣，是最大的一家茶樓，自然是人更多。後樓的欄杆邊，有四五個男子，夾了一位中年婦女，圍了一張方桌坐著。桌上擺了三只有蓋茶碗，兩把茶壺，四五個茶杯，大碗乾絲湯汁，六七個空碟子。另有兩個碟子裡，還剩著兩個菜包子，和半個燒餅。再加上火柴盒，捲煙盒，包瓜子花生的紙片，還有幾雙筷子，堆得桌上一線空地沒有。茶是喝的要告終了，那婦人穿了件半舊的青綢夾袍，垂著半長的頭髮右角上斜插了一把白骨梳子，長長的臉兒雖不抹胭脂，倒也撲了一層香粉。兩只手臂上，

戴了兩只黃澄澄的金鐲子。在座的人，年紀大的叫唐大嫂，都不住的恭維她。

如果說上例強調北京風景名勝的勾勒，那以南京爲背景的故事開篇就更偏於風土民情的描繪。此例顯然比《金粉世家》的開篇更爲細膩而平實。在白描的文字中，敘述者娓娓地道出「夫子廟」從蕭條傾向繁榮的轉變。再將敘述集到某一天，清晰點出時間季節。時間、季節或是人名線索的絕對清楚，是張恨水小說重大特色。然後會帶出一些自然景致的描寫。然後將焦點集中在夫子廟前人聲鼎沸的茶樓群，再拉近到其中一家叫奇芳閣的茶樓。再從人群中拉近到一張桌子，再從桌上杯盤狼藉的茶水碗筷逐一描繪，最後才將焦點拉到一個婦人的身上。在帶出唐大嫂之前，還不忘先描繪一下她的穿著、裝飾與髮型。張恨水也有意在說故事之餘，在此帶出秦淮河畔茶樓酒肆林立的榮景。從上述《金粉世家》與《秦淮世家》兩例開篇的敘述文字，可同時看出張恨水在敘述話語上的轉變。明顯的從粗糙趨於細膩，從典麗趨於平淡。張恨水如此鉅細靡遺又平實地寫一個開始的場景與人物，與沈從文小說寫湘西風貌的開場風格頗爲近似，卻更爲細膩。

（三）以主要人物開篇

雖然絕大多數作品是以場景開篇，但也有少數仍從人物介紹開始。如早期代表作《春明外史》是先引一首詩，再帶出寫詩的主角：

這人是皖中的一個世家子弟，姓楊名杏園。號卻很多，什

> 麼綠柳詞人啦，什麼滄海客啦，什麼寄厂啦，困廬啦，朝三暮四，日新月異，簡直沒一個準號；因此上人家都不稱他的號，都叫他一聲楊杏園。在我這部小說開幕的時候，楊杏園已經在北京五年了。他本來孤身作客慣了，所以這五年來，他都住在皖中會館裡。

雖以略述人物姓名、背景、經歷開篇，但也與古代白話小說史傳式溯源的引介方式不同。但是《春明外史》中敘述者在敘述完楊杏園後，接著就以楊杏園住的皖中會館的場景作爲敘述對象。所以敘述者開宗明義雖先引介人物，略微介紹，但之後仍然以「張恨水本色」的場景開場方式爲之：

> 其實這個小小的院子，倒實在幽雅。外邊進來，是個月亮門，月亮門裡頭的院子，倒有三四來丈見方，隔牆老槐樹的樹枝，伸過牆來，把院子遮了大半邊。其餘半邊院子，栽一株梨樹，掩住半邊屋角，樹底下一排三間屋子，兩明一暗。

其實各階段的開篇表現不太相同。通常是越接近前期，場景描繪的字詞越顯雕琢堂皇，運用四字句成語的比例也高。而之後的人物介紹，也較不離如傳統白話小說敘述者引介人物的方式。如前引的《金粉世家》開篇在一段名勝描繪之後出現一段近似傳統章回小說史傳性質的生平簡介：

> 在這班公子哥兒裡頭，有位姓金的少爺，卻是極出風頭，他單名一個華字，取號燕西，現在只有一十八歲。兄弟排

行他是老四，若姊妹兄弟一起算起來他排行是第七。因此他的僕從都稱呼他一聲七爺。他的父親是現任國務總理，而且還是一家銀行裡的總董。家裡的銀錢每天像流水般的進來出去，所以他除了讀書而外，沒有一樁事是不順心的。

這種敘述者介紹人物出場的方式，也是張恨水較早期的作品才會出現的寫法。像《燕歸來》也是這類開篇方式。後期的文本則多是在略述場景後，引介人物出場。不過敘述者只順著敘述對人物做簡單的背景介紹，並不是如前例《金粉世家》那種生平概述。例子如《似水流年》：

在這本書開幕的時候，便是江南一個水村；水村位在江南兩個湖汊港裡，港裡的清蘆，長的有人樣高，在綠色裡面，帶著一點焦黃，有些早開的蘆花，從綠叢中伸出很長的直莖，迎風搖擺，便暗示水邊人家，已是深秋了。清蘆外面是水，有些近村的漁船，直撐到蘆葉裡面去，一點船影也不看見，只有船上燒茶飯的柴煙，由蘆裡冒出來，或者船頭上那根差船的篙子，深入空際，會讓人知道有船。這村里有一個少年叫黃惜時，他就最愛這蘆葦裡藏著漁船的生活，他原是一個中學畢業生，暑假期中，很想到北京去投考大學，無奈自暑假以前，京漢津浦兩路，就因為發生了事情，交通斷絕。他的父親黃守義，又不主張他走海道。

另外，像《石頭城外》也是先帶出人物，不過絕非引介人物背景身份，而是先點出時令，然後描述一段人物因天氣酷熱難耐的動作：

> 五月尾的天氣，已經把黃梅時節，悶了過去。但是太陽出來了，滿地曬得像火燒一樣，江南一帶的城市人民，都開始走入了火爐的命運。據揚子江一帶的人民傳說，有幾個大城鎮，卻是著名的火爐……照著陰曆推算，是個六月初六，俗認為是個天氣最熱的日子。當日有一位青年，由京浦路北下，到了浦口。年輕人為維持他的丰姿起見，總是穿西裝的。這位少年，當火車經過了烏衣的時候，他就把襯衫換了，把領帶也繫了，以為是老早的把衣服穿好了，到了浦口，可以匆匆容容的，整整齊齊的，穿好衣服，上岸去投親。可是到了浦鎮，那身上的汗，已經把汗衫濕透了，將襯衫沾得和汗衫成了一片。那頸脖子上流下來的汗，更把襯衣上的領子，濕成了一個大圈圈。雖是在房門裡的電扇下站著，可是那電扇的風，吹到身上，就像沒有一點風絲一樣。在屋子裡站不住，這就跑到車廂外面，在月台上站著。車廂外面，自然是有風，可是那風吹到身上，如同爐口子裡的火焰，向人身上直撲了來，叫人不能忍受，於是復又走進車廂裡面去。分明知道是自己這套西服穿的太恭整了。可是這時要把西服脫下來，眼見最終的一站浦口，已經是快到了。再要穿了走，如何來得及？因之拿了一頂平頂帽子在手，不住地當了扇子搖。

從這例子也可清楚現張恨水前後期的轉變。到了《如此江山》，張恨水已經大幅擺脫敘述者刻意去引介人物的背景與家世等敘述格式。他以一大段文字對於一個很熱的人的動作作極爲細膩的刻畫。

這個年輕人穿好襯衫、打好領帶，但因為很熱，所以汗衫和襯衫都濕了一大片。在車廂裡的電扇下吹，一點風也沒有；跑到車廂外站著，風更是熱得像火焰一樣。只好拿了頂帽子，不停地扇。小說就是從這一少年的「熱」來開篇，並側寫他遲遲不肯脫衣，是為等一下要與一位女友會面的慎重態度，還順便記載了當時南京炎熱的景況。一直到他與女子見面後，才由一群人對話中知道此人姓名。這時所有關於此一少年的身份介紹完全消失，寫的只是他在火車上的一些動作與想法。

（四）其　他

張恨水所有開篇大致不離上述幾種類型。但是還有一些例外的例子。如寫一策畫齊備的騙局故事的《別有天地》，就只以一封信當作開頭，以懸疑開場。然後寫一個鄉下先生唸著信，然後再對這位鄉下讀書先生的外型描繪了一大段。另外《劍膽琴心》是以酒店牆上的四首七絕詩來開篇；《燕歸來》開篇是一首描寫民國十七八年陝甘兩省災荒的「竹枝詞」。都不是傳統長篇小說可見的開篇方式。

三、開放性的結尾

除了開頭大量使用場景描繪外，結尾部份，也有許多異於傳統的改變。多數作品沒有所謂的「結局」，也沒有清楚安排人物的「出路」與「離合」，而多用暗示性或開放性結尾，刻意留給讀者回味咀嚼的空間。張恨水並未刻意滿足讀者對情節的期待，所以他小說沒有「有情人終成眷屬」或是「惡有惡報」的結局；最後有情人能不能相守，壞人會不會受到制裁，通常都是不可知的懸線。這種無結局的結局，也是傳統章回小說不可見的結局。唯一例外的是《海上花列傳》，其中情節戛然而止，突破了章回體有頭有尾的結局。張恨水的小說結局也不少是如此，所以讀者們也多欲探問「結果到底如何？」。最具代表性的例子是《啼笑因緣》。樊家樹與三個性情各異的女子的感情糾纏到底如何，張恨水竟然只以一個耐人尋味的場景結束。所以當時才掀起一股續《啼笑因緣》的熱潮。張恨水雖經不起眾多「壓力」續了《啼笑因緣》，但是這卻成了他一生中最後悔的事，也成了《啼笑因緣》的一大敗筆。所以筆者從不認爲《啼笑因緣續集》應該成爲《啼笑因緣》的一部份，因爲《啼笑因緣》的結局才是張恨水最初的構想，也較合乎張恨水一貫處理結局的習慣。另外，如《歡喜冤家》寫到男主角受不了唱戲妻子周圍一群捧角者嘴臉的污辱，憤而出走。女主角卻因迫於生計，迫於合同。無法拋開唱戲生涯跟著男主角奔赴西北，一對夫妻成了牛郎織女，不知何日才有團圓的希望。《夜深沉》寫車夫丁二和憤而企圖刺殺陰謀害人的陳經理，雪夜之中，守候良久，終因想到老母臥病在床，而放棄行動。敘述者只說：

> 噹噹噹，遠遠的鐘聲，又送來兩響，那尾音拖得很長，噹的聲音，變成嗡的聲音，漸漸細微至於沒有。這半空裡雪，被鐘聲一催，更是湧下來。二和站在雪霧裡，嘆了口長氣，不知不覺，將刀插入懷裡，兩腳踏了積雪，也離開俱樂部

> 大門。這時除他自己以外，沒有第二個人，冷巷長長的，寒夜沈沈的。抬頭一看，大雪的潔白遮蓋了世上一切，夜深深地，夜沈沈地。

從對結局的經營來看，張恨水有意不給簡單的離或合的答案，而特意製造懸念和餘味。此外，《劍膽琴心》有著最特殊的結尾。第三十六回寫到當德小姐在夜裡忽然不見後，全夫人在她床上發現張紙，上面大筆塗抹雲影，中間似藏著一條龍，旁邊一首四言詩寫道：「天馬行空，非妖非鬼。記取一言，神龍無尾。」此事之後，滿城風雨，都說知府大老爺有個小姐嫁了龍王了。同時衙門裡，也發現一張神龍圖，上只寫了「神龍無尾」四字。故事說到這裡，敘述者忽然說：「著書的一口氣寫了二三十萬字，委實覺得吃力，就借那神龍無尾四個字，斷章取義，作個結束。」此書以「神龍無尾」的雙關語，巧妙作結，是非常特殊的一種結尾方式。其實格格德小姐應該是被俠義之士柴競神不知鬼不覺地帶走了，以成就她與窮書生秦學詩的姻緣。不過到底是不是呢？敘述者也只有虛寫，而沒有明說。

四、大幅加入近似散文筆法的自然白描

從上文已提到的「小說開篇部份」，就可明白張恨水小說與傳統章回小說最不同者，就是以白描的場景描寫取代開篇即「話說從頭」的交代方式。除此之外，張恨水在小說中也大量加入場景描寫，而且特別是自然景致的描寫。這種大量的場景描寫，也絕非傳統章

回小說的特徵。以往從來未有研究者提及張恨水的寫景功力。他寫景的功力絕不輸沈從文、廢名這類以景物描寫見長的作家。

關於張恨水小說中的自然場景有兩大特色：一、越往後期作品的自然場景越多，也越大段。二、他越刻意經營且抒情性越強、人物心理聲音越多的作品，自然場景也就相對的多。所以，自然場景較多的小說通常都是他作品中的上乘之作。如《天上人間》、《啼笑因緣》、《劍膽琴心》《夜深沈》、《巴山夜雨》等。這類自然場景一般有三種作用：一可清楚交代小說的時間季節。張恨水的自然景致都有相映稱的季節與時間。清晨、深夜、夏日、秋季等都有「景」「物」相符的自然描寫。二、可映襯當時人物的心情或情緒。這些自然意象通常都是人物當時心境的反映。或蕭瑟、或淒清、或清麗如畫，透過自然景物的描繪可使小說「情景交融」。三、形成小說一種「詩化」的美感效果。

張恨水許多作品有著動人的風景描寫，這些景物描寫多以純粹白描處理。文筆洗練清雅，單獨讀來有如小品散文一般。這類例子很多，舉不勝舉。像《春明外史》第八回寫到楊杏園與舒九成步至花園賞月詠詩的一段(據說這是寫張恨水自己與成舍我賦詩的真實經歷❸)，是早期作品中自然描寫的一段：

> 這時已經是夜幕初張，星斗橫天了。二人順著小池外岸，一面說話一面走路，又不覺走了一個圈子。舒九成道：「池水中間那塊地方，很是幽靜，我們上那兒喝茶去吧。」說

❸ 見張友鸞〈章回小說大家張恨水〉引自《新文學史料》一九八二第一期。

話時，渡過平橋，靠水邊下，有一個瓜棚，綠葉垂垂，好像蓋了一座小亭子一樣，棚外面許多雜花，被晚風一吹，都吐出了清香。河岸上的清葦裡面，那些青蛙，彼起此落的，閣閣閣，一陣一陣的叫。望著河裡，天上的星，都倒在水裡面。有點兒風來，水上略略起一點波紋，惹得滿天星斗，都搖動起來。

在他文本中盡是這類用語平實簡單卻頗有餘味的白描片段。他不外是寫楊舒二人走在池水岸邊，岸邊瓜棚上有綠葉還有清香的雜花，岸上的蘆葦叢中有蛙鳴。接著描寫星星在河水裡的倒影，其中「惹」字用得很巧，使原本略顯質樸的敘述都生活了起來。張恨水在寫景時，非常善於利用各種感官的感受來描述。像上文中花的清香（嗅覺）與群蛙的夜鳴（聽覺）。同是《春明外史》的第十五回：

這時，那馬路上，靜蕩蕩的，從北一直望到南頭的極端，並沒有什麼障礙視線的東西。街左邊的電燈，從面前排得老遠去，越遠排列越密，一串亮星似的，懸在半空裡。電光影子裡，不過幾輛人力車，帶著一只半黃半白的燈，格吱格吱，在馬路上拉了過去。深夜的北風，在街心吹了下來，刮在臉上，就像用不快的剪子，一陣一陣來割一樣。

這也是一段夜景，不過不是公園的池邊，而是極空曠的街上。先將路燈以閃亮的星星作喻；再寫人力車在夜色裡帶著燈拉行過街，接著再寫凜冽的北風。不過他並不直寫北風的刺骨寒冷，這裡卻用了「剪不快的剪子」這一特別的比喻，並帶出「割」這個字。從「割」

與「刮」兩字中傳神的帶出北風的嚴寒刺骨。這段用了兩個張恨水小說中少見的比喻。他通常都像畫素描般地直接勾描出場景，絕少用「比喻」的技巧。這段也同樣用了許多感官的感覺。如：街燈、人力車燈（視覺）、格吱格吱的人力車聲（聽覺）、刮在臉上（觸覺）。此外又如《啼笑因緣》中第三回「纏綿情話林外步朝曦」一節則寫清晨五時北京先農壇的景致：

> 那個時候，太陽在東方起來不多高，淡黃的顏色，斜照在柏林東方的樹葉一邊。在林深處的柏樹，太陽照不著，翠蒼蒼的，卻吐出一股清芬的柏葉香。進內壇門，柏林下那一條平坦的大路，兩面栽著的草花，帶著露水珠子，開得格外的鮮豔。人在翠蔭下走，早上的涼風，帶了那清芬之氣，向人身上撲將來，精神為之一爽。最是短籬上的牽牛花，在綠油油的葉叢子裡，冒出一朵朵深藍淺紫的大花，是從來所不易見。綠葉裡的絡緯蟲，似乎還不知道天亮了，鈴叮鈴叮，偶然還發出夜鳴的一兩聲餘響。這樣的長道，不見什麼遊人，只瓜棚子外面，伸出一個吊水轆轤，那下面是一口土井，轆轤轉了直響，似乎有人在那裡汲水。在這樣的寂靜境界裡，不見有什麼生物的形影。走了一些路，有幾個長尾巴的喜鵲在路上帶走帶跳的找零食吃，見人來到，哄的一聲，飛上柏樹去了。家樹轉了一個圈圈，不見有什麼人，自己覺得來得太早，就在路邊一張露椅上坐下休息。

這段是寫樊家樹等待的場景。小說自然場景裡的時間與季節線索十分明顯。是早上、中午或夜晚；是春夏抑或是秋冬等時節，都從描述的景物中清楚地傳達。他細膩地寫著清晨淡黃而斜照的陽光、露珠、涼風。然後寫著牽牛花鮮豔地從綠叢中開出紫色的花。靜態寫完寫動態場景，寫蟲鳴、寫清晨人家汲水的景致，然後從喜鵲還在路上跳躍，帶出時間尚早無遊人，只有家樹漫步在此的敘述。除視覺感受外，這段同樣也是充滿著聽覺（鈴叮鈴叮、轆轤轉了直響、哄的一聲）、嗅覺（柏葉香、清芬之氣）與觸感（向人身上撲將來）的描寫。這類細膩清麗平實的描寫，在由古至今的白話長篇通俗小說中都實屬罕見。可堪比擬的似乎只有《老殘遊記》裡的「黃河結冰」等段。但是《老殘遊記》中受多人讚頌的場景描寫，若與張恨水相較，卻嫌乾澀單調；如第十二回有名的段落：

> 一層一層的山嶺，卻不大分辨得出，又有幾片白雲夾在裡面，所以看不出是雲是山。及至定神看去，方才看出那是雲、那是山來。雖然雲是白的，山也是白的，雲也有光亮，山也有光亮，只因月在雲上，雲在月下，所以雲的亮光是從後面透過來的。

《老殘遊記》能早在晚清時出現此等描寫，實屬可貴。但是若和張恨水經營場景的能力相較，實遜數籌。

張恨水非常善於以細膩純粹的白描手法精準的寫景與寫人。如《劍膽琴心》第三十回中，有一大長段寫三峽中瞿塘峽之景：

> 這兩邊的山，壁立上去，若不是聽到水聲，倒疑置身在一條又大又深的巷子裡了。若兩邊的山壁，究竟有多麼高，

卻是估量不著。不過人在船上，抬頭向上看時，那兩邊的石壁，由下向上，越高越窄。高到盡頭的時候，幾乎要連結到一處，只是中間露出一尺寬窄的白縫，那就是天了。這時候雖然還未拖過隆冬，然而那石壁上的蒼苔翠樹，依然還是斷斷續續的，依附在那硃砂般的紅石上，煞是好看。這個峽裡，雖然是一條深巷一樣，恰又不是一直向下的，依著山勢，左環右轉，曲曲折折。江流遠道而來，讓兩山一夾，窄的地方，甚至只容得兩條船一來一往，因此洶湧得向下狂奔。在山壁的曲折處，打在石頭上，猛的浪花四濺。紆緩一點的，水勢一撲一扭，也就捲成若干水漩，急流而去。

船到這裡，船家一齊出頭，篙櫓舵鎖，都在手邊。要用哪一樣，就用哪一樣，免得一時疏忽，便出了毛病。船下面的水，扛著這船直跑。看看船家，一個個都是面紅耳赤，驚心吊膽，深怕向山壁上一撞。看看船外的景致，轉過一個山腳，又是一個山腳，上面的山頭，有平的，有尖的，也有圓的，一節一節，變幻不定。石壁上掛著有大小泉水，大的如水晶簾子一般，也不知由何而來，從上面懸到山腰或山腳，小的如一條冰蛇，蜿蜒而下，最小的散開來，卻又像一陣晴雨，風一吹，兀自有一陣寒冷的水氣撲人。而且船經過這裡，若不遇到來船，一切人世雞鳴犬吠之聲，都不會有。只有江裡的流水聲，和石壁上的泉聲樹聲，陰沈沈的，幽暗暗的，冷清清的。高高在上，露出那一線天光，舉目四望，彷彿大家不是生在天地間了。韓廣達生平

> 也不知道什麼叫賞玩風景，而且看了什麼，也不忍不說。現在兩手扶著船窗看呆了，心裡好像到了古廟裡拜了佛像一般，自己嚴肅起來，作聲不得。

這段對三峽之景勾寫得甚爲傳神。先寫江水兩邊山勢極爲高聳，高聳到感覺上端似乎要碰在一起。再寫石壁上的植物，再寫江流水道極狹極險的景況。再從船夫的舉止，寫行船的不易駕馭與驚險。然後寫山上的石頭、垂流而下的泉水、無人聲的靜寂。前面都是視覺描述，此處轉爲聽覺；以水之有聲襯人之無聲。最後以人物面對山水的驚異，側寫三峽氣勢之奇崛難見。

而到《巴山夜雨》像這類卓越的自然描寫就太多了。例如：第五章是一段日景，第六章是一段夜景，但是都充滿了各種草木蟲魚鳥獸以及感官意象：

> 徘徊了又是一小時，太陽早就落到山後面去。山陰遮遍了山谷，東面山峰上的斜陽返照，一片金光，反是由東射到草上和樹葉子上。一座山谷，就是自己一個人，只有風吹著面前莊稼地上的葉子，嘎嘎作響。石板路邊的長草，透出星星的小紫光。蚱蜢兒不時地由裡面跳出來。小蟲兒在草根下彈著翅子。他想，大自然是隨時隨地都好的，人不如這些小蟲，坦然地過著自然的生活，並沒有戰爭與死亡的恐怖。（第五章）
>
> ……於是悄悄打開了屋門，獨自走到走廊上來。這時，的確是夜深了。皎月已經是落下去很久，天空裡只有滿天的星點。排列地非常繁密，證明了上空沒有一點雲霧。想到

> 明日，又是個足夠敵人轟炸的一個晴天。走出簷廊下，向山谿兩端看看，陰沈沈地沒一星燈火，便是南端劉副官家裡，也沈埋在月色中，沒有了響動。回想到上半夜那一陣狂歡，只是一場夢，蹤影都沒有了。附近人家，房屋的輪廓，在星光下，還有個黑黑的影子。想到任何一家的主人，都已睡眠了好幾個小時了。雖然是夏季，到了這樣的深夜，暑氣都已消失。站在露天下，穿著短袖汗衫，頗覺得得兩隻手背涼浸浸的。隔著這乾涸的山溪，是一叢竹子，夜風吹進竹葉子裡，竹葉子颼颼有聲。他抬頭看著天，銀河的星雲是格外的明顯，跨越了山谷上的兩排巍峨的黑影。竹子響過了一陣，大的聲音都沒有了，草裡的蟲子，拉成了遍地叫著，或近或遠，或起或落。蟲的聲音，像遠處有人扣著五金樂器，也像人家深夜在紡織，也像陽關古道，遠遠地推著木輪車子。在巍峨的山影下，這渺小的蟲聲，是格外的有趣。四川的螢火蟲，春末就有，到了夏季，反是收拾了。山縫裡沒有蟲子食物，螢火蟲更是稀落。但這時，偶然有兩三點綠火，在頭上飛略過去，立刻不見，頗添著一種幽渺趣味。他情不自禁地叫了句：「魂兮歸來」。（第六章）

第五章寫太陽照在山谷上光線的變化、寫葉子被風吹動的聲音、寫陽光照在草上的亮點、寫草叢中蟲子的動態。第六章則更爲細膩：隨著李南泉視覺、聽覺的移動，帶出了一幅生動的蜀中秋夜圖。其中對蟲聲的描寫，最爲突出。《巴山夜雨》書中許多類似的場景描寫，全是與情節發展並無太大關連的陳述，但是卻帶出一種如詩境般的恬靜氣氛。很明顯的，這種緩慢的描寫方式，著意表達的是一種氣氛與意境。場景描寫，有時是爲渲染人物的情緒、有時是爲帶出氣氛。這類自然描寫，會使原本緊湊交代情節的敘述時間突然變慢，甚至停止。因而造成敘述節奏一快一慢的起伏效果。也能使原本密不透風的「某人道：」「某人又道：」等緊密的人物對話之間，有了舒展的空間。甚至增加了小說此一敘述文類中不易出現的餘味與詩意。

五、加入大篇幅心理描寫

有大段大量的心理描寫，是張恨水章回小說的重要特色，書中全是人物「心想」的痕跡。就是除了敘述人物外在動作舉止對話之外，他小說中有大量人物思考的歷程與心理的聲音。換句話說，就是以大量的「內心獨白」（Interior Monologue），展現角色的細膩心思與曲折城府。他很喜歡寫人物抉擇前的兩難或是相思暗戀的矛盾。傳統白話小說多敘述人物外在的舉止與對話，而對人物的心理描寫不多，即使有也只是幾句或是一小段。像早期的章回小說極少進入人物心裡說話。《三國演義》中最多只有如第三十一回：「操大悔曰:『吾不聽田豐之言,兵敗將亡;今回去,有何面目見之耶？』」這類簡單的心裡聲音。《水滸傳》第二十回：「宋江半信不信，自肚裡尋思道：『又不是我父母配的妻室。他若無心戀我，我沒由來惹氣做什麼？』」到了《紅樓夢》人物的內心聲音更多了。然而眞正有長段心理描寫的作品，一直要到晚清吳趼人的《恨海》才出現。

但像《恨海》這種大段的心理描寫，卻是近現代章回小說中所難見的。打開晚清「譴責小說」（如《官場現形記》等）與民初社會小說（如《歇浦潮》等），通篇是外在的舉止與對話。張恨水小說有著比《恨海》更多且很長篇幅的心理描寫，例子隨處可見。如《啼笑因緣》第十一回鳳喜在面對兩種選擇的掙扎：

> 在先農壇唱大鼓書的時候，他走過來就給一塊錢，那天他絕沒有想到和我認識的，不過是幫我罷了。不是我們找他，今天當然還是在鐘樓底下賣唱。現在用他的錢，培植自己成了一個小姐，馬上就要背著他作對不住他的事，那末，良心上說的過去嗎？那劉將軍那一大把年紀，又是一個粗魯的樣子，那有姓樊的那樣溫存？……鳳喜一挨著枕頭，卻想到枕頭底下的那一筆款子。更又想到劉將軍許的那一串珠子，想到雅琴穿的那身衣服，想到尚師長家裡那種繁華，這若自己做了一個將軍的太太，那種舒服，恐怕還在雅琴之上。……想到這裡，洋樓、汽車、珠寶，如花似錦的陳設，成群結隊的佣人，都一幕一幕在眼面前過去。

而愈往後期張恨水在心理意識的刻劃上則比前期更爲自覺，而且多以人物情緒與所見景物交融映襯。像《大江東去》、《巴山夜雨》等就有更大量的心理刻畫。如《大江東去》第三回寫到冰如在逃難的過程中，多遇艱險阻阨；先生在前線又生死不知，望著江邊的景致，不禁悲從中來而難以成眠：

> 冰如睜了眼看著帳子縫裡的星光，越發的睡不著。那帳蓬

外的乾蘆葦葉子，讓斷斷續續的寒風吹刮著，吱咯吱咯，唏唆唏唆，在寂寞的長夜裡，反是比較宏大的聲音，還要添人的愁思。恰是由北向南，又有一陣咿啞的雁叫聲，從頭上叫過去。冰如是再也忍不住了，二次爬起來，又掀開一角帳蓬，伸了頭向外看著，天空並沒有什麼形跡，不過那半勾殘月，更走到了當頂，發出了一線清光，細小的星子，比以前又稀少些，卻有幾粒酒杯大的亮星，在月鉤前後。這樣，對面的山巒，畫出了一帶深青色的輪廓挺立在前面。回頭看沙灘上那叢火，萎縮了下去，火焰上夾了那股青煙，在半空裡繚繞著。那些圍火的人，隨著也稀少了，只看到三五個黑影子，隔了火晃動。各個帳蓬雖然還是以前那個樣子，但在夜色沈沈的氣氛裡，不得這些帳蓬。也只是要向下沈了去。看那月亮下東邊的天角，倒還是白霧瀰漫，低壓了江面。自離開南京以後，不知道什麼緣故，就不敢東向張望。每此張望心裡就一陣酸痛，就覺兩股熱氣直射眼角，不由得兩行眼淚掛在了眼腮。這夜深時候，江風殘月之下，睡在這蘆葦灘上，本就是一種淒涼境地，再想到了家人分散，自己又是兩回死裡逃生，對著這滾滾的江濤，在黑暗中向東流去，覺得這面前的浪花，若干日後，總可以流到南京的下關，自己什麼時候能回到南京，那就不可知了。手扶著帳蓬，呆呆地站住，這眼淚就像拋沙似的，只管滾滾下來。

張恨水非常善於掌握人物的情感與思緒。他中後期小說中的心理描寫，已經不僅是爲服膺情節需要，交代情節發展，而是帶有大量的抒情性特徵。上例將人物愁苦寂寞的思緒與蕭瑟的江景殘月相映襯，間接帶出冰如此時無助、孤獨與思念交雜的複雜情緒。同時，也爲後來她情感的轉移作了情境上的伏筆。另外，在《巴山夜雨》第二十四章中則寫李南泉在戰爭的夜裡的所思所感：

> 他心裡想著，這大自然的美麗，並沒有因為戰爭而減少。好山，好水，好月亮，好的一切天籟，人為什麼不享受，而要用大炮飛機來毀滅？世界上的侵略國家，用大炮飛機去毀滅別人的國家，他自己的國家，也就未必能安然置身事外。日本本土，現在一切大自然，還是順著天然的秩序前進，可是能永久這樣嗎？天上這一彎月亮，照著此地躲警報的人，也照見日本國內在拼命製造軍火的人。雖不知道日本國內現在是什麼心理，可是他們會替警報聲中的中國人設想一下嗎？人間天上這一彎月亮，她也許知道，因為她同時也正照臨著日本。他這樣想時，不免抬起頭來，對天上那一彎月亮注意地看著。天色已完全昏黑，那月亮雖是半彎，倒顯得格外發亮。她的淺薄的光輝，灑在地面的深草上，灑在樹上，灑在山上，都像淡抹了一層粉痕，較遠的地方，就模糊帶點似煙非煙、似霧非霧的情景。那草裡的蟲，在這種光輝下，更是興奮，大家在暗草叢裡，都震動了它的翅膀，有的作唧唧聲，有的作喳喳聲，有的作叮叮聲。李南泉聽到這響聲，更是引起他心裡那番空虛寂寞的觀念。正抬頭觀察著東邊天角，卻發生轟轟軋軋的

響聲，這是敵機群又已來臨的象徵。他心裡立刻緊張起來，對西邊天角注視著。就在這時，對面山峰的後身，一道白光，向天空、山上射去。那白光在天空中筆直一條，在半空裡搖撼了幾下，平地又是一道白光射上去。

這是一大段李南泉對戰爭的感想，這類感想讓小說的抒情性明顯增加，再加上許多清麗的景物描寫，使《巴山夜雨》全文讀來頗有小品文的味道。同時這些大量的人物心理描寫也能增加小說的「生活質地」與「眞實感」。通常小說文本越具「現代感」者，則「內部衝突」越多。像趙樹理《小二黑結婚》就全是「外部衝突」，邏輯十分簡單，也沒有人物委曲的心路歷程。而張恨水則是二者兼顧，這他在顧及情節的高潮衝突之餘，還能以人物內心的衝突增加小說的細膩性，達到「雅俗共賞」的效果。

六、充滿細節與動作的描寫

張恨水小說對人物形象的勾描，多充滿動作與舉止細節的描繪。這些人物除了對話與言詞外，張恨水常加以大量關於動作的描寫：如低頭、微笑、嘴皮抖動、回頭、掉淚、下跪等細微的小動作，來顯示人物的心境與性格。憑藉這些細節與動作，加上合乎性格的對話，張恨水總能以寥寥數語，鮮明地呈現人物的形象、性情或是心理狀況。這種本事，一則當然來自於他平時對人物的細心觀察，所以他筆下人物，各有其音容笑貌；二則可能與他當年進過劇團的經歷有關。因爲戲劇演出的親身經歷，所以他寫小說似乎特別著重人的動態刻畫。據他說，有時小說寫一寫，還會站起來，將人物搬演一番，體會一下人物的舉止。由此可知他對小說人物動作描寫的注重。因此，在張恨水小說中，不同的人物，是靠人物自己的一舉手一投足來呈現，而非來自於敘述者的「言說」。

如《劍膽琴心》第三十三回中寫一個只是次要角色的全太守。這科甲出身的全太守，五言詩作得好，又畫得一手好墨梅，不過對軍國大業卻無甚概念。所以當他知道轄區出現土匪後，不知所措。夫人建議逃走，實是正中下懷，但他卻「右手在口袋裡掏出鼻煙壺，倒了一些在左手手指上，向鼻子眼裡吸了幾吸」便故作姿態地說：

> 那不像話吧！太太，食君之祿，忠君之事。咱們八旗子弟，都是主子爺的奴才，地方有了事，不上前哪有反而後退之理？」然而當他說話時，嘴唇皮卻不住地顫動。

幾句敘述，即鮮明地點出他昏庸無能、貪生怕死、虛僞做作的性格。最重要的是他那吸鼻煙壺的動作，實在是有畫龍點睛之感。另外在《小西天》第十一回中寫從程志前眼中看到女子浣花在雨中的動態：

> 可是這西安城的地質，全是極細的黃土，在下過雨之後，不但是街上，就是人家院子裡，也沒有不是化爛得像漿糊一樣。小西天前面，屋子外都有走廊，向後面走出後院去，那就要經過了大空闊的院子。在院子中間，雖也鋪了一路磚塊，無如這雨落得久而且大，將高處的浮土，沖刷著向低處流，把這行磚塊，都也掩蓋了。任憑放開腳步在石頭

> 上跳著走，可是腳落下去，還是留下很深的兩行鞋印子。浣花手上，又不曾撐著傘，雨正下得牽絲一般，她跳過這個院子，由頭上到腳底，已經沒有一吋乾的。這個院子裡面，還套著一個小院子，便是程志前住的所在。他也是感到十分無聊，站在廊檐下，由小門裡向外看著雨勢，他見一個時裝女子，這樣的在雨地裡跳著，很可詫異，就不由得注意起來。見她跳到後面屋簷下，並不停住，只頓頓腳，又把濕透的衣襟，牽了兩下，繼續的走了。

張恨水寫人摹物少用如：「深邃的眼睛」、「迷人的雙唇」等這類現成的形容詞。他純粹從細節舉止描寫的「白描」技巧刻畫人物。小說中處處皆是人物複雜的心理活動與心裡聲音。但有時人物委曲的情致也並不直接透過直接的心裡聲音傳達，而以富含雙關語的對白或是細膩的動作表示。如《楊柳青青》第十七回當自強聽到部隊即將出征的一段心裡刻畫，敘述者不以任何言詞去「形容」趙自強的心情，而只是純粹地敘述他心裡的聲音與動作：

> 他如此想著，很不經心的，向屋子外面。當他下樓梯的時候，自己忽然省悟起來，怎麼回事？我這雙舊皮鞋，今天忽然緊束起來了。低頭看時這才發現著，原來是把鞋子穿反了腳了。於是坐在樓梯上，把皮鞋脫下來換著。換好了，提腳走了兩步，還是覺得鞋子夾腳。在仔細的看看，自己也不由得打了一個哈哈，原來左腳上脫下來的皮鞋，依然還穿在左腳上。又二次的坐下來，把鞋子換著。換好了鞋子以後，自己坦然地下了樓梯。王士立卻由後面追上來道：

「連長到哪去？」趙自強道：「到團部裡去呀。」王立士道：「你不戴了帽子去嗎？」趙自強這才感到頭上是涼颼颼的。這是怎麼回事，今天的精神，卻是這樣的彷彿顛倒，讓弟兄們知道了，那不成了一種笑話嗎？笑道：「太忙了，忙得心裡亂七八糟，你把帽子扔給我吧！」

在此張恨水只是以數次穿反鞋子、忘了戴帽等失魂出神的小動作，側寫趙自強此時心裡的混亂與擔憂。這種對人物一舉一動的細膩呈現，是張恨水小說最應該為人稱道的地方。

七、保留與揚棄傳統章回小說的程式化格式

完全迴避「話說」等章回習用程式，敘述者既不稱「在下」，也不將敘述接受者稱為「看官」。在張恨水小說文本中，多數沒有古代白話小說中許多對接受者的召喚形式。如：「看官你道」「看官你可曉得」等形式。連各段起始的「且說」形式，他也完全省略。多數沒有「有詩為證」，或是「正是」，或是「欲知後事如何，且聽下回分解」的習套。這在近現代章回小說作品中是非常特殊的形式，因為連晚清甚至遲至民國十幾年，所有的章回小說都還沒有揚棄傳統的程式化格式。

而其中卻也有例外者，所有作品只有《春明外史》與《啼笑因緣》仍刻意保留。《春明外史》只有部份章節最後保有「欲知後事，下回分解」或是「要知道怎樣了，下回交代」等格式。但是《啼笑因緣》卻每回最後留都有章回小說的程式化格式「且聽下回分解」

的變形格式——「下回交代」。如《春明外史》《啼笑因緣》第一回末：「家樹並不認識她，不知道她何以知道自己姓樊？心裡好生奇怪，就停住了腳，看她說些什麼。要知道她是誰，下回交代。」當他寫《金粉世家》時刻意地完全揚棄回尾格式，但到之後的《啼笑因緣》，反而又再度刻意地使用。其中原委，耐人尋味。甚至在《啼笑因緣》只有第十三回還出現少見的結尾評論詩：「『正是：無情最是黃金物，變盡天下女兒心。』壽峰在外面看見，一鬆腳向牆下一落，直落到夾道地下。快刀周在矮牆上看到，以爲師傅失腳了，吃了一驚。要知壽峰有無危險，下回交代。」另外《落霞孤鶩》則是每回都有「正是：」的結尾詩。如第十一回：「正是：世間最是人心險，一語風波指顧間。」他似乎嘗試不同的形式變化。有的揚棄傳統、有的承襲傳統，每一部小說都有不同的格式與嘗試。

第四節　結論：富「時代感」的章回小說

讓章回小說有「時代感」也不是容易的事。如何在章回的架構下，成功地擺脫傳統文本較陳舊的敘述成規，加入新的敘述質素；如何成功地擺脫章回小說慣有的白話說書腔，加入富時代感又能口語化的「書面語」；如何以屬於傳統的文本形式，承載具時代感的人物和故事等等，都非易事。張恨水的小說即是具有時代形式與時代意涵的章回小說，而非只是承襲傳統章回小說的舊套而已。綜觀現代小說史，運用長篇章回形式者，總是成功的少，失敗的多。例如三〇年代延安出現的抗日小說系列。如馬烽、西戎的《呂梁英雄傳》、袁靜、孔厥的《新兒女英雄傳》及柯藍的《抗日英雄洋鐵桶》等等。這類作品是追隨毛澤東文藝政策，用「人民所樂聞樂見的民族形式」寫八路軍與人民「抗日」與「農民武裝鬥爭」的「英雄故事」。作品採用章回體寫「英雄傳奇」，但疏漏甚多且水準不佳。最常見者是某些情節是傳統故事（像《水滸傳》）的直接衍化，缺乏明顯的時代性。現代人物的風度、言語、舉動，竟與北宋梁山泊的英雄好漢無大差別。要不然就是無法避免傳統章回小說人物描寫粗疏、結構鬆散的通病。還有過分強調某些人物神乎其技的「英雄事蹟」，如洋鐵桶的彈無虛發、李四哥的飛簷走壁、王鐵牛的力大過人等等；文中一廂情願地寫著樂觀和神奇的勝利，眞實性不足。相較起來，張恨水的章回小說平實且貼緊時代生活的原貌，是眞正寫出具二十世紀風貌的章回小說。

總而言之，張恨水雖寫章回小說，但其中充滿非傳統的敘述格式。像回目、開頭、結尾等的變化，都可看出在他傳統的架構上「創新」與「求變」的努力。張恨水努力排解成規與創新之間的緊張關係，使之和諧地重整。新文學是在對文學成規的解構中得到新生。但是張恨水不認爲全盤揚棄傳統的敘述成規是唯一的選擇，他不願積極全面擁抱西方，也並不以爲全面西化是「現代化」的唯一方法。但他在鍾情藝術成規的同時，也絕不排斥創新。他努力嘗試將外來的新的敘述特徵，吸納進固有的系統之內。例如他曾在一九四三年《總答謝》中說：「我們無疑兼負兩份重擔，一份是承接先人的遺產、固有文化，一份是接受西洋文明。而這兩份重擔，必須使它交流，以拿出合乎我祖國翻身中的文藝新『產品』。」他主張以傳統體系「消化」西方敘述形式，以中國民眾所能接受的表達方式推出

「文藝新產品」。而不是自卑地徹底否定並徹底割裂與傳統的臍帶，再原封不動地自西方搬來一套新敘事型態，才叫創新。

第七章　張恨水小說的敘事形式分析

第一節　緒　論

本節欲從「敘述學」的角度，觀察張恨水文本中「怎麼寫」的問題。包括他如何「說故事」？如何處理小說複雜的情節脈絡？如何置放讓人欲探究竟的玄機？他到底如何置放敘述者？如何處理敘述者的聲音？到底誰是觀察者、誰是說話者？他如何處理文本時間與故事時間的鴻溝？有否如倒敘等敘事錯位的現象？文本速度的快慢如何？敘述者是如何轉達人物話語與心裡聲音？等等複雜的問題。本章除描述與分析張恨水文本中的敘述技法外，也同時比較前代與同時文學文本的敘事表現。如此才可眞正看出張恨水到底是如何承襲傳統、又如何向新文學借鑑？又有何相異？有何相同之處？如此才可眞正明白他在現代小說史上到底該置於何處、如何評價了？

第二節　情節結構與技巧分析

一、情節結構方式

（一）直線結構

張恨水多數小說都屬這類直線結構形式。所謂直線結構形式就是一條主情節線、一組多個人物照時間序貫串順敘而下，其中並無太大的副線穿插。這通常是張恨水字數不多的中篇小說常見的簡單寫法。像《天上人間》、《別有天地》、《秘密谷》、《燕歸來》、《小西天》、《偶像》、《五子登科》、《蜀道難》、《一路福星》等等都是。

（二）網式結構

所謂「網式結構」是以一中心人物為核心，多條情節線各繫於主要人物逐一展開，各樣情節是透過與敘事主角的關係得以連接起來。所以情節非單線，而為網狀。若稱之以「綴聯式小說」（string novel）、「串珠式小說」，則似乎無法照應單線之間的關連。例如《春明外史》雖然其中雜有許多社會軼聞，但在「言情」部份，是以楊杏園為中心而展開的人際網絡。且人物多互相認識，大網下有小網，帶出多條情節線。《金粉世家》雖以金燕西與冷清秋愛情爲主線，但又因金燕西而帶出金家兄弟姊妹親友諸人的諸多故事。《啼笑因緣》樊家樹與三位女子間原本各自產生關連，各爲單線，之後又彼此產生關連，交織成網。《劍膽琴心》打破傳統武俠小說的線性結構方式，經緯交織地設置了幾條情節線。其中以柴競與朱懷亮故事構成全書的主線，主線間又相互關連，互織成「綱」。副線就是大綱下的「目」。《中原豪俠傳》也是以秦平生爲主，拉出多條情節脈絡。《巴山夜雨》則是以李南泉爲核心，拉出李家周圍多對鄰居夫妻的多條故事。且多條情節線同時進行。這類筆法，頗類似韓邦慶在《海上花列傳》中自云的「穿插藏閃法❶」。所謂「穿插閃藏法」，就是將許多故事拆開，讓幾個故事同時並進，這個故事敘述了開頭，又接著敘述另一個故事，時而打破敘述的連續性。最後將所有分散情節線都因主線或主要人物而扭結在一起。

（三）集錦片斷結構

張恨水這類小說情節結構爲片斷的集錦組成，也就是「非單一情節小說」（unitary plot novel）。通常傳統白話小說的時間序極爲整齊（如張竹坡讀《金瓶梅》還能畫出詳細的時間表），但自《儒林外史》開始時間序產生斷裂。《儒林外史》全書無法恢復完整的時序。這種時序變形使敘述破碎，每個人的故事都沒有結束，多數人物的命運都消失在別人的故事之中。時間序被顛倒混淆，後事也不再事前

❶ 韓邦慶在《海上花列傳》例言中說：「全書自謂從《儒林外史》脫化出來，惟穿插閃藏之法，則為從來說部所未有。」

事之因。由於事件無起迄，人物身世介紹也不全。到了晚清小說，多數沿襲著這種敘述結構，所以片斷性幾乎是晚清小說最觸目的形式特徵。張恨水這類小說不多，大致只有《斯人記》與《京塵幻影錄》《春明新史》等。這類小說頗像是「人像展覽會」，一個人物引出另一個人物，一段故事引出另一段故事，前面的人物隨故事結束就隨之消失，也並不在後面的故事出現。人物像走馬燈一樣上上下下，情節結構鬆散。雖然能顯示多元的社會面相，但是「雖云長篇，形同短制」，欠缺讓人讀完並一探究竟的吸引力。這類的情節結構是承襲《儒林外史》及晚清譴責小說的形式而來。不過，張恨水自己說爲「改良」晚清小說的弊病，所以《春明外史》才會加入言情主線及幾個主要人物，使瑣碎片段的情節能貫連起來❷；但有趣的是，兩年後的《京塵幻影錄》（一九二六）竟然未以任何主要人物貫串全書，人物不但極快速的上場下場，而且每段事件篇幅都不長，頗像一小段一小段的社會新聞百態。光是《京塵幻影錄》的「楔子」就提到了八個人物，第一回雖以魏節厂與女兒秀玉開場，但主寫李逢吉。但還是提到督辦唐雁老、銀行行長洪麗源以及劉子明秘書。第二回由李逢吉帶出胡晉笙後，胡又因此引出包宇塵、高言周

---

❷ 張恨水在〈寫作生涯回憶〉中說：「《春明外史》，本走的是《儒林外史》、《官場現形記》這條路子。但我覺得這一類社會小說犯了個共同的毛病，說完一事，又遞入一事，缺乏骨幹的組織。因之我寫《春明外史》的起初，我就先安排下一個主角，並安排下幾個陪客。這樣，說些社會現象，又歸到主角的故事，同時，也把主角的故事，發展到社會的現象上去。這樣的寫法，自然是比較吃力，不過這對讀者，還有一個主角故事去摸索，趣味是濃厚些的。」

等議員。接著又提到汪瑞軒總長，當包宇塵到幾乎已是議員俱樂部的西方飯店時，先提到許五爺，接著又遇到議員黃同秀、劉純、富優仕及女子紫娟、玉妃等人。從言談中又提及蕭雨辰。次日，包宇塵到汪總長俱樂部，又遇到馬總長、楊總長、苟督辦與唱小旦的賽玉蟾。接著包宇塵又遇到反對派的阮迪、廣寧與吳式。接著提到蕭雨辰的女伴翠鳳老七。之後，另一個場合又提到妓女紅海棠、綠玉與春燕。然後提到賭場「大千」劉曉明。然後在推排九的過程中，又帶出另一個議員金維鐘。光是第一回與第二回就提到超過三十個人。至於之後的章節，部份前述人物雖偶有出現，但仍大量出現很多讀者們「素未謀面」的人物。之後的《春明新史》（一九二八）、《斯人記》（一九二九）雖也多寫的是世態奇聞，但是卻沒像《京塵幻影錄》各段人物如此全不相涉，快速上下。《斯人記》主線雖不明顯，還大致可看出是以梁寒山與張梅仙爲主要人物；《春明新史》的主線也不清晰，但似乎是以劉得勝、羅靜英等人的遭遇爲主要的故事。但《京塵幻影錄》因缺乏主要人物與情節主線，實在難以引發讀下去的興趣。雖然張恨水誠實地說過：「開始我也很賣力的寫，到了後來，很不容易拿著稿費，我就有些敷衍了事。……事後很想收回來重新修改，但已不能找補全份了。」但是即使在「開始賣力的寫」的部份，也完全沒有《春明外史》「抒情」與「完整」的敘事企圖。筆者以爲，這欠缺貫串無始無終的片段結構，反而是情節結構上的重大特色。與人生存在的眞實狀況相仿。因爲瑣碎正是生活的本然面目。其實人物進進出出，忽焉消失，亦是人生之常態。這種不完整的情節結構，反而造成特殊的敘述效果。

二、場面銜接方式

張恨水小說中的場面銜接十分自然流暢。敘述者絕不會出現「暫且不表」之類的語詞。他通常是以一個人物到達另一個場景，遇到另一個人物，從而將敘述重心自然轉移到另一個人物身上。或是由另一個人物口中再帶出別的故事。此外，在新文學長篇小說中，通常每一章開始都是一嶄新的場景，場景甚至是無關而不直接連貫的。但在張恨水小說中卻絕不會有此現象。他每一章節必定循傳統章回小說留下耐人尋味的結尾，然後在次一章節揭曉。場景與故事段落的轉換，反而在章節之中。即使場景轉換，也絕不會「天外飛來一筆」，突然開始一個不詳的場景。他必定會讓讀者清晰地知道人物與場景的來龍去脈。這應該也是他小說之所以能夠「通俗」的原因。

至於「社會言情小說」，往往在言情故事人物上場後，又突然遇到某人某事，帶出另一段與言情主線無關的情節，然後在以同樣方法把情節線再拉回來。這種由愛情轉到社會世相的斷續承接，若用傳統術語可稱之爲「橫雲斷出法」。

他小說的場景銜接，多以上述方式處理。較爲特殊的如《大江東去》。在此書第十一回寫薛冰如要到上海去，臨行前的晚上坐在漢口家裡不停地吸煙：

> 自這晚起，一听香菸，一盒火柴，始終放在左手邊的茶几或靠桌上，當他手邊的香菸听子已經換到第五支了，她也

是架腿坐在沙發上，但這已不是漢口自己家裡，變成上海一家旅館裡了。

作者利用吸煙這一動作，將場面由漢口轉到上海，完成空間的跳躍，又以不斷抽煙，突出了人物內心長時間的激動與不安。第十七回寫老和尚冒生命危險使志堅逃離虎口，志堅感動得說不出話來，跪在和尚面前，此時敘述者說：「他這點至誠的感動，生平是少可比擬的，除非是三十六小時之後，他又在一個地方跪下了，那與這情形相彷彿。」這樣，自然將場景轉變到上海母親家中，寫他淚流滿面地跪在母親面前。如此寫法，巧妙地推動了情節的發展，並完成場面的轉換。這種場景跳接的安排，有如電影「蒙太奇」的手法，不但使情節景湊避免拖沓，又讓情節富含視覺的效果。在張愛玲三年後出現的《傾城之戀》，也使用了類似的跳接技巧❸。

三、文本技巧分析

（一）善用伏筆

張恨水善用呼應與伏筆，來形成事件與事件之間更深的關連，呼應讀者產生預期，引發懸念。因此許多情節都預示著未來的發展。張恨水可說處處佈線，處處預含玄機。例子很多，若不一一舉出，

---

❸ 在《傾城之戀》中流蘇淒淒涼涼地跪在母親床前，敘述者說：「恍惚又是多年前，她還只十來歲的時候，看了戲出來，在傾盆大雨中和家裡人擠散了。她獨自站在人行道上，瞪著眼看人……」。

不能盡窺張恨水鋪寫情節的細膩與精妙。如《啼笑因緣》第五回：

> 過了幾天，鳳喜又作了幾件學生式的衣裙，由家樹親自送到女子職業學校補習班去，另給他起了一個學名，叫做「鳳兮」。這學校是半日讀書，半日作女紅的，原是為失學和謀職業的婦女而設，所以鳳喜在這學校裡，倒不算年長；自己也認識幾個字，卻也勉強可以聽課。不過上了幾天課之後，吵著要家樹辦幾樣東西：第一是手錶；第二是兩截式的高跟皮鞋；第三是白紡綢圍巾。她說同學都有，她不能沒有。家樹也以為他初上學，不讓她丟面子，掃了興頭，都買了。過了兩天，鳳喜又問他要兩樣東西：一樣是自來水筆；一樣是玳瑁邊眼鏡。家樹笑道：「英文字母，你還沒有認全，要自來水筆作什麼？這還罷了，你又不近視。也不遠視，好好兒的，戴什麼眼鏡？」鳳喜道：「自來水筆，寫中國字也是一樣使啊！眼鏡可以買平光的不近視也可以戴。」家樹笑道：「不用提，又是同學都有，你不能不買了。只要你好好地讀書，我倒不在乎這個，我就給你買了吧。你同學有的，還有什麼你是沒有的，索性說出來，我好一塊兒辦。」鳳喜笑道：「有是有一樣，可是我怕你不大贊成。」家樹道：「贊不贊成是另一個問題，你且先說出來是什麼？」鳳喜道：「我瞧同學裡面，十個到有七八個戴了金戒指的，我也想戴一個。」

這段孤立地看，顯得繁瑣，但從全局來看，這正是承上啓下的關鍵。鳳喜由貧女忽然一步登天，從唱大鼓的躍升爲看來「文明」的「女學生」，正是拜家樹所賜。開頭雖寫她純情浪漫，但上述引文正突顯了她愛慕虛榮的性格特點，而此中正埋伏著鳳喜後來經不住財勢引誘的伏筆。因此最後瘋狂而死的悲劇似乎也成爲一種必然的發展。上述鳳喜要求眼鏡、自來水筆，嚴獨鶴說此一舉動正暗示了鳳喜的愛慕虛榮。

就在這第五回後，家樹又說：「我所以讓你讀書，固然是讓你增加知識，可也就是抬高你的身份，不過你把書唸好了，不要忘了我才好。」如第七回家樹曾道：「我的意思，好好兒的姑娘是找著了，可不知道這好好兒的姑娘，能不能始終相信他。」家樹此言若與後來的情節發展相較實是一大諷刺，但也有相反的預設效果。另外一提的是在《夜深沈》第八回也有類似之例。月容也對二和之母說：「你放心，我說伺候你十年，一定伺候你十年。漫說唱不紅，就是唱紅了，還不是你同二哥把我提拔起來的嗎？」此類人物的誓言，與後來之結果明顯相違，也是一種造成謬差的預設效果。這類伏線在《大江東去》也有。像第六回薛冰如遇到與軍人丈夫執意離婚的王玉，就說了一段恰巧可做爲冰如自己日後行爲相違的言論：「不過我對於這種人，根本不能同意。夫妻相處得很好，爲什麼要離婚？對於丈夫如此？對於朋友可知。」

《啼笑因緣》第八回寫家樹與麗娜去看電影。片中情節恰是預示著兩人日後發展的關係：

> 大概是一個貴族女子，很醉心一個藝術家，那藝術家嫌那女子太奢華了，卻是沒有一點憐香惜玉之意。後來那女子摒絕了一切繁華的服飾，也去學美術，再去和那藝術家接

> 近。然而他只說那女子的藝術，去成熟時期還早，並不談到愛情。那女子以為他是嫌自己學問不夠，又極力的去用功。

這與麗娜後來爲家樹洗淨鉛華的情節頗有暗合之妙。接著第八回寫鳳喜爲家樹送行，鳳喜當時不但碰巧唱深富悲劇氣氛的《垓下歌》，就在唱到「可奈何」時，月琴的弦突然斷了。兩人都認爲在這離別的當兒，此兆頭實屬不吉，不料，接著沈大娘端麵進來，竟又不小心打碎了。一步步都預示著兩人未來無法相守的不幸結局。第十一回就在劉將軍不斷以物質的誘惑向鳳喜示好時，鳳喜感情正受搖撼的時候，忽然又看到了家樹的信：「我們的愛情絕不是建築在金錢上，我也絕不敢把這幾個臭錢來污辱你。但是我願幫助你能夠自立，不至於像以前去受金錢的壓迫。」一字一句都預示了未來劉將軍與鳳喜的關係根本是建立在金錢上的，除此之外，全是侮辱與凌辱。想當年連載時，這些懸線伏筆處處都牽繫著讀者的心，怪不得造成那樣大的轟動。

另外，在《巴山夜雨》中，也充滿了各種伏筆。前面許多的線索與跡象，往往一直要到後面眞相被發現時，才令人有「原來如此」之感。例如在第二章寫到當李南泉看到隔壁石教授太太帶著孩子去躲警報，石教授進了家門，義女兼丫環小青出來開門。石教授進去後，又出來四處張望一番。文中寫著：「李先生覺得他有點不願意人家看他房子似的，這就不再打量了。」石先生爲何要四處張望？又爲何不願人看他房子？等等問題，都似乎給人內有名堂的感覺。石教授和義女小青這類行蹤詭異的伏線，在後來出現好幾次。雖造成李南泉等人「怪怪的」感覺，但是誰也沒有明說。張恨水也沒有明寫，只是輕描淡寫的敘述過去，但卻在最後才逐一解開玄機裡的眞相。

（二）夢境的運用

張恨水也常通過夢境來推動情節。常見的功用有三：第一預示未來情節的發展；第二製造懸念與伏筆；第三刻畫人物心理。如《春明外史》第二十三回梨雲剛死，杏園心裡十分鬱悶，寒病交加：

> 卻說楊杏園似夢非夢病在床上，彷彿靈魂離了軀殼。飄飄蕩蕩，只在雲霧裡走。遙遙的望去，山水田園，隱隱約約，都不很清楚。出看好像有一座大海，橫在前面。那海裡的波浪，堆山似的湧了起來。那浪越湧越高，卻不是波浪，仔細一看，有一些是樓台亭閣，有一些又像是森林丘墓。正要看個究竟，一會兒又成了大海，依舊是波濤起伏，兇險萬狀。自己便不敢往前走，回轉身來，又是一條很長的柳堤。堤裡面露出半截古廟，那廟裡噹噹響個不住，一陣很沈著的鐘聲，從柳樹林子穿了出來。自己好像心裡明白了許多，用手擦眼睛細看，原來自己還睡在床上。那桌上的煤油燈，閃出淡黃的光來，滿屋子模模糊糊的，想是煤油已盡，夜深了。隔壁屋子裡的掛鐘，在這沈寂的境像裡，那擺滴答滴答搖動地更響。

上例寫杏園在昏昏沈沈、半夢半醒之間的夢影幻覺，十分深刻。「兇險萬狀」的大海波濤，既是對杏園現在心情的摹寫，也是對杏園未來「病死」命運的暗示。而且從夢境古廟的鐘聲，到現實的掛鐘聲音，是巧妙地以「鐘聲」作爲「現實」與「夢境」的連接點，更點出杏園似夢非夢的昏迷情狀。《夜深沈》第三回一連寫了兩個丁二和的夢。就是當月容剛到丁家時，二和心裡已對她頗有「感覺」，心裡希望她能留在家中照顧，根本不願送月容到女子救濟院去，但卻不好意思開口。所以表面上一直與月容說明天就要送她離開了，其實二和心中卻有萬般不捨。所以當晚他一直沒法成眠，那天晚上一直作夢：「何況爲了月容，心裡頭老是有一種說不出的牽掛，總覺得安置沒有十分妥當，做什麼事也有些彷彷彿彿的。」接著在一連串的心裡聲音後，二和聽到月容說「你不要送我去救濟院，我們逃跑吧。」他拉著月容的手，跑在一條荒僻的大街，後面有好多人在追趕，兩個人拼命地跑。後來才發現竟是夢境而已。睡著睡著彷彿已是早晨，月容急著要走，催二和快點套車，二和正怨著這小姑娘的狠心時，原來還是一個夢。這一回全是二和的心裡聲音與夢境交雜穿插的敘述；二和想著想著，就進入了夢的敘述，乍然驚醒，才知道又只是一場大夢而已。從這一段細膩反覆的敘述中，深切道出二和心的牽絆與不捨。夢境的運用能將人物的心裡狀況與情緒作更深入且生動的傳達。

又如《大江東去》第四回寫薛冰如在到九江的船上夢到自己來到前線，看到渾身是血的志堅，把她託付給江洪。這個夢境細膩地表現了他內心情感即將轉移的細微活動。孤寂的逃難生活自然讓他想起丈夫，而夢到丈夫把自己託付給江洪，表示她這時心裡已對江洪產生好感。另外，當南京失陷的消息傳來，冰如心情惡劣，拿著志堅的相片呆呆地看著。「彷彿之間，志堅由相片上走了下來道：冰如，妳要問我將來的路徑嗎？我的意思，妳最好是自己早作打算了。妳要找我回來，是不可能的。」這個夢也是他情感轉移的重要轉折，因他意識中丈夫應該已死，所以她才越來越大膽地追求江洪。所以這兩個夢境對人物心裡意識的刻畫，起了重要作用。

（三）象徵的運用

此處的「象徵」，應說更接近「起興」作用，多是以此物託彼物，藉以觸景生情。

1、由音樂所引發出的情感與情調變成人物命運的象徵

《啼笑因緣》第一回寫家樹第一次看到鳳喜，鳳喜正唱的是《黛玉悲秋》。後來這《黛玉悲秋》又多次出現，第二回寫到家樹看到《紅樓夢》，聯想到這個唱《黛玉悲秋》的女子，所以《黛玉悲秋》這曲文成了他倆相識與定情的重要象徵。而最後一回當麗娜無意放起了《黛玉悲秋》的唱片，又觸動了家樹對舊情的回憶與愁思：

> 家樹一聽到那「清清冷冷的瀟湘院，一陣陣的西風吹動了綠紗窗」，不覺手上的茶杯子向下一落，「啊呀」了一聲。所幸落在地毯上，沒有打碎，只潑出去了一杯熱茶。何麗娜將話匣子停住，連問：「怎麼了？」家樹從從容容撿起茶杯來，笑道：「我怕這淒涼的調子……」何麗娜笑道：

「那麼我換一段你愛聽的吧！」

另外，《兒女英雄傳》中的「十三妹」，也是對秀姑的重要象徵，有多次前後呼應地出現。如第十九回麗娜與家樹先因看《能仁寺》一戲時談到十三妹，再寫到家樹睡前從十三妹聯想到關氏父女：

> 過去一點鐘，鑼鼓聲中，正看到十三妹大殺黑風崗強梁的和尚何等熱鬧！……當年真有個《能仁寺》，也不過如此，一瞬即過。可是人生為七情所蔽，誰能看得破呢？其實像他這種愛打抱不平的人，正是十二分看不破。今天這一別，不知道他父女幹什麼去了？這個時候，是否也安歇了呢？秀姑的立場，固然不像十三妹，可是她一番熱心，勝於十三妹待安公子、張姑娘了。

這裡除象徵外，又是一種「預示」的筆法，因爲後來秀姑隱藏自我感情刻意拉攏樊何的熱心，眞的如同十三妹待安公子與張姑娘一般。而最後一回，當麗娜把《黛玉悲秋》換掉卻放了《能仁寺》的片子，家樹想起了那晚與麗娜一同聽戲的事。忽然這時秀姑在窗外忽然來無影去無蹤地扔了一束祝賀的花進來。此處又呼應前文再一次道出秀姑與「十三妹」意義的相關性。

又如《夜深沉》中，戲曲《霸王別姬》的《夜深沉》曲調，在作品中反覆出現。丁二和與楊月容因這曲調而結識。這曲調每出現一次，不是烘托氣氛，就是暗示主題，而悲劇命運的纏繞也越來越緊。如結尾的最後一句：「夜深深的，夜沉沉的」。這類手法，張愛玲在《傾城之戀》中同樣以胡琴「咿咿啞啞地拉著，說不盡的蒼涼故事」，帶出全文「蒼涼」的主調。

2、以景物象徵人物的心情或處境

他也常以某一自然景物象徵人的處境或心情。例如《春明外史》的梨花象徵。第一回說到杏園院子中的景致：「北地春遲，這院子裡的梨花，正開得堆雪也似的茂盛。……那半輪新月，由破碎的梨花樹枝裡，射在白粉牆上，只覺得淒涼動人。那樹上的梨花，一片兩片的，只是飄飄蕩蕩，在這沈沈的夜色中，落了下來。楊杏園看見這種夜景，又不覺得了兩句詩，共十個字，是『殘枝篩碎月，微露滴寒雲』」第二十二回：「想起檐下那梨樹，在那風雪之中，那幾根枯幹，如何經得起，不知到明年還能開花。再想起上年梨花如雪之時，正和梨雲相逢，如今滿窗殘雪，和梨花狼藉一樣。爲時幾何？美人已歸黃土。」第三十四回：「忽然回過頭去，只見自己窗戶外，梨花樹底下，有一個女子的影子，很快的一閃，定睛仔細看時，卻又不見了。這時一想，剛才看見的，好像那人小小的身材，還梳的是一個辮子。心想道：『難道我這一點的意思，已經感動幽冥，她先來看我嗎？』」此處散落的「梨花」，有妓女梨雲身世背景的隱喻。以「梨花」與「梨雲」字面上及隱喻內涵的相似，引發讀者的聯想。在第二十九回也有類似的技巧。這回是用「杏花」自喻：「這地方，渺無人跡，就剩下這一束搖落不定的杏花，它像我這拓落人群飄泊無所之的楊杏園一樣呵。這樹杏花雖然獨生在這野橋流水的地方，還有我來憑弔他，只是我呢？」以杏花的搖落不定比喻楊杏園的孤零飄泊。

（四）誤會巧合計謀的運用

張恨水的言情小說很少奇詭牽強的故事情節，他善於編織情節，但小說的情節都有現實生活作基礎。他依靠巧合、誤會、錯失等偶然因素虛構故事。從現實生活中擇取細節，通過人物合乎生活邏輯的命運，來吸引讀者。奇峰迭起，懸念紛陳。例如《啼笑因緣》中，設計沈與何面貌酷似，通過一張照片，充分運用「誤會」與「巧合」來增加趣味；就因一張相片，先是表兄陶伯和夫婦誤會、後來引起樊母與叔父的誤會、最後也引起何父的誤會。連家樹也說：「錯上加錯，越巧越錯」。

另外他運用了計謀與巧合的例子是劉將軍對鳳喜的霸佔，巧合地碰在家樹返杭之時，而劉將軍用各種軟硬兼施的計謀，如打牌、聽戲、送珠、查戶口、帶槍的大兵、逼唱堂會等，迫使鳳喜乖乖就範。秀姑潛入劉府協助鳳喜；之後誘劉到西山寺廟中暗殺，也都是妙用計謀的結果。巧合計謀的運用，使故事編織了充滿因果關係的情節鏈，逼得人產生「欲知後事如何」的興致。像其他作品如：《滿江紅》、《夜深沈》運用誤會；《劍膽琴心》運用懸疑；《似水流年》、《玉交枝》運用相似；《平滬通車》、《別有天地》運用計謀、《落霞孤鶩》運用巧合。他雖然善寫巧合，但他卻從不會如「通俗劇」喜歡寫如車禍、意外、自殺等不幸。其實連被歸於「新文學陣營」的巴金小說，也有許多車禍或是自殺的情節，如《滅亡》與《霧》等作品。所以張恨水是追求情節曲折，出人意料，但又以眞情實感作底蘊。

（五）含蓄的詩味

在《啼笑因緣》第十五回「柳岸感滄桑翩紅悼影　桐陰聽夜雨落木驚寒」之結尾寫到：

> 家樹只覺得一院子的沈寂，在那邊院子的打牌聲一點也聽不見，只有梧桐上的積雨，點點滴滴地向下落著，一聲一聲很清楚。在這種環境裡，那萬斛閒愁，便一齊湧上心來，人不知在什麼地方了。家樹正這樣凝想著，忽然有一株梧桐樹，無風自動起來了，立時唏哩沙拉，水點和樹葉，落了一地。突然有了這種現象，不由得吃了一驚，自己也不知是何緣故，連忙走進屋子裡去，先將桌燈一開，卻見墨盒下面壓了一張字條，寫著酒杯大八個字，乃是：「風雨欺人，望君保重」。

這段情景相生、虛實相生的精彩描述，既以「秋雨梧桐」寫家樹心情之黯然迷惘，也同時對秀姑的武功與豪爽的俠士之風予以側筆勾描。秋雨梧桐，是一個襯托閒愁的詩境。家樹面對鳳喜的變心與遭遇，思念悲傷致病。面對滴滴點點的積雨，他心中愁悶的淚，也是點點滴滴的落個不停。沈寂之中，他可能想到千金小姐何麗娜，但是麗娜富貴氣盛，並不太合家樹的心意。一顆感傷的心沒有著落，漸漸的，「人不知在什麼地方了」。接著先寫梧桐樹動，敘述者並不直指秀姑到來，但家樹只見半夜梧桐無風自動，當回屋看到桌上留言，便已了然於心。因爲秀姑雖暗戀著家樹，但知道他無心於己，不願多繁擾，以樹動人不見的方式暗示，再豪爽地以數個字俐落問候。這種不留形影的關心，不但切合秀姑俠女的身份與行徑，也道盡家樹戀戀不捨的矛盾心思。本段給人一種揮之不去的餘味感，詩境全出，含蓄不盡。總之，是以實筆寫家樹眼前的所聞所見，但卻虛寫出秀姑的暗戀心事與瀟灑行徑。留下像詩一般的含蓄留白。

除此之外，幾次寫到秀姑對家樹含蓄深重的道別方式，既符合俠女的氣度與氣魄，又給人低迴不盡的餘味感。第二十二回結尾先寫到秀姑與父親向家樹告別之後，秀姑又倒轉回頭，丟了紙包，委婉地表述心跡：

> 秀姑在驢上先回頭望了兩望，約跑出幾十里路，又帶了驢子轉來，一直走到家樹身邊，笑道：「真的，你別送了，仔細中了寒。」說畢，一調驢頭，飛馳而去。卻有一樣東西，由她懷裡取出，拋在家樹腳下。家樹連忙撿起看時，是個紙包，打開紙包，有一縷烏而且細的頭髮，又是一張秀姑自己的半身相片，正面無字，翻過反面一看，有兩行字道：「何小姐說，你不贊成後半截的十三妹。你的良心好，眼光也好，留此做個紀念吧！」家樹念了兩遍，猛然省悟，抬起頭來，他父女已蹤影全無了。對著那斜陽遍照的大路，不覺灑下幾點淚來。

接著當麗娜邀請家樹進屋喝茶時，秀姑又戀戀不捨地再回頭來，以一貫瀟灑的行徑再度拋下花束表達祝福：

> 只這一句，啪的一聲窗戶大開，卻有一束鮮花，自外面拋

> 了進來。家樹走向前，撿起來一看，花上有一個小紅綢條，上面寫了一行字道：「關秀姑鞠躬敬賀」。連忙向窗外看時，大雪初停，月亮照在積雪上，白茫茫一片乾坤，皓潔無痕，哪還有什麼人影？家樹忽然心裡一動，覺得萬分對秀姑不住，一時萬感交集，猛然地墜下幾滴淚來。

這些場景就如畫龍點睛般成功地塑造了秀姑的去來無蹤的形象、去來無牽掛的割捨以及對家樹的深重依戀。平實敘述中自有動人之處。最重要的是敘述中留下有意思的「空白」，留下許多耐人尋味的「言外之意」，詩味甚濃。

另外，在《楊柳青青》第二十四回則頗有古典詩中「閨怨詩」的意象與風格。這回寫到桂枝剛送出征丈夫離去，回房裡坐著的情景：

> 她手靠了桌子撐著頭，在這裡，默然地坐下。這個默坐，她今天是第一次。但由此成了習慣，每日必來默坐若干次。在她默坐的期間，光陰是迅速的過去。是個秋日的涼夜，天空里只有半勾新月，發出淡淡的清光，似乎有風，也似乎沒有風，漫宇宙間卻有一片清寒的空氣。就在這時，咿啞咿啞的，有一群由北向南飛的塞雁，哀怨的叫了過去。桂枝還是坐在那小桌子邊，手撐了頭在呆想，聽到這雁聲，不由得心裡一動。他心想，據人說，雁是由口外來的，不知道他們經過了喜峰口沒有？隨著這個念頭，嗐的一聲，嘆了口氣。

其中寫一少婦沈默地獨坐，而且是日日沈默地獨坐。這「默坐」二字，即已含蓄地點出此一思婦的孤寂與思念。以「光陰迅速地過去」寫等待的漫長、歲月的漫長，再以秋天的蕭瑟意象映襯思婦心情的孤苦。南飛的大雁叫聲聽來「哀怨」，顯然是種移情作用。而她「心裡一動」，是想到了北雁年年會南飛，我那外出的征夫，又何時可歸？經過喜峰口的燕子，可曾稍來「他」的消息呢？一聲嘆息，使複雜的情緒與思念似乎都盡在不言中。人物許多的心理層次，張恨水並未明白道盡，而是以有意味地「留白」技巧含蓄地處理。因此造成小說出現類似中國古詩的含蓄餘味，予人低迴的餘蘊。

第三節　張恨水小說敘述者地位與功能分析

「敘述者」簡化地說，就是任何敘事作品中必不可少的「敘述」任務執行者，也就是小說文本中「說故事的人」。熱拉爾•熱奈特（Gérard Genette）曾經在“Narrative Discourse”討論過敘述者的多種職能：它有一、「作為與敘述接受者相呼應的整體」二、「作為小說的講述者——敘述功能傳達功能——」三、「作為敘述進程的控制者——操控功能」四、「作為對敘述中故事之評論者——評論功能」五、「自己作為一個人物——自我人物化功能」❹以下將先澄清與敘述者地位有關的兩個觀念：一、敘述文本的任何部份、

❹ 引自熱拉爾•熱奈特（Gérard Genette）“Narrative Discourse”《敘事話語》第五章「敘述者的職能」部份。

任何語言，都是敘述者的聲音。敘述者既是作品中的人物，就擁有自己的主體性，就不能等同作者；因此，敘述者的話也不等同於作者的話。二、在小說這類虛構性書面敘述中，敘述者的人格是經由敘述活動產生的，是他自己敘述行爲的結果；因此弔詭的是，它既是參與敘述的敘述者，又是被敘述出來的敘述者❺。

本章將從觀察張恨水小說中敘事者身份的變異、權力強弱的變化、介入故事的程度等論題，來解釋他意圖藉作品「溝通雅俗」、「融合古今」的「改良」企圖。

一、多是第三人稱隱身而不介入的敘述者

張恨水小說中的敘述者多數是第三人稱隱身而不介入的敘述者，而且所有敘述者幾乎都採用這種敘述策略（除了《八十一夢》）。其實絕對不可能有完全隱身的敘述者，所謂「隱身」，只是相對隱到某個程度而已。因爲任何敘述文本都必須經由敘述者「敘述」而成。敘述者若越現身，則他在敘述中的聲音則越「清晰」；執行上述五個功能的程度也越深。例如中國傳統白話小說的敘述者，總是以自稱「說話的」或「說書的」，但它從來不在小說中擔任任何角色。它以第三人稱口吻「現身」於敘述中卻又不介入故事，它是個具有絕對權威卻又超然於外的旁觀主體。所以傳統白話小說的敘述者是「第三人稱現身而不介入的敘述者」。

---

❺ 理論觀念參考趙毅衡《苦惱的敘述者——中國小說的敘述形式與中國文化》北京：北京十月出版社，一九九四年。頁二七。

若與傳統白話小說的敘述者相較，則張恨水小說中的敘述者同樣是採第三人稱口吻也不介入的敘述者。但是卻顯得「隱身」。藏身的程度甚至會讓人視而不見，意識不到它的存在。換句話說，就是敘述者主體不凸顯，絕非傳統白話小說中那世故又老氣十足的敘述者。例如《春明外史》第四十四回：

> 船到了南岸漪瀾堂，走上岸去，信著腳步向西走。過了迴廊，一帶柳岸，背山面水，很是幽靜。因為這個地方，來往的人少，路上的草也深些，水邊的荷葉，直伸到岸上來。岸邊有一株倒著半邊的柳樹，橫立在水面上，恰好擋住西下的太陽，樹蔭底下，正有一塊石頭，好像為著釣魚之人而設。楊杏園覺得這個地方，很有趣味，便坐在石頭上，去聞荷花的清香。水面上的微風吹來，掀動衣袂，很有些詩意。由詩上不覺想到李冬青，心想要找這樣和婉能文的女子，真是不容易。有時候，她作的詩，十分清麗，我絕作不出來。楊杏園坐在這裡，正想得出神，忽然身後有一人喊道：「楊先生你一人在這裡嗎？」楊杏園回頭看時，正是李冬青。笑道：「我愛這地方幽靜，坐著看看荷花。」李冬青道：「難道不怕曬？」楊杏園這才省悟過來，太陽已偏到柳樹一邊去了，從柳條稀疏的地方穿了過來，自己整個兒曬在太陽裡面。笑道：「剛才坐在這裡，看水面上兩個紅蜻蜓，在那裡點水，就看忘了。」李冬青和他說著話，慢慢也走到石頭邊，撐著手上的花布傘，就在楊杏園剛作的那塊石頭上坐下了。楊杏園道：「密斯李怎樣也走

到這邊來？」李冬青道：「我送了密斯史出後門去，我也是由北岸坐船來的。到了這邊，我也愛這西岸幽靜，要在這裡走走。」楊杏園道：「這個日子還沒有什麼趣味。到了秋天，這山上滿山亂草，灑上落葉。岸邊的楊柳疏了，水裡的荷葉，又還留著一小半，那時夕陽照這裡來，加上滿草地裡蟲叫，那就很可滌蕩襟懷，消去不少的煩惱。」李冬青笑道：「楊先生這一遍話，把秋天裡的夕陽晚景，真也形容得出。這是幽人之致，人間重晚晴啦！」楊杏園笑道：「幽人兩個字，不但我不敢當，在北京城裡的人，都不敢當。有幾個幽人住在這勢利場中。」李冬青也笑道：「不然，古人怎樣說，『冠蓋滿京華，斯人獨憔悴』呢！」楊杏園記得《隨園詩話》中有一段詩話。一個老人說：「夕陽無限好，只是近黃昏」一個就解說：「不然，天意憐幽草，人間重晚晴。」正和這段話相似。這正是她讀書有得，所以在不知不覺之間，就隨便的說了出來。

本段引文，雖是由敘述者敘述，但是敘述主體卻容易遭忽略。從「船到了南岸」到「爲著釣魚的人而設」一段，敘述者像攝影機般傳達著人物的行動與岸邊的風景，如柳岸、荷葉、柳樹、石頭。接著以「直接引語」（詳看「敘述話語」章）「心想」兩字轉述楊杏園的心境與聯想：他從「微風」想到「詩意」，從「詩意」又聯想到心儀的女子李冬青。接著還是以「直接引語」直接轉述楊李二人的對話，最後仍以「直接引語」轉述楊杏園心裡對李冬青才氣的評價。除描述自然景物及人物的動作（如：「撐著手中的花布傘」）外，敘述者不帶任何敘述加工以大量「直接引語」直接轉述人物的對話及心理話語。此處敘述者自我意見與判斷全不可見，他像攝影機與錄音機般「轉錄」著所見所聽，其中只有對於敘述對象的擇取尚帶著敘述者的主觀意念，除此之外敘述者的主觀聲音都是低抑的。此種敘述口吻不會像某些傳統小說敘述者那麼「聒噪」與「多話」，反而予人平實之感。而且傳統說書人世故而鄉愿的聲音，在此也不復見。

以下將從分析敘述者的各種功能，進一步深究文本中敘述者的「發聲」方式與位置。

（一）敘述功能：作為小說的講述者

若以上述的敘述者五大功能來看，表面上張恨水小說中的敘述者只有熱奈特所定義的「敘述功能」最爲凸顯。敘述者認眞盡責地做著敘述的工作。因爲他總是鉅細靡遺、一點一滴地詳細敘述著人物的舉止和言說。其實所有敘述文本，敘述者必定執行著敘述的工作，敘述者一定身負敘述功能。即使是「敘述功能」，張恨水小說的敘述者似乎也盡量地克制與壓抑，而不會知無不言，言無不盡。例如敘述者不會大肆陳述主觀看法，不會有一大堆說教式、老生常談式的評論干預。同時在傳統白話小說中，敘述者藉「原來……」倒敘說明事件原委的敘述格式也幾不可見❻。

---

❻ 只在少數早期的作品文本中零星可見。如《春明外史》第六回講到李俊生的故事。「楊杏園說在陽台旅館看見他。」敘述者接著說：「原來李俊生那晚在新世界逛的時候」作了倒敘的補充說明。

張恨水文本的敘事者通常僅「客觀」❼地陳述著人物外在的舉止、形貌、表情，乃至於心境；對人物的性格與品格的呈現，主要是通過人物自身的對白與動作來呈現。敘述者並不太對人物品頭論足。敘述者通常只在大段的人物對話前加上簡潔的舉止介紹；有時甚至連這說明文字都沒有，如果將這些對話分行來寫，還頗類似劇本台詞。其實這點與傳統小說及民初「舊派小說」很像。

至於大篇幅敘述的部份，多數是方位、自然景物以及物品擺設地點的說明（場景描寫）；或者是人物心理狀態的刻畫（心理描寫）。總之，在敘述功能中，他刻意地壓抑敘述者主體思考、評論與主導的能力。

（二）傳達功能：作為與敘述接受者相呼應的整體

在敘述行動持續進行的時候，敘述者雖從不「現身」來自稱「在下」或「說書的」；也不曾以任何召喚語氣來呼喚敘事接收者，如出現「看官」等語言。雖然聽故事的人並沒有「現身」，但原理上一定有個敘述接收者，因此在張恨水文本中仍可讀到敘述者在對「隱含讀者」「講述」的痕跡。而且敘述者自稱「作書的」，已拋下「說書的」這類傳統白話小說對口頭文學的程式化模擬。他清楚地傳達出他正在作一本書，一部小說；他也清楚知悉「隱含讀者」的存在，

❼ 「客觀敘述」，其實是不存在的敘述形式。因為敘述本身絕無法避免敘述者干預以及選擇等因素。此處「客觀」之意，是因與那種敘述者大量插話、評論、發音的文本相較，因而顯得「相對」客觀。

他要帶「隱含讀者」慢慢進入他的故事中。因此敘述者在此與隱含作者幾乎合一了。這種例子其實不多，多集中在書的開場部份。除了開場部份，其他倒是不太易見這類對敘述接受者的召喚形式。如《春明外史》：「這人是皖中的一個世家子弟，姓楊名杏園。號卻很多，什麼綠柳詞人啦，什麼滄海客啦……在我這部小說開幕的時候，楊杏園已經在北京五年了。」如《現代青年》：「……我們書中主要人物的一個，正在磨豆腐。」如《巴山夜雨》的開場：「……我們書上第一個出場的人物是李南泉先生，就在這裡踱著步，緩緩來去。他是個四十多歲的男子，中等身材，穿了件有十年歷史的灰色湖縐舊夾衫……」

（三）操控功能：作為敘述進程的控制者

至於「操控功能」方面，他文本中的敘述者也非傳統小說中那種明顯操控敘述進程的敘事者。傳統白話小說的敘事者會說：「花開兩枝，各表一頭」之類的話。或者又如《醒世姻緣》第二十三回中敘事者說：「這是明水的第一位鄉宦如此。再說一個教書先生的行止，也是世間絕沒有的事。」這類敘述者他們會明顯主導小說敘述的方向，清楚地暴露出他敘述進程移動的軌跡。但是張恨水文本裡的敘述者卻泯除這種移動的痕跡，他總是自然地將一個場景帶到另一個場景，自然地以一個人物帶出另一個人物，讓人容易忽略這轉換也是敘述者的操控與引導。

（四）評論功能：作為對敘述中故事之評論者

與傳統白話小說相較，張恨水文本中敘述者絕少加入評論。敘述者「通常」只是敘而不議地陳述與描寫，很少加入自己的意見。文本中「通常」只傳達人物心裡所想，人物眼睛所見（詳看「人物聚焦」篇章），至於敘述者如何以爲則不易知悉。敘述者對人物也不太有言語上明顯的褒貶與憐憎。換言之，就是敘述者絕少作評論干預。但評論干預卻是傳統小說特有而極常見的敘述套數。例如：宋話本小說《錯斬崔寧》（《醒世恆言》中名《十五貫戲言成巧禍》）中寫到劉貴醉醺醺地拿著十五貫錢回家，因醉酒而戲言這十五貫是典賣娘子的身價錢，導致小娘子出走，賊人入室行兇。就在此時，敘述者（說話人）忽然跳出來說：「若是說話的同年生，並肩長，攔腰抱住，把臂拖回，也不物件得受這般災晦，卻叫劉官人死得不如《五代史》李存孝，《漢書》中彭越。」這種敘述套數，在《水滸傳》中也有。在《水滸傳》第三十二回結尾，宋江從清風山去清風寨，敘述者同樣說：「若是說話的同時生，並肩長，攔腰抱住，把臂拖回。宋公明只因要來投奔花知寨，險些兒死無葬生之地。」但是張恨水文本中這種評論干預少之又少，他是有意識的在避免出現敘述者的評論意見。因此張恨水十分推崇《儒林外史》的原因，恐怕因爲《儒林外史》是一部敘事者評論干預程度較低的小說，只保留傳統白話小說中一些起碼的程式性干預。

然而張恨水文本中敘述者的評論文字雖然少，但也不是全不可見。以下可分兩類討論。

1、明顯的議論文字

如《天河配》在第二十一回篇首突然出現一段敘述者天外飛來一筆的評論：「佛家將酒色財氣，當作四戒。我們猛然聽到這個氣字，覺得與人生無甚大礙，其實這個氣字，也就壞事最大。一個人爲出一口氣，往往可以鬧得全國騷然，不用說是就個人而言了。」如在《如此江山》第九章「結鄰」中說：「女人的虛榮心，向來是勝於男子，所以女人好勝的心，當然也比男子更切。你看有許多女運動員，爲了失敗，在萬目睽睽之下，往往是哭了出來。朱雪芙聽到方小姐的那話，分明是譏笑自己，沒有爬山的能力……」另外《平滬通車》算是敘述者評論較多的作品。如第十章「小醉了一場」，敘述者說：「俗言道得好，爛肉偏遭碰。好像說一個人身上，那裡有潰爛的所在，一定會造意外的碰撞。其實那也不然，是人疑心所致的。人身並無潰爛的所在，哪天不知和金木水火土碰撞，只是碰撞了並不痛，所以不介意。繫春這次在火車上，不免有點心事……」第十二章「醇酒婦人」中，就在女騙子繫春偷了子雲的錢後，這敘述者像忍不住地發了一段瑣碎且大可刪去的議論，其中清楚表達了敘述者自身的道德判斷：

> 許久許久，她毅然地起身，把屋子裡的電燈，給熄滅了。在黑暗中人世間的一切罪惡，便是要開始發生的。自然不是沒有光亮的地方，就不會發生罪惡；可是果然有罪惡發生，必是在黑暗裡開始，那是可以斷言的。這位繫春小姐，

> 他對於胡子雲先生那樣一拍即合，百般將就，為著什麼呢？就是為了要造成一種罪惡。這種罪惡，到黑暗裡面，就好進行了。

這「罪惡」，不外是說繫春就可趁機摸黑執行偷錢的勾當。但從繫春關燈，敘述者可以絮絮叨叨地說上一段「罪惡」與「黑暗」的「邏輯關係」。這眞是少見的敗筆。但是縱觀張恨水近百部的小說，這種像傳統小說敘述者「現身」大肆評論的狀況並不太多。他似乎刻意壓低敘述者的姿態與身段。

2、語帶評價或評論之意

上一類是敘述者說著與情節本身並無太相關的議論。但這部份是敘說著情節的發展，但是敘述者卻語帶評論之意。如《夜深沈》第一回：

> 夏天的夜裡，是另一種世界，平常休息的人，到了這個時候，全在院子裡活動起來。這是北京西城一條胡同裡一所大雜院，裡面四合的房子，圍了一個大院子，所有十八家人家的男女，都到院子裡乘涼來了。滿天的星斗，發著渾沌的光，照著地上許多人影子，有坐的，有躺著的，其間還有幾點小小的火星，在暗地裡亮著，那是有人在抽煙。抬頭看看天上，銀河是很明顯的橫攔著天空，偶然一顆流星飛動，拖了一條很長的白尾子，射入了暗空，在流星消滅了以後，暗空一切歸於沈寂，只有微微的南風，飛送著

> 涼氣到人身上。院子的東角，有人將小木棍子，撐了一個小木頭架子，架子上爬著倭瓜的粗藤同牽牛花的細藤，風穿了那瓜架子，吹得瓜葉子瑟瑟作響，在乘涼的環境裡，倒是添了許多清趣。
>
> 然而在這院子乘涼的人，他們是不瞭解這些的。他們有的是作鞋匠，有的是挑水車子的，有的是挑零星擔子的，而最高職業，便是開馬車行的……

上述這段敘述者顯然透露出主觀的意念。第一，敘述者像是一個同在場的人物，不以人物眼睛，而以自己的眼睛來觀看這夏夜景致。第二，同時他並傳達出他觀看的感覺：「飛送著涼氣到人的身上」。這「人」應就是敘述者自己，而「涼氣」則是他的感覺。還有「添了許多清趣」，也是因敘述者情調與品味所感。第三、敘述者將自己與「這胡同」的人明顯區分，「他們」是不懂這些「賞心樂事」的，因爲他們都是一些賣勞力、作小工的社會底層人物。聽這敘述者的口氣，他應是自覺與「胡同」中人隸屬不同的社會階層；觀其所思，此人應該是個吟風弄月的知識份子。因此，本段的敘述者雖未「現身」，也不「介入」，但是言談之間，卻仍帶著主觀意念與評價。《夜深沈》第十三回也是一個透露敘述者出主觀意念的片段：

> 一個十六七歲的女孩子，憑他怎樣的聰明，社會上離奇古怪的黑幕，她總不會知道的，同時社會上的種種罪惡，也就很不容易蒙蔽她的天真。月容雖一時受了宋信生的迷惑，但是她離開真實的朋友還不久，這時，二和那樣誠懇的對待她，不由不想起以前的事來了。

敘述者在此像一個老成的旁觀著，忍不住抒發著對此事的見解。敘述者言談之間充滿著對月容的憐憫疼惜，也在此作了對個別人物的評價。很明顯的，月容是因年輕天眞受誘惑（沈鳳喜也是同類型之例）；丁二和則代表「眞實」；宋信生代表罪惡與黑幕。

3、自我人物化功能：自己作爲一個人物

他多數作品的敘述者都不是小說的人物，也就是都不是人物在說故事。例外者僅有《八十一夢》裡敘述者是以人物「我」來敘述。除此之外，在《夜深沈》第二十一回月容對著老伙計說著自己受矇騙的經過，這是一大段以人物月容作爲敘述者的第一人稱敘述段落，不過此種例子極爲少見。

人物說著自己故事的段落雖然不多，但是，部份作品卻有著以小說人物說著別人故事的段落。這時，這些滔滔不絕的人物，就成爲除了原敘述者之外的「第二敘述者」。這眾多的第二敘述者，通常他們也以第三人稱口吻，說著別人的故事。雖然身爲人物，但敘述功能卻與第一敘述者（原敘述者）差不多。如《春明外史》第三回就以楊杏園之口對著梨雲說著女子林燕兮的身世與遭遇。第六回藉著茶房之口揭穿了「妹督」的眞實身份，其實眞正目的似乎是在向「隱含讀者」揭露秘辛的原委與內幕，而人物李俊生這時還被蒙在鼓裡呢！這種人物成爲敘述者的形式，雖是第三人稱敘述，但卻應採限制觀點敘述。但是當人物滔滔不絕地轉述著自己聽來的故事，卻仍大量採用「直接引語」，甚至還對形貌作詳細的刻畫時，可信度必然驟減。這是從晚清小說以來即有的問題。如《二十年目睹之

怪現狀》第二十二回王柏述敘述李玉軒往事的段落等等即是。張恨水或許曾發現到此一敘述上的疏漏，因此之後的小說，幾乎無法見到這類人物說故事的段落；而且在《春明外史》第十二回當何劍塵鉅細靡遺地對杏園說著老鴇對妓女花君的折磨時，楊杏園忽然說：「你何以知道這樣詳細？」何劍塵道：「這都是阿根來告訴我的。」

4、可靠的敘述者

若根據里蒙•凱南（Shlomith Rimmon-kenan）定義：「可靠的敘述者的標誌是他對故事所做的描述評論總是被讀者視爲對虛構的眞實所做的權威描寫。❽」就是說倘若敘述者與隱含作者❾的意見、想法、價值觀相同，能代表隱含作者發言的敘述者，就是可靠的敘述者。但是綜觀上文，張恨水文本中的敘述者似乎因爲壓低敘

---

❽ 見里蒙•凱南（Shlomith Rimmon-kenan）的《敘事虛構作品》“NARRATIIVE FICTION：CONTEMPPORARRY POETICS”姚錦清等譯。北京：三聯書店，一九八九。頁一八〇。

❾ 這「隱含作者」（implied author）為韋恩•布斯（Booth Wayne）在《小說修辭學》“The Rhetoric of Fiction”書中首先提出。而查特曼（Chatman ,Seymour）在一九七八年的《故事與話語》“Story and Discourse”中則提到下述的圖表：「（真實作者）→隱含作者→敘述者→被敘述者→隱含讀者→（真實讀者）」而（）中的真實作者和讀者即代表存在於文本之外。他也另外說：「隱含的作者和敘述者不同，他什麼也不能告訴我們。他，或者更確切說，它，沒有聲音，沒有直接進行交流的工具。它是通過作品的整體設計，藉助所有的聲音，依靠它為了讓我們理解而選用的一切手段，無聲地指導著我們。」轉引自里蒙•凱南上引書。頁一五七。

述聲音，敘述者自我聲音不清晰又極少評論，所以很難判斷是否接近隱含作者的意念。所以表面上，像張恨水文本這類傾向拒絕置評的敘述者，應該不太可靠。不過，以上推論也不一定正確。因爲有時不帶個人主觀意念的敘述者，反而易給人權威可信之感，反而容易讓敘述接受者覺得敘述者傳達的訊息眞實而可靠。而且部份作品在篇首敘述者會暫時跳出以「作書的」自稱，暗指敘述者在此與「隱含作者」爲疊合的；同時從張恨水文本敘述者的敘述中，仍可「隱然」感到許多價值與喜好是與作者本人相同的。如：對不義之憎惡；對清廉之崇敬；對氣節之讚揚；對投機不法之不以爲然。其實若從張恨水傳記與其他作品透露出的觀點觀察，其實小說文本中的敘述者是相當接近「隱含作者」張恨水本人的價值與主張的。如此他文本中的敘述者應絕對是個「可靠的敘述者」。

在中國白話章回小說的傳統中，像張恨水文本中此種「隱蔽的敘述者」非常少見。遲至晚清，敘述者的自稱雖有時從「說書的」變成「做書的」，但仍發出許多專斷而主觀的聲音，仍用書場講故事者的身份全場操控敘述行爲。如李伯元的《官場現形記》：「一天大事竟如此冰消瓦解。這是中國官場辦事，一向大頭小尾慣的，並不是說書人，先詳後略，有始無終也。閒話慢表，且說……」或是「做書的」也對敘述的故事作道德判斷：「列位要曉得，這些做大善士的人……有了此輩，到底救活性命不少，此乃做書人持平之論，若是一概抹煞，便不成爲恕道了。」另外像吳趼人的《二十年目睹之怪現狀》中，敘述者雖以傳統難見⑩的「第一人稱」「我」

---

⑩ 敘述者以第一人稱出現，在中國白話小說史上極為少見。而在文言小說系統

來自稱⓫，但同時卻仍使用了「看官與說書」的格局。如第二十一回：「說也奇怪，就同那做小說的話一般，叫做『無巧不成書』。這人不是別人，卻是我的一位姻伯，姓王，名顯仁，表字伯述。說到這裡，我卻要先把這位王伯述的歷史，先敘一番。看官們聽著！這位王伯述，本是世代書香的人家……」到了民初的章回小說也並未拋開傳統程式，有時真覺得敘事者嘮叨絮聒。如李涵秋《廣陵潮》第五十一回：

> 阿呀呀！《廣陵潮》成書，至今已是五十回了。風馳電掣，把那舊社會的形狀，在下這枝筆拉拉雜雜寫來，雖算不得極巧窮工，也覺得過於鋪張揚厲，引得讀書的諸君，笑一回、罵一回。但是在下的意思也不是過於刻薄，一點不留餘地，為我諸伯叔兄弟燃犀怪照那見不得人的形狀；不過藉著這通場人物，叫諸君彷彿將這書當一面鏡子，沒有要緊事的時辰，走過去照一照，或者改悔得一二，大家齊心協力，另造一個簇新世界，這才不負在下著書的微旨……如今第一個人便當從雲麟的妻舅柳春說起。⓬

中也只零星出現。僅見的例如：唐傳奇中的《古鏡記》、《遊仙窟》、《謝小娥傳》以及明清筆記小說的《東遊記異》、《看花述異記》、《浮生六記》等。而到晚清民初文言小說中卻蔚為風氣。例如蘇曼殊《斷鴻零雁記》（一九一二）、《絳紗記》（一九一五）、《碎簪記》（一九一六）及徐枕亞《余之妻》等作品中敘事者皆以「余」出現。

⓫ 普實克就曾說《二十年目睹之怪現狀》中傳統敘述者轉為第一人稱的變化，並非功能性的變化，而只是一種姿態罷了。普實克《抒情的與史詩的》（Jaroslav Prusek，The Lyrical and The Epic）Bloomington，1980。P.115

⓬ 《廣陵潮》江蘇古籍出版社，一九八五。下冊。頁五六三。

其實晚清也曾出現一本敘述者隱身不顯的小說《海上花列傳》（一八九二）。魯迅稱讚《海上花列傳》「平淡而近自然」⓭；張愛玲讚譽《海上花列傳》「微妙的平淡無奇」⓮。此書顯得「自然」，除了作者以淡筆含蓄地輕寫世情外，文本中敘述者主觀聲音的低抑，章回套語的揚棄，恐怕也是造成平實眞切之感的原因⓯。而張恨水小說的敘述聲音，頗類似的《海上花》敘述者平淡的口吻。不顯身、不介入，只遠遠地、不帶感情地娓娓呈現著「別人的」故事與對話。其實這種說著「他人」（或云：「第三人稱」）故事而又全知⓰的敘述姿態，並不能等同於說書人口吻。但張恨水看似接近「舊派」，應與他敘事者使用這種「接近」說書人的口吻有關。但其實只是「接近」而已，實質並不相同。另外，像張愛玲文本之所以較偏「舊派」，或是據她說自己有襲自張恨水之處，似乎就是她也使用了這不介入的敘述者的敘述特徵。若與張恨水相比，她文本中的敘述者雖同樣不介入、不評論，但她似乎更著意地暴露敘述者正在「說一個故事」的痕跡⓱。雖然張恨水文本也有「我們書中出現的

⓭ 見《中國小說史略》〈清之狹邪小說〉。

⓮ 見《海上花落》臺北：皇冠，一九九二年二版。頁七二四。她說：「微妙的平淡無奇的《海上花》自然使人嘴裡淡出鳥來」。

⓯ 《海上花》只有第一回開頭一小部份用了「看官！你道這花也憐儂究竟醒了不曾？請各位猜一猜這啞謎兒如何？……」之後通篇未再出現。

⓰ 此處的「全知」，是指敘述角度任意變動。因為只有當敘述者講述的是同一時刻在不同地點發生的事時，敘述才超越了任何人物的經驗範圍，才是全知。像張恨水敘述多限制於人物經驗，只是敘述角度不斷移動而已。

⓱ 例如：《第一爐香》開頭：「請您尋出家傳的霉綠斑斕的銅香爐，點上一爐沈香屑，聽我說一支戰前香港的故事，您這一爐沈香屑點完了，我的故事也該完了」。

第一個人物……」的措辭，但是並不多見；敘述者多是讓人不知不覺地進入情節之中，而令人容易忘了敘事者的存在。

至於五四新文學早期的小說在敘述者身份的安排上，多策略性地選擇揚棄傳統敘述中那說他人故事的全知敘述者。例如：以人物身份進入故事（如：魯迅的《孔乙己》、《故鄉》等）、敘述者大量使用第一人稱「我」敘述（如郁達夫《沈淪》、《春風沈醉的晚上》等）、或是以書信或日記的形式呈現（如：丁玲《莎菲女士的日記》等）。第一人稱敘述者的人物化，容易形成敘述者與隱含作者難分的程式現象⓲。不過其中也有與張恨水文本一樣使用第三人稱隱身的敘述者的例子，如魯迅的《藥》和《示眾》，或是林徽英的《九十九度中》即爲佳例。這幾個文本，從頭至尾，敘述者就像一不帶主觀意念的記錄觀察者。也因爲敘述者放棄操控的主導權，使得敘述文本獲得比較寬廣的歧異性。但是以類似的敘述方式，張恨水的文本中卻欠缺魯迅這種歧義性。原因是張恨水文本中的敘事者，遇事逢人多詳細交代來龍去脈；不像魯迅刻意製造敘述的斷裂，因而造成讀者閱讀的隔閡與陌生感。而這也是張恨水小說之所以通俗易讀的原因之一。但弔詭的是，張恨水這種清晰的交代方式，卻不是以敘事者大加指點地作著「敘事干預」（例如：「原來……」此一倒敘格式）；因爲

⓲ 美國漢學家白之（Cyril Birch）曾說：「一九一七年至一九一九年文學革命之後幾年發表的小說最驚人的特點倒不是西式句法，也不是憂鬱情調，而是作者化身（authorial persona）的出現。說書人姿態消失了，敘述者與隱含作者合一，而且經常與作者本人合一……」出自〈中國小說的繼承與變化〉出自《白之比較文學論文集》微周譯。長沙：湖南文藝出版社，一九八七。頁一五五。

他除了以敘事者「述說」外，還大量以人物交互對話傳出情節的線索與訊息。這打破了原本以為較「通俗」的文本，「敘事干預」就會越多的既定認知。如張資平的《沖積期化石》等作，除了內容的原因外，就是因出現大量的敘述干預⑲，才使他文本讀來類似傳統的敘述表述方式，才被歸於較「俗」的一類。另外像所謂「實踐了『文藝大眾化』通俗形式」的趙樹理，他的《小二黑結婚》等作品，敘事者也以無所不談、無所不知的身份縱橫全場，對情節也上天下地多所告知⑳。然而也被稱為「通俗大師」的張恨水，文本中的敘事者竟然卻總是沈穩地靜觀一切，娓娓述說。相較之下，張恨水的確是對傳統敘述形式作了深具自我風格的改良。他被喻為既「俗」又「雅」的作家，原因之一，恐怕就是因為表面上他襲用了傳統白話小說第三人稱全知敘事者的敘述形式，看似傳統通俗小說：另外他卻又能在敘述語氣與姿態上多所節制，創造出有別於傳統，而類似新文學文本中隱蔽而克制的敘事者㉑，則又顯得新且雅了。

---

⑲ 如第三十二節說到某人物到南洋掙錢，死於肺氣病：「他小小年紀就不怕辛苦，冒險跑去南洋，誠懇地和一般知窮困能努力的人堂堂正正爭飯吃，我真佩服；他的死耗是由友人那邊間接聽來的，我借這個機會，在我的《沖積期化石》循例追悼他幾句。」

⑳ 如《小二黑結婚》中：「三仙姑下神，足足有三十年了。那十三仙姑才十五歲，剛剛嫁給于福，是前後莊上第一個俊俏媳婦。于福是個老實後生，不多說一句話，只會在地裡死受。于福的娘早死了，只有個爹……」。

㉑ 新文學中敘述者也不全是隱蔽而克制的。像老舍（如：《駱駝祥子》、《老張的哲學》等）或如許地山《綴網勞蛛》等多篇文本的敘述者，就滔滔不絕地大量做著敘事干預。如普實克所說，老舍的作品，既接近舊式歐洲寫實主義作品，又接近舊式中國長篇小說的傳統。老舍深受狄更斯影響，而狄更斯文本中的敘述者就是以類似中國說書人的口吻不斷評論。同普實克前註書。頁六一。

二、偶見現身介入的敘述者

（一）篇首敘述者「現身」說明

雖說張恨水文本中多是隱蔽不現身不介入的敘述者，但也偶有例外的情形。不過並不多見，且多出現在篇首。如：《斯人記》中第一回的敘述者就以「我」爲名與隱含作者以「二位一體」似的狀況出現：

> ……況且小說一道，本來是街頭巷尾之談，那種材料真是俯拾即是。所以這一部小說不必裝腔作勢，說什麼有托而述。也不說樓閣憑空，全是杜撰。不過把斯人耳聞目睹的事，似乎可資玩味和談助的，隨便記將下來，文字裡面，加些小說匠固有的點綴，做為長篇小說。所以老老實實，就名他為《斯人記》。《斯人記》云者，一可說是斯人所記。二可說把斯人事記將下來。若說冠蓋滿京華，斯人獨憔悴。作者斯記，有獨清獨醒之感。則吾豈敢？那倒不如說是死人所記為得了。閒話說了半天，我這一點感想，卻從何而起？

這種敘述者現身說「法」的文字，不過就開篇一小段而已，之後敘述者又恢復他隱蔽的身份了。不過這段看起來像「楔子」的段落，卻隱藏了不少含義。敘述者在此跳出來似乎是爲了要做些說明。第一，似有解釋題目之意。敘述者在此自我指涉，說明他與「隱含作者」是同一人。他以「隱含作者」的「分身」說明爲何要叫《斯人記》。「斯人」很顯然有兩意。其一是作者爲「斯人」，因此本書爲「斯人所記」；其二則爲記斯人們的故事，而二者意義都來自於「冠蓋滿京華，斯人獨憔悴」之語。再進一步推敲，這記人之人與所記之人應都是相對於「冠蓋」的同類之人。第二，似有解釋本書結構之意。敘述者以小說本是巷議街談、道聽途說㉒的叢殘小語㉓；本是「隨便記下來以資玩味和談助」等論點說明此書的「筆記」本質。就是此書既是用筆隨筆記錄的「筆記」，也具有如筆記小說的片段性特徵。縱觀《斯人記》一書結構類似《儒林外史》而更顯瑣碎。一個人物上來一段，而下段忽焉消失，又再從另一人故事講起。最後一回雖略提及前述人物（如篇首提到的華小蘭與芳芝仙），但仍未擺脫全書的片段性特徵。但是張恨水爲何要特別在開篇爲這片段性的結構提出說明呢？一九二九年當《斯人記》發表時，張恨水其實可能領悟到這種人物展覽畫寫法的缺失，所以他在次年的《啼笑因緣》及之後的所有作品都一改這多人多事的寫法，而以單線故事爲之。因此當他決定此書體例時，可能想以敘述者之「序言」先作辯解，因此敘述者才現身說明。在此附帶一提的是，在上述「序言」中，他否認自己「有托而述」，也否認有獨清獨醒之感，甚至用「斯人」與「死人」之諧音說不如說是「死人所記」罷了。這類文本中

㉒ 班固在《漢書藝文志》中說：「小說家者流，蓋出於稗官，街談巷語，道聽途說者之所造也。」

㉓ 漢代桓譚《新論》中說：「若其小說家，合殘叢小語，近取譬論，以作短書，治身理家，有可觀之辭。」

明明有「明道」之意，卻特意否認的例子，在《八十一夢》的「尾聲」中也有。他說：

> 何況這根本是夢話，充其量不過是夢中說夢，夢話就以夢話看了，何必當真呢？中國的稗官家言，用夢來作書的，那就多了。……太多太多，一時記不清、寫不完，但我這《八十一夢》，卻和以上的不同。人家有意義，有章法，有結構，但我寫的，確是斷爛朝報式的一篇糊塗帳……也有人送我一頂帽子，說我是《二十年怪現狀》、《官場現形記》一類作風。夫我佛山人與南亭亭長，古之傷心人也。他們之那樣寫法，除了那個時代的反映之外，也許有點取瑟而歌之意，可是我人微言輕，絕不作此想，縱有此意，也是白費勁。作長沙痛哭之人多矣，那文章華國的責任，會臨到了我？

這種故意嚴正否認有「載道」寄託的態度，甚至故作「萬事不關心」的姿態，可能是對當時高舉著「反映人生」的「載道」大旗者提出不以爲然的嘲諷。

另外如《虎賁萬歲》的第一章敘述者也是以近說書人口吻先現身的：

> 但他不是一隻老虎，是八千五百二十九隻老虎。你聽了會驚訝的說：這樣多老虎？好大一個場面。那我還得笑著告訴你，他不真是老虎，是人，所以我用一個他字。他不是平常的人，是國軍七十四軍五十七師的全體官兵。

不過同《斯人記》一樣，當進入主敘述時，這現身的敘述者也就隱身了。但這種「現身」也同《斯人記》一樣，有著解釋題目的功能。很顯然的，敘述者嘗試在此說明本書之所以稱作《虎賁萬歲》的原因以及本書的內容。

（二）《八十一夢》中第一人稱「現身」敘述者

所有作品中，唯一眞正例外者爲《八十一夢》[24]。《八十一夢》中的敘述者直接以第一人稱「我」出現在故事中，而且是人格化的敘述者。他的個性與功能有多種方面：第一，「我」是故事的講述者，如上述所言具有「敘事功能」。因爲每一個夢都是「我」的一個夢境。「到了次日早起，第一件事，就這與是抽筆展紙，把夢裡的事情默寫出來。」第二，「我」是一個「介入式的人物」，這與其他小說隱蔽不出場不介入的敘述者身份很不相同。在《八十一夢》中，「我」就是小說中的一個角色，有時與人物進行對話，有時作爲一個觀察者。例如在第十夢《狗人國一瞥》中，敘述者作爲旁觀的講述者，觀察著狗頭國人的生活方式。但是隱隱地卻能感到隱含作者批判與諷刺的道德意圖；敘述者話語中隱然地對某些人物帶有不以爲然的否定與批判。因此在《八十一夢》中的敘述者可說是可靠的敘述者。面對著貪官污吏、發國難財的商人、奢靡特權的豪門、囤積居奇的販子等的「烏煙瘴氣」，這個「我」始終拿著一

---

[24] 方長安〈夢·敘述者·敘述結構——對張恨水《八十一夢》的形式分析〉文中也有相近的討論。武漢：《通俗文學評論》一九九六，一月。

把與隱含作者標準相同的正義之尺在衡度是非。

因爲敘述者既現身又介入的身份，所以他也是一個干預型的敘述者。文本中常出現敘述者的指點干預和評論干預。評論干預，就是敘述者對文本內容進行評論與道德評判。在《八十一夢》中，敘述者會以不同的方式進行評論干預：如最直接的就是敘述者發出議論。例如「我」在第五夢《號外號外》中自發議論地說：「闊的朋友，到了四川以後，更闊；而窮的朋友呢？到了四川，也就更窮了。這樣看起來，貧富終究是個南北極。現在要回南京，看這情形，還是那樣？」有時會藉由敘述者心裡的評論聲音表現，或以疑問或不以爲然的口氣發問。如在第八夢《生財有道》中當「我」幫鄭進才搬藥箱後，對這個大投機者就大發感慨：「我想，我怎麼會不對呢？就替你省了三分郵票。但我累得週身臭汗，實在喘不過氣來答他的話。」另外一個作法是將人物姓名帶上敘述者價值的評論。這作法在晚清所謂「譴責小說」中是屢見不鮮的。如《官場現形記》中人物叫陶子堯，後來果然逃之夭夭；叫邊邁朋者，後來果然出賣了朋友。而像《花月痕》、《二十年目睹之怪現狀》、《官場現形記》竟都同樣用了個名字「苟才」。在這樣的道德價值控制之下，人物自然成爲臉譜。因此人物在此大多只是隱含作者意念貫徹下抽象的符碼，缺乏個性、缺乏性格史。而《八十一夢》中對人物姓名的選用如：萬士通、魏法才、馬知恥等也有相同的問題。這類人性格是先驗而不變的，他們是爲了代表某種道德類型而出現。但這也可呼應前文作爲敘述者敘述可靠性的證據之一。此外，在《八十一夢》中還有指點干預，就是敘述者附帶敘述一些與原情節敘述流無關的說明或指點。例如敘述者在篇首「楔子」中，交代文本來源。或強調文本既虛妄又不離現實的敘述策略：「再回想夢中的生離死別，未嘗不是眞事所反映的，又著實增加許多傷感，多少可以滲透一點人生意味。」另外，在夢的結尾，敘述者「我」也跳出原情節流外，對情節加以指點，並宣告夢的結束，以控制隱含讀者對文本的理解與詮釋。例如第十五夢《退回去了二十年》，寫到我父親與蕭先生正要打「我」，我昏然躺下時，敘述者卻忽然突兀地跳出來嚷著：「哈哈！當然沒有這回事，讀者先生，你別爲我擔憂！」另外第三十六夢的《天堂之遊》，寫到豬八戒正要介紹「天堂銀行」，卻見兩首留在桌上的詩，看完汗如雨下。就在此時，敘述者卻跳出夢境寫道：「你想，我還戀著如此天堂嗎？」然後結束。此處不但明示了敘述者的道德價值，也出現了對敘述接受者「你」的召喚語氣，這在他其他小說中是不可見的。所以張恨水曾說：「事過境遷，《八十一夢》，無可足稱。倒是我寫的那種手法，自信是另創一格。㉕」《八十一夢》的確有著與他其他文本不同的敘述者類型。

總之，在《八十一夢》中，一、敘述者就是人物。二、敘事者現身介入文本中以所謂「第一人稱」「我」來敘述。三、敘述者就是觀察者與聚焦者。四、敘述者還大發評論，抒發自己對聞見之事的感想。五、敘述者敘述著自己的夢境，所以他也具有操控情節進程的能力。所以，敘述者除了具「敘述功能」外，還有「評論功能」、「操控功能」、「自我人物化功能」以及對敘述接收者召喚的「傳達功能」（如敘述者在文本中曾說：「讀者先生，你別爲我擔憂。」等例）

㉕ 見張恨水〈寫作生涯回憶〉《八十一夢》部份。

第四節　張恨水小說中的觀察者（聚焦方式）

所謂「敘述角度」，或稱「視角」，其實並不是單純地等同於「視點」（point of view），也絕不能簡化地以「第？人稱」作區分。因爲在敘述過程中，「觀察者」與「敘述者」是不一樣的主體㉖。敘述角度，通常指聚焦（forcalization）人物（觀察者）提供感官經驗，敘述者提供聲音。即使是第一人稱小說中，敘述者與人物「我」依然是兩個主體。因爲當敘述者回憶倒敘時，此時敘述者「我」比人物「我」還成熟，以致形成敘述者「我」審視人物「我」的距離。如老舍的《月牙兒》中兩個「我」的差距即爲佳例㉗。

傳統白話小說多數不常使用人物聚焦，通常使用的是「敘述者完全聚焦」的形式，也就是敘述者與觀看者是合而爲一的。例如：如《儒林外史》第二回敘述者說：「外邊走進一個人來，兩隻紅眼邊一副鍋鐵臉，幾根黃鬍子，歪戴著瓦愣帽，身上青布衣服就如油簍一般：手裡拿一根趕驢的鞭子，走進門來，和眾人拱一拱手，一屁股就坐在上席。這人姓夏，乃薛家集上舊年新參的總甲。夏總甲坐在上席，先吩咐和尙道：『……』吩咐過了和尙，把腿蹺起一隻來，自己拿拳頭在腰上只管捶。」敘述者自己儼然就是無所不知的

㉖ 熱耐特首先提出此一觀點。

㉗ 趙毅衡〈二我差與敘述主體分裂〉一文，即清楚提到此一觀念。收入《必要的孤獨——文學的形式文化學研究》香港：天地圖書公司，一九九五。頁六一。

目擊者，口氣接近「話本」中的說話人。這是傳統白話小說中最常見的敘述形式，也是一種較接近口頭敘述（俗文學中的講唱文學）的敘述型態。因此到了二十世紀，凡接近俗文學系統的小說文本，敘述者就越具有上述特徵。其中趙樹理所用的敘述者聲音可堪代表。如他的《小二黑結婚》中的一段：「青年們到三仙姑那裡去，要說是去問神，還不如說是去看聖像。三仙姑也暗暗猜透大家的心事，衣服穿得更新鮮，頭髮梳得更光滑，首飾擦得更明，官粉擦得更勻，不由青年人不跟她轉來轉去。這是三十來年前的事……三仙姑卻和大家不同,雖然已經四十五歲卻偏愛當個老來俏,小鞋上仍要繡花，褲腿上仍要鑲邊，頂門上的頭髮脫光了，用黑手帕蓋起來，只可惜官粉塗不平臉上的皺紋，看起來好像驢糞蛋上下了霜。」就是以標準的敘述者聚焦來描寫三仙姑的變化。

一、移動的人物聚焦：以不同人物作爲觀看者

張恨水文本的敘述者大量使用傳統文本較不常見的人物聚焦。其實說傳統文本不常見也不盡然，因爲仍有部份傳統白話小說採人物聚焦的敘述型態。如：《水滸傳》中林沖刺配滄洲後，就一直以林沖爲聚焦人物，所以敘述者並未明說有人將於草料場陰謀殺害林沖之事。又如《紅樓夢》中劉姥姥幾次進大觀園，也是標準的人物聚焦。此外《儒林外史》的敘述中也有大量的人物角度。如《儒林外史》第一回寫王冕畫荷花一段就是以王冕的視角觀之：

湖邊山上，青一塊，紫一塊，綠一塊。樹枝上都像水洗過

一番的，尤其綠得可愛。湖裡有十來荷花枝，苞子上清水滴滴，荷葉上水珠滾來滾去。王冕看了一回，心裡想道：「古人說，人在圖畫中，其實不錯。可惜我這裡沒有一個畫工，把這荷花畫它幾枝，也絕有趣。」心裡又想：「天下那有個學不會的事，我何不自畫它幾枝？

上段是以王冕的視角所見，並非單純的寫景，而是藉景物寫出王冕的藝術修養與人生情趣。相較於後文寫八股文選家馬二先生遊西湖，所見多是女客的衣裙，酒店的魚肉，兩人因不同視角所展現之胸襟修養實在天差地遠。而這種差異的效果，實非敘述者聚焦所能達到的。又如第二回以周進之眼看王大爺：

將近河岸，看時，中艙坐著一個人，船尾坐著兩個從人，船頭上放著一擔食盒。將到岸邊，那人連呼船家泊船，帶領從人走上岸來。周進看那人時，頭戴方巾，身穿寶藍直裰，腳下粉底皂靴，約三十多歲光景。

若以人物聚焦的視角敘事，敘述者必須壓抑操控的權力，卻因此達成敘述主體多元化的策略。敘述者雖仍有發言權，但意識與經驗的掌控權卻落到人物身上。這些人物聚焦段落畢竟是少數，多數的敘述者都以高姿態、凌駕一切、無所不知無所不見的態度敘述著。

張恨水非常喜歡大量用人物聚焦的方式呈現故事。他放棄了傳統白話小說裡最常用的「敘述者完全聚焦」的敘述形式。早期文本中雖保留了傳統小說中「只見」、「但見」、「一見」的形式，但卻非以敘述者之眼「見」，而是以人物的觀察所見而得。人物就是小說的觀察者，與傳統章回小說敘述者與觀察者合一的形式不同。敘述者也不再以無所不知之勢，詳細告知。他總是將視點（觀察點）置於人物身上，說出人物眼睛所看、心中所想，而敘述者只是個傳達人物所見所感的敘述執行者。略微統計，他文本中超過八成以上都是人物聚焦。如《啼笑因緣》第二回寫家樹到鳳喜家拜訪前的所見所思：

> 到了水車胡同口上，就下了車，卻慢慢走進去，一家一家的門牌看去。到了西口上，果然三號人家的門牌邊，有一張小紅紙片，寫了「沈宅」兩個字。門是很窄小的，裡面有一道辦破的木隔扇擋住，木隔扇下擺了一只穢水桶，七八個破瓦缽子……。家樹一看，這院子是很不潔淨，向這樣的屋子裡跑，倒有一點不好意思。於是緩緩的從這大門踱了過去，這一踱過去，恰是一條大街。在街上望了一望，心想難道老遠的走了來又跑回家去不成？既來之則安之，當然進去看看。於是掉轉身仍回到胡同裡來。走到門口，本打算進去，但是依舊為難起來。人家是個唱大鼓書的，和我並無關係，我無緣無故到這種人家去做什麼？

又像《夜深沈》第二回寫從月容眼中看到的丁家擺設，也是一個標準人物聚焦的例子。最重要的從月容看到牆上那幅武官照片，為丁家母子過去的身世作一先敘的伏筆。然後從月容之眼描述出丁家之亂。此段側面突顯出丁家需要女主人照料的迫切，也可與後來月容清掃乾淨的場景作一對比：

這位王月容姑娘，一面和丁老太談話，一面打量他們家的屋子。這裡是北間兩屋，用蘆葦桿糊了報紙，隔了開來的。外面這間屋子，大小堆了三張桌子，正面桌上，有一副變成黑黝黝的銅五供，右角一個大的盤龍青花破瓷盆，盛了一個大南瓜，左角堆了一疊破書本，上面壓了一方沒蓋的硯池，筆墨帳本又全放在硯池上。那正牆上，不是字畫，也沒供祖先神位，卻是一個大鏡框子，裡面一個穿軍服掛指揮刀的人像。那人軍帽上，還樹起了一撮絨纓，照相館門口懸著袁世凱的相片，就是這一套。這人大概也是一個大武官，可不知道它們家幹嘛拿來掛著。其餘東西兩張桌子，斜斜的對著，盆兒罐兒、破報紙、麵粉袋、新鮮菜蔬、馬毛刷子、破衣服捲，什麼東西都有。兩張桌子下面，卻是散堆了許多煤球，一套廚房裡的傢伙。這煤爐子帶水缸，全放在屋子中間，再加上兩條板凳，簡直的把這屋子給塞滿了。

類似例子不可勝屬。張恨水很喜歡透過人物的眼睛觀察一個場景，敘述者便藉以描繪人物所見的場景，並透露出人物心中的不同觀感。像《傲霜花》第二章裡戲子王玉蓮到老教授唐子安家時的所見所感，並帶出唐子安這個人：

她所到目的地，是一叢茅屋中的一所，門前一片稀疏的鹿眼竹籬笆，掛了一些殘敗的藤蔓。隔了籬笆可以看到裡面一個小小的院子，地面上歪倒著一些焦黃了葉子的花草，五六隻雞、散在花草中間、遍地找食。籬笆左角有一片青

> 草地，清鬱鬱地倒長得很茂盛。玉蓮向那草屋的窗戶看看，那白木格子上，沒有玻璃，是棉料紙糊的，看不到裡面。但聽到碗筷聲，似乎在吃早飯了。自己也就沒有多加考量，走進籬笆，站在草屋簷下，叫了一聲唐先生。隨了這一聲喊，那裡一扇白木門打開了，也許這一下太重點，將這竹片的夾壁都搖撼了一下。來人在外面所以能看到這裡夾壁，就因為，那夾壁上的石灰片，整大塊的落下來，左一個窟窿，右一個窟窿，露出了裡面的竹片。玉蓮她就想著，「誰會猜想這屋子裡住著的，並不是挑柴賣炭的，卻是讀過幾千本書，教過十年學生的老教授！」她這樣不曾想完，這老教授在白板門裡走出來了。他穿了件灰布棉袍子，大襟上面還有兩塊正方形的小補釘，半白的頭髮，疏疏的蓋在頭上。但他的鬍子，還沒有白，只一撮短短的鬍渣子，表示著他不服老。尖削的臉上，架了一幅大框眼鏡。

敘述者藉由王玉蓮的眼睛，一則自然地引出唐子雲這個人物，並從她眼中傳達出唐子雲的年紀、身份與模樣。從一個富有的女戲子眼中，看到讀書人生活的窘迫。

上述幾例人物只擔任「看」的作用，偶帶一點人物簡單的想法。另外的例子是所有感官的感覺與思考都聚焦在人物身上，形成大段的心理聲音。如《平滬通車》第三章「中了魔了」，寫胡子雲等待女騙子繫春的心理過程：

> 這樣的等著，又有十幾分鐘，繫春還見不到，子雲那裡睡得著，一翻身坐了起來，正對了那件大衣，彷彿之間，又

聞到了那陣微微的香氣，靜靜地對坐著，靜靜的將鼻子聳動著，這真說不來心裡是迷惑？或者是沈醉？他忽然的站了起來了，依然把房門緊緊的帶上，然後一手拿了那大衣的袖子，送到鼻子上去聞，一手就伸展到皮領子上去，輕輕的，慢慢的，一下一下，在那上面撫摸著。好像這皮領子是愛人的頭髮一樣，要他這樣撫摸著，去表示疼愛。可是這樣的做過一陣之後，他自己也覺得自己有些無聊了，於是還坐下來等著。偏是他越想她回來，越不見蹤影，心裡也就疑惑著，她或者不願與我同房了。不過那是不至於的，因為他已經把行李搬到這屋子裡來了，而且是替她買了臥鋪票了。在房間裡坐，也是想的怪悶的，於是走到夾道裡來站著。隔兩號的房間，那裡也是坐著一男一女。女的約莫有二十上下年紀，頭髮很亂的散在腦後，穿了一件極細小的黑綢夾袍子，而且袖子短短的，這可以想到他是熱的難受。那衣服是過分的細小，他又踏了一雙拖鞋，露著那肉色絲襪子，是極端的富於挑撥性，聽到那房間裡，有男人叫道：「人行路上站著，礙了別人過來過去，為什麼不進來？」那婦人道：「屋子裡太熱，在外面透透空氣吧，可是這夾道裡也怪熱的。」……子雲聽她說話，聲音非常的嬌脆，好像很耳熟，不知道是在那裡聽到過。正猶豫著呢，那婦人突然的轉過身來，現出那有紅有白的瓜子臉，這就認得他了，正是那大名鼎鼎的坤伶李鳴霄。她還是黃花閨女呢，怎麼穿得這樣單薄，和男子住在一間房裡呢？這樣看來，藉著火車來趁心願的，可也大有人在做著呢……看了這事以後，心裡更添上了一層焦躁，向著車門那邊看去，繫春並不見來。

上述引文的聚焦全在人物子雲的身上，敘述者先敘述他在房裡東張西望、坐立難安、胡思亂想、想入非非的一切……，再述說他看到一女子的形貌，又聽到一對男女對話的聲音，覺得聲音十分熟悉，然後才發現這女子自己原來認識。再由女子的舉止，聯想到自己的這天的「奇遇」，再回到「繫春還不回來」的思緒上。敘述者完全不負擔觀看與思考的工作，他就只是敘述，娓娓地、慢慢地、仔仔細細地敘述而已。而且以如此長段文字寫「等待」，細緻地寫了人物不同「感官」的感覺。引文畫線處就是各種感官交互呈現的例子，因此把一個無聊、東望西聽、東想西想的等待心情寫得十分深刻。這種人物聚焦在張恨水小說中十分常見，應該說幾乎他所有小說的敘述者從頭到尾都使用著「人物聚焦」的說故事方式，偶而才有例外（如：《虎賁萬歲》用的就是敘述者聚焦）。

再進一步分析，他多是以固定的敘述者聲音與任意移動的人物聚焦共組而成。也就是這人物聚焦並不是固定在特定人物身上。例如人物上場方式絕少以敘述者之眼來觀察，而是通過移動的人物聚焦，以如下之步驟來呈現：倘若要在敘述中帶出（乙），敘述者最通常是先透過小說中某一人物（甲）之眼聚焦，描述出（乙）的外在形象，或是以「甲心想：『』」說出（甲）對（乙）第一眼的印象與想法。然後再輾轉以（丙）與其他人的對話中帶出（乙）的身份、職業或是名字。再以人物心裡所感交互勾繪出眾人物的性格與形象。如在《楊柳青青》（《東北四連長》）第一回中描寫趙自強連長的出場：

> 江氏心裡一急，在屋子裡就有些起坐不寧，自己就跑到大門口來，向各處盼望。盼望了許久，自己的閨女不曾回來，卻有個軍官騎了一匹棗紅色的高馬，走進門口。……不料那匹高大的棗紅馬，到了面前，卻是突然的站定，那軍官一躍下馬，手上拿了條馬鞭子，直挺挺地站在江氏面前。江氏出其不意的，倒嚇了一大跳，手扶了門，人倒向後退了兩步，那軍官並不是像她意料中的那樣一個人物，手上拿著馬鞭子垂了下來，那一隻手，卻取下了帽子，笑嘻嘻地和他點了一個頭道：「老太太，妳也住在這所房子裡面的嗎？」江氏看他那樣子，倒是很客氣，沒有什麼魯莽的習氣，便也放下笑容來答道：「對了，我們住在這裡的，老總打聽什麼人？」那軍官笑道：「我不打聽誰，我叫趙自強，是個連長……」。

之後接著又寫江氏女兒大姑娘回來看到趙自強的一段：

> 說著話，一個二十附近的姑娘，提了一大藍子白菜，晃著身軀跌了進來。猛然看到一個穿軍服的人，坐在自己炕沿上，不由得大吃一驚，放下那一籃子白菜，身子向後一縮，退到門外去。趙自強知道這是江氏的女兒，可是看到人家這樣吃驚的樣子，卻不知為了何事，站將起來，也為之愕然。江氏便笑道：「這是我姑娘，他臉皮子嫩，見人是說不出話來的。」……趙連長一看她，長長的眉毛，大大的

眼睛，一張鵝蛋式的臉幾乎有三分之二的所在，擦了胭脂，在額頭前面，蓋了一層瀏海黑髮，後面拖了一把長黑的辮子，長長的旗袍，拖平青鞋白襪子的腳背。只在這幾點上，活現出她是一個旗族的舊式女子來……。

是一個頗爲代表性的例子。先以江氏之眼慢慢帶出趙自強的形象；再以趙自強之眼帶出江姑娘的模樣。敘述者用著移動的人物聚焦方式敘述，「視點」在幾個人物之間不斷移動，交互地構築了人物的形貌。

二、固定人物聚焦

在張恨水的小說文本中，大部份都是用此類會移動的人物焦點敘事。但是其中只有《巴山夜雨》「基本上」是固定視焦的，大致守著單一視角，潛入人物的心理層面，展示人物的心理世界。《巴山夜雨》的敘述者通常只以李南泉之眼、之心、之感受來敘述，敘述者僅敘說著李南泉經各種感官所得出的觀察與對人的想法㉘。以一個知識份子之熱眼靜觀人生百態，不但與《老殘遊記》以「老殘」爲聚焦人物的方式可堪比擬，甚至還有略勝數籌之處㉙。若以《巴山夜雨》第十八章「雞鳴而起」爲例：

李南泉悄然站在路口，看到這位友的影子，在月光裡慢慢

㉘ 《巴山夜雨》中，也有不以李南泉為聚焦人物的段落，如：第九章「人間慘境」敘述者說了近一章篇幅的甄子明在重慶市的所見所聞，就改以甄子明為聚焦人物。

㉙ 因《老殘遊記》後半大篇幅的議論與吊書袋，實在使前後風格無法統一。

> 消失。他自覺得身體的自由，和意志的自由，那絕不是任何人自己所能操控的……他想著呆呆出了一會神，覺得真是露下沾襟，身上涼浸浸的，於是才回轉身來，慢慢向家裡走。當他走到石正山家牆外的時候，他的好奇心，驅使他不得不停下步來，在那月光下的窗戶旁聽了聽。但是一切聲音寂然，更不用說是歌聲了。倒是二三十丈之遠，是下江太太之家，隔了一片空地，有燈光由窗戶裡射到人行路上。隨著光，劈劈啪啪，那零碎的打牌聲，也傳到了路上。
>
> 這時，村子口外的雞聲，又在「喔喔喔」地，將響聲傳了過來。鄰居家裡，不少是有雄雞的，受著這村外雞聲的逗引，也都陸續叫著。夜色在殘月光輝下，始終是那樣糊塗塗的，並不見得有什麼特別動作。但每當這雞叫過一聲之後，夜空裡就格外來得寂寞。尤其是他家門口斜對過一戶鄰居，乃是用高粱秫秸編捆的小屋子，一切磚瓦建設全沒有。高不到一尺，遠看只是一堆草。這時那天上的半彎月亮，像是天公看人的一雙眼睛，正斜射著在這間小屋子上，那屋子有點羞澀，蹲一片青菜地中間，像個老太太摔倒著。

這是一段夜景的描繪，但敘述者完全是透過李南泉各種感官的感覺來敘述。他看到朋友的影子、看到月光、看到對面的小屋，聽到鄰居的打牌聲、聽到雞鳴，他因此而感覺微涼、感覺寂寞了。像這類描寫在《巴山夜雨》中俯拾即是。透過李南泉這個知識份子善感的心，展開了對戰時生活的多面向思考。也透過李南泉的感官，呈現了一幅鄰里夫妻的離合故事。張恨水在此使用固定聚焦，可能有意塑造出與其他作品不同的風格；但也可能因爲書中的李南泉近於張恨水的「夫子自道」，自然形成了一種固定的人物聚焦。

另外的《太平花》也是因以戰地記者李守白爲固定的視角人物，隨著他記者的身份在戰地自由來去、自由交往，這就爲描寫不同地點的內戰狀況提供了既固定又能行動的合理視角。不過李守白不像李南泉有那麼多心裡的聲音與觀察，且並不全以李守白爲觀看者，有時甚至出現李守白不在的場面。

三、小　結

人物聚焦的使用，會因此使敘述者地位驟降。他不是觀看者，因此敘述者的功用減小；他不加入思考評論，因此與敘述對象的距離變遠。這人物聚焦卻從而使敘述者主體更顯隱蔽。張恨水文本中出現「隱蔽而不介入的敘述者」，多少就是因採大量的人物聚焦所致。但這人物聚焦因此卻凸顯了人物的主體性。人物不再只是被觀看者、被敘述者、無思想者，敘述者也不再是「一人獨大」般的凌駕一切。從而使得文本表現的重點，不再全是事件或是情節的發展，而較偏向觀看或被觀看的人物主體，或是能更清晰地表現人物的心理狀態。甚至可從不同於敘述者單一的觀看視角，展示出不同的人生層面、不同的閱讀趣味以及不同層面的關注。

而綜觀中國小說史，一直到「五四」之後人物聚焦才成爲一種普遍的敘述方式。敘述者不再試圖擁有控制全局的敘述權力。如大量出現的第一人稱以人物爲敘述者的文本，因爲必是人物聚焦，固不必論（如郁達夫《沈淪》、丁玲《莎菲女士的日記》等）；就連第三人稱敘述也多偏於人物聚焦，偏重於人物心理狀態的呈現（如魯迅的《肥皂》、《高老夫子》，老舍《駱駝祥子》等）。而張恨水文本大量的人物聚焦，正是他逐漸吸收新文學文本敘述風格的證據之一。

另外因人物聚焦的緣故，情節因此似乎「像是」因人物「自然地」上場；或因人物「自然地」移動與觀看而發展。文本隨著人物赴不同場合或與他人應酬而帶出更多的情節。因此容易給人情節的進程並不是敘述者在操控的錯覺。絕少像《歇浦潮》第二十一回敘述者明顯暴露他操控情節線索的痕跡：「前書說到美士乘著神戶丸輪船，一聲汽笛，開出浦江，直向扶桑二島而去。在下這部小說叫《歇浦潮》，做書的一枝禿筆未便跟往日本去寫東海波，只可將他這邊事情丟過。再表那錢如海的正室薛氏，自親往興華坊如海藏嬌之所去後……」張恨水文本幾不可見這種明顯轉換情節線的痕跡，總是「自然地」轉換。

第五節　張恨水小說中敘述者與人物的話語型態

一、敘述語與轉述語

敘述者以自己語言敘述可稱「敘述語」，敘述者轉述人物所說的話則稱爲「轉述語」。

轉述語可分爲下述幾類：

甲、直接引語——直接引用說話者原有語言。說話人物自稱「我」。例如敘事者說：He said：I love her.（today）或是：「他停下來，他想：『我可能愛上她了。』」通常區分直接引語的方式，是看有無引號。但是這並不是絕對的區分方式。因爲古代漢語文本原來根本無引號，甚至連現代漢語也有無引號的直接引語。若是直接引語，倘若無引號，則會靠引詞將轉述語從敘述者聲音中隔離出來。在中國白話小說文本中，引詞是唯一區分直接引語的標誌。在直接引語中，人物主體較保留了對自我語言的掌控。

乙、間接引語——敘述者在自我話語中轉達人物的想法。說話者用的是「他」，說的是「他」的想法或較完整地轉述「他」的話。如：He said that he love her.（that day）或是：「他停下來，他想他可能愛上她了。」的聲音之中，敘述者主體完全掌控了轉述語。

丙、間接自由引語——與上項類似，所以是在一定程度上模仿間接引語，但省略引詞，不直接逐字說出人物話語的句子，而將人物的意思以自己的話語整理歸納再轉述出來。說是間接，因爲人物的聲音會被敘述者吸納；說是自由，因爲敘述者不必一字一句按人物所言所想轉述，而較能以主觀意念判斷傳達。換言之，就是said 和that 都省略，變成：He love her.（that day）或是「他停下來，他可能愛上她了。」

丁、直接自由引語——兩個聲音（人物與敘述者）的交互結合所產生的聲音；也就是混合了轉述語與敘述語。通常以第一人稱內心獨白或意識流的形式出現。（today）例如：「他停下來，我可能愛上她了。」說是直接，是因爲敘述者也直接轉述人物聲音；說是自由，因爲與敘述者的敘述語混雜。

二、大量使用「直接引語」

張恨水小說文本中大量使用直接轉述語，也就是直接引語，讓人物總是自己說話。這也是傳統白話小說的敘述上的最大特徵。即使說話者身份很清楚，傳統白話小說依然不能省略指明說話者的引導句。張恨水的文本也一樣。每一人物上場，敘述者必定一句一句轉述人物的語言，並在每一句之前清楚地加上說者爲誰或是說者的表情舉止等引導句。如：「鳳喜道：『　』」。或如：「月容笑道：『　』」。例子不勝枚舉，隨處即是。

如《金粉世家》第十二回：

> 燕西走到後面，與清秋相遇。清秋道：「你和誰說話？老望台上望著。」燕西道：「你以為人家是在看你嗎？他是在他看自己的愛人呢。」清秋笑道：「這分明是你胡謅的。」燕西道：「你為什麼不信？你看他是對你那邊望著，還是對正面望著？」清秋悄悄地道：「不要說話了，這裡來來往往全是人，你到門口去開汽車過來等我吧。」燕西聽說，真個先走一步，將汽車找到了。

如《夜深沈》的第二回：

> 他走來的勢子，那是很猛的，但是到了他前面之後，這就把頭低了下來，問道：「掌櫃的，你叫我幹嘛？我已經給你道過勞駕了。」二和跳下車來，笑道：「你不和我道勞駕，這沒有關係。我還要問你一句話，你說你有個叔叔在北新橋茶館裡，這話有點靠不住吧？」她點點頭道：「是的，有一個叔叔在茶館子裡。」二和道：「這茶館子的字號，大概你不知道。但是這茶館子是朝東還是朝西，是朝南還是朝北，你總不會不知道。」她昂著頭想了一想，忽然一低頭，卻是噗嗤一笑。二和道：「這樣說，你簡直是撒謊的。你說，你打算到那裡去？」她抬起頭來，把臉色正著，因道：「我實對你說罷，因為你追問著我到那裡去，我要不告訴你有一個叔叔在北新橋，那你是會老釘著我問的。叫我怎麼辦呢？」二和道：「我老釘著你問要什麼緊？」她道：「我怕你報告警察，送我到師傅家裡去。」二和道：「你不到師傅那裡去，又沒有家，那麼，你打算往那裡跑呢？」

除此之外，張恨水也絕對用傳統小說必用的「道」字㉚，而從不用新文學文本所普遍使用的「說」字。也並不像新文學受西方小說影響，常將說者的註明置於言語之後，如沙汀《兇手》中：

> 「我是勸你幹嘛？……我勸你幹！好好好，隨你的便吧，

㉚ 其實早期的章回小說在轉述人物對話時用的是「曰」字。如《三國演義》即為明證。

我不管！」

那醫生獰笑了，「現在你當然不管呵！」他恨恨地說。

或是雖寫出「直接引語」，但卻不點出「道」或「說」字，而只加以人物的動作或心理狀態。如林徽英的《九十九度中》：

「外面挑擔子的要酒錢。」陳升沒有平時的溫和，或許是太忙了的緣故。老太太這次做壽，比上個月四少奶小孫少爺的滿月酒的確忙多了。

或是根本就完全省略說者的指稱，而讓讀者從說話的順序及內容去明瞭說話者的身份。如魯迅《離婚》一文，就以無指稱引導句的直接引語，表達鄉民在船上東一句西一句寒暄問好的嘈雜情形。

「阿阿，木叔！新年恭禧，發財發財！」

「你好，八三，恭禧恭禧！……」

「唉唉，恭禧！愛姑也在這裡……」

「阿阿，木公公……」

或是如端木蕻良的《鷺鷥湖的憂鬱》中也有許多類似的對話書寫方式。作者完全不在「直接引語」前加上說者爲誰的指稱說明。

那一個病沒打理，鋪好席子，把兩手抱住膝頭，身子稍微搖撼了一下，抬起頭來望著月亮。

「快十五了，咱們今天不在窩棚睡了，咱們在這裡打地鋪，也好看看月亮。」

「這月亮狠忒忒的紅！」

「主災麼！」

「人家也說主兵呢？」

「唔。」

其實例子在新文學作品中舉不勝舉。而新文學文本中刻意將引導說明句置於他處或根本省略的作法，會造成較疏離的閱讀效果，但卻也是鮮明的「反傳統」標記。

而張恨水卻自始至終堅持使用「某某人道：『』」這類襲自傳統的敘述形式。其實這種話語形式的運用應是張恨水被歸類爲「舊」陣營的重要原因之一。新文學陣營作品較不使用這種象徵「保守」意涵的話語形式；而除新文學陣營之外的所有小說，卻都大量以這類帶有說話者指稱的直接引語呈現。這種話語模式的區隔，似乎就是新舊文學的區隔。而「舊派」中若有人稍微改變了傳統的敘述形式，就會被研究者認爲較接近新文學風格的文本。最顯著的例子乃爲也被隸屬於「舊派」寫《秋海棠》（一九四一）的秦瘦鷗。秦瘦鷗在文本中幾乎完全放棄傳統每句人物對話前皆冠以如「秋海棠道：『』」的形式，而改以置於對話之後或者根本就不用說者的指稱詞。但是《秋海棠》採較偏離傳統的敘述形式，卻仍能「通俗」而造成轟動，可能因遲至一九四一年，距「五四」已近三十年；而偏離傳統的敘事形式，也漸爲大眾所接受所致。所以有時偏新或屬舊的區別，不全在取材，而在對傳統形式的揚棄程度。例如郭沫若的第一篇小說《牧羊哀話》（一九一八），讀來覺得有鮮明的傳統小說味，就是因爲仍運用傳統的「科白式對話」（郭沫若自己評此篇小說的用語）。所謂「科白式對話」，就是轉述語全用直接引語，不變化的引導句一律加在句首。像錢鍾書《圍城》（一九四七）也用了大量加了「道」字引導句的「直接引語」，如：「周經理哭喪著臉道：『 』」「鴻漸勉強道：『 』」。

張恨水終其一生，皆未放棄這種大量使用直接引語的傳統敘述形式；連對傳統敘述形式十分「耽溺」的張愛玲，到了一九六八年寫《秧歌》之後也改弦易幟，不再使用如張恨水這般偏於傳統的話語形式了（惟《怨女》（一九六六）是由《金鎖記》（一九四三）改編、《半生緣》是由《十八春》（一九四八）改編；因此雖晚於六〇年代出版，但卻仍保有早期傳統的話語形式）。所以這種每句轉述語都以直接引語表達，在直接引語前都明確指出說者爲誰的話語形式，成了張恨水文本的一大特色。

三、偶用「間接引語」

至於「間接引語」則多用來寫想法。他文本中因敘述者大量進入人物內心世界，所以常需轉述人物心中所想。這類所謂「心理描述」在傳統白話小說中較爲少見。代表者如《紅樓夢》中就有大量的心理轉述語。但還都是以「直接引語」構成的短句。如第三十二回中：「賈政看完，心內自忖道：『此物還倒有限。只是小小之人作此詞句，更覺不祥，皆非永遠福壽之輩。』」如第三回：「黛玉心中正疑惑著:『這個寶玉,不知是怎生個憊賴人物,懵懂頑童？』」。到了晚清吳趼人的《恨海》，人物想的段落竟比說的還多。雖還大多是用「直接引語」轉述，但如此長段的心理過程在中國小說史上實屬首例。而在張恨水文本中，也常常出現這種大段的心裡聲音，最多也是使用「直接引語」，如：「鳳喜心想：『』」。有時雖有「心想」二字，卻沒有冒號和上引號，卻仍算是「直接引語」。如《金粉世家》中第二十七回：

> 兩人說得投機，敏之儘管和她說話，可是清秋心裡想著，她此來是要背著我說幾句話。我坐在這裡，他怎樣開口？看看燕西坐在一邊，也無走意，心裡又一想，他要是不走，這話也是不能說的，急切抽不開身，只得依舊和敏之談話。

有的並無如「他想：」等明顯的引導句，只直接寫著如下的句子：

> 卻說家樹拿了那張紙條，仔細看了看，很是疑惑，不知道是誰寫著留下來的。家裡伯和夫婦用不著如此，聽差自然是不敢。看那筆跡，還很秀潤，有點像女子的字。何麗娜是不曾來，哪還有第二個女子能夠在半夜送進這字條來呢？再一看桌上，墨盒不曾蓋著完整，一支毛筆沒有套筆帽，滾到了桌子犄角上去了。再一想想，剛才跨院裡梧桐樹上的那一陣無風自動，更加明白。心裡默念著，這樣的風雨之夜，要人家跳牆穿屋而來，未免擔著幾分危險。他這樣跳牆越屋，只是要看一看我幹什麼，未免隆情可感。（《啼笑因緣》第十六回）

乍看像是「間接引語」，但細看才知說話者自稱「我」，明顯不是「間接引語」，而還是由敘述者直接轉述的「直接引語」。這類例子隨處可見。但在張恨水文本中，使用「間接引語」、或是「自由間接引語」的例子卻不多，僅有的如《巴山夜雨》第二章：「李南泉聽到奚太太這樣教她孩子的英文，眞有點駭然。可是他知道的，她是一位最好高的婦人，絕不能當了她孩子的面，直截說她的錯誤。便沈默了一下，沒有作聲。奚太太道：『李先生，你正在想什麼？』」這段敘述者未以李南泉心中之語句，直接轉引；而以「間接引語」概括敘述李南泉那時所想。另外第三章出現「間接自由引語」：「錢先生看他的樣子，那是充分的不愉快。拿錢給人，而且是給一位拿掃帚在大路上掃米的人，竟會碰了他一個釘子，這卻出乎意料。」沒出現明顯的「他想」「他知道」等引導句，語氣讀來似像人物直接所思，又像是敘述者以自己的話轉述。所以，稱爲「間接自由引語」。而這類「間接引語」或「自由間接引語」是直到後期作品才零星可見。

張恨水文本中少用「間接引語」，也是造成與新文學文本敘述差異的原因之一。新文學文本除了不喜歡用傳統的「直接引語」形式（詳見上文），還喜歡大量使用「間接引語」敘述人物的內心狀態。也就是將人物心裡所想的，以敘述者改造過的語言表達。像老舍《駱駝祥子》中的敘述者，口吻看似古代無所不知的說書人，但卻有別於傳統地用了大量的「間接引語」；自始至終敘述者娓娓地講述著祥子的生活、遭遇及他的想法，而很少用「直接引語」。此一敘述形式的選擇，應是他文本看來較張恨水「新」的原因之一。但是，《駱駝祥子》雖被歸爲「新文學」作品，但其中的敘述者的權威、專斷與無所不知，反而卻比張恨水文本中的敘述者更接近古代說書人的口吻與地位。新與舊之間的弔詭與矛盾可見一斑。

第六節　張恨水小說中的敘述時間

敘述文本一定有時間變形的問題。因為故事時間（原來事件發生的時間；或云底本時間）與文本時間（文本上經過敘述加工的時間；或云敘述時間、偽時間或者述本時間㉛）一定是無法完全對應的。這就可稱為變形。至於時間變形的方式大致有兩種，一為時長變形。一為時序錯位。

一、時長變形（時距）

時長變形，就是研究文本時間與故事時間之間的速度關係。也就是研究原本固定的故事時間，到底是以多少文本時間（多少時距）來處理的？依據不同文本不同的時距變化可有下列的表述方式：TF代表故事時間。TS代表文本時間

省略	TF＞∞TS	故事時間無限長於文本時間
概要（概述）	TF＞TS	故事時間長於文本時間
場景（等述）	TF＝TS	故事時間等於文本時間
停頓（靜述）	TF＜∞TS	故事時間無限短於文本時間。

㉛ 其實書面的敘述文本，本身並不具有時間特徵，它只能用字數或頁數等空間多寡的概念來代表時間的長短。也就是將空間比例轉化為時間比例。

通常文中景物描述與心理描述，會造成原本故事時間停止的現象。

（一）多是「場景」與「停頓」：極緩慢的文本時間

張恨水小說幾乎全數是「場景」與「停頓」。故事時間不是「等於」文本時間（停頓），就是故事時間「無限短」於文本時間。敘述者詳細地轉述場景中每一個人物的對話、舉止與表情，而且用的全是「直接引語」轉述語，所以當人物各以原本話語言說時，文本時間幾乎近乎於原本發生的故事時間，進展十分緩慢。另外，若用了場景描寫與心理描寫，則造成文本時間遠長於故事時間的現象，因此時間更慢。

張恨水文本中對敘述時間的處理，與早期傳統白話小說時間的處理大爲不同。幾乎所有明代以前傳統白話小說都以「概要」的方式開場。不是從天地洪荒講起，就是從人物的祖籍家世和經歷講起。而綜觀古代小說史，越接近講史的題材，敘述速度就越快㉜；若像《西遊記》等神魔小說，細寫場面就比歷史小說多；而到明末世情小說興起時，敘述速度才明顯放慢㉝。而同樣是世情小說，晚期又比早期速度更慢。若以《金瓶梅》開篇爲例，晚出的崇禎本就較萬曆詞話本的概述開場有更多的場面描寫，因此敘述速度也更慢。那

㉜ 如夏志清討論《隋史遺文》中也曾說到書前半實際是秦叔寶演義，敘述不慌不忙；但到後半講到李世民時，敘述就不免急促起來。見《隋史遺文》中的《隋史遺文重刊序》。臺北，一九七五年。頁六。

㉝ 此為趙毅衡的觀察結論。見《苦惱的敘述者——中國小說的敘述形式與中國文化》北京：北京十月出版社，一九九四年。頁一四一。

到《紅樓夢》除第一到五回外，更可說是細寫慢磨了。而張恨水小說沿襲的就是這世情小說的傳統，有大量以「直接引語」構築的場景描繪，所以敘述時間大致類同；但是若與傳統小說相較，他文本因有傳統少見大量的景物與心理描寫，因此敘述時間顯得更慢。這也是他文本有別於傳統章回小說而顯得較具現代感的原因之一，也是顯得高明的原因之一。晚清小說基本保留傳統白話小說的快速敘述，而當時幾部如：《海上花列傳》、《恨海》、《老殘遊記》等小說之所以較受推崇，都是因爲放慢速度，加進了許多細膩入微的場面與心理描寫所致㉞。至於速度的緩慢，更是五四新文學小說時間處理的顯著特徵。

而張恨水文本也有大量如此細膩且精緻的描摹，如大量的場面描寫及速度極慢的場景開篇。

而越後期的作品文本時間越慢。如《巴山夜雨》（一九四六）可以用許多章的篇幅只寫一天的事，而全書四十多萬字也不過只寫十五天而已。第一章「菜油燈下」就只寫了一天的事；而第二天則從第二章「紅球掛起」一直寫到第五章「由朝至暮」；第三天則從第五章寫到第八章「八日七夜」。第四到六天的白天則在第八章以濃縮處理。至於光第六天的晚上就從第八章一直寫到第十章「殘月西沈」結束。第七天寫到第十二章，第八天寫到第十三章，第九天寫

㉞ 《老殘遊記》之所以出類拔萃，是因為如「明湖居聽書」、「黃河結冰記」等段敘述速度放慢，描寫場景人物十分細膩真實所致。在此應可更清楚解釋阿英在《晚清小說史》中評《老殘遊記》所說的「科學的描寫」與胡適《白話文學史》評《老殘遊記》所說的「不肯用套語爛調，而是作實地的描寫」等理論了。

到第十五章，第十天寫到第十九章「內科外科」。第十三天則從第二十三章「未能免俗」到第二十五章「群鶯亂飛」，第十四天寫到二十六章「天上人間」，第十五天寫到二十七章「燈下歸心」結束。每天都像寫李南泉日記似地從一早寫到黑夜，每一段時間區域幾乎都被事件塡滿。敘述者對時間與空間的安排非常注意。清晨必有清晨的場景，黑夜必有黑夜的夜景，人物是吃早飯還是晚飯晚飯也有詳細記載。不但對生活細節有鉅細靡遺的描述，同時對有時間意義的細節也都清楚交代。如：時序過了一天，敘述者必說「次日」或者「太陽出來了」之類的時間指示語。所以《巴山夜雨》中就全是「場景」與「停頓」，敘述速度相當緩慢。而且全書以人物外貌與景物描寫作開場，並未如傳統章回小說去介紹李南泉的生平、家世與經歷，反而像剖面式地逐步剖寫了李南泉這十幾天的生活與見聞。這寫法幾乎與沈雁冰所言「短篇小說的宗旨在截取一段人生來描寫，而人生的全體因之以見。敘述一段人事，可以無頭無尾，出場一個人物，可以不細敘家世……㉟」讀到《巴山夜雨》，除了保留「直接引語」「某某人道：『 』」仍是傳統形式外，其他技法都令人難以想像這種小說會被歸爲「舊派」小說？不過與新文學小說最不同的是，他不會如魯迅的《藥》只選了華老栓、康大叔、刑場、墳地等四個孤立的場面，而將大部份情節線略去不述。或是如茅盾《子夜》中每一章與章之間的場景與情節並不連貫；不像傳統小說總是在前一章預留伏線，緊接著在下一章的開頭揭曉。在《巴山夜雨》這十幾天的剖面描述中，敘述者仍傾向將人物與事件的脈

㉟ 見〈自然主義與中國現代小說〉收入《小說月報》第十三卷第七期。

絡作清晰的呈現，但這並未破壞了應有的藝術表現。這應是他爲考慮讀者接受能力所採行的手法，而這也是他作品易通於俗的原因。

另外，《巷戰之夜》（《天津衛》）（一九三九）則以十三個章節寫一個夜晚一群百姓與日軍作街頭肉搏巷戰的經過，這篇也有與《巴山夜雨》同樣值得推崇的藝術表現。這種經營長篇小說場景的白描功力，相信是中國現代小說史上任何作家所難以企及的。在《巷戰之夜》第二章「車站上的人潮」，速度更爲緩慢，用將近千字寫一個車站逃難的場景：

> 強烈的電燈光圈，帶著一份慘白的意味。在那光圈的上層，密線點的星斗，擠滿了晴空。月台上的樹，直挺挺地排班站著，沒有一片樹葉子在扇動。這些都烘托著天氣十分的熱。大家都是這樣說，這是二十年來，天津少有的苦熱，預示著時局將有暴烈的變動。西車站的月台上，向來是沒有什麼旅客上下的。空蕩蕩的一片敞地。現在呢，行李堆得像山堆一般，除了讓出幾條路，便於讓人走之外，一切都被行李所佔有。美麗的紅皮箱，雪亮的鋼牌子包了犄角。印花的被單，包著像大股一般的鋪蓋捲，尤其是難於勝任的網籃，將籃面的線網，稱起了高過提柄，裡面的零碎物件，兀自要鑽出網子來。不論這些東西當初是怎樣寶貴，現在是一齊亂丟在地上。行人像決了堤的洪流，由任何一條行李巷子裡奔出，一個跟著一個，向火車上跑去。而每一個火車門的所在，都有兩三名警察監視著，口裡高喊著不要擠。那是枉然的事，後面的人只管湧了向前，前面的

人實在站不住腳。在一群人當中，一個中年男子左手抱了個兩歲的小孩，右手提著一只網籃，口裡連連喊著跟我來。跟在他後面的是一個少婦，兩手抱了一只小提籃，箱子上還掛著一只小提籃。在這中年人所到之處，憑了他的力氣，在人堆裡可以有些閃動。在這閃動的當兒，他領著婦孺，搶上了二等車廂。鑽到車廂子的時候，還有一半的位子空著。隨便在一個位子上將小孩子和東西放下了。再看時，座位全滿了。就是自己所佔有的椅子，也有幾位旅客簇擁了過來，打算侵佔。於是他連大帶小立刻在這張椅子上坐下。全車廂裡只見亂動的人和嘈雜的呼喚聲，已經坐在這椅子上的人，反是心裡慌亂著，彼此相望，無話可說。這男子在衣袋裡摸出火柴與煙捲，慢慢地動作者，吸著煙昂頭噴出一口來，那少婦始終是向窗外看著天津的街市，好像有著很大的依戀。回過頭來，向那男子道：「竟存，我現在很後悔，不該買票上車了。」竟存道：「為什麼？」她皺了眉道：「我真不忍心離開華北。這一去不知什麼時候才能回來。再說，把你留在這裡，我很不放心。」

從車站的燈光寫到天上的星，寫天氣的悶熱，然後寫到月台上的樹與行李。從行李的亂堆，看出逃難人群的慌亂與匆忙。從人群的擁擠、嘈雜與爭先恐後，寫出人群的不安與恐懼。然後敘述者再聚焦在將要敘述的主角身上，再逐一帶出情節。頗像電影鏡頭由遠景→近景→特寫的運用。這一大段描述，造成故事時間的停頓，也對故事時間的推展助益不大，因此文本時間與故事時間的關係不是「停頓」就是「場景」。

另外，如《虎賁萬歲》(一九四六)也全是細膩的戰爭場面描寫，更可看出他駕馭大場面卻又綿密細緻的深厚功力。全書八十章僅寫了二十幾天的事而已（從十月十四日到十二月十日）。重點不在故事，而在戰事。雖沒有太多曲折離奇的故事(僅穿插了點王彪與黃九妹；程堅忍與魯婉華的感情故事)，但戰事本身清晰精細而寫實的描述，也頗令人動容。他用細筆詳細勾描「常德之戰」中每一場戰役的過程，包括方位、人員、時間、戰況等等，全無「概述」的筆法。如第二十八章「火瀑布下的水星樓」就有大量對戰爭場面的描寫，戰事動態的經過，反而只佔一部份：

> 原來水星樓，是東南城牆上一個舊箭樓，南牆由這裡向西是漸漸的向高，向東呢，恰好是漸漸的低。敵人砲轟這一段城牆，並在小碼頭登陸，那就正為著這地方容易爬上來。敵人隔河的大炮，替登陸的敵人開路，由小碼頭到城牆腳下的房屋，完全都已轟毀，由城牆到江邊，有七八叢火焰光夾著煙塵，紅遍了半邊城。未曾燃燒的房子，都堆著磚瓦，撐著木架子，在火光裡冒著煙。張照普奔到水星樓附近來的時候，敵人的大炮，已停射擊。登岸的敵俯伏在亂堆磚裡，和未曾倒坍的禿牆下，架起輕重機關槍，向城牆仰射。由城堞空隙裡向外張望，有兩三千條流星，交織了火網，百分之一秒的時間，也沒有間隔，向城上飛著重機槍的子彈。看這情形，敵人用的機槍，至少在二十挺以上。尤其是水星樓樓基那段城牆，那槍彈像一座火的瀑布，在

> 半空裡倒下了子彈。這樣子，敵人一定就是想預備在水星樓登城，張照普判斷定了，就指揮一排擲彈手，俯伏著以城堞為掩體，對著這條火瀑布的源頭，輪流的擲彈。

上述引文，只有畫線的地方是與戰況進展有關的描述，而沒畫線處，則都是場景的方位與狀態的描寫，甚至比喻（如：火瀑布）。而這些描寫，就是就是他文本時間之所以緩慢的原因。

而這緩慢的文本時間，使張恨水小說反而有著一般所謂「通俗小說」所欠缺的抒情性。鉅細靡遺的各種描寫，透露出濃重的生活氣氛。有時，對場景氣氛的重視甚至更勝於情節本身的發展。此一結論可能打破一般對能通於俗的小說偏重情節性的刻板印象，但這也並不是說他文本情節性低。相反的，他十分善於經營情節，這部份將於後文討論。

（二）少有「省略」：文本時間的空白與斷裂

其實在張恨水文本中，「省略」並不常見。因爲他總是細細密密地一天接著一天，一事接著一事寫。省略可分爲明省（explicit ellipsis）與暗省（implicit ellipsis）。明省就是文本中仍有時間標示，就是跳過的時間還留下痕跡；而暗省就是根本不標出時間敘述上的省略，而實質上某段時間是省略不述的。

1、明省略

「明省」的例子很多。張恨水如傳統白話小說一樣，多數被省略的時間線索都會加以註明，似乎一定要把全部時間向讀者交代清楚。雖然沒有「按下不表」「一宿無話」之類的空白交代語；但是仍有許多點明時間進程的措辭。最常出現的就是「次日」，明白指出在敘說著隔天發生的事。此類例子極多。如《啼笑因緣》第三回：「次日，家樹起了一個大早。」

此外還有許多其他標明時間線索的例子。如《啼笑因緣》第二十回標明了「一混過了一個星期」。連第二十一回樊家樹被匪人綁架時都清楚標出「約有一個鐘頭」。又如：《落霞孤鶩》第十一回中「又過了一日」；或如《蜀道難》第五章中：「這樣寂寞恐怖的一夜，在昏昏的醉意中，又過去了。」

另外也有雖寫出時間省略，但卻未明說確實省略的時間進程。如《平滬通車》的結尾，敘述者以「不知經過了若干年月，又是一個冬天。在下午四點鐘的時候，平滬通車，正向北平開走。」寫最後胡子雲的遭遇。雖應屬「明省」，卻沒明白點出省略的確實時間。

就如《啼笑因緣》第三回有一段少見的例子：「自這天起，家樹每日必來一次，聽了鳳喜唱完，給一塊錢就走。一連四五天，有一日回去……」這其實是以明省略代替暗省略，將無關緊要的情節作高度的縮寫。

另外還有一個特殊的例子在《夜深沈》：

> 當它們在院子裡說話的時候，那太陽影子，是一大片，到了那影子縮小到只有幾尺寬的時候，只有月容一個人在院子裡做飯。太陽當了頂，一些影子沒有，二和可就夾了一大包子東西進來。

這段是以太陽影子的移動，作爲時間的顯示。隨著太陽光影的移動，時間流逝，明白交代省略了中間的一段時間。不過這種寫法比直接標出時間含蓄優美、耐人尋味。另外還有一個含蓄優美的省略例子在《大江東去》。《大江東去》第一回寫到孫志堅奔赴戰場前夜，與妻子薛冰如一段依依難捨的相處情節。

> 今晚上卻不同，那小鐘裡面的機件，吱咯吱咯，不住地把那響聲送進耳鼓裡來，讓對時間注意的人，格外覺得時間容易過去。因為如此，那小小兩根長短時針，支配著這屋子裡的空氣，時時變換。長短針指著九點的時候，桌上是擁擠了咖啡壺，咖啡杯，糖果碟子。笑嘻嘻的談話聲，不斷的發生著，把小鐘的鐘擺聲都蓋過去了。時針指到十二點鐘的時候，這笑嘻嘻的聲音，改了低小的。咖啡杯子、糖果碟子，還放在桌上燈光下。燈光照出兩個人影相併的映在白粉牆上，人影下面，是椅子黑影的輪廓。時針指到兩點鐘的時候，燈光微小了，那件女紅袍子和一套黃呢制服，都掛在衣服架上，正面的床帳，低低地垂下了。帳子下面是併攏了男女兩雙拖鞋。三點鐘的時候，咖啡杯子，糖果碟子，依然放在桌上燈光下，燈光格外微細了。時針指著五點，到七點半那一個間隔是很近了，燈光突然發亮，男女主人翁都起來了。

他沒有鉅細靡遺地交代所有對話，更沒有太多「動態」的話語描述，只是以牆上時鐘所顯示時間的逐一變化，簡單地描述某些靜態「場景」，如牆上的影子、帳子放下、燈光細微等，「間接」傳達當時人物的動態與心情。其中以時針的移動凸顯時間的流逝，進而強調兩人相處時間的短暫與催迫。

2、暗省略

「暗省略」，如《巴山夜雨》從第一章到第七章鉅細靡遺地只寫了三天中從早到晚的事。而為避免重複，第八章中提到第四天到第六天就以「省略」方式處理。如：

> 到了次日（按：被轟炸的第四日而為全書寫的第五日），李南全帶上棉衣，帶上更多的書，加入地下俱樂部。這個地方躲警報，那完全是輕鬆的。除了聽到飛機響聲逼近，心裡不免緊張一下，倒沒有格外的痛苦。只是有家有室的，全成了野人，半夜歸來，天亮就走。吃是冷飯，喝是冷水。家裡的用具和細軟，只是付之天命。炸彈中了，算是情理中事；炸彈不中，就算僥倖逃過。這樣到了第五天晚上（按：全書的第六日，被轟炸的第五日），李南泉踏著月亮，由洞子回來……

若與前三天鉅細靡遺的處理方式相較，第五天與第六天的白天就這樣幾句「省略」地帶過了。《楊柳青青》第二十四回寫到桂枝剛送出征丈夫離去，回房裡坐著的情景：

> 她手靠了桌子撐著頭，在這裡，默然地坐下。這個默坐，她今天是第一次。但由此成了習慣，每日必來默坐若干次。在她默坐的期間，光陰是迅速的過去。

這是非常高明且具詩意的「省略」。敘述者並沒以「又過了多日」等句直說她的等待，而只是以「由此成了習慣」，表示等待的歲月漫長。像是電影「蒙太奇」的手法。整體來說，張恨水小說的敘述時間毫不凌亂，幾乎是按照「故事」發展的進程敘述，而且每本書雖然字數很多，但是敘述文本整體經歷的時間卻不長，而且幾乎是一天挨一天、一月挨一月、一事挨一事地敘述，很少有跳躍、省略的現象。即使有了敘述時間上的斷裂，也多會清楚標明。

（三）偶見「重複」：事件或話語重複地出現

重複就是同一事件在敘述中不只一次的出現。張恨水小說「重複」並不太可見。敘述者不但不太重複講述情節，人物也少重複轉述同一事（如《水滸傳》中第四十五至四十六回和尚與楊雄妻潘巧雲爲防姦情外洩的一套信號，就重複了七次）。另外連章回小說文類必有的章回起迄公式中的「重複」，在他文本中幾乎付之闕如。在白話章回小說中，都有以重複簡述上回最後的情節爲開始的公式。這類章回起迄公式本是仿照口述文學而設的文類程式。而晚清以後，爲因應報刊連載需求，必須在每回前稍做「前情提要」，所以這種起迄公式也就延續下來。民國多數的章回小說都保留了此一文類程式。

但是張恨水多數作品卻把此一文類特徵刪除，前回末既無「下回分解」，下回始也無「卻說」的形式。從上回到下回中間幾乎沒有贅詞，可直接連起來。所以「重複」前回結尾的公式也不多見。

例外的只有《啼笑因緣》。本書特殊地每回仍保留章回起迄公式，增加懸疑性。如第七回最後：「家樹百般解釋，總是無效，他也急了，拿起一個茶杯子，啪的一聲，就向地上一砸。鳳喜眞不料他如此，倒吃了一驚，便抓著他的手，連問：『怎麼了？』幾乎要哭出來。要知家樹怎樣回答，下回交代」。第八回開始就先重複前回最後情節說：「卻說鳳喜正向家樹撒嬌，家樹突然將一只茶杯拿起，啪的一聲，向地下一砸。這一下子，眞把鳳喜嚇著了。家樹卻握了她的手道：『妳不要誤會……』」另外又如第八回結尾：「兩人正在無法轉圜的時候，又聽得院子外噹啷一聲，好像打碎了一樣東西。正是讓人不快之上又加不快了。那麼院外又是什麼不好的兆頭，下回交代。」而第九回：「卻說鳳喜在屋中彈月琴給家樹送行，繃的一聲，弦子斷了，兩人都發著愣。不先不後，偏是院子裡又噹啷一聲，像砸了什麼東西似的。鳳喜嚇了一跳，連忙就跑到院子裡來看是什麼。」畫線的句子即爲「重複」的部份。但這種形式在別的作品中全不可見。但是，爲什麼其他作品有意去除這類傳統程式，唯獨《啼笑因緣》卻刻意地使用呢？可能的原因是：一、《啼笑因緣》是張恨水第一部在上海刊登的作品。而當時上海章回小說多保留此一起迄程式，張恨水可能因考慮上海讀者的閱讀習慣而做了更動。二、可能在揚棄舊程式多年後，又興起了「舊瓶新裝」傳統程式的實驗心態。

二、時序錯位

（一）多是順敘偶見倒敘與預敘

「時序錯位」是相對於原本故事時間的敘述線索而言。時序的錯位有倒敘與預敘兩種。若事件遲於應該發生的時刻才敘述，爲倒敘。換言之，事件在應出現的時間之後才被敘述出來，而若先於原本發生的時刻敘述，則爲預敘。也就是說，事件在應出現的時間之前就被敘述出來。而「預敘」一定是由敘述者說出。因爲一般而言，人物不可能預知未來，所以「預述」的段落，敘述者無法以人物所言的「轉述語」表達。倒敘與預敘也能製造懸疑。不過在張恨水文本中幾乎全是順敘，極少倒敘，預敘也十分少見。

1、倒敘

張恨水小說中倒敘的例子不多。唯一可舉的幾個例子，如《劍膽琴心》是倒敘較多的作品。因爲此一武俠小說，懸線很多，所以常必須倒敘過去的事情原委。像第七回就倒敘說明到底是誰無聲息偷走了柴竟身上的扣子？是誰冒柴竟之名給李雲鶴盤纏？是誰引張道人與柴竟到清涼山較量？諸多謎團的答案，總是得以倒敘的手法處理。

另外像《巴山夜雨》第九章則寫甄子明從重慶市回到鄉下，說著重慶市遭空襲的慘狀。「他道：『苦吃盡了，驚受夠了，我說點故事你聽聽吧。我現在感到很輕鬆了。』於是將他九死一生的事說出來。」但是以下卻未以甄子明作爲第一人稱敘述者，而仍以第三人稱的方式倒述著重慶市區轟炸的一切：「原來這位甄子明先生，在重慶市裡的一個機關當著秘書……」雖然以甄子明作爲聚焦人物，也大致是跟著甄子明的所見與感覺而走，但卻未以甄作爲敘述之人。敘述者在此以「原來」倒敘了一段重慶遭轟炸的景況。

另外，如《燕歸來》中楊燕秋到了西北後，與朋友倒敘他在西北當災民的經歷。這類倒敘最常用「直接引語」表示，如此可以保持敘述線型的完整。

2、預敘

《金粉世家》篇首用了一個楔子。這楔子是說朋友一日上街遇一在路旁賣春聯的婦女，詩才高妙，書藝精湛。這婦女就是冷清秋。所以《金粉世家》是先敘冷清秋後來的遭遇，到第一回才從冷清秋與金燕西剛開始認識開始敘述。這一楔子，對全書情節結構而言，應算是一段預敘。

第七節　結　論

總之，從敘述形式上觀察，張恨水小說並不太舊。他唯一偏舊的是直接引語的運用，以及順時敘述等。但是無倒敘也不能說就是是傳統小說的特徵，因爲中國幾部二十世紀重要的長篇小說也都是採「順時」敘述。至於其他例如隱蔽而不介入的敘述者；迥異於傳統章回小說介入而聒噪的敘述聲音，極緩慢的敘述時間，大量的自然場景、室內場景與心理聲音等等，都是一些「開新」的嘗試。而且從情節結構上也看出他對經營情節與場景別具匠心。所以以往印象總認爲所謂的通俗小說、鴛鴦蝴蝶派小說：「相較於『新文學』裡講究「『寫實』『自然』的客觀冷靜腔調」總是「刻意充滿各種情緒的敘述修辭㊱」。此等說法，恐怕應該有重新檢證的必要。經過本章的分析發現，張恨水小說的敘述腔調也有客觀冷靜的傾向，「情緒的敘述修辭」出人意表地十分罕見。

㊱ 引自楊照〈透過張愛玲看人間〉收入《夢與灰燼——戰後文學史散論第二集》臺北：聯合文學出版社，一九九八。頁六六。

第八章　張恨水小說對同時期小說的影響與比較

第一節　張恨水對同時期「新文學」小說的影響與比較

一、緒　論

張恨水絕對不是「新文學陣營」的作家，因爲張恨水從未加入新文學陣營的任何團體，未在新文學刊物發表作品，也從未有過與新文學諸家相同的理論。最重要的，他們也從未視張恨水爲「同志」，也從不以張恨水爲「一國」。因此，在「非新即舊」的邏輯思維下，張恨水從來與「新」字無緣，他不是被說成「老派」，就是被打成「舊派」。綜觀上述幾章的結論，張恨水小說中的確有傳統章回小說的部份敘述特徵，不過他文本中卻有更多有別於傳統小說的「新」質素：像故事題材新穎、主題觸及時代、西化景物描寫、大量內心獨白、極緩慢的敘述時間等等，都顯示張恨水刻意修正的努力。這些有別於傳統的表現，應與他不斷向「新文學」文本或是西方小說文本借鑑有關，但相對地，張恨水也同樣地影響著新文學的文本表現。這部份也是現代文學史從未觸及的概念。以往總是視「舊派」向新文學的借鑑與改良爲「棄暗投明」之舉，其實兩方的影響絕對是交互發生的。而且如果研究張恨水小說未能把研究視野擴大到「新文學陣營」的諸多作品，那麼張恨水的文學史意義必然會大幅降低。「事實上，張恨水與新文學陣營、新文學作品的關係，是極具學術價值的論題。因爲此一學術視角，不但可彰顯張恨水與新文學小說相互影響的軌跡，更能由此發現張恨水舉足輕重的歷史地位。❶」

本節將從張恨水與現有已被納入「新文學體系」的諸多作家的比較中，去尋找張恨水的地位與歸屬。唯有不斷從文本異同的比較中，或許才能排除歷來不同立場的雜音干擾，給予張恨水公允的定位與評價。所以，在討論張恨水的歷史定位之前，必須先探究他與「新文學陣營」之間的交互關係。

綜而論之，其實在一九一七到一九二七這十年間，約略出現「非新文學陣營」系統的小說作家致力於寫長篇❷，而「新文學陣營」

---

❶ 相似論點可見孔慶東〈走向新文學的張恨水〉武漢：《通俗文學評論》一九九八，一月。

❷ 「舊派」的代表作都是幾十萬字以上的長篇小說。如李涵秋的《廣陵潮》（動筆於一九〇九年，一九一九完成）。平江不肖生《留東外史》（一九一六）。朱瘦菊（海上說夢人）《歇浦潮》（在上海《新申報》連載五年，一九二一年出書）。畢倚虹（婆娑生）、包天笑《人間地獄》（一九二三連載於《申報》，一九二四出版）。包天笑《上海春秋》（上部成於一九二四，下部成於一九二六）。平襟亞（網蛛生）《人海潮》（一九二七）等等。

作家多寫短篇的區分❸。此時的五四作家很少寫長篇。僅有的十來部，大部份讀來像傳統小說，而不像五四新小說。其中如楊振聲的《玉君》、葉鼎洛的《前夢》，以及張資平的《沖積期化石》等，敘述方式也與同時的「非新文學小說」相當接近。連茅盾一九二八年發表的《幻滅》，結構模式讀來仍十分有「通俗」色彩❹；而《追求》不外寫失敗的婚姻，與造化弄人的痛苦，最後再以一連串如車禍、死亡的災禍做爲故事的結束，實在不脫庸俗劇的老套。而且文字較爲濃膩，格調不夠高。其實一九二七年前，新文學陣營並無成功的長篇出現❺。直到一九二八年，葉聖陶的《倪煥之》開始連載，才預示著新文學陣營中的重心由短篇稍轉爲長篇小說的傾向。不過整體而言，直到四〇年代以前，新文學長篇小說的文本表現，實不如短篇小說的表現優異。像巴金寫於一九二八年的《滅亡》，敘述中充滿文藝濫調，而且喜歡用抽象、誇張的戲劇方式去簡化人生。

---

❸ 若根據趙毅衡統計一九一七年到一九二七年共出版小說集二百三十八種。十四種性質不明。舊派一百一十八種，長篇即佔了六十三部。新派一百零六種，長篇僅十三部而已。引自《苦悶的敘事者——中國小說的敘述形式與中國文化》北京：北京十月出版社，一九九四。頁九。

❹ 書中寫兩個出身與性格不同的女子（靜與慧）與另一男子（抱素）的三角關係。抱素是靜的同學，一直追求著她。但當他看到慧時，便轉移目標。但慧對抱素卻毫無興趣。靜深覺抱素的可憐，不忍拒絕他的要求，糊塗地獻了身。後來他才發現抱素是個輕薄的浪蕩子。然後她因此病了，住進醫院，探望她的同學興奮地談著北伐得勝的消息。幾翻輾轉，她又在一家小病院裡當看護，又碰到名叫強猛的男人……光看這結構，實與通俗的「肥皂劇」沒有兩樣。

❺ 如夏志清《中國現代小說史》第三章中說：「比較像樣的現代中國長篇小說要到一九二八年才出現。」

一直到三〇年代的長篇小說中，這種戲劇化傾向仍未消退。例如：《子夜》、《家》許多場面寫得幾近激情舞台劇，作者又過於熱情的擁抱主題，故事也照顧得太周到。另外像巴金的《愛情三部曲》，描寫了一個有愛情、有革命，賣弄陳腔濫調，卻缺乏眞實感的世界。至於三〇年代新文學左派作家因對「主義」公式的信仰，導致作品常偏於抽象概念的探索，因而也對人類生存的具體形貌缺乏興趣。例如丁玲的《水》寫水災對一群農民政治意識的影響。不過她卻對當時災民心理、生理及社會實況盲目無知，反而偏重「主義」的宣傳，以致造成作品不但眞實性低，也不夠動人。但是張恨水到一九三五年前，他不但已成功地寫了三十部以上的中長篇小說。最重要的是，他的小說不但好看，而且有細膩濃重的生活氣息。在長篇小說的撰寫上，有如此斐然的數量與成績，張恨水可說是現代小說史上第一人。不過張恨水的短篇小說普遍表現並不理想，而且數量也很少，所以本文多略去不談。

當時非新文學陣營的諸多小說，因承襲傳統章回小說敘述風格，再加上受報刊連載形式的影響，所以形式以長篇居多。而張恨水小說與報刊相關的血統淵源與連載形式，也同樣地促使他把精力放在長篇小說的撰寫上。但因他長篇小說作品出現得早，又在當時造成轟動，有可能成爲新文學作家借鑑的對象。其中可明顯地發現，三〇年代後，新文學陣營的確開始吸收這些「能通於俗」的小說質素來調整腳步。新文學中最具實驗性的短篇小說，逐漸增加人物、情節的因素來吸引讀者，也開始增加了部份傳統白話小說的敘事質素（如：以「類似」傳統說書人口吻的敘事者主導情節）。同時，也開始出現了茅盾、巴金、老舍等較成熟的長篇之作。新文學由偏重抒情的時代進入偏重敘事的時代。像茅盾於一九三二年發表的《子夜》，有著廣闊的社會背景、以小說反映現代史的企圖，對當時政經情勢與軍政聞人的詳盡報導，人物百態圖的展示、又加上一段吳少奶奶林佩瑤與雷參謀的一段舊情，人物的類型化傾向等等，都與張恨水第一階段如《春明外史》等作品的創作企圖、風格與架構頗爲相似。兩者的差異僅在於敘述故事的方式不同而已。此外，像《金粉世家》這種以北京的大家庭爲敘述主線，並縱觀時代風貌的題材，也可能影響了巴金《家》（一九三一起在上海《時報》連載，一九三三出單行本）、林語堂以英文寫作的《京華煙雲》（原書名爲《Moment in Peking》，一九三九發行）以及老舍在一九四六年出版的《四世同堂》第一部《惶惑》等作品。

以下將以老舍、張愛玲、錢鍾書三位作家的重要小說與張恨水小說比較，會發現更多「驚人」的相似。從這些異同比較中，既可看出現有文學史上區分「新舊」、「雅俗」的謬誤，更可清晰地看出張恨水對這些已「正典化」的現代文學「大師」的巨大影響。

二、張恨水小說與張愛玲小說之比較

而所有現代作家中，與張恨水有著最直接的影響關係者，當推張愛玲。許多研究都提到張愛玲深受「舊派通俗小說」（或稱「鴛鴦蝴蝶派」）的影響。而實際的影響與傳承，尤可從張愛玲文本與張恨水文本的比較中窺知一二。

張愛玲曾不只一次的提到她對張恨水的喜愛和欣賞。光在散文集《流言》一書中就提到張恨水三次❻，她對他的小說十分熟悉。她曾說到有個要好的同學也姓張，但她喜歡張資平；張愛玲自己則喜歡張恨水，兩人時常爭辯著（《流言》頁一二五）。張愛玲也曾不只一次說她喜歡讀張恨水。她說：「我們自己也喜歡看張恨水的小說❼。」她在〈讀書與消遣〉文中還說自己喜歡看：「近代的西洋戲劇、唐詩、小報、張恨水、從前的電影、現在的櫥窗。」除此之外，她也說過她的《半生緣》，就是看了許多張恨水小說後的產物❽。乍看之下，也覺得他倆的作品是屬於同一系統的，十分近似。那麼，到底有何異同之處呢？

（一）張恨水小說與張愛玲小說相似之處：

總括來說，兩人皆是「將舊小說情調與現代趣味融於一爐」❾。其中若再分點論述：

1、兩人皆是以「庸人俗事」❿爲題材

所謂「庸人」是：才質不特別秀異，性格亦非大好大壞的一群

---

❻ 分別在《流言》臺北：皇冠，一九九三年三版。頁九、頁三七、頁一二五。

❼ 張愛玲〈論寫作〉收入《張看》臺北：皇冠，一九八六第九版。頁二七一。

❽ 殷允芃〈訪張愛玲女士〉收於《華麗與蒼涼——張愛玲紀念文集》臺北：皇冠，一九九六。頁一六一。

❾ 趙園研究張愛玲的論點。

❿ 蔡美麗〈以庸俗反當代〉中的論點。臺北：《當代》，一九八七年，六月。

「凡人」。他們並不想探索生命的意義，也沒有太可歌可泣的偉大愛情。而所謂「俗事」，寫的不外是小兒女的情愛離合與匹夫匹婦的柴米油鹽。這無疑是從宋明話本如「三言二拍」，到明清章回小說如《金瓶梅》、《紅樓夢》等一脈相承的人情傳統⓫。在這傳統中，看不到民族家國，無關國計民生，更看不到忠臣、烈士、英雄、俠客。在此一傳統影響下，舞臺上搬演的多是像賣油郎、小商賈、娼妓歌女或是未能踏上仕途的讀書人。寫的都是些平庸的日常生活，或是「大傳統」根本不屑一顧的「瑣事」。同樣地，張愛玲與張恨水筆下的人物，也都不是些虛構出來的英雄好漢，而是充滿了人性弱點與具備生命活力的小人物。這些「舊派」小說常因喜歡以所謂遺少、姨太太爲描寫對象而遭「新文學陣營」攻擊。其實，在文藝展現中，姨太太未必不及女戰士有力量。往往在前者的世界還更能看到人性之幽暗深邃之處。主題不在大小，而在於熟不熟悉，寫得好不好。

2、小說中敘述形式與話語的相似：

(1) 大量運用傳統白話小說文本的對話形式

張愛玲與張恨水一樣，敘述者在轉述人物的對話時（使用轉述語），皆大量使用「直接引語」。且在每句話前必加上說者是誰的註解，並且喜歡用舊小說必用的「道」字，而不用新文學文本所普

⓫ 陳芳明〈毀滅與永恆——張愛玲的文學精神〉文中曾提到相同觀點。收於《華麗與蒼涼——張愛玲紀念文集》臺北：皇冠，一九九六。頁二二九。

遍使用的「說」字。如：「流蘇道：『 』」、「鳳喜道：『 』」⑫。有人說而張愛玲她之所以一度被認爲應屬「舊派」，甚至有人認爲他根本應屬「鴛鴦蝴蝶派」的原因，除了她「俗男怨女」的小說題材之外，恐怕就是與她用了這種傳統的敘事格式有關。他喜歡沿用這類深具傳統口吻的敘述方式，是導源於她對傳統白話通俗小說系統的偏好。張愛玲曾說自己愛看「社會小說」（著者按：此指民初舊派的通俗小說）是因爲它們保留了舊小說的體裁，而她自己也對傳統的形式感到親切。也許就因爲這種對舊小說的眷戀，使她與張恨水一樣，未放棄這類較偏於傳統的小說形式⑬。

（2）隱蔽（不現身）不介入的敘述者

張愛玲小說文本中的敘述者，與張恨水小說一樣，都是屬隱蔽而不介入的。表面上，他們文本中的敘述者，與傳統章回小說所謂「第三人稱全知」近說書人口吻的敘述者無大差別；細看之後，發現差之甚遠。他倆文本中的敘述者皆只是站在場景的一旁，娓娓地、不帶感情地、不加評論地「述說」著人物的故事與遭遇。大部份時間讓人物自己說話（用直接引語），只純以以動作或對話突出人物，敘述者並不多言，也並無太多主觀意念。張愛玲曾稱讚《海上花》的敘述形式：「特點是極度經濟，讀著像劇本，只有對白與少量動作。暗寫、白描，又都輕描淡

⑫ 夏志清曾提到張愛玲喜歡用舊小說必用的「道」字，可證明她文本中「舊小說的痕跡」。見《中國現代小說史》劉紹銘等譯。香港：友聯出版社，一九七九。頁三四二。

⑬ 但當張愛玲一九六八年出版《秧歌》時，已放棄這種敘述模式了。

寫不落痕跡，織成一般人的生活質地⓮」

（3）著力於生活細節的細膩描寫

這恐怕是他倆之整體風格之所以像是所謂「民國舊派通俗小說」的因素之一。「民國舊派」作家皆喜愛不厭其煩地記錄生活每一件事物的細節，如何吃、如何穿、如何玩；甚至喜歡鉅細靡遺地呈現事件場景中的每一句對話。「社交在他們生活裡的比重很大」⓯，文中常出現大篇幅的吃飯與應酬的場景。時而顯得細膩，時而顯得瑣碎。這種撿拾體制外的瑣碎細節來建構生活意識的習慣，其實是來自於自《金瓶梅》、《紅樓夢》對過年、過節、賞花吃酒等生活細節描寫的傳統；影響所及，遲至清末民初的大批章回小說（如《海上花列傳》、《歇浦潮》等）皆有此風。而這也是中國「閒書傳統」（古代白話小說與其他如詩文等文類相較，均有極強的消閒性，予人當作茶餘飯後的消遣品）以及「明清人情小說」下文本的特有風格。因爲「生活不過是穿衣吃飯而已」，這類小說就是從穿衣吃飯等細節瑣事中窺出了「人情」與「世故」。

若再論這「閒書」與「細節描寫」的關係，與張愛玲談到中國服裝的「細節」與「有閒」的關係，有相似之妙：

> 這裡（指服飾上繁複的點綴品）聚集了無數小小的有趣之點，這樣不停地另生枝節，放恣、不講理，在不相干的事物上浪

⓮ 張愛玲〈譯胡適之〉收入《張看》臺北：皇冠，一九八六第九版。頁一七六。

⓯ 張愛玲評《海上花列傳》時的主張。見《海上花落》《國語本海上花列傳譯後記》臺北：皇冠，一九九二年二版。頁七〇八。

費了精力，正是中國有閒階級一貫的態度。唯有世上最清閒的國家裡最閒的人，方才能領略到這些細節的好處⑯。

而凡是與這「閒書傳統」有興趣的現代小說作家，幾乎都有對細節描寫的偏好。例如通俗歷史小說家高陽。高陽在小說中喜歡考察舊式歷史敘述中不屑一顧的「瑣事」，他著意於注重某個歷史時空下人們到底怎樣吃、怎樣穿、怎樣賭博，他的小說同樣有著對細節描寫的濃厚興趣。曾有研究者認為高陽之所以對社會史的生活細節感到興趣，是來自於筆記文類的影響⑰。從筆記形式的斷裂、零碎與追求異謬的邊緣性中，或許可找到高陽愛寫「瑣事」的原因；但也可能他導因於他對「閒書傳統」浸淫與偏愛。他說他愛看《紅樓夢》，又說他年少時最愛躺在藤椅上看閒書、吃零嘴。看的「閒書」正是「閒書傳統」浸淫之下的「舊派」小說雜誌，如：《紅雜誌》、《紅玫瑰》、《禮拜六》等⑱。

除高陽外，張恨水與張愛玲也多次提到他們對此一通俗傳統的「耽溺」與效法，而五四新文學理論家則明白表示他們對此一傳統不感興趣，甚或不以為然⑲。例如：張愛玲在《流言》裡盡是

---

⑯ 引自張愛玲《流言》〈更衣記〉臺北：皇冠，一九九三年三版。頁七〇。

⑰ 楊照〈歷史小說與歷史人物誌——高陽作品中的傳承與創新〉。收入《高陽小說研究》臺北：聯合文學出版社，一九九三，頁一三四。

⑱ 見〈「橫橋吟館」圖憶〉收入前註書。頁一七九。

⑲ 如錢玄同在《致陳獨秀信》文中言：「至於小說非誨淫誨盜之作，（誨淫之作，從略不舉。誨盜之作，如《七俠五義》之類是。《紅樓夢》斷非誨淫，時足以寫驕侈家庭，澆漓薄俗，腐敗官僚，紈袴公子耳。《水滸》由非誨盜之作，其全書主腦所在，不外「官逼民反」一義……），及神怪不經之談（如

寫她仿寫《摩登紅樓夢》以及看《歇浦潮》和李涵秋、顧明道、張恨水等人的小說。另外，她也曾說：「我是熟讀《紅樓夢》，但是我也熟讀但是我同時也曾熟讀《老殘遊記》、《醒世姻緣》、《金瓶梅》、《海上花列傳》、《歇浦潮》、《二馬》、《離婚》、《日出》。有時套用《紅樓夢》的句法，借一點舊時代的氣氛，但也要看適用與否。」仔細分析，除了《二馬》與《離婚》、《日出》是屬新文學體系的作品，其他全是舊章回小說系統的文本。而其中曹禺的《日出》是劇本固不必論，老舍的諸多作品，也都是情節性較強、較注重故事的經營以及細節的鋪陳；與其他新文學文本相較，皆較偏於舊小說的敘事風格。她甚至曾說過「《紅樓夢》和《西遊記》當然比《戰爭與和平》及《浮士德》好」[20]這類高度推崇傳統通俗小說的言論。張愛玲也曾坦言：「我對通俗小說一直有一種難言的愛好；那些不用多加解釋的人物，他們的悲歡離合。如果說是太淺薄，不夠深入，那麼，浮雕也一樣是藝術啊！[21]」張恨水也是。而且特別值得注意的是，在張愛玲這些對「民國通俗小說」的陳述意見當中，她對其他現代通俗作家皆有微詞，唯獨對張恨水讚譽有

《西遊記》、《封神傳》之類）：否則以迂謬之見解，造前代之野史（如《三國演義》、《說岳》之類）。」載《新青年》第三卷第一號。一九一七年三月。又如周作人在〈人的文學〉一文中分傳統小說為「色情狂的淫書類」、「迷信的神鬼書類」等十類，下說：「這幾類全是妨礙人性生長，破壞人類的平和的東西，統應該排斥。」載《新青年》第五卷第六號。一九一八年十二月。

[20] 同前殷允芃文。頁一五八。

[21] 引自〈多少恨〉序言。收入《惘然記》臺北：皇冠，一九八三。頁一一七。

加。

張恨水與張愛玲同對生活細節的喜好，若以張愛玲自己的話說，正傳達了「細密眞切的生活質地㉒」或是「日常生活的況味㉓」。他們皆對人物行止言談有著細膩地刻畫。人物每說一句話的衣著、神情、模樣、動作等，都著力詳細敘述。而且敘述者在「轉述」人物的對話前，一定「鉅細靡遺」地介紹人物說話當下的行止與表情。例如《秦淮世家》第一回：

> 這位汪老太穿了件舊青緞子短夾襖，可又下擺長齊了膝蓋，半白的頭髮，還挽了個小圓髻，手捧了一桿水煙袋，不住的向外噴著煙，已是將亦進打量個三四回。他聽了唐大嫂的話，將一張長臉，連連點了幾下，在七八條皺紋的臉上，告訴了人她處事的經驗很深，這就插嘴道：「你們二小姐，只能說一句穩重，妳要說他老實，那是小看了他；他肚子裡比什麼人也精靈哩！二十歲的姑娘，比人家四五十歲的人還要牢靠些」唐大嫂笑道：「還是二十歲啦，望哪輩子了，今年四十二歲了。」亦進這才知道二小姐芳名二春，是二十四歲。當二春再由屋子裡出來的時候，亦進不免對他臉上多看了一眼。二春這就紅著臉笑道：「汪老太和我算命呢！」汪老太正燃了紙煤，燒著煙袋頭上的煙絲，隨

㉒ 他多次強調《紅樓夢》前八十回之所以較後四十回為好，是「原著八十回中沒有一件大事……前八十回只提供了細密真切的生活質地。」引自同前註《海上花落》本。頁七二二。

㉓ 張愛玲〈譯胡適之〉收入《張看》臺北：皇冠，一九八六第九版。頁一七七。

了說話，噴出一口煙來，笑道：「可不是，我在給妳算命。我正在這裡算著，妳是哪一天紅鸞星照命。」二春輕輕啐了一聲，自走出去了。有了這句話以後，她就不進屋子來了。直到酒菜預備齊了，王媽進來搬台整椅，他才進來安排杯筷。

張愛玲小說中的措辭與語氣，與張恨水許多段落眞有幾分神似。當然此二人這種風格還是根源於《紅樓夢》的敘述語氣。張愛玲認爲張恨水小說有其他社會小說沒有的「眞實性」㉔，像一針一線細膩地逐步織出生活的面貌。而這也正是張恨水之所以優於現代文學史上許多作家的主因。而從張愛玲小說中，同樣也可看到這種「生活質感」的呈現。

（4）同對「真實性」與「現實性」的偏好

承接上點，這種對「生活質感」的偏好，也來自於一種對小說「現實性」的偏好。張愛玲曾說她自己：「看的『社會小說』書多，因爲他保留舊小說的體裁，傳統的形式感到親切，而內容比神怪武俠有興趣，彷彿就是大門外的世界。㉕」此外，她也曾說過她喜歡民初上海社會小說中那種貼近社會的「眞實感」。她說：

小說內容是作者的見聞或是熟人的事，『拉在籃裡便是菜』，來不及琢磨，倒比較存眞。……這彷彿是怪論。……當然實事不過是原料，我對創作苛求，而對原料非常愛好，並不是

㉔ 張愛玲〈談看書〉收入《張看》臺北：皇冠，一九八六第九版。頁二一七。

㉕ 張愛玲〈談看書〉收入《張看》臺北：皇冠，一九八六第九版。頁二一四。

> 『尊重事實』，是偏嗜它特有的一種韻味，其實也就是人生味。……這意外性加上眞實感——也就是那錚錚然的金石聲——造成一種複雜的況味，很難分析而容易辨認。㉖

張愛玲說自己對大門外現實世界的興趣遠大於神怪武俠小說中的虛構想像世界。她喜歡民初上海社會小說透露出的那種「人生味」與「眞實感」。基於上述的創作理念，張愛玲的小說也出現同樣的「現實感」，他總是以「擬眞」的對話與場景去「再現」「現實人生」的某種樣貌。

張恨水雖沒有直接講過類似的話，不過，從他小說文本的呈現中，同樣可看出類似的創作偏好。這類「現實性」強的小說，基本情節上完全按照日常邏輯運作，角色塑造不會超出常情常理，也並不賦予神奇或過人的能力。對充滿時空性、歷史性、社會性等「外部」細節有著高度的描寫興趣；對「吃飯穿衣說話居處」等生活細節總有著充分的鋪陳。因此，也就是張恨水這種對「現實性」的喜好，他小說中人物與張愛玲小說人物一樣，都是關心些如何活著、如何吃飽、如何娶妻生子、如何幸福踏實等問題。張恨水思考的層次也並非人生終極存在的哲理，而都是些百姓關心的切身問題。例如社會上的不公不義、貪官污吏或是物價如何飆漲等問題。其中全是生活眞實且實際的內涵。總之，張恨水與張愛玲小說文本都呈現出一種「近似眞實」而還是「虛構」的「現實性」幻覺。

㉖ 張愛玲〈談看書〉《張看》臺北：皇冠，一九八六第九版。頁二一八。

(5) 同樣強調小說「可讀性」的重要

張愛玲說過：「要迎合讀者的心理，辦法不外這兩條：㈠說人家所要說的㈡說人家所要聽的。說人家所要說的，不外是代群眾訴冤出氣……那麼，說人家所要聽的罷。……但看今日銷路廣的小說，家傳戶誦的也不是「香豔熱情」的而是那溫婉，感傷，小市民道德的愛情故事……文章是寫給大家看的，單靠一兩個知音，你看我的，我看你的，究竟不行。要爭取眾多的讀者，就得注意到群眾興趣範圍的限制……將自己歸入讀者群中去，自然知道他們所要的是什麼[27]。」張愛玲此言，似乎意有所指地指出張恨水之所以「暢銷」「通俗」的原因，也間接傳達她對張恨水文學主張的認可。張恨水的確很注意小讀者的接受能力，他也有類似「可讀性」的言論。他說：「眾所周知，我一貫主張，寫章回小說，向通俗路上走，絕不寫出人家看不懂的文字。」另外他在《偶像》自序說：

> 抗戰時代，作文最好與抗戰有關，這一個原則，自是不容搖撼。然而抗戰文藝，要怎樣寫出來？似乎到現在，還沒有一個結論。我有一點偏見，以爲任何文藝品，直率的表現教訓意味，那收效一定很少。甚至人家認爲是一種宣傳品，根本不向下看。我們常在某種協會，看到成堆的刊物，原封不動地在那裡長霉，寫文字者的心血，固然是付之流水，而印刷與紙張的浪費，卻也未免可惜。至於效力，那

---

[27] 張愛玲〈論寫作〉同前註書。頁二七一。

> 是更談不到了。文藝品與佈告有別，與教科書也有別，我們除非在抗戰時期，根本不要文藝，若是要的話，我們就得避免了直率的教訓讀者之手腕。若以爲這樣做了，就無法使之與抗戰有關，那就不是文藝本身問題，而是作者的技巧問題了。

當時的文化工業型態與現在相差甚多，沒有電視，沒有錄影帶，「看小說」成了重要而且主要的休閒型態。「可看性」，使人願看，並不就代表淺薄或失去嚴肅意義。相反的，乏人問津也並不代表其中就有高妙不可及的嚴肅意義。所以兩張之間，在這點文學主張也是相同的。

（6）酷愛寫「月亮」等自然意象

張愛玲酷愛以月亮爲小說的意象，已是眾所皆知之事。他最刻意寫月景的作品，當推《金鎖記》。不過在《傾城之戀》、《第一爐香》、《第二爐香》以及《半生緣》等作品，也有不少月景的段落。而張恨水小說中也有不少月景，而且兩人對「月景」的敘述與技法上頗有相似之處。張愛玲曾承認自己小說是學自張恨水，她曾說《半生緣》就是在他看了張恨水許多小說後寫的。如此看來，張愛玲小說「月亮意象」的運用，可能部份襲自張恨水。

張恨水極愛寫月景，逢夜景多寫月亮。他多數小說都有月景的描寫，尤其像《夜深沈》、《巴山夜雨》這類多以夜晚爲場景的作品，則例子更多。而月景多與人物的心境相映襯，當月色出現時，人物多陷入孤獨、淒涼的悲愁心緒。在此月景成爲烘托人物思緒的重要意象，間接加強了文本的「哀感」氣氛。而張恨水小說中凡是抒情性較強、人物心理話語多、且以「感傷」作爲基本風格的作品，都有「月景」的出現；像《春明外史》、《夜深沈》、《巴山夜雨》等都是。張恨水的筆下的月景有三大特色：一是多與人物愁苦的情緒或處境相關；二是必定與「淒涼」或「幽冷」的感覺相連。第三這些月亮不是缺月即是殘月，而且必定是朦朧的，從無圓滿皎潔的月亮。這些意象特徵基本上就與張愛玲小說相近。張愛玲小說裡的月景，多數也都與人物的心緒或處境相關。除了部份作品月景帶有「浪漫愛」的象徵之外，如《傾城之戀》中流蘇與柳原隔著電話共看月亮；或是《第一爐香》中喬琪趁著月光去找薇龍；《半生緣》中世鈞看著曼禎在月光下顯得特別白的手臂等，其他月景的出現都帶有「不幸福」的象徵。像是《金鎖記》裡當七巧兒子長白娶妻後出現的兩個代表性例子：

> 隔著玻璃窗望出去，影影綽綽烏雲裡有個月亮，一搭黑，一搭白，像個戲劇化的猙獰的臉譜。一點，一點，月亮緩緩的從雲裡出來了，黑雲底下透出一線炯炯的光，是面具底下的眼睛。天是無底洞的深青色。
>
> 今天晚上的月亮比哪一天都好，高高的一輪滿月，萬里無雲，像是黑漆的天上一個白太陽。遍地的藍影子，帳頂上也是藍影子。他的一雙腳也在那死寂的影子裡。

又如《半生緣》中當曼禎失蹤被監禁時，世鈞去曼璐家找人，世鈞走在曼璐家的園子裡時：

> 天上倒還很亮，和白天差不多。映著那淡淡的天色，有一

> 勾淡金色的峨眉月。……曼禎躺在床上，竭力撐起半身，很注意的向窗外看著，雖然什麼也看不見，只看見那一片空明的天，和天上細細的一鉤淡金色的月亮。

張愛玲小說裡的月亮也多是殘缺之月，即使是圓月，月中不是帶有陰影，就是讓人看起來覺得蒼涼陰森死寂。而且也多是朦朧的。最重要的，張愛玲月景描述的「蒼涼感」㉘，與張恨水小說月景的「淒冷感」，竟有同工之妙。

像張恨水《春明外史》第一回寫到楊杏園獨處時那種既傷身世、又感孤寂的心境，以愁人之淚眼望月，連月色也顯得淒涼：「那半輪新月，由破碎的梨花樹枝裡，射在白粉牆上，只覺得淒涼動人」。又如第三十四回當梨雲過世後，楊杏園寫著悼念梨雲的祭文後：「打開門，望外一看，西牆頭上，半輪殘月，有盤子那麼大，黃澄澄地照著滿院子都是朦朧的。隱隱之中，好像很遠的地方，有人在街上趕牲口和說話的聲音。心裡想到：眞是夜闌聞遠語，月落如金盆了。」這種充滿形象感與視覺感的月景描寫，給予文本一種美感；「殘月」的意象正呼應了楊杏園現在的悼亡的情緒。遠方細微的人語，更映襯了夜闌「人靜」的幽寂。突顯出杏園的孤寂感。此例也可證明張恨水小說突出的感官性特徵。同樣類似深富感官性的的例子，在《巴山夜雨》中也有，而且對月景的描寫較前期更爲細膩。在《巴山夜雨》第十章「殘月西沈」中一段寫到李南泉等人躲空襲後的場景描

㉘ 有關張愛玲日月意象的「荒涼感」，可同時參考曹淑娟〈張愛玲小說中的日月意象〉。收入《張愛玲研究資料》福州：海峽文藝出版社，一九九四。頁二八八。

寫：

> 回頭看那木橋上，偏西的一鉤月亮，灑下淡黃的光，照見山溪兩岸，樹木人家的影子，都模糊著，黑沈沈的。……這一晚的夜襲，竟是和殘月相始終。殘月落下去了，解除警報的長聲，也發出來了。他引著家裡人，走向家去。那靠近山頭的大半輪月亮，由白變成了金黃色，像半面銅盤，斜掛在山腳下。那月亮裡放出來的金黃色淡光，正輕微地灑在這深谷裡。山石樹木人家，全模糊著不大清楚。在溪的東岸，有一塊菜地，織著許多豇豆架子，這豆架和百十支竹子相鄰，在淡黃色的月光下，照著許多高高低低的青影。天已到將亮的時候，空氣是既潮濕、又清涼。在人的皮膚觸覺上，已是感到一陣輕微的壓迫，再看到這些清隱隱的影子，心理上也有些清涼的滋味了。大家不成行伍地慢慢走著，李南泉依然是首先一個引導。他遠遠地看到那高低影子當中，更有個活動影子跑來跑去。雖然是大群人走著，這個深谷，月亮只照了半邊山到底，一邊是陰暗面，一邊是昏黃的光，涼空氣底下，清幽幽的，這會給人一種幽暗荒涼的印象。

張恨水越到晚期小說（例如《巴山夜雨》）這類充滿視覺、觸覺、聽覺等大段場景越來越多。這是一段對月色下景致的純粹白描，不過卻沒有明顯的象徵意義，也並沒有與人物情緒產生太直接的關連。不過「月色」下的景物，卻一貫地透露出「幽暗荒涼」的感覺。另外像張恨水《天上人間》第七回也有類似的例子：

> 玉子一人想著，儘管在院子裡徘徊，抬頭看著天上那勾瘦月，冷清清地懸在蔚藍的天上，旁邊並沒有什麼星光陪著，更顯出這月亮是清瘦的，自己的人影子，模糊不清半斜著躺在地上。回顧院子裡沒有人，就剩自己和這個影子，也就說不出來是如何地清冷了。

上兩例與張愛玲小說中的用字（如「黑沈沈」、「清隱隱」、「冷清清」）；用色（「淡黃的光」、「黃金淡光」）；充滿感官描寫；以及整體所透露出的「幽暗荒涼」感等皆十分近似。張愛玲晚期一改早期小說用字的華麗與炫異，《半生緣》等作在景物與意象的處理上刻意以淡筆爲之，色彩的運用也明顯「淡化」。這種淡筆與淡漠的顏色，反而使張愛玲更接近張恨水風格。同時像上例這類緩慢簡短、淡而有味的敘述語氣與張愛玲晚期小說《半生緣》最像。就像張愛玲《半生緣》中的一段㉙：

> 這兩天月亮升得很晚。到了後半夜，月光濛濛的照著瓦上霜，一片寒光，把天都照亮了。就有喔喔的雞啼聲，雞還當是天亮了。許多人家都養著一隻雞準備過年，雞聲四起，簡直不像一個大都市裡，而像一個村落。睡在床上聽著，有一種荒寒之感。

《半生緣》這段描寫夜色中聽聞雞啼的場景，與張恨水《巴山夜雨》第十八章「雞鳴而起」一段也很相似：

㉙　《半生緣》臺北：皇冠出版社，典藏版十五刷，一九九八。頁一九二。

這時，村子口外的雞聲，又在「喔喔喔」地，將響聲傳了過來。鄰居家裡，不少是有雄雞的，受著這村外雞聲的逗引，也都陸續叫著。夜色在殘月光輝下，始終是那樣糊塗塗的，並不見得有什麼特別動作。但每當這雞叫過一聲之後，夜空裡就格外來得寂寞。

《半生緣》明顯帶著如《巴山夜雨》的描述與淡漠的風格。而且到了後期的《半生緣》，張愛玲寫月景也像第三階段的張恨水一樣，並不刻意在月景中加入太多象徵聯想，反而像是純粹的寫景文字了。但是卻因此給予文本更爲舒緩的清朗感。

《春明外史》與《巴山夜雨》等作寫月景其實還不算多，張恨水刻意大量地寫月景，而且寫得成功而動人的作品當屬《夜深沈》。因爲《巴山夜雨》（一九四六）寫得比〈傾城之戀〉、〈第一爐香〉（一九四三）等作還晚，所以影響張愛玲早期《傳奇》等小說的應不是《巴山夜雨》而應是《夜深沈》。張愛玲明顯使用了《夜深沈》中「胡琴聲」（如〈傾城之戀〉）與「月亮」兩個始終貫串的象徵。「月亮」意象與「夜深沈」的胡琴曲子㉚在《夜深沈》小說中有著同樣重要的作用，都與兩人情感起伏的過程密切相關。《夜深沈》中對月景的描寫也大多符合張恨水寫月景的三大特色。如第六回到第七回寫到二和在月光中側耳傾聽月容唱戲的感動，竟不覺垂下淚來。這是非常精彩而優美的一段描寫，不但是缺月，而且也與「淒涼」、「淒冷」的感覺相連：

㉚ 在張恨水《啼笑因緣》中也有類似的技法。家樹與鳳喜兩人間也因「黛玉悲秋」之曲文而多有曲折。

> 那時天上的黑雲片子，已經逐漸的散失，在碧空裡掛一輪缺邊的月亮，在月亮前後，散佈著三五顆星星，越顯著空間的淡漠與清涼。楊五爺家門口有一片小小的空地，月亮照在地上雪白，在他們的圍牆裡，伸出兩棵棗子樹，那樹葉子大半枯著，在月亮底下，不住的向下墜落。爲了這一陣黃昏小雨的緣故，這深巷子裡，是很少小販們出動，自透著有一番寂寞的境味。就在這時，有一片拉胡琴唱戲的聲音，送了出來……二和道：「你唱得太好了，我聽著幾乎要掉下淚來。有五爺這樣好的師父教你，妳將來還不是一舉成名嗎？」……在這淒涼的夜裡，在月亮下面坐著，本也就會引起一種幽怨，加之楊五爺的家裡又送出那種很淒涼的戲腔與琴聲來，那會更引起聽人一種哀怨情緒。二和坐在那大石墩子上，約摸聽了半小時之久，不覺垂下兩點淚來。後來是牆裡的聲音全都息了。抬頭看看天上的月亮，已經偏斜到人家屋脊上去，滿寒空的冷露，人的皮膚觸到，全有一種寒意，自己手摸著穿的衣服，彷彿都已經是在冰箱裡儲存過的。他自言自語的嘆了一口氣道：「回家去吧！」一個人在月光下面，低頭看了自己的影子，慢慢的走回家去。

他乍聽戲腔，月容唱得如此之好令他感動得差點掉淚。至於後來二和眞正感傷掉淚的原因，還並不來自於月容。這時兩人感情也並未生變。其實要再觀下文，才能明瞭二和哀傷的原委。當他回到家時，隔鄰田大嫂看到二和說：「你流淚來著吧？」二和道：「笑話，老大個子哭些什麼？」田大嫂道：「就算你沒哭，你心裡頭也有什麼心事。」二和道：「剛才我在大月亮下走路，想起我小時候在花園裡月亮地下玩，到現在就像作了一個夢一樣。我想那樣好的人家，一天倒下來，怎麼就變成了這個樣子。」所以其實二和是因想起自家過去繁華的榮景，如今竟如此落魄，不禁黯然神傷。這段一連出現「淡漠」、「清涼」、「枯樹」、「寂寞」、「淒涼」、「幽怨」、「哀怨」、「冷露」、「寒意」等詞，很像張愛玲敘述中喜用「死寂」、「蒼涼」等詞來形容景物。《夜深沈》中每當人物情緒低落或發生重大挫折時，就會出現月亮，而人物也同時感到十分「寒冷」。這「身子冷」其實是「心冷」的反映，也就是人物憂悶心情的一種隱喻。此例所提到的月亮，同樣也是個缺邊的。類似例子不勝枚舉。如《夜深沈》第十三回當月容正受宋信生誘惑攻勢，與二和漸漸疏遠時。一日，二和在戲館子門口等月容，他跟著月容坐的人力車子在路上走時：

> 二和抬頭看看天上，半彎月亮，掛在人家屋角，西北風在天空裡　拂過，似乎把那些零落的星光都帶著有些閃動，心裡眞有萬分說不出來的情緒，又覺得是苦惱，又覺得怨恨。

第二十二回寫到當月容蒙受宋信生的欺瞞與耍弄又歷盡滄桑後，很想回去找丁二和母子。她望著月亮盤算著要怎麼與丁家母子相見，又追憶著許多的過往：

> 這時，天色已是快接近黃昏了，天上的白雲，由深紅變到

> 淡紫，蔚藍的天空，有些黑沈沈的。作夜市的小販子手裡提了玻璃罩子燈，挑著擔子，悄然的過去。……抬頭看看天上的月亮，很像一只大銀盤子，懸在人家屋脊上面，照著地面上，還有些渾黃的光。自己慢慢地踏了月亮走路，先只是在冷僻曲折的大小胡同裡走，心裡也就想著，見到了二和，話要怎樣的先說；見到丁老太，話要怎樣的說。再進一步，他們怎樣的問，自己怎樣的答，都揣測過了一會，慢慢兒就走到了一條大街上。月色是慢慢的更亮了，這就襯著夜色更深。這是一條寬闊而又冷僻的街道，大部份的店户，已是合上了鋪板門，那不曾掩門的店户，就晃著幾盞黃色的電燈。那低矮的屋簷，排在不十分明亮的月色下，這就讓人感到一種說不出所以然的古樸意味。
>
> 月容就這樣想著，天津租界上，那高大的洋樓，街上燦爛的電燈，那簡直和這北京城是兩個世界。想著坐汽車在天津大馬路飛馳過去，自己是一步登了天，不想不多幾日，又到了這種要討飯沒有路的地步。

這段文字若不特別註明是張恨水的，恐怕會有人會以爲是張愛玲的文字。這「深紅到淡紫」的色彩運用，這「蔚藍的天空，有些黑沈沈的」的敘述，這「自己慢慢踏了月亮走路，先只是在冷僻曲折的大小胡同裡走」等句，都可在張愛玲小說中找到類似的描述。把「月容就這樣想著」改成「曼禎就樣想著」，整體的敘述語氣就像是張愛玲的句子一樣。在張恨水小說中，月亮總陪著這些失意傷心人走在淒冷的街道上。在月下的他們總有滿腔難訴的心事。又如第二十五回二和在月色中與二傻子想循線探望久未謀面的月容，一到月容留下的地址，發現竟因來得太遲而已人去樓空：

> 牆頭上的大半輪月亮，格外的升起，照見地上一片白，唯其是地上一片白，二和同王傻子兩人的黑影倒在地上，現著孤伶伶地。二和抬頭向天上看看，覺得半空裡飛著一種嚴寒的空氣，二和兩手懷抱在懷裡，倒連連打了兩個冷戰。因道：「今晚上也沒颳風，天氣怎麼這麼涼？」王傻子道：「我倒不怎麼涼，咱們走吧。她搬走了，咱們在這裡耗著，能耗出什麼來？」

這段兩人的黑影映在皎白的月色中，張恨水以「孤伶伶」形容。這「孤伶伶」三字，正顯出二和當時的感覺。此處也同樣地以二和感到寒意，來隱喻他心中的失望。同樣的例子在第三十五回。當丁二和與田二姑娘成婚當夜，月容刻意拿著胡琴到了丁家門口拉了一段《夜深沈》後，從大胡同閃到小胡同中站著，等著二和口中喚著「月容！月容！」由後方追來：

> 兩人說著話，月容手上就忘了拉胡琴。胡琴聲音停止了，那邊丁二和叫喚的聲音也就沒有了……黃氏道：「怎麼他不叫喚了？准是回去了吧？」月容道：「我先是怕他不睬我了，現在既然出來叫我，不找個水落石出，他是不會回去的。」黃氏道：「那我們就等著吧！」月容手扶著人家牆壁，把頭伸出牆角去，向外面望著，兩分鐘、三分鐘繼續的等著，直等到二三十分鐘之久，還看不到二和前來。

> 黃氏伸手握著月容的手道：「姑娘，你瞧，妳的手這樣涼，仔細爲這個得了病。」月容道：「再等十分鐘，他東西南北亂跑也許走錯了路。過一會子，他總會來的。」
>
> 黃氏見他是這樣堅決的主張，也就只好依了他。可是又等了十分鐘，只見月亮滿地，像下了一層薄雪，風吹過天空，彷彿像很快的薄刀，割著人的皮膚。人家院牆的枯樹，讓這寒風拂動著，卻是呼呼有聲，此外是聽不到一點別的聲音。黃氏道：「姑娘，我看不用等了。人家正在當新郎的時候，看新娘還嫌著看不夠，他跑到外面來追妳作什麼？回去吧！天怪冷的。」月容穿的這件薄棉襖，本來抗不住冷，覺得身上有些戰戰兢兢的，現在黃氏一提，更覺得身上冷不可支，只得隨著黃氏低下了頭，走出小胡同去。
>
> 月亮地上，看看自己的影子，一步一步的向前移著。寒夜本就走路人少，她們又走的是僻靜的路，她們只繼續的向前，追著她們的影子。此外是別無所有。

月容在月色中等待與盼望，最後等到的卻只是一身的寒意與自己的影子。月容「看著自己的影子，一步一步向前移著」，是說月容現在就似乎像輕飄不實的影子一樣，充滿虛空感；至於「走的是僻靜的路」與「別無所有」二詞正隱喻了月容的處境與現況。

延而伸之，就是兩人對自然景致的描寫都懷著高度的興趣。有太陽、有風、有雨、有月亮，十分善於表達敏銳的感官體會。就像夏志清說張愛玲：「她的世界也充滿了自然景物的意象。小說裡的人物雖然住在都市，但是它們仍舊看得見太陽、能夠給風吹著，給雨淋著，花草樹木也總在他們眼前不遠。[31]」這段話也是張恨水小說的適當註解。

（二）張恨水與張愛玲相異之處：

1、張恨水深具民族思想、肩扛著所謂「知識份子的責任」，士大夫文人氣息濃厚。而張愛玲「棄置」了民族「宏偉」的救亡概念，對戰爭的態度冷漠。如此相較，張恨水反而還更接近「新文學」標準下「啓蒙救亡」的文學觀念。

2、張恨水書中樸實善良的人物多，惡人少。道德判準較爲「徹底」；作品中雖也多有虛榮、勢利的凡庸之人，但是他小說中的主角，必是善良正直眞誠的正面人物。張愛玲小說所有人物莫不算計小惡，筆下則都是些小奸小善等道德「不徹底」的人：「人的靈魂通常都是給虛榮心和慾望支撐著的，把支撐拿走了以後，人變成了什麼樣子——這是張愛玲的題材。[32]」。張恨水不像張愛玲認爲這「勢利與虛榮」是人性的「常態」，而是一種個人道德的抉擇問題。不過張恨水卻對這些虛榮與勢利之人採取相當諒解的態度。

3、小說張愛玲的景物意象多有象徵之意，多用充滿暗示、比喻、聯想、幻想的修辭性語言。張恨水則純用白描的陳述性語言，其中「自然景物」具有象徵意味的較少。因此，張愛玲意象的用字

[31] 夏志清《中國現代小說史》第十五章。

[32] 見《中國現代小說史》劉紹銘等譯。香港：友聯出版社，一九七九。頁三四二。

較爲華麗、奇詭，張恨水意象則平易樸淡。不過張愛玲晚期作品，如《半生緣》等有愈往張恨水樸淡風格發展的現象。

4、兩人都對身處城市有著極大的眷戀。不過一寫北京；一寫上海。人物對白一多用北京方言，一多用上海方言。各自精彩地展現出兩地不同的世故人情與價值風貌。

三、張恨水小說與老舍《駱駝祥子》的比較

「新文學陣營」重要作家中，與張恨水最爲近似者，應屬老舍。因爲老舍的作品也多寫北京，而且也有濃厚的說故事企圖，「載道」的企圖並不那麼強，傳統的敘述質素也較多。其中尤以《駱駝祥子》（一九三九）與張恨水《夜深沈》（一九三六）最爲近似。以下從兩人異同的比較中，將會發現被歸入「新文學陣營」的老舍，與張恨水的差別其實並不太大，也並非過去「老舍屬新」與「張恨水偏舊」的刻板印象。

（一）《駱駝祥子》與《夜深沈》相似之處：

第一、都寫了具有濃厚京味兒的故事與場景。都寫了胡同、大雜院以及北京小吃。文本中也都用了純粹的北京方言書寫。第二、二者都寫車夫的浮沈故事；都著重描繪人物的境遇與離合。第三、小說都探討了「一個人會有今天，是什麼因素造成的？」均偏重「環境」等外在因素對個人的影響與引誘，也都寫了社會上惡勢力對好人的欺壓。第四、其中都寫了「純潔愛情願望」的失落。《駱駝祥

子》寫的是祥子與小福子；《夜深沈》寫丁二和與楊月容。所以，就兩者所用題材與整體風格來說差異不大。第五，兩者都使用了大量的人物聚焦與人物的心裡描寫，大量陳述人物內在的情緒與感覺。就如：《駱駝祥子》第六部份，就與張恨水小說人物心理描寫很像：

> 祥子一肚子的怨氣，無處發洩；遇到這種戲弄，眞想和她瞪眼。可是他知道，虎姑娘一向對他不錯，而且她對誰都是那麼爽直，他不應得罪她。既然不肯得罪她，再一想，就索性與她訴訴委屈吧。自己素來不大愛說話，可是今天似乎有千言萬語在心裡憋悶著，非說說不痛快。這麼一想，他覺得虎姑娘不是戲弄他，而是坦白的愛護他。他把酒盅接過來，喝乾。一股辣氣慢慢的，準確的，有力的，往下走。他伸長脖子，挺直了胸，打了兩個不十分便利的嗝。

另外，第八部份中有這麼一段：

> 祥子怎能沒看見這些呢。但是他沒功夫爲它們憂慮思索。他們的罪孽也就是他的，不過他正在年輕力壯，受得起辛苦，不怕冷、不怕風；晚間有個乾淨的住處，白天有件整齊的衣裳，所以他覺得自己與他們並不能相提並論。

唯一的差別在於畫線的許多「他」字。這是因爲張恨水多用「直接引語」，直接轉述人物的心裡聲音，所以用「我」表示；而老舍多用「間接引語」，以敘述者說著人物心裡的想法，所以用「他」。

（二）《駱駝祥子》與《夜深沈》相異之處：

第一、《駱駝祥子》多用「間接引語」與「自由間接引語」，也就是敘述者以自己的「言語」滔滔不絕地說著人物的故事，敘述者以自己的措辭「轉述」著祥子的每一個心裡的想法與感覺，而祥子本人卻不大說話。《駱駝祥子》裡人物的對話簡單，全書都是敘述者的聲音。而且敘述者是將情節的敘述與人物的情緒交雜呈現。例如，第一部份：

> 他真拉上了包月。可是，事實並不完全幫助希望。不錯，他確是咬了牙，但是到了一年半，他並沒還上那個誓願。包車確是拉上了，而且謹慎小心的看著事情；不幸，世上的事並不是一面兒的。他自管小心他的，東家並不因此就不辭他；不定是三兩個月，還是十天八天，吹了；他得另去找事。自然，他得一邊兒找事，還得一邊兒拉散座；騎馬找馬，他不能閒起來。

而《夜深沈》雖大量使用「某某道：」的「直接引語」，但卻是人物自己呈現著自己的故事與想法，敘述者隱蔽不介入，敘述者聲音也不凸顯。除了人物心裡聲音的直接轉述，或是像個攝影機似的描述著人物的舉動與穿著外，就是人物對話的轉述。敘述者姿態頗類似巴爾札克的《高老頭》等書，敘述者不太介入「敘述」，也不評論，換句話說很少有來自於敘述主體本身的話語。相較之下，《駱駝祥子》雖然沒有張恨水小說中最「接近」傳統特徵的「直接引語」，但是敘述者反而「接近」傳統說書人的地位與姿態，總是以主觀介入而帶有憐憫的口吻敘述。所以張恨水使用的敘述形式表面上看起來較舊，其實老舍小說的敘述者口吻還更接近傳統說書人淩駕一切的語氣。所以孰新孰舊，似不宜簡單劃分。

第二、兩書雖都用了純粹的北京話，但是老舍是全書都用北京方言敘述;而張恨水則是敘述者用普通話敘述,而寫及人物對話時，才用北京話。

第三、《駱駝祥子》寫祥子逐步走向不可自拔的沈淪。老舍寫祥子在惡劣的「環境」摧折下，逐漸失去了人的自然善性，也挫敗了對人格完美的努力追求。但《夜深沈》中並不強調人物人格或性情的本質因環境而轉變,總是善良如一、單純如一。倘若步入歧途，也只是一時糊塗，遭人陷害。而且總是不斷地尋求自拔的可能。像《夜深沈》的月容就是孤身地在一個接一個的社會陷阱中卻還有掙扎與自拔的意念。二和性格也始終如一，外在社會的艱險，也並未改變他的善良本質。所以，《駱駝祥子》強調人物內在心情與人格的轉變，而《夜深沈》偏重人物外在的遭遇，特別是二和與月容的離合關係，但是張恨水對「窮人」窘困生活的關注，也並未比《駱駝祥子》少。

所以若光從二書在題材與敘述形式上的異與同，根本無法理解張恨水與老舍在現有文學史上必須被歸於不同陣營的原因。

四、張恨水小說與錢鍾書《圍城》的比較

錢鍾書在一九四七年發表的《圍城》，也是一部「雅俗共賞」

的佳作。以往研究者喜強調《圍城》的文人化趣味，其實它也是當時頗爲暢銷的小說。據夏志清說：「一九四七年《圍城》出版，大爲轟動，暢銷不衰，所以那幾年物價雖高漲，它們生活尚能維持。當年有好多《圍城》的女讀者，來信對孫柔嘉的婚姻生活大表同情，錢談及此事，至今仍感得意。㉝」此書與張恨水在抗戰時其寫教授知識份子的系列小說（如《傲霜花》、《巴山夜雨》等），有著驚人的相似處㉞。

（一）相似之處：

一、《圍城》大量使用如張愛玲、張恨水偏於「舊派」作家所使用的「直接引語」。他並未如「五四」作家刻意把直接引語的引導拒置於話語之後，甚至省略。讀者的閱讀障礙降低。二、《圍城》與張恨水小說一樣，有複雜的三角（多角）愛情關係，也有戀愛分合情節的陳述，也有對夫妻與婚姻本質的省思。三、兩者都對知識份子群像有描摹的企圖，也都寫到抗戰時知識份子的「遇合」問題，對學院知識份子的多種嘴臉也有所勾描。不過張恨水強調的是文人「貧賤不能移」的氣節，錢鍾書則多對投機取巧、招搖撞騙的學者

㉝ 見夏志清〈重會錢鍾書記實〉收入《新文學的傳統》臺北：時報出版公司，一九七九。頁三六一。

㉞ 黎湘萍在〈無一貶詞，而情偽畢露——淺談《斯人記》的寫實藝術〉一文中說：「張恨水這類特別工於描寫社交、戀愛、婚姻等日常生活心理的小說，已經可以看做錢鍾書《圍城》的前驅了。」收入楊義編《張恨水名作欣賞》北京：中國和平出版社，一九九六。頁一〇〇。

多所諷刺。因此錢鍾書《圍城》也有了足以通俗的敘述質素。才從而使光看故事的讀者，也能隨這情節的起伏而深感趣味盎然。所以女性讀者會關心孫柔嘉婚姻的命運；就如她們關心《金粉世家》冷清秋婚姻的遭遇一樣。只要作家有經營「故事」的企圖與功力，就能抓住讀者的心。

（二）相異之處

不過，《圍城》較張恨水小說還高一層的是，圍城不是著意去表現情場的悲歡離合，而是刻意於使過程（情節與細節）變得妙趣橫生，以致一般知識水準的讀者，不易懂得其中的文人化趣味。他通過對中國知識者生存困境的觀察，進而關注人類生存的荒謬和虛無。《圍城》與其他的諷刺小說不同，它諷刺的並非社會，而在靈魂；不在揭露造成人物命運的生存環境，而在典型地創造了許多在東西文化雙重衝擊下的靈魂，並進而延伸對普遍人生的哀傷與憂慮。所以錢鍾書的小說可稱爲眞正的「雅俗共賞」，是因爲外行者看熱鬧，可看得興味盎然；而內行者看門道，也可看出其中的深邃之處。他有意去探討時代文化與精神的中心問題，具有對一個時代或人性地概括意義。

張恨水的小說雖然好看、吸引人，經營場景與情節的功力深厚、文筆好，但這種「普遍的人性關照」則顯然不足。他對各類好壞人物的描摹精準深刻，但卻缺乏對人性中「模糊的陰影」層面的洞察。所以在這好壞兩極之間，似乎缺乏一種模糊性的可能與包容。在張恨水小說中，一直有正面與負面的兩組人物可資對照，不過這種簡化人性的處理容易遭致深度的不足。在張恨水早期小說中，只有某些負面人物是「壞人」，而這些負面人物是小說中事件的個案而已。這些面貌單一、十惡不赦的「惡人」，是欺壓、引誘主要人物的「罪魁」。但作者並無意探討這類惡人的心理變化。張恨水善寫「某一些人」的勢利與貪婪，而非像新文學陣營中某些好作品觸及到人性是如何「壞」的討論，以及「國民性」問題的思考。像：魯迅《阿Q正傳》、老舍《老張的哲學》之中的人物似乎卻是「人性本惡」的典型。新文學作家著意探討的是人性的幽暗、中國國民性的惡劣。但張恨水小說中卻永遠有正面形象的端正人物。比起新文學作家對人性的「悲觀」，張恨水無疑樂觀地 「簡化」了人性的各種可能。張恨水強調的是人物「品性」與「道德」的端正與否，而合乎道德的作爲不外是潔身自好、廉正不阿、濟弱扶傾等，與新文學著重於「人性之壞」的討論不太相同。其實張恨水寫到最期小說如《五子登科》、《巴山夜雨》等，也開始了對於普遍人性的省思與探索；只可惜不久後他就中風了，未能有更上層樓的表現機會。

五、張恨水小說與趙樹理小說的比較

趙樹理被大陸文學史家「譽」爲寫農民小說的「通俗文藝」大家，那與同被「貶」爲「通俗小說」大家的張恨水，兩人有何異同呢？爲何迥異的文本風格，竟會獲得類似的稱譽。若深究其中的奧妙，可明白看出政治力介入對文學評價的影響。

在文學發展的歷程中，通常越近「俗」（知識底層）的「民間」文本形式就越易具有下述特徵：（這只是約略性的歸納，並非絕對的鐵律）

一、故事化，敘述目的僅在於敘說一個首尾完整、情節曲折的故事。二、評書化，書場化傾向明顯。也就是敘述者話語就越近似說書人口吻，越想以凌駕一切的言說態勢關照全局。三、情節發展以簡單的因果邏輯處理。四、趣味性強，人物有丑角化誇張化傾向。五、較無心理描寫。六、大團圓結局。而這「近於俗」的傳統文本，可以趙樹理的小說爲代表。因爲趙樹裡吸收的是屬於民間曲藝與說唱文學的養分，所以敘事形式也就接近所謂「民間文學」㉟或是「俗文學」的敘述姿態。趙樹理也曾明白說過：「我一開始寫小說就是要它成爲能說的。」有意思的是，服膺「黨」的政策爲工農兵大眾寫「通俗小說」的趙樹理，與張恨水居然相似點不多。它們唯一相似的一點只是故事性很強。

至於兩者的差異是：趙樹理不著重人物外形或衣飾的「描寫」，更沒有非動態的如：「場景描寫」、「心理描寫」這類敘述質素，只有人物舉止動作的陳述。他通常只把非常簡單的描寫融化於敘事之中。因此他小說的敘述時間也不太有「靜止」的情形。他文本中的敘述者也從未使用人物聚焦，而總是以敘述者完全聚焦方式呈現。也就是說他小說中的觀察者必是那無所不知、無所不看、無所不言的敘述者。所以他小說中的敘述者就眞與「話本」或「評書」裡的說者很像。

㉟ 例如阿諾德·豪澤爾將現代藝術分為民間藝術、通俗藝術和社會菁英藝術。民間藝術主要是鄉村居民創作的作品。而通俗藝術是一種滿足半文化的、常常沒有受過良好教育的城市公眾的需要的藝術與偽藝術。引自《藝術社會學》《THE SOCIOLOGY OF ART》居延安譯。臺北：雅典出版社，一九九〇。頁一八四。

如此相比，張恨水反而比趙樹理更爲「文人化」與「新文學化」，如果趙樹理已是現代文學史必討論的重要作家，那麼張恨水小說爲何還歸在「給下里巴人看的通俗領域」中呢？而且趙樹理的這種「政治通俗小說」，政治熱潮一過，光環就隨之消逝；張恨水的小說到近幾年還不斷被改編，顯見他作品中動人的普遍性是歷久彌新的。趙樹理是爲服膺共產黨的文藝政策而作，張恨水則從不願作政治的附庸。趙樹理的「爲政治因素而通俗」的作法，在文學史上反受到很高的讚譽，張恨水「爲讀者而通俗」則備受貶抑，豈不謬哉！

六、小　結

由以上分析可知，張恨水與現有現代文學史上的新文學作家，並無大差異。若就張恨水小說中憂世傷生的主題相較，也與「新文學陣營」所謂「感時憂國」或是「爲人生而藝術」的傳統相近。另外，從張恨水對武俠小說「口吐白光」不以爲然的態度，可以明顯發現他反對聊齋系統的觀念，反而更接近新文學寫實傳統。至於其他敘事技巧，也多有相近之處。所以，本來被歸於「舊派」的張恨水，其實與「新文學陣營」並非井水不犯河水般地天差地遠。他不能被歸入「新文學陣營」的唯一原因，大概是新文學從未認同他；從張恨水中後期的文本表現，實在看不出他與「新文學」諸文本必須被歸屬於不同派別。那麼，張恨水與「非新文學陣營」又有什麼異同之處？

第二節　張恨水對「非新文學陣營小說」的影響與比較

一、緒　論

此處所稱的「二十世紀非新文學陣營小說群」，就是以往所定義的「鴛鴦蝴蝶派」小說或稱為「民國舊派通俗小說」。但筆者以為這兩種名詞定義的「評價性」容易造成誤解，所以在此避免使用了這兩個名詞，而改以一較不帶評價意義的「非新文學陣營小說」之詞語定義。目前張恨水在現有文學史系統中被歸於「非新文學陣營小說群」。他小說在表面上的確有許多與所謂「舊派」相似的地方：像是「舊派」的社會小說全以城市生活為描摩對象，常喜歡寫官場、妓院、電影院、公園、飯館、西式飯店、茶館等都市生活內涵。與其他「舊派」作品一樣，張恨水多數寫的是城市。一些以上海為背景的「舊派」小說，如：《歇浦潮》、《上海春秋》等作品，都是通篇描摩城市風貌，反映都市生活。人物穿梭於妓院、煙館、戲館、茶樓、飯館、電影院、公園、咖啡廳等場所，宴飲應酬、消磨時光。這類小說鉅細靡遺地描寫城市生活的細節。若綜合論之，這類型小說場景多在「三廳」中發生。分別是：餐廳、客廳、咖啡廳。張恨水的小說也有此一鮮明的都市特徵，其實這類都市生活場景，是當時任何以大都市眾生為描模對象的小說，所難以避免的。但新文學小說中除了劉吶鷗、穆時英等「新感覺派」或如茅盾的《子夜》等上海小說外，反多寫的是鄉村或是小城鎮的「鄉下人」（如：魯迅的「魯鎮」，沈從文的湘西，茅盾《春蠶》中的鄉村，蕭紅與端木蕻良的東北等）。原因可能因新文學作家多從小鎮鄉村進入大城市的大學裡教書與工作。他們雖身處城市之中，但卻活在大學的象牙塔裡；對大城市生活風貌與人群的敏感度，反不及身爲記者的「舊派」小說家。像張恨水因身爲新聞記者，所以對社會脈動就有種職業性的敏銳。

又因張恨水個人記者與編輯的經歷，所以小說另外反映出當時另一群有別於「學院知識階層」的文化社群，這些人物多是並無留學背景的中學教師及記者，他們也是當時知識份子的一種類型（如《春明外史》的楊杏園及他的朋友）。而這也是上海「通俗小說」家們所隸屬的社群。不過職業型態的不同，卻反映出新文學作家與所謂「舊派」寫作題材的差異。這些「學者作家」，因身居學院的「象牙塔」，有的寫回憶中故鄉小城鎮的故事；有的寫自己面對愛情與革命的苦悶；有的基於「革命」熱誠，寫些連自己都不甚瞭解的農民生活……他們對當時都會生活的多重面貌其實並不熟悉。但是相反的，所謂「舊派」「通俗」小說家，他們卻切近著都市生活的每一生活場景，寫著都市人價值觀念下所關心的故事與緋聞。所以，也難怪都市的市民喜歡看這類小說了。所以，張恨水與所謂「舊派」體系多數作家一樣也同爲記者與報人。當時「新舊派」的分別，幾乎可說是學院派與媒體派的差異；新文學陣營其實是強大的學院知識份子集團，「通俗文學」則是報界工作者，而且多數在中學教書。如在國華中學就有：周瘦鵑、趙眠雲、鄭逸梅、程小青、顧明道、程瞻廬等。所以「新舊」小說家的差異也幾乎可以說是大學教授與中學教師群的差異與對立。再加上張恨水早年對「回目」的字斟句酌，以及想以「九字回目」出奇制勝等作法，與當時其他「舊派」小說家也喜歡藉此「炫才」的作法十分相近。像鄭逸梅在〈章回小說之回目〉一文中，就提到了像姚鵷雛的《燕蹴箏絃錄》中回目成一五言排律，東海吁公的《雙城女子》以四言句撰成回目，且全用七陽韻。徐枕亞《讓婿記》全部回目用《西廂記》曲文等等。

所以，若就上述如小說的城市市性傾向、報人團體等「表面」特徵，再加上都同樣以傳統的章回格式書寫（雖然張恨水一九三五年後就放棄此一書寫形式），張恨水似乎與「舊派」較爲相近。但是倘若眞的拿現在被列入所謂「舊派」的小說文本一併比較，張恨水與它們也未必有更多的同質性。而且「舊派」小說諸家雖多襲傳統「說故事」的企圖，卻只有張恨水有著絕對高超的說故事能力。他能把場景與人物說得非常鮮活生動，使情節本身就極具吸引力㊱。就藝術格調、文本表現而言，其他「舊派」作家皆無法與張恨水卓越的文本表現相比，而且兩邊的異質性也不小。因爲「舊派」小說作品繁多，在無法盡讀之前，也不敢妄下斷語。不過，仍可略舉一二較

㊱ 如佐思（王元化）曾在一九四一年十二月五日的《奔流新集》之二《橫眉》文中，把張恨水獨立出「禮拜六派」新小說家之外，並給予肯定。他說：「張先生的藝術才能也是一般禮拜六派的新小說家可望不可及的。（一）他有細膩的觀察力，他甚至只要略加思索就可以記憶多年以前一枝一節……（二）他有活潑的描寫手腕，他筆下的人物，誠如李浩然所云：「閉目思之，行止笑貌，彷彿若有所聞。」（三）他有嚴肅的寫作態度，他不願遷就讀者的要求把《啼笑因緣》中的鳳喜和樊家樹『墮歡重拾』，因為鳳喜『鳳喜瘋魔是免不了的』……這些，禮拜六派的新文學家比得上嗎？」

之。以下將以現有研究中認爲與張恨水小說最爲相近的兩本所謂的「舊派」小說與張恨水小說相互比較，可能更能解釋其中異大於同的情況。與劉雲若相比，是因爲人稱「天津張恨水」；與秦瘦鷗相比，是因爲他的《秋海棠》與《啼笑因緣》在情節上有太多近似之處。

二、張恨水小說與劉雲若《紅杏出牆記》相較

許多文學史都將張恨水與劉雲若相提並論。若與人稱「天津張恨水」劉雲若[37]的《紅杏出牆記》比較，就亦發能凸顯張恨水的可貴：表面上二者頗爲相同。同是以章回形式、同是言情的三角故事，也以中國古代小說「直接引語」的對話形式呈現，也同樣增加了人物心理的勾勒。但是《紅杏出牆記》情節安排卻顯得煽情誇張，人物情緒舉止做作，動輒大哭大鬧，刻意挖掘外遇嫖妓或畸戀的詳細過程，有獵奇搜秘展示於人之嫌。欠缺張恨水的敦厚樸重之感。在形式上，語言多用成詞套語，與張恨水使用白描直述的精鍊語言大異其趣。對人物刻畫也十分平板。而且敘述者口吻十分張狂，雖有心理描寫，但並非人物聚焦，敘述者以主觀的世故聲音不斷介入。如第二回：

---

[37] 劉雲若被以往研究者稱為「鴛派」北派社會言情小說大家，又有「天津張恨水」之稱。如劉揚體認為劉雲若的作品「堪與張恨水同領風騷」，而且大為讚賞。引自《流變中的流派—鴛鴦蝴蝶派新論》北京：中國文聯出版公司，一九九七。頁一八九。

> 從此白萍竟然應時當令，儼然成了這野人國的駙馬。畏先太太待他常有許多不當理的恩意，使他受寵若驚。畏先雖對他恨之入骨，但是面子上十分恭維，作盡了小人醜態。龍珍更不必說，中年怨女，乍得情郎，不知要怎樣溫存體貼，暖送寒噓。縱然這情郎總是冷冰冰的，他只有火欲存焉，也絲毫不敢怨懟，白萍因此倒享了意外幸福，眞非始料所及。而且龍珍與白萍讀書習禮，居然踏矩蹈規，日有進益，白萍也很高興。

此外，本書也有許多舊章回如「話說」的形式。敘述者以採用古代說書人凌駕一切的威勢口吻敘述，或加入評論、或大篇幅介紹故事之來龍去脈。此外，極少寫景筆墨。即使略有寫景，也是隨筆乾澀地帶過。不像張恨水的筆觸充滿飽滿的潤澤感。而且整體「言情」的格調不高，人物在不自然的多角關係中說著無趣的對話。如第二十二回中的一段：

> 白萍不待她說完，已自大悟，就走到帳前道：「是的，我知道，從當初直到現在，只怨我不肯揭開這使咱們隔膜的帳子，現在我揭開了。」說著一掀蚊帳，直入床心，將芷華在黑影中抱住，叫道：「妹妹，現在你前面是我，我前面是你，中間什麼也沒有了。」芷華微嘆一聲，撫著白萍頭兒道：「我想不到還有今日，不過……不過……」白萍道：「不過什麼？」芷華道：「我心裡慚愧，自絕不配再受你的擁抱，更不配再睡在你的懷中。」白萍道：「你怎麼又說這樣話？我勸你不要再提。」芷華道：「口裡不說，

心裡也是照樣不安啊！」白萍道：「什麼不安，難道你還不信我？」芷華低聲道：「信是信，只是我這身體已污……」白萍忽叫道：「你別說！」隨即掩住她的口，將她推倒床上，伸手一摸，原來芷華脫去濕衣以後，只穿一件旗袍，尚未繫上鈕釦，白萍再不說話，就睡到她身邊。以下就只剩下了私語喁喁，嬌喘細細，其中情事，就不可究詰了。

若說劉雲若是「天津張恨水」，未免讓張恨水太過委屈。

三、張恨水小說與秦瘦鷗《秋海棠》相較

另外，秦瘦鷗的《秋海棠》一九四一年於上海《申報》副刊上連載，這是與《啼笑因緣》同樣聲名顯赫的小說。都造成一時轟動，被改編成電影。它承繼了《啼笑因緣》情節上引人注目的特點，明顯地受到《啼笑因緣》的影響。書中描寫一個唱青衣的京劇演員的愛情悲劇。幼年喪父，十三歲進玉振班學坤角的吳鈞，藝名吳玉琴。後來深感中國的地圖就像一片被毛蟲肯咬的秋海棠葉子，侵略的國家就像毛蟲一般，於是改藝名為「秋海棠」，紅極一時。開始先遭軍閥袁寶藩當作「相公」覬覦垂涎。不久秋海棠與軍閥的太太羅湘綺相戀，她原是女師學生，後被師長袁寶藩拐騙到手成為他的三姨太。兩人並生了一個女兒。事情敗露後，秋海棠的面容遭袁的幫兇用刺刀毀壞㊳，再也不能登台演出，錢財也被洗劫一空，走投無路，

㊳ 《秋海棠》中顯然有以外在惡勢力欺壓「秋海棠」的隱喻，來比喻民族正遭日本凌虐的現狀。而遭日侵略的痛苦，就像秋海棠遭袁寶藩凌虐後在臉上被割的十字印記一樣，難以抹滅。

只得攜女返回家鄉，與羅湘綺天各一方，生活拮据。爲了生活，十年後重返日寇佔據的上海，演著自己不熟悉的武行，並染了肺病，幾次摔昏在舞臺上。後來袁師長死於戰火，女兒又找到母親湘綺，待母女匆匆來見秋海棠時，秋卻因怕拖累湘綺，跳窗自殺了。

此書的情節與人物的安排與《啼笑因緣》看似頗爲相似。同樣寫軍閥拆散迫害一對情侶，主角同樣在曲藝方面有所專長，女主角都是女學生、還有俠義之士的介入。像張恨水《啼笑因緣》中有俠義形象的關氏父女；《秋海棠》中也有俠義之士趙玉昆。這些俠義之士同樣都是由副刊主編（一爲嚴獨鶴，一爲周瘦鵑）建議才加入的。但《秋海棠》到四〇年代還寫軍閥，已非針貶時政了，純粹以情節之曲折離奇而動人。不過《秋海棠》的人物刻畫卻十分類型化，完全沒有《啼笑因緣》中的立體與突出。

二者皆明顯地吸收新文學質素。《秋海棠》最明顯的是廢除了「直接引語」前某某道的傳統形式，省去「轉述語」前的導引句，甚或是敘述者以「間接引語」轉述人物的心理聲音（如《秋海棠》中第五章）。因此研究者說秦瘦鷗看來「是向外來文學和新文學取法技巧而用心最切的舊派作家之一[39]」。循此論點思考，張恨水到四〇年代仍保持某某道：「」的傳統形式，是不是就不如《秋海棠》「新」；不夠「新」，是不是就不夠「好」呢？《秋海棠》雖然「看起來」新，卻未必好。除「敘述話語」前面引導句省略的變革外，並無太多新的嘗試。此書在敘述者聲音、敘述角度、聚焦方式等都

---

[39] 見楊義《中國現代小說史》第三卷。北京：北京人民文學出版社，一九九一。頁七五〇。

無突破，全篇更無任何精彩的場景描寫。但卻承襲了「新文學」部份作品描寫的缺點：敘述者不斷以各種形容詞，幫人物說話；而張恨水卻以高明的白描讓人物自我呈現。如《秋海棠》第一章寫軍閥袁寶藩：「這一張臉上的一對眸子，一對又圓，又大，又尖銳，又殘酷的眸子，裡面充分蘊藏著一種勉強抑制住的獸性。」寫掌班的宋師傅：「一張忠厚得不像吃戲飯的紫膛色的圓臉上，堆出了很爲難的神氣。」第二章：「這一晚，王大奶奶果然又打扮得花朵一樣的坐在池子裡，不斷的向台上的秋海棠，送過含有無限深情的眼波來。」第三章：「正當他運用著他勇於爲惡的腦神經，打算思索出一個可以立刻滿足他欲望的邪念的時候……」這類不高明的描述在張恨水小說中是絕不可見的。所以看似「新」的不見得就「好」。現有文學史普遍存著「舊派」小說若往「新文學」領域借鑑，就視之爲「好」的一種邏輯。其實文本表現的好／壞與使用技法的新／舊並無必然的相關性。

二者同樣採開放情節，對結局不置可否。也同樣引起大批要求續寫的聲浪。不過《秋海棠》以秋海棠不願見湘綺母女跳樓此一結尾，實不如《啼笑因緣》的含蓄餘味來得精彩，大有故意「賺人熱淚」之嫌。《秋海棠》雖然也高潮迭起，但卻沒有張恨水小說那種根植於生活的細膩與平實。情節組成因素（如私生女、私奔、自殺、重病住院、母女相認、惡人欺壓、窮途潦倒）與「通俗劇」的情節處理並無二致。但張恨水並不靠這類「離奇」的情節，卻還能吸引人，足見功力所在。

綜觀上例，張恨水的文本表現若較其他「看似」相近的「舊派」小說，實有略勝數籌之處。而且這些小說與張恨水文本表現也並不相同。其他「舊派」小說，其實到了一九三〇以後也並不「舊」了。就像劉雲若雖用的是「章回」體，用「某人道：」的「傳統形式」，但是他小說卻寫的是最富時代性與話題性的妻子外遇等多角戀愛故事。秦瘦鷗全面揚棄了傳統敘述質素，卻從未被文學史歸入「新」文學。因此即使是「非新文學陣營」的新舊問題也是極複雜的。

若單純地將張恨水歸於所謂「舊派通俗小說群」中，以一「舊派」之「舊」字論斷，似乎無法涵蓋張恨水對傳統小說文本革新與改良的努力。在他與新文學「看似」相異的文本之中，卻又有太多的借鑒與類同。相對地，張恨水也同樣對「新文學」小說文本發展產生影響。一些深具「通俗面貌」，但經文學史「正典化」過程「核可」，因而能「登堂入室」的小說作家，又與張恨水小說更有相似之處，部份作家甚至毫不諱言自己對張恨水的師承與讚賞。那張恨水到底是「新派」，還是「舊派」？有人說張恨水既然不是「新派」也不是「舊派」，他是「張恨水」派。筆者以為，張恨水的確不應以「新」或是「舊」來歸類，但不是因為張恨水個人突出的文本表現，而是整個二十世紀小說都不應以「新舊」劃分。其實由「張恨水現象」，正好看出二十世紀文學史二分新舊的史觀問題，也凸顯了許多分類分派的簡化與不妥。因為「文學史」上的分門分派，常是複雜的文本內涵簡化的開始。

在此另外一提的是，進入三四〇年代，多數的「舊派」系統的小說，皆有吸收新文學質素以作調整與改良的作法。秦瘦鷗的《秋海棠》(一九四一) 足堪代表，不過這兩者吸收新文學的深度不同（參看「與非新文學陣營小說的比較」一節）。而有趣的是新文學陣營也增加了「舊派」的某些特質。如錢鍾書的《圍城》(一九四七) 的敘述方式就與張恨水很像：第三人稱說故事型的敘述者，大量句首加上說話者身份與表情的直接引語，以及情節曲折故事性強等特色（參看「與新文學作品的比較」一節）。或是那又新又舊的張愛玲也有類似特質。

第九章　結　論：
張恨水小說在現代文學流變中的定位與意義

第一節　緒　論

張恨水在現代文學史的歸屬與定位乍看似眾說紛紜，不管是「民國舊派小說家❶」；或是「鴛鴦蝴蝶派作家」；或是「章回小說大家❷」；或是「民國通俗小說大家」等評價，其實都表示著他小說的「非新文學」性。而且其中之「通俗」二字，意味著是比「新文學」更低一等的小說。但是又因爲張恨水後期小說與新文學小說在所謂「現實主義」風格上的相似性，所以文學史家對張恨水卻又以

❶ 例如范煙橋寫《民國舊派小說史略》，就以「民國舊派」定義這非屬新文學陣營的小說群。見魏紹昌《鴛鴦蝴蝶派研究資料》上海：上海文藝出版社，一九八四，上冊，頁二六八。

❷ 見張友鸞一九八一年在〈章回小說家張恨水〉文中所言。見《張恨水研究資料》。頁一七七。

一種不可理解的文學現象來看待，例如：「很難在正統的文學史中爲這個龐然大物找到一個適合的位置」、「文學奇觀與文學史困惑」、「文學史上的悖論」❸等。

要幫張恨水在小說史上重新定位，本屬難事。第一、他從來不參加任何壁壘分明的文學社團或文學流派❹。第二、雖有文學主張，但從不參加任何形式的文學論爭，從沒有作任何「靠邊站」的表態。第三、他也從未在任何流派的文學刊物上發表作品，他的作品全是依附報紙「副刊」連載或於「專欄」上刊登。就因上述諸項原因，張恨水雖是家喻戶曉的大小說家，可是若要將他歸類排行，的確比別的作家有著更多的困難。

但其實定位的眞正問題，並不因張恨水未能自道路數，而是種種被定義過程背後的史觀問題。張恨水到底是不是「鴛派」或是「通俗大師」，在此並不重要；重要的是他之所以被歸之爲「鴛派」或是「通俗作家」的過程。其中有著現代文學史家以「新文學史觀」的絕對單一觀點來看待所有文本的問題。現代文學研究論述上存在著許多史觀上的盲點，以致於張恨水小說眞正的優點並沒有被發現。張恨水小說被鄙薄，難道是因爲他前期小說沒有「現實性」、「反映性」或是他小說形式上的「傳統性」？張恨水値得重視，難道也是因爲他後期小說有著對「統治階級」的無情撻伐等「反映性」

---

❸ 以上諸引文見楊義編《張恨水名作欣賞》。楊義〈序言〉部份。北京：中國和平出版社，一九九六。

❹ 除了一九三七年參加「中華全國文藝界抗敵協會」被選為理事，後簡稱「文協」。一九四六年，參加「北平文學藝術界聯合會」等等。

或者「寫實性」？難道張恨水值得特書一筆是因爲他與「新文學陣營」一樣，也關注社會問題、也對民族生存提出思考，甚至也有感時憂國的情懷？「向新文學靠攏」、「跟上時代腳步的努力」等現有評價，難道就是張恨水之所以值得肯定的原因？例如下述描述：

> 到了張恨水，又崛起了一個令人迷惑的高峰。他在『迷戀骸骨』和『追隨時代』兩者之間孤芳自賞地徘徊著，掙脫民初鴛鴦蝴蝶派或『禮拜六派』的胚子，盡情地汲收著清末小說改良的養分，拘謹地採取七分迴避、三分接納的態度對待『五四』以後新的文學思潮……張恨水畢竟是掙扎出來了……張恨水小說轉變方向的另一個標誌，是他以嚴峻的現實主義態度諦視苦難深重的社會人生❺。

所謂「跟上新文學的步伐」，隱然意味著張恨水的「棄暗投明」。但是「棄暗投明」，基本上就是一種區分彼此敵我的態度，其中言說者對「新文學」與「非新文學」隱然有著優劣、褒貶與高下的分別。其中對於「非新文學」文本的態度，是以「迷戀骸骨」、「掙脫民初禮拜六派的胚子」、「掙扎出來」之類頗含輕視鄙夷的口吻描述。「迷戀骸骨」的描述，尤其是站在「反傳統」的思維，而與所謂「封建餘孽」的評價近似。所謂的張恨水能「跟上新文學」，意味著他之前的「不能跟上」，是一種「政治不正確」。而且視「寫實」與「家國」之大敘述史觀爲高，反之爲低。所以研究者之所以認爲張恨水後期往新文學靠攏，著眼的是他作品「感時憂國」的寫

❺　楊義《中國現代小說史》第三卷第十章。北京：人民文學出版社，一九九三。

實性與反映性。多數研究者還喜歡強調張恨水小說「非常眞實而廣泛地反映了二十世紀上半葉中國的社會面貌」的「反映」功能，或是揭發「統治階級」腐敗等「揭露」功能。多從現實主義觀點揭露世相的觀點，去肯定張恨水的抗戰小說，史觀非常單一。

其實談張恨水小說，前後題材的轉變並無意義，因爲他小說總是緊扣時代議題，所以他題材的轉變全因時代與時局的變化所致。研究者不應以言情爲低，抗戰爲高。其實題材並不重要，重要的是「怎麼寫」，經典小說若論其「本事」，讀來都像「肥皀劇」。題材的選擇，應非決定評價高低的原因。而從定位、評價張恨水的過程中，正可重新檢證二十世紀文學主流史觀的盲點與迷思。此一複雜的問題將在筆者專書《鴛鴦蝴蝶派新論》❻中的〈從張恨水的文學史定位談現代文學研究的史觀問題〉一文另行處理。

本文無意在此爲張恨水辯解什麼，因爲任何的評價與定位皆不外是個「被定義」的過程。本書在此僅想突出點張恨水與「新文學傳統」不同的所謂優點；並找出張恨水之所以容易「通俗」在文本與文學傳統上的原因。

過去張恨水研究以及「非新文學陣營」研究，總有著太多千篇一律的人云亦云。其原因在於因把張恨水與所謂「鴛鴦蝴蝶派」或是「通俗小說」兩個概念扯在一起，以致出現許多「想當然爾」的論述。例如王德威雖然前瞻地提出：「『通俗』與『嚴肅』二分法

---

❻ 趙孝萱《鴛鴦蝴蝶派新論》臺灣宜蘭：佛光人文社會學院編譯中心，二〇〇二。

早已過時，必須重新估價張恨水」以及「如何將張及其以次的大批通俗作家的成就納入眾聲喧嘩的文學史觀中，才是重點所在」等兩個重要概念；但是，可能缺乏實際的原典閱讀，所以當描述到張恨水小說的特質時，就與「眞相」稍有出入：

> 通俗小說以其愛憎忠奸分明的人物、柳暗花明的情節，豐沛強勁的涕淚，以及滔滔不絕的論述……張恨水的作品申訴大眾的困惑，並以傳奇形式，釐清一道德體系。……張也許有感時憂國的抱負，但他的小說把這些高調瑣碎化、家庭化、濫情化❼

王德威的看法相當程度地代表多數人對張恨水小說的「印象」。另外，又如林培瑞說：

> 無論在中國與西方，通俗都市小說都有一些顯著的似乎把讀者大眾吸引住的特點：敘述的故事奇怪不經，情節轉折出人所料，大多數主要人物不是十全十美就是十惡不赦，而且他們都是通過簡單明瞭的語言表現的，行動多而描述少。❽

林培瑞所指的「都市通俗小說」，就是張恨水這類的民國章回小說。

---

❼ 刊於王德威〈通俗言情小說的祖師爺——評袁進的《小說奇才：張恨水傳》〉臺灣：《中時晚報》〈時代版〉民國八十一年，六月二十八日。

❽ 引自林培瑞〈論一二十年代傳統樣式的都市通俗小說〉收入賈植芳編《中國現代文學的主潮》上海：復旦大學，一九九〇。頁一二五。

但是從本論文對張恨水小說的種種剖析與描述，就可知道上述所謂「豐沛強勁的涕淚」、「滔滔不絕的論述」、「傳奇形式」、「瑣碎化、家庭化、濫情化」或是「敘述故事的奇怪不經」、「情節轉折的出人意料」、「簡單明瞭的語言」等陳述，皆非張恨水小說的風格。本論文在經過逐一的解析後，應當能顛覆一般人心中對張恨水小說一些未經詳讀而產生的刻板印象。

第二節　張恨水小說特質在文學流變中的意義

總之，張恨水小說不但「說故事」能力強，極善於經營場景對話。同時既能立足文學傳統，且能成功轉化文學傳統，卻又能適當加入時代感與現代性。上述諸多特質，在二十世紀文學史上的確十分獨特。以下分點敘述：

一、承襲中國「世情小說」的「寫實」筆法

張恨水所觸及的題材非常廣泛，若一言以蔽之，不外都是些「世情小說」。也許因他身爲記者的職業性敏銳，總是對「現實」充滿著興趣，關心著社會人心的各種面相。張恨水小說裡充滿親切而動人的寫實描述，他以綿密的生活細節造就小說的眞實感與細緻感。在瑣碎的日常剪影中，無不充滿著溫婉的同情。這種對生活瑣事的關注，是承繼了《金瓶梅》、《紅樓夢》以來中國「世情小說」的重大特色。就像魯迅評論《金瓶梅》說：「作者之於世情，蓋誠極

洞達，凡所形容，或條暢、或曲折、或刻露而盡相，或幽伏而含譏。」：又評論《紅樓夢》時說「敘述皆存本眞，聞見悉所親歷，正因寫實，轉成新鮮。❾」而魯迅這兩句評論，恰好可成爲張恨水小說的恰當評析。張恨水對生活瑣事的「寫實」，以及對人情世故的幽微觀察，形成了小說中「轉成新鮮」的突出風格。他承襲了中國傳統世情小說的最重要精髓：就是在日常不起眼的吃喝起居之中，不動聲色地刻畫人性的微妙以及幽暗。他對「人」與「人情」的精確掌握，絕對是現代小說史上數一數二的，他能對各種「人情」之幽微轉折處作細膩的觀察與刻畫。張恨水是二十世紀成功描寫「世故」與「人情」的大家。

他總是從實際生活中的人物關係出發，絕少憑空羅織「離奇」的情節，然後以細緻而準確的心理挖掘緊抓住了讀者。以他是在充滿生活細節的「寫實」中，以巧合、誤認、懸念等情節而使作品有了傳奇的「故事性」。他不以奇異勾人，不打誑語，只寫人情世態。所以這種「故事性」絕非是去製造一些神怪情節或是生命中的離奇不幸來吊人胃口。相反的，他是只是巧妙地安排情節，從而使平實的生活故事打動人。例如張恨水的抗戰小說並不是空洞地宣傳昂奮的戰鬥精神。他只是細膩平實地展現戰時生活面，以反映人生的社會寫實態度，以很強的社會憂患意識，關注著人群。而且張恨水小說越到後期越不以編造情節爲必要，而只呈現生活的本然面貌，向生活化、眞實感靠攏。淡化了「傳奇」的痕跡，沒什麼獵奇的心理，更沒有曲折的情節，也沒有太離奇起伏的戲劇性衝突，但是卻深入

❾　魯迅《中國小說史略》。

人物的內心世界，帶著一種對人生的悲憫，俯視著芸芸眾生。

所以張恨水小說整體風格渾樸平實含蓄，一改從晚清到民初章回小說的張揚外露，也沒有許多「新文學」小說人物戲劇性的激情吶喊，反而有種近似《海上花列傳》「平和沖淡」的寫實風格。

二、承繼中國傳統小說的「世俗」趣味

因此張恨水小說的「世俗性格」甚強。他以文人身分寫作，但小說不是作家自我內在的探索，反而非常貼近俗世生活的故事。他不但刻畫鼓書女、賣唱女、妓女、明星、車夫等「俗」人；他也關注俗世有點兒近乎「庸俗」的情愛悲歡、窮途潦倒，傳達的也多是些市井常人的判斷與習慣。人物奸是小奸，壞亦不太大。故事情節也總不外是糾結在善良與罪惡、貧窮與富有、或是「道德」與否等世俗價值的對立之中。所以雖然他小說沒有「偉大」、「超越」與「高深」，這是張恨水的侷限；但是他卻因此如此地貼近地面、貼近大眾，讓讀者翻開書即墜入小說情節的情境之中，進而在同情共感的過程中獲得滿足。因此張恨水以俗世眼光顧及著讀者的接受能力，再加上他卓越的書寫技巧，恐怕也是他之所以成爲「通俗大家」的原因。

張恨水小說世俗性雖強，但是卻非屬於「民間」性格。因爲他畢竟受的是傳統文人的訓練，身上帶有文化人的風度。接受的又是古代知識階層書寫的通俗文本傳統（如《儒林外史》、《紅樓夢》等），所以張恨水小說與帶有民間性格的「俗文學」（如戲曲、評書、彈詞等講唱文學）是絕對不一樣的。他的小說文本靈異情節淡化，情節合

乎常理；並不特別宣揚道德主題；不強調苦難，也不強調道德報應等等，皆與「民間俗文學」文本的常見質素差異甚大。因此他的主要讀者不是聽聽彈詞、唱本，目不識丁的農村民眾，而是城市中具知識通文墨的市民階級，包括學生、教師、公務員、店員等等。

三、承繼中國「閒書」傳統的消閑功能論

也因爲張恨水的「文藝功能論」與「新文學陣營」的不同，所以始終受到持「新文學」理論觀點者的貶抑。這也是在文學史中，張恨水始終只能是個次於茅盾、巴金的「次等作家」。他們循著三〇年代新舊論爭的邏輯，認爲張恨水仍抱著娛樂消閒的文藝功用論，把文學當作高興時的遊戲或失意時的消遣❿。後來肯定張恨水者，又認爲他中期的抗戰小說或是揭露重慶政府腐敗等小說，是一種揚棄「金錢消遣文學觀」的作法。其實張恨水自始至終都認爲小說的本質就是飯後消遣之用，可以愉悅人的性情，使人精神得到休息。他在《金粉世家》序中所言：

> 吾之作《金粉世家》也，初嘗作此想，以為吾作小說，何如使人願看吾書？繼而更進一步思之，何如使人讀吾之小說而有益？至今思之，此又何不？讀者諸公，於其工作完畢，茶餘酒後，或甚感無聊，或偶然興至，略取一讀，借

❿ 例如沈雁冰說：「中國現代三種舊派小說……思想上最大的錯誤，就是遊戲的消遣的金錢主義的文學觀念。」刊於《小說月報》第十三卷第七號。一九二二年。

> 消磨其片刻之時光。而吾書所言，又不至於陷讀者於不義，是亦足矣。主義非吾所敢談也，文章亦非我所敢談也，吾作小說，令人讀之而不否認其為小說，便已畢其使命矣。

此一「宜情悅性、排解苦悶」的功用論，至終未變。他在一九三〇《劍膽琴心》序言中說：「讀者於風雨煩悶之夜，旅館寂寞之鄉」中「忘片時煩悶與寂寞」。連到一九四二年《八十一夢》的序言中他還說：「發表於渝者，則略轉筆鋒，思有以排解後方人士之苦悶。夫治苦悶之良劑，莫過於愉快。無雖不能日言前方斃寇若干，然使人讀之啓齒一笑者，則尚優爲之。」多數大陸評論者喜歡強調《八十一夢》的「揭露性」以及「現實主義風格」，藉以「拉抬」《八十一夢》的身價。其實張恨水自己說得很清楚，他只想博君一笑而已。他說：

> 中國的小說，還很難脫掉消閑的作用。除了極少數的作家，一篇之出，有他的用意。此外，大多數的人，絕不能打腫了臉充胖子，而能說他的小說，是能負得起文藝所給予的使命的。……問題就在這裡，我們是否願意以供人消遣爲已足？是否看到看小說消遣還是普遍的現象，而不以印刷惡劣失掉作用？對於此，作小說的人，如能有所領悟，他就利用這個機會，以盡他應盡的天職。

他認爲多數讀者看小說，本來就有一層消遣的意思，就是要求閱讀過程的愉悅和滿足。他說看「通俗小說」和看新文藝小說都一樣，新文藝小說家也不要「打腫了臉充胖子」，不要說自己的小說完全沒有消遣的作用。張恨水承認自己的作品有消閑作用。另一方面又不滿足於僅供人消遣，而力求把消遣和更重大的社會使命統一起來，以盡小說家應盡的天職。這就如朱自清說：「鴛鴦蝴蝶派小說意在供人們茶餘飯後消遣，倒是中國小說的正宗〈論嚴肅〉。」其實張恨水只是承繼了古代章回小說對小說功能的看法而已。就像酉陽野史所說：「無過消遣於長夜永晝，或解悶於煩劇憂愁，以豁一時之情懷耳。〈新刊續編三國志引〉」因此，張恨水是主張「以文明道」而非「文以載道」。他認爲小說畢竟是小說，不能板起面孔說教，要以「潛移默化」的方式，發揮小說特有的「魅力」，使讀者在「不知不覺」中獲益，如此，「道」也就出來了。所以，他對小說「可看性」的要求，遠大於「主題」的承載。張恨水很少在「序」中去刻意彰顯自己小說有什麼警世、勸善等教化意義，有時甚至還故意強調自己「無所寄託」，這是二十世紀小說裡少有的現象。從古代、晚清以降不論新舊好壞小說無不大張自己「載道」的創作意圖（如懲善勸惡、道德教化、啓悟救國等），深怕被貼上「不嚴肅」的標籤。過去的研究者，也要求作品要以「大敘述」（grand narrative）的格局，寫出民族的苦難與困境，或者啓蒙與革命。當作家在龐大理念的壓服之下，個別角色的性格、故事情節的張力，常會因此而受到忽略，致使作品失去藝術性與可讀性。有時沒有刻意承載特定主題的小說，反而更有文本上的深度，也更「好看」。像「新文學陣營」後來的左翼小說，多數文本的藝術性不高，就是因走入爲政治與黨派服務的死胡同中。

四、為中國章回小說注入「西方」技法

中國傳統章回小說通常只有「敘述」，沒有「描寫」。但是張恨水的章回小說細節描寫的功力極強，一定要讀小說原文才能感受他文字與描寫的魅力。因此任何如電影、彈詞等「改編」形式，都不能盡得張恨水小說的精髓。他寫不同時代、不同人物、不同故事就有相搭配的衣飾、建築、場景、口白，甚至不同的敘述口吻。張恨水對小說生活細節的關注極其講究。因此他筆下的故事或是場景，會給人身歷其境之感。景物、器物與日常用品都歷歷在目，人物的一顰一笑一舉一動，也如在目前，「重現」的「眞實感」非常強烈。有時覺得他小說讀來很像「劇本」，其中動作與對話、衣飾與道具等都有清晰的交代；「形象性」特徵非常鮮明。除了情節的高潮起伏外，這或許也是他小說容易被改編成其他戲劇類型的重要原因。而且，他總是用充滿「聽覺、視覺、觸覺」等細膩感官寫自然場景，這就如夏濟安說張恨水小說「他能把一個scene 寫活……有耳朵、有眼睛、有imagination⓫。」

此外，他也用曲折與細膩的心理手法爲某種人格理想辯護，抒情的成分明顯增加。因此張恨水作品雖不以深刻的思想內涵取勝，但卻有一股獨具的情調感染力。以往總認爲所謂「通俗小說」必定偏重「情節」的陳述與渲染，但是張恨水小說卻絕非全是情節的鋪

⓫ 〈夏濟安對中國俗文學的看法〉收入夏志清《愛情、社會、小說》臺北：純文學出版社，一九七〇。頁二二六。

陳，相反地，非「故事」、非「情節」、非「動作」的成分極多。不但人物的衣飾舉止描寫多，場景天象的描寫多，對於人物心理刻畫或是近於意識流的手法也多。這些非「故事」與「事件」本身的敘述因素，都形成張恨水小說的一種「現代性」特徵。此處所謂「現代性」特徵，意味著張恨水小說明顯加入了十九、二十世紀初西方小說的許多重要技巧，而爲中國章回小說帶來較具現代感的風貌。因此張恨水小說的意義在於使二十世紀前章回小說說書人有聲有調的敘述腔調，在二十世紀進行轉化，從而完成了較具現代風格的章回小說，而不只是「立足章回體而不斷拓寬其功能，追求新的潮流，不甘落伍。他讓章回小說能容納不同時代的題材內容，他注意到章回的回目格式的變化。⓬」幾點而已

五、深具長篇敘述功力的說故事能手

張恨水小說最鮮明特色就是：情節高潮起伏，文筆鮮活生動，描寫細膩，讀來引人入勝。如楊義提到《夜深沈》時讚美張恨水：「極其充分的表現了作家善講令人難以釋卷的悲歡離合故事的本領。⓭」如果說將小說分爲兩種，一種是說故事的，一種是不說故事的。「不說故事」的小說作家放棄用情節和故事吸引讀者，以讀者必須正襟危坐、反覆深思才能「讀」的下去的寫作方式，創造一

⓬ 錢理群等《中國現代文學三十年》（修訂本）第十五章「通俗小說（二）」北京：人民文學出版社，一九九八。頁三三九。

⓭ 楊義《中國現代小說史》第三卷第十章。北京：人民文學出版社，一九九三。

種「文學史」上的偉大與高深。就是這類小說使得作家與評論家才得以「偉大」；而許多人會在書架擺上這些擲地有聲的書籍，準備自己有足夠的時間、足夠的心情仔細鑽研。而在這同時，在餐桌上、在浴室裡、在馬桶上、在臨睡前，這些人早已順手隨便地看完許多「說故事」的小說。張恨水的小說就是「說故事」的小說，而他也是一個說故事的能手，具有高度經營情節的功力。他的敘述口魅力獨特，容易吸引人抓住人，使人不看則已，一看不忍釋卷。這一點應是張恨水在二十世紀中國文學史上的獨特之處。因爲身爲小說家，說故事的能力應是絕不可或缺的特質。但是放眼二十世紀中國小說，敘述功力深厚，又能引人入勝者實屬少數。也就是這種把故事說好的敘述功力，才使張恨水成爲當時家喻戶曉的「通俗」作家。

更重要的是，二十世紀前五十年能成功經營多部長篇小說的作家其實寥寥可數。其中在長篇小說的重量、數量與影響能與張恨水相較者，實在屈指數不太出來。

六、題材人物與議題的時代性強

張恨水的小說主題無不觸動時代命脈，題材與人物也極具時代性色彩。張恨水小說的一大特色，即反映當下現狀，絕對以「此時此地」爲寫作背景。北洋軍閥當道時，他寫軍閥；多數人開始進新式學校讀書時，他寫學生；各軍閥派系征戰不止時，他寫內戰。全面對日抗戰後，他又寫關於抗戰的一切題材：前線官兵的浴血勇敢、大後方人民生活的艱苦、官商勾結囤積居奇的種種「現象」。朱西寧曾評張愛玲：「作爲一個小說家，能夠成功的寫出她所代表的文明，寫出一個大都市里主要人口中的一大部份的人物、典型市民，和沈澱在這大都市底層的家庭和文化，這已經很夠是一位卓越的大家了⑭」張愛玲寫著大時代相依相違的浮世戀曲，張恨水也是如此。

除了小說以外，張恨水還有爲數眾多的政論文章與雜文。身爲記者的張恨水，以職業性的敏銳掌握社會政經脈動。因此他也以報人的開闊視野、豐富閱歷和敏銳感覺，貼近俗世，寫小市民的悲歡離合、找尋人們所關心的問題；展示了中國二○年代到四○年代的生活面貌、風土人情、戰爭流徙等的眾生相；也「宏觀」地展現了時代面貌與人情世態⑮。

張恨水若與新文學小說許多「前衛」的觀念相比（如性苦悶、無產階級革命等），張恨水思想的確不新；但是他小說的思想也並不舊。新文學小說傳達的僅是某一知識階層對世界的瞭解，張恨水雖沒寫這前衛的「一小撮」人，但並不就代表他寫的是古人的觀念，他只是貼近著當時多數人的生活與想法而已。所以張恨水其實是以筆下的人物，正面地表達對新文化思潮「現代性」（modernity）觀念的肯定。例如《啼笑因緣》中樊家樹的態度，正是對傳統禮教中貞操觀念的質疑、對兩性平等、階級平等觀念的認同。

這種切近當然導因於他對小說普及性與可讀性的執著；此外，也與他身爲記者每日貼近群眾的經歷有關。所以其實很難從「思想」

⑭ 臺北：《書評書目》第四十二期。

⑮ 在世界小說史中，小說家為記者、政論家出身的例子所在多有。像《魯賓遜漂流記》的狄福、《失樂園》的米爾頓同時也是政論家。另外，像美國作家海明威、馮內果，和哥倫比亞作家馬奎斯也是記者出身，同樣都較有傾向「反映」政治現實或社會狀況的寫作企圖。

或「主題」上去質疑張恨水的新舊問題。因此張恨水小說尤具有社會史的研究價值。而且他呈露的完全是現代生活面貌、現代婚戀觀念與現代社會問題，並非是當時「老派」的人物、腐舊的價值觀或是保守的觀念。

七、圓滑轉化傳統小說形式的「現代小說」

所以「張恨水」在二十世紀文學發展流變史上的意義在於：他是使傳統小說「圓滑」過渡到現代的一個典例。此一「現代」，是指時間斷代上的意義。此處強調的「圓滑」是爲區別當今所謂「現代小說」在文本上對傳統的斷裂。本文上述幾章則爲張恨水「兼容新舊」的理論，提出一些實際的證據。張恨水有許多敘述技巧是傳統文本所沒有的，如大量場景描述、心理描寫，或是人物視角聚焦，隱蔽而不介入的敘述者口吻，或是抒情性等。這類技法，會使文本「近於」新文學作品。不過應該說，他是成功地將「新文學」或是來自「西方小說」外來的敘述質素，成功地加入「傳統文本」的敘述體系中，傳達出含蓄溫潤的敘述風格；但是又仍保有如較強的故事性等「傳統通俗文本」的特徵。張恨水承繼了傳統小說、晚清小說的敘述特點並且轉化。因此，現代小說史上像老舍、錢鍾書、張愛玲等這類對傳統承繼較多的作家群，張恨水可以說是他們的「先驅者」。從張恨水文本中可以清楚看到新舊文學圓滑變化的銜接點，並看到轉化的過程。

八、與各種娛樂表演形式的成功結合與影響

張恨水作品被改編爲其他藝術及表演形式的例子，絕對是二十世紀的特例。其中只有金庸差可比擬。不過金庸小說除了改編成電玩之類的高科技產品爲張恨水小說所無之外，張恨水小說被改編成古今各種地方劇種、說書、評彈、電影、舞台劇、電視劇等之影響力皆遠非金庸小說所能望及項背。如此，也可看出張恨水在情節與人物塑造上的獨特之處。

第三節　結論：一個「好」的「中國小說家」

（一）

總之，若跟同時其他小說作品相比，從形式、語言到意識價值，張恨水小說無疑是「好」小說。但現在「現代文學」（所謂1919--1949）領域，卻不太認爲這類保留傳統敘述形式，又對傳統未持絕決態度的作品爲「現代小說」。「五四」以後，再以「章回」形式書寫，就不能稱之「現代小說」？二十世紀的中國小說，非得全面採用西方小說形式，才稱得上是好小說？二十世紀的中國小說，一定要割斷中國小說自有的敘述傳統？筆記體、章回體，難道不能稱爲「中國現代小說」？誰說中國的小說形式，就該被稱作「舊小說」；而西方的小說形式，才是「新小說」？二十世紀中國小說，只能是以

中文書寫的「西方小說」[16]？

難道「現代小說」的「現代」定義，就是向傳統絕決告別的姿態？

所以，張恨水的意義在於，他是個眞正的「中國小說」家，二十世紀還能用中國小說形式把小說寫得那麼好。

但是，他又不是只承襲，他也開展。

他成功地吸納轉化了二十世紀以前的中國小說，並在二十世紀作了最後演出。人們總是忘卻他在文本上更多「新」的嘗試，而只將目光放在他對傳統承襲的「舊」的成分上。不斷地以「老派」、「舊派」、「通俗大家」等充滿貶抑意義等二流之詞稱之。現今研究逐漸肯定張恨水，是因爲發現他「新」而不「舊」的一些特質，例如新文學強調的現實性與感時憂國等。雖然張恨水情感上對傳統不捨，但是他並未因此否定新的存在，或是閉門造車。在敘述與價值取向上，他也逐漸地調整著新與舊的比重。張恨水因爲貼近現實，因此較近似於「新文學」主流的寫實主義標準。所以從某些角度看，張恨水小說的確與新文學小說無大差別，後來被歸屬不同派別，只是因爲他當時所屬階層不同、團體不同、也未在當時向「新文學」靠攏所致。許多研究者視張恨水後來題材上的轉變爲「跟上時代腳步的努力」「向新文學靠攏」的進步。此一「進步」，反而是逐漸

---

[16] 就如阿城所說：「五四的文學革命，有一個與當時提倡相反的潛意識，意思就是雖然口號提倡文字要俗白，寫起來卻是將小說詩化。……五四引進西方的文學概念……中國的世俗小說當然是「毫無價值」了。這也許是新文學延續至今總在貶斥同時其的世俗文學的一個潛在心理因素吧？」《閒話閒說：中國世俗與中國小說》臺北：時報出版公司，一九九四。頁一七八。

喪失張恨水本色的一種「可惜」。雖然傳統小說的世俗傾向，卻常被現代批評家批評爲「不關心政治」；但是寫世俗與市井之中活生生的多重實在，不太關興亡的精神，才更貼近中國傳統世俗小說的精神。但是似乎受過五四革命與理論洗禮的人，卻羞於以世俗經驗與情感來讀小說。二十世紀我們不需要更多以西化形式寫的新「問題小說」，卻沒有第二個張恨水了。

因此，張恨水之所以重要，不是因爲他與新文學的「同」，而是與新文學的「異」。此一「異」，正是他的傳統姿態。張恨水始終未背離中國長篇小說的敘述傳統，他不是以詩化語言，瞄準作家內在主體性的探求，卻著重外在世界的呈現。所以他小說的人情性與世俗性特徵、消閑談助的小說功能觀、或是「某人道：」的直接引語形式等，皆根植於古代小說土壤，承接近代諷刺與人情的兩大小說傳統。

所以，張恨水的可貴，其實正在於那些「舊」的特質。這種對「舊」的強調，未嘗不是一種對抗「新」的清醒策略？

（二）

綜觀中國二十世紀的小說作品，又「好」、又「好看」、又能「雅俗共賞」者並不多見。但現今研究者鮮有將「好看」列入重要的評價標準。例外者僅有如夏濟安曾說：

> 寫小說最低的要求是故事有趣，讀來引人入勝，而中國新舊小說可讀的太少了。……清末及民國以來的『禮拜六』

> 派小說藝術的成就可能比新小說高，可惜不被人注意。⑰
>
> 清末及民國的章回小說，頗有佳作，超過《儒林外史》與《金瓶梅》者，可惜不受人注意，惜哉。⑱

他丟下了一個出人意表的結論，提供了一個嶄新的思考視野，讓我們重新省思「好小說」的定義。或問：張恨水小說那裡好看？張恨水能寫出令人難忘的人物、難忘的故事，碰觸到人性幽微處某一種情緒與感動，確實掌握人情轉折之細緻處，把人、場景、對話寫活，筆調潤澤而不乾枯，就是讓人覺得好看。但是，與他同時的其他小說家們，思想境界稱不上太高，不過抱持著些反映社會民瘼的寫實態度，卻誰也沒他這等敘述功力。他的小說不論在文字經營、抒情表現、經驗再現、關照洞察四大方面，都有上乘的表現。若畫一評分表格，張恨水每一項的表現均屬突出，應是不擇不扣的「好小說」。

可惜近五十年來，一受到政治意識型態的限制，二受到學術霸權（主流意識）的壟斷，三受到他小說「暢銷」現象的干擾，眞正能擺脫上述概念干擾純以小說文本表現去評價張恨水者並不多；給予高度肯定者則更少。多數肯定他「改邪歸正」地往「新文學」的道路上走，要不然就是將其納入「通俗小說體系」，視之爲通俗小說大家；不過「通俗小說」在多數評論者眼中似乎總是比「高雅小說」次一等，所以目前爲止，張恨水是個被視爲次於魯迅、巴金、老舍

---

⑰ 見夏志清《愛情、社會、小說》中〈夏濟安對俗文學的看法〉臺北：純文學出版社，一九七〇。頁二二一。

⑱ 同前註書。頁二四一。

等的「二流作家」⑲。

眞正曾高度評價張恨水者，一是劉半農（1891—1934），二是夏濟安。劉半農說張恨水是小說大家，成就還超過晚清李伯元、吳趼人、曾孟樸等人⑳。其實張恨水寫得也比劉鶚的《老殘遊記》還出色得多。除了所謂四大小說外，倘若數一數清末極大量的小說劣作，或許才能把張恨水以及民國以後的章回小說看得高些。不過劉半農這句話魏紹昌不以爲然，他說劉半農的評價是「抽去了時代因素的作法。因爲張恨水的時代已經出現了魯迅的《阿Q正傳》、茅盾的《子夜》、郭沫若的《女神》，所以對張恨水的要求已不同於對晚清四大小說家的要求。㉑」這也是一種強以新文學的標準，要求所有的「非新文學陣營」作品要「向他看齊」。如果不向魯茅郭巴等「主流」靠攏，來表現文學史上的「政治正確」，顯然就是落伍。但劉半農的意思是如果晚清小說可以被稱爲「四大小說」，獲得如此的推崇，那張恨水的文本成就還遠勝於這些晚清小說，爲何受到貶抑？劉半農以同樣長篇小說的文類相較，十分合理貼切。而且在書寫風格與敘述類型上，的確有相承的影響關係。而《阿Q正傳》是短篇小說，《女神》是新詩，與張恨水的長篇小說不容易產

---

⑲ 例如「《金粉世家》在思想的深刻性上是無法與《家》、《雷雨》相比的。」這類評述，就意味著對張恨水的評價一定得低於新文學眾諸家。見朱棟霖等編《二十世紀中國文學史》臺北：文史哲出版社，二〇〇〇。頁三五二。

⑳ 劉半農說：「張恨水為當今的小說大家，他的成就超過了李伯元、吳趼人、曾孟樸那些人。」荊梅丞〈劉半農軼事兩則〉見《新文學史料》北京：人民文學出版社，一九八四年，第三期。

㉑ 魏紹昌《我看鴛鴦蝴蝶派》臺北：商務，一九九二。頁一三。

生交互影響的關係。茅盾的《子夜》在人物塑造、場景經營和說故事的能力，與張恨水相較實在是差得遠。

夏濟安則說張恨水是個「Genius」，表現得比寫《儒林外史》的吳敬梓要好：

> 最近看了幾本張恨水的小說，此人是個genius。他能把一個scene 寫活，這一點臺灣的作家就無人能及。他的limitations 與deficiencies是很明顯的，但是他有耳朵，有眼睛，有imagination。你那本書不把他討論一下，很是可惜。至少他是一個greater and better artist than吳敬梓㉒。

其實晚清多數的小說寫的一點也不「好看」，簡直可以「無趣」形容；吳敬梓在二十世紀從魯迅大捧之後，就以「諷刺」原因，紅了起來。不過，若要將吳敬梓與張恨水經營情節場景的功力相比，也顯然略遜一籌。拋開小說當時是否「通俗」或「暢銷」的現象來看，到底誰有經營人物場景的功力，誰能將故事說得委婉動聽，誰就是好的小說家。

當時能「通俗」與否，不應成為判斷文本好壞的因素。就如《紅樓夢》成書當時是否能通俗暢銷，不應成為判斷《紅樓夢》文本好壞的因素，而且《紅樓夢》當時能「通俗」，也並不因此成為「爛小說」。所以小說的好壞與通俗與否應是無關的。而且幾百年後，

㉒ 收入夏志清《愛情、社會、文學》〈夏濟安對中國俗文學的看法〉臺北：純文學出版社，一九七〇。頁二二六。

《紅樓夢》也已從當時的「通俗小說」到今天成爲多數人無法輕鬆閱讀的「經典」。因此，「通俗」的概念也是與時流動的。根本不必先假定有一種品階較爲低下，給知識不高的人看的「通俗小說」來影響對文本的判斷。在今天這個視覺、媒體、網路、漫畫蓬勃發展的時代，還會拿起小說來讀的人，寥寥可數；小說已快只屬於少數知識菁英的專利，那麼這時又如何定義「通俗小說」呢？可見「通俗小說」根本只是一個假定的概念而已。所以，根本沒有「通俗」與「高雅」小說的區分，只有「好小說」與「爛小說」的區別。

或有人以張恨水未能如《紅樓夢》超越時代侷限、開創時代新局，稱不上大小說家。但舉目四觀二十世紀的中國小說，能開創一代風騷者又有幾人？所以，張恨水到底是開創還是跟隨？從他循傳統小說的許多觀念風格，看似跟隨；從他能在全面斷裂傳統小說質素的二十世紀，不但敢選擇「中國小說形式」，而且使傳統小說增加時代感，又頗具開創性。

所以張恨水算是二十世紀舊小說傳統的代表嗎？當然是的。但是誰說到了二十世紀不能再以《儒林外史》、《老殘遊記》的形式寫小說？張恨水最突出的地方在於，他在此一書寫傳統中，卻又寫得比吳敬梓與劉鶚還好。

現今研究提及張恨水者，多提到他關心現實之類的「進步性」或是指他服膺現實主義的「揭露性」，而指他逐漸往新文學的大道上走。其實張恨水也「新」，只是不是「新文學陣營」定義的那種「新」而已。

現代文學史總是將一些文本不能全面揚棄傳統形式者，給予較次等的評價。只要一提及是以「章回」形式寫作，必定會同時懷疑它的啓蒙性與前瞻性。有趣的是，二十世紀初梁啓超的《新中國未來記》（一九〇二）、李伯元的《官場現形記》（一九〇三）、劉鶚的《老殘遊記》（一九〇六）也都是章回小說㉓，爲何從未有人質疑他們在「形式」上的保守？但是張恨水只是晚了二十年寫著章回小說（《春明外史》（一九二四）），就被視爲保守。爲何中間只有短短二十年，會有如此天差地遠的待遇？原因是張恨水是在「五四」後，或精確地說是一九二一年後㉔「還」寫「章回小說」，這觸犯了「新文學陣營」的「反傳統」策略，所以也就被後來所有以新文學論述爲唯一史觀的研究者大加撻伐了。

但是，就如張恨水一直強調的概念：二十世紀以章回形式書寫難道不能寫出具有時代感的好作品？完全割裂傳統形式的文本才是「現代小說」嗎？張恨水覺得小說的好壞與否與「章回形式」並無關係。他相信章回小說有在二十世紀「轉化」的可能，他也的確做到了。張恨水將傳統加入時代性，而非揚棄傳統，在當時實屬一種逆勢操作。張恨水對現代文學史的意義是證明了舊小說傳統在二十世紀仍有保留與開展的可能。從他小說各階段的轉變，可以清晰地看到中國小說傳統從明清、晚清、乃至現代這一圓滑的轉變過程。而張恨水正是像張愛玲、老舍之類從舊小說傳統中新生茁壯的先驅人物。但是多數研究者卻忽略了他由舊到新的轉變以及從傳統形式中開展的「現代性」特徵。此一現代性意義是在中國小說傳統中的

㉓ 晚清小說除少數聊齋式的筆記小說外，絕大多數都是章回體的中長篇小說。

㉔ 一九二一年是新文學逐漸茁壯的關鍵年。那年，「文學研究會」與「創造社」成立，上海的《小說月報》改版，由新學接手。論戰的砲火也逐漸開始。

開展，而非是完全斷裂傳統所得到的那個「現代」。

綜觀張恨水所有文本的表現，無庸置疑的，他絕對是二十世紀重要的好小說家，而非只是次一等的「通俗小說家」。張恨水的小說寫作技巧絕對超越如巴金、茅盾、許地山、郁達夫、丁玲等等已受「正典化」的二流現代作家。因爲如果上述作家都算是現代文學的「重要」作家，那張恨水更是當之無愧。最重要的，張恨水是優秀的大「小說家」，成就遠超過這些文本表現並不精彩突出的現代作家。不是張恨水有多麼高，而是上述這些作家沒那麼高，因此張恨水也就沒那麼低了。

第十章　本書徵引書目

（分類後各按年代先後排列）

一、專書部份

（一）張恨水小說作品（張恨水全集）

第一卷《春明外史》（上）太原：北岳文藝出版社，一九九三。

第二卷《春明外史》（中）

第三卷《春明外史》（下）

第三卷《春明外史》（下）

第四卷《京塵幻影錄》（上）

第五卷《京塵幻影錄》（下）

第六卷《金粉世家》（上）

第七卷《金粉世家》（中）

第八卷《金粉世家》（下）

第九卷《春明新史》

第十卷《銀漢雙星》《趙玉玲本記》

第十二卷《斯人記》

第十三卷《劍膽琴心》

第十四卷《啼笑因緣》

第十五卷《滿江紅》

第十六卷《滿城風雨》

第十七卷《別有天地》《熱血之花》

第十八卷《落霞孤鶩》

第十九卷《似水流年》

第二十卷《美人恩》

第二十一卷《新斬鬼傳》《秘密谷》

第二十二卷《太平花》

第二十三卷《天河配》

第二十四卷《楊柳青青》

第二十五卷《現代青年》

第二十六卷《燕歸來》

第二十七卷《小西天》

第二十八卷《平滬通車》《如此江山》

第二十九卷《天明寨》

第三十卷《風雪之夜》《石頭城外》

第三十一卷《藝術之宮》

第三十二卷《北雁南飛》

第三十三卷《中原豪俠傳》

第三十四卷《夜深沈》

第三十五卷《秦淮世家》

第三十六卷《八十一夢》
第三十七卷《大江東去、一路福星》
第三十八卷《丹鳳街》
第三十九卷《水滸新傳》（上）
第四十卷《水滸新傳》（下）
第四十一卷《魍魎世界》（上）
第四十二卷《魍魎世界》（下）
第四十三卷《傲霜花》
第四十四卷《巴山夜雨》（上）
第四十五卷《巴山夜雨》（下）
第四十六卷《虎賁萬歲》
第四十七卷《紙醉金迷》
第四十八卷《紙醉金迷》
第四十九卷《五子登科》
第五十卷《偶像》
第五十一卷《記者外傳》
第五十二卷《玉交枝》《蜀道難》《巷戰之夜》
第五十三卷《梁山伯與祝英台》《孟江女》
第五十四卷《白蛇傳》《孔雀東南飛》
第五十五卷《秋江》《鳳求凰》
第五十六卷短篇小說集《真假寶玉》
第五十七卷雜文集《最後關頭》（上）
第五十八集雜文集《最後關頭》（下）
第五十九卷雜文集《上下古今談》

第六十卷散文集《山窗小品及其他》
第六十一卷詩詞集《剪愁集》
第六十二卷《寫作生涯回憶》

（二）張恨水研究相關著作

王曉薇（Hsiao-Wei Wang）《張恨水生平與寫作技巧》（CHANG HEN-SHUI：HIS LIFE AND FICTIONAL TECHNIQUE） 美國威斯康辛大學一九八三年的博士論文

張明明《回憶我的父親張恨水》 天津：百花文藝出版社，一九八四

張占國、魏守忠編《張恨水研究資料》 天津：天津人民出版社，一九八六

董康成、徐傳禮《閒話張恨水》 合肥：黃山書社，一九八七

袁進《張恨水評傳》 長沙：湖南文藝出版社， 一九八八

鄂基端等《張恨水研究論文集》 合肥：安徽文藝出版社，一九九〇

《張恨水小說會刊》試刊號。一九九〇

張毅《文人的黃昏——通俗小說大家張恨水評傳》 北京：華夏出版社，一九九一

魏美玲《張恨水小說研究》 臺北文化大學中文研究所碩士論文，一九九一

袁進《小說奇才——張恨水傳》 臺北：業強出版社，一九九二

張伍《憶父親張恨水先生》 北京：十月文藝出版社，一九九五

伍仁編《中國現代小說精品——張恨水卷》 西安：陝西人民出版社，一九九五

楊義編《張恨水名作欣賞》　北京：中國和平出版社，一九九六
燕世超《張恨水論》　合肥：安徽大學出版社，一九九八

（三）二十世紀「非新文學陣營小說」作品

海上漱石生《海上繁華夢》　上海：上海古籍出版社，一九九一
李涵秋《廣陵潮》　江蘇古籍出版社，一九八五
平江不肖生《留東外史》　北京：中國華僑出版社，一九九八
包天笑《上海春秋》　上海：上海古籍出版社，一九九一
海上說夢人（朱瘦菊）《歇浦潮》　上海：上海古籍出版社，一九九一
平襟亞（網蛛生）《人海潮》　上海：上海古籍出版社，一九九一
秦瘦鷗、周瘦鵑續《秋海棠、新秋海棠》　北京：燕山出版社，一九九四
劉雲若《紅杏出牆記》　北京：燕山出版社，一九九四
嚴獨鶴《人海夢》　瀋陽：春風文藝出版社，一九九七
王小逸《春水微波》　瀋陽：春風文藝出版社，一九九七

（四）「二十世紀非新文學陣營小說」相關研究

包天笑《釧影樓回憶錄》　香港：大華出版社，一九七一
包天笑《釧影樓回憶錄續編》　香港：大華出版社，一九七三

魏紹昌編《鴛鴦蝴蝶派研究資料》　上海：上海文藝出版社，一九八四

芮和師、范伯群等編《鴛鴦蝴蝶派文學資料》　福州：福建人民出版社，一九八四

范伯群《民國通俗小說——鴛鴦蝴蝶派》　臺北：國文天地，一九九〇

魏紹昌《我看鴛鴦蝴蝶派》　臺北：臺灣商務印書館，臺灣初版，一九九二

劉揚體《流變中的流派——鴛鴦蝴蝶派新論》　北京：中國文聯出版公司，一九九七

李嶸明《浮世代代傳——海派文人說略》　北京：華文出版社，一九九七

孔慶東《超越雅俗：抗戰時期的通俗小說》　北京：北京大學出版社，一九九八

（五）二十世紀小說相關資料辭典

《中國近代期刊篇目匯錄》　上海圖書館編，上海人民出版社印行，一九七九

《中國現代文學期刊目錄彙編》　天津：天津人民出版社，一九八一

《中國現代文學辭典》　徐瑞岳等編。徐州：中國礦業大學出版社，一九八八

《中國通俗小說總目提要》　江蘇省社科院文學研究所編。北京：中國文聯出版公司，一九九〇

《中國現代文學總書目》　賈植芳等編。福州：福建教育出版社，一九九三
《民國章回小說大觀》　秦和鳴編。北京：中國文聯出版公司，一九九五

（六）二十世紀文學史、小說史

范煙橋《中國小說史》　蘇州：秋葉社，一九二七
劉心皇《現代中國文學史話》　臺北：正中書局，一九六一
司馬長風《中國新文學史》　一九七五
夏志清《中國現代小說史》劉紹銘等譯。　香港：友聯出版社，一九七九
北京大學等九院校合編《中國現代文學史》　上海：江蘇人民出版社，一九七九
田仲濟等編《中國現代小說史》　濟南：山東文藝出版社，一九八四
趙遐秋等《中國現代小說史》　北京：中國人民大學出版社，一九八五
孫中田主編《中國現代文學史》　北京：高等教育出版社，一九八八
鄭英華等編《師範中文本科教材中國現代文學史》　長春：吉林教育出版社，一九八九
陳平原《二十世紀小說史》第一卷　北京：北京大學出版社，一九八九
陳平原、夏曉虹編《二十世紀中國小說理論資料》第一卷　北京：北京大學出版社，一九八九

唐弢、嚴家炎主編《中國現代文學史》　北京：人民文學出版社，一九九一
馮光廉等主編《中國新文學史》　北京：人民文學出版社，一九九一
陳平原《小說史：理論與實踐》　北京：北京大學出版社，一九九三
袁進《上海近代文學史》　上海：上海人民出版社，一九九三
楊義《中國現代小說史》　北京：人民文學出版社，一九九三
錢理群等《中國現代文學三十年》　北京：北京大學出版社，一九九八
朱楝霖等編《二十世紀中國文學史》　臺北：文史哲出版社，二〇〇〇

（七）小說理論、敘述學部份理論

高辛勇《形名學與敘事理論：結構主義的小說分析法》　臺北：聯經，一九八七
里蒙·凱南（Shlomith Rimmon-kenan）《敘事虛構作品》“NARRATIIVE FICTION：CONTEMPORARY POETICS” 姚錦清等譯。　北京：三聯書店，一九八九
熱拉爾·熱奈特（Gérard Genette）《敘事話語》“Narrative Discourse”《新敘事話語》“Narrative Discourse Revisited” 王文融譯。北京：中國社會科學出版社，一九九〇
傅修延《講故事的奧秘——文學敘述論》　南昌：百花洲文藝出版社，一九九三
趙毅衡《苦悶的敘事者——中國小說的敘述形式與中國文化》　北京：十月出版社，一九九四

胡亞敏《敘述學》　武昌：華中師範大學出版社，一九九四
羅鋼《敘事學導論》　昆明：雲南人民出版社，一九九四
趙毅衡《必要的孤獨——文學的形式文化學研究》　香港：天地圖書公司，一九九五
STEVEN COHAN&LINDA M.SHIRES著，張方譯《講故事：對敘事虛構作品的理論分析》　臺北：駱駝出版社，一九九七
張大春《小說稗類》卷一　臺北：聯合文學出版社，一九九八
王彬《紅樓夢敘事》　北京：中國工人出版社，一九九八

（八）其他相關參考書

夏志清《愛情、社會、小說》　臺北：純文學出版社，一九七〇
夏志清《新文學的傳統》　臺北：時報出版公司，一九七九
蔡國榮《中國近代文藝電影研究》　臺北：電影圖書館出版部，一九八五
Herbert J. Gans《雅俗之間：通俗與上層文化之比較》韓玉蘭等譯。臺北：允晨，一九八五
李瑞騰編《抗戰文學概說》　臺北：文訊月刊雜誌社，一九八七
《白之比較文學論文集》　長沙：湖南文藝出版社，一九八七
《當代文學史料叢刊：抗戰文學專號》　臺北：大呂出版社，一九八七
阿諾德·豪澤爾著，居延安譯《藝術社會學》　臺北：雅典出版社，一九九〇。二版
羅立群《中國武俠小說史》　瀋陽：遼寧人民出版社，一九九〇

陳必祥《通俗文學概論》　杭州：杭州大學出版社，一九九一

林燿德等編《流行天下：當代臺灣通俗文學論》　臺北：時報出版公司，一九九二

張寶琴、初安民編《高陽小說研究》　臺北：聯合文學出版社，一九九三

魏紹昌《晚清四大小說家》　臺北：商務印書館，一九九三

于青等編《張愛玲研究資料》　福州：海峽文藝出版社，一九九四

林芳玫《解讀瓊瑤愛情王國》　臺北：時報出版公司，一九九四

阿城《閒話閒說：中國世俗與中國小說》　臺北：時報出版公司，一九九四

周蕾《婦女與中國現代性》　臺北：麥田出版公司，一九九五

劉心皇《抗戰時期的文學》　臺北：國立編譯館，一九九五

林青《描繪歷史風雲的奇才——高陽的小說與人生》　上海：學林出版社，一九九六

魯湘元《稿酬怎樣攪動文壇——市場經濟與中國近現代文學》　北京：紅旗出版社，一九九八

于醒民、唐繼無《上海：近代化的早產兒》　臺北：萬象圖書公司，一九九一

薛理勇《上海妓女史》　香港：海風出版社，一九九六

蕭國亮編《中國娼妓史》　臺北：文津出版社，一九九六

素素《前世今生》　上海：遠東出版社，一九九六

王德威《如何現代，怎樣文學？十九二十世紀中文小說新論》　臺北：麥田，一九九八

二、期刊論文部份

（一）張恨水相關研究報刊論文

李興華〈評張恨水的《啼笑因緣》〉　《文藝學習》一九五六年第二期

丁羽〈從《啼笑因緣》談起〉　《中國青年報》一九五六年，六月六日

〈張恨水的小說〉　《中國時報》一九六九年，一月十四日

盧大方〈談張恨水的小說〉　臺北：《自由談》，一九八〇，二月

張伍〈我的父親張恨水及其詩詞〉　臺北：《大成》，一九八七，八月

陳國城〈略論張恨水前期創作的思想傾向——兼及其是否屬於鴛鴦蝴蝶派問題〉　《安慶師範學院學報》一九八八年，第一期

袁進〈跟上時代潮流的努力——試論張恨水三十年代言情小說的轉變〉　《文學研究》叢刊，第五期。上海社科院文學所。一九八八，十二月。頁三六一

李梅山〈張恨水傳眞〉　臺北：《中外雜誌》，一九九〇，一月及二月

王德威〈通俗言情小說的祖師爺——評袁進的《小說奇才：張恨水傳》〉　臺灣：《中時晚報》〈時代版〉一九九二年，六月二十八日

姜穆《寧爲作家不做官——張恨水終生不涉入官場》　臺灣：《中央日報》，一九九三年，八月六日

徐永齡〈透視作家心靈世界的窗口論張恨水散文《山窗小品》的主體意識〉　《安徽教育學報》一九九三年，第三期

范伯群《張恨水研究和通俗文學理論建設工程》　武漢：《通俗文學評論》一九九四，四月

袁進《如何深化張恨水研究》　武漢：《通俗文學評論》一九九四，四月

朱康寧《斯人雖已沒　千載有餘情——第二次張恨水學術研討會綜述》　武漢：《通俗文學評論》一九九四，四月

楊義〈張恨水：熱鬧中的寂寞〉　《文學評論》一九九五，三月

蕭笛〈論張恨水小說創作的文化價值取向〉　《學術界》第一期。一九九五，頁五八

許子東〈一個故事的三種講法——重讀《日出》、《啼笑因緣》和《第一爐香》〉　《文藝理論研究》，一九九五年第六期

張濤甫〈哭濕枕頭的父愛——讓張恨水一生掛念的十個兒女〉　臺北：《國文天地》，一九九七，九月

劉揚體〈深化研究拓寬視野——在「張恨水與通俗文學」研討會上的發言〉　武漢：《通俗文學評論》一九九八，一月

孔慶東〈走向新文學的張恨水〉　武漢：《通俗文學評論》一九九八，一月

徐清〈「鐐銬」中的舞蹈——從張恨水的作品論通俗文學的發展道路〉　武漢：《通俗文學評論》一九九八，一月

陳金泉、萬興華〈張恨水——中國通俗小說的方向〉　武漢：《通

俗文學評論》一九九八，一月
易新鼎〈由張恨水談本世紀文學研究領域的拓展〉　武漢：《通俗文學評論》一九九八，一月
方長安〈夢·敘述者·敘述結構——對張恨水《八十一夢》的形式分析〉　武漢：《通俗文學評論》一九九八，一月
楊照〈轟動中國的一男三女戀情——張恨水的《啼笑因緣》〉　臺灣：《中國時報》「人間副刊」。一九九八年，七月二十三日

（二）其他相關期刊

夏志清〈玉梨魂新論〉。歐陽子譯　臺北：《聯合文學》第十二期。一九八五，十月
王德威〈魯迅下凡記〉　《九州學刊》一九八七年，九月
林培瑞〈論一二十年代傳統樣式的都市通俗小說〉　收入賈植芳編《中國現代文學的主潮》上海：復旦大學，一九九〇
趙毅衡〈無邪的虛僞：俗文學的亞文化式道德悖論〉　收入《二十一世紀》一九九一年，十二月。第八期
范伯群〈通俗文學上一顆早殘的星——畢倚虹評傳〉　臺北：《中外文學》一九九一，三月
河洛易〈知識者的心路歷程——二十世紀中國知識份子小說綜述〉　洛陽：《解放軍外語學院學報》一九九四，四月
應光耀〈論海派文學的弄堂文化景觀〉　成都：《當代文壇》一九九四，五月
范智紅〈抗戰時期淪陷區小說探索〉　《文學評論》一九九五，三月

孔慶東〈論抗戰時期的社會言情小說〉　北京：《中國現代文學研究叢刊》一九九七，一月

孔慶東〈抗戰前通俗小說掃描〉　武漢：《通俗文學評論》一九九七，二月

倪婷婷〈戰爭與新英雄傳奇——對延安戰爭文學的再探討〉　南京：《江蘇社會科學》一九九七，五月

附錄：張恨水重要經歷與小說年表

簡表說明

1.「年代」爲作品開始連載或刊登之年

2.僅登錄中長篇小說及重要短篇小說

3.作品之前符號爲◎者，表示今已有再版發行；若爲&者，則代表當時報刊亡佚或仍在原登報刊上，當時未發行單行本，八○年代後也並無再版發行。因此僅存目而已。

1895	出 生			
年代	重要經歷	作品	文壇大事	重要相關時事
1913	1.入蘇州「蒙藏墾殖學校」又於「二次革命」時失學。 2.回家鄉被迫與第一任妻子徐文淑完婚。	◎投稿《舊新娘》《梅花劫》於《小說月報》未獲採用。 ◎完成第一部章回體白話小說《青衫淚》。		
1914	1.隻身赴南昌求學			

	2.經濟來源中斷，故前往漢口，投奔本家叔叔張犀草，每日爲小報補白。 3.隨堂兄張東野加入「文明進化團」各地演出。			
1915	團抵上海結識《皖江報》總編郝耕仁，結爲莫逆		1.蘇曼殊發表《絳紗記》、《焚劍記》 2.《新青年》創刊	
1916		寫中篇小說《未婚妻》和《紫玉成煙	1.蘇曼殊發表《碎簪記》	
1917	冬返家鄉		1.胡適作〈文學改良芻議〉 2.陳獨秀作〈文學革命論〉 3.《晨鐘報》創刊 4.《新青年》從上海遷到北京 5.《南社小說集》出版	1.張勳等擁溥儀在北京復辟，段祺瑞組「討逆軍」 2.孫文任軍政府大元帥，準備討逆護法
1918	1.年初隨郝耕仁出遊 2.住上海法租界，開始撰文投稿。 3.秋離滬返鄉 4.冬在家攻讀林譯小說		1.魯迅〈狂人日記〉出版，是新文學陣營第一篇白話小說 2.北大新潮社成立 3.徐枕亞編《小說叢報》	1.段祺瑞等組織安福俱樂部。安福系國會選徐世昌任大總統 2.段祺瑞重任國務總理 3.孫文辭護法軍政

				府大元帥 4.第一次世界大戰結束
張恨水小說第一階段				
1919	1.任《皖江報》總編輯，開始記者生涯 2.在《皖江報》上辦起介紹「五四運動」的周刊，帶領編輯部同仁作愛國遊行 3.秋隻身赴北京，準備報考北大 4.在《申報》駐京記者秦墨哂下工作 5.與成舍我結識，任北京《益世報》助理編輯	&《紫玉成煙》 ※《皖江報》 &《南國相思譜》 ※蕪湖《皖江報》 &《未婚妻》 ※無錫《錫報》 ◎《眞假寶玉》（短篇） ※上海《民國日報》 3/10----3/16 1930,11/23----11/26 《世界日報》副刊《夜光》轉載 ◎《小說迷魂遊地府記》（短篇） ※上海《民國日報》	1.《新潮》在北大創刊 2.《國故》在北大刊行 3.李涵秋《廣陵潮》發行	1.五四運動爆發 2.孫文在上海宣佈改「中華革命黨」爲「中國國民黨」 3.馮國璋逝世，曹錕成爲直系領袖
1920	秋改任天津《益世報》駐京記者 冬進商務印書館英		1.胡適《嘗試集》出版 2.從九月起，《新	1.直系領袖曹錕與奉系張作霖合組反段聯盟

	文函授學校，攻讀英文		青年》成爲中國共產黨在上海的機關刊物	2.直皖戰爭爆發。皖系敗退，張段二人當政 3.孫文在廣州重整軍政府
1921	兼任蕪湖《工商日報》駐京記者	&《皖江潮》 ※《工商日報》	1.「文學研究會」在北京成立 2.《小說月報》改版，由新文學陣營沈雁冰接手 3.《禮拜六》後一百期在上海復刊 4.《創造社》在日本成立 5.《文學旬刊》創刊 6.郁達夫出版《沉淪》是新文學陣營最早出版的白話小說集 7.魯迅發表《阿Q正傳》 8.朱瘦菊《歇浦潮》發行	1.孫文在廣州任非常大總統 2.中國共產黨在上海成立，召開第一次全國代表大會。 3.華盛頓會議閉幕，列強簽定九國公約，確認中國門戶開放原則
1922	1.家人於潛山遷至蕪湖，傾其所得贍養家小		1.《學衡》在南京創刊 2.《創造》季刊創刊 3.舊派通俗小說作家的聯誼團體「青社」和「星	1.張作霖、段祺瑞先後派代表到廣東與孫文商議討伐直系 2.曹、吳二人與張作霖交惡。第一次直奉戰爭爆

			社」成立 4.張資平《沖積期化石》出版	發，奉系戰敗 3.陳炯明叛變 4.孫文下令北伐
1923	1.除舊職外，又擔任秦墨哂等辦的世界通訊社總編一職 2.數月後，給上海《申報》《新聞報》寫通訊 3.離開《益世報》協助成舍我辦聯合通訊社 4.兼任北京《今報》編輯		1.《小說世界》（鴛派雜誌）在上海創刊 2.胡適創辦《國學季刊》 3.新月社成立於北京 4.《文學旬刊》改名《文學》周報 5.魯迅出版《吶喊》 6.婆娑生（畢倚虹）《人間地獄在《申報》〈自由談〉連載，1928出版	1.孫文返廣州任大元帥 2.外交部照會日本取消二十一條，收回旅順大連 3.曹錕迫黎元洪下台 4.曹錕以賄選登上總統一職
1924	1.辭去在北京所有職務 2.應成舍我之邀創辦《世界晚報》主編副刊《夜光》 3.秋與平民救濟院女子胡秋霞結婚。但婚姻並不幸福，兩人並不相合。胡秋霞也終身不願離婚。	◎《春明外史》 ※北京《世界日報《明珠》副刊 1924, 4/12---1929, 1/24 1926, 10 北京世界日晚報社出版第一集 1930,5上海世界書局全書初版	1.胡適、陳西瀅在北京創辦《現代評論》 2.印度詩人泰戈爾抵華 3.林紓逝世 4.《語絲》週刊在北京創刊 5.畢倚虹、包天笑《人間地獄》出版 6.包天笑《上海春	1.孫文命蔣介石成立黃埔軍校。 2.齊燮元與盧永祥爭奪江浙。直系助齊燮元擊退由奉系支援的盧永祥。 3.第二次直奉戰爭。馮玉祥倒戈，直系大敗。 4.馮迫曹下台，與張同擁段復出。

	這是他第二次的婚姻。之後生子曉水、女張正。慰兒與康兒二女於1932病故		秋》上部發表	
1925	1.主編成舍我又創辦的《世界日報》副刊《明珠 2.與張友鸞相識，結爲莫逆	◎9—12月在《世界日報》發表近十篇短篇小說，爲發表短篇小說最多的時期。	1.章士釗在北京復刊《甲寅》，反對新文化運動 2.魯迅、臺靜農等在北京成立「未名社」	1.孫文逝世 2.上海發生五卅慘案 3.七月，國民政府在廣州成立，汪精衛任主席 4.直奉浙江戰爭爆發，孫傳芳驅逐奉軍 5.張作霖與吳佩孚合攻馮玉祥
1926	1.與《世界日報》新編輯左笑鴻相識，成爲多次合作的摯友 2.張學良頗欣賞《春明外史》，造訪張宅 3.家小由蕪湖遷至北京	◎《新斬鬼傳》 ※北京《世界日報》 《明珠》副刊 1926, 2/19—1926, 7/4 1931, 4上海《新自由書社》初版 ◎《京塵幻影錄》 ※北京《益世報》 1926, 3/5—1928, 9/12 1943, 10上海新新書店初版	1.徐志摩創辦《晨報·詩雋》 2.老舍發表《老張的哲學》 3.魯迅出版《徬徨》 4.有聲電影在中國首次試映 5.包天笑《上海春秋》下部發行 6.周瘦鵑編《言情小說集》	1.兩廣統一 2.中山艦事件 3.馮玉祥的國民軍在直奉兩軍夾擊下，向西北撤退，北京歸直奉系掌握 4.蔣介石任國民革命軍總司令，誓師北伐

		&《荊棘山河》 ※北京《世界日報》《明珠》副刊 1926, 7/5—9/2 &《交際明星》 ※北京《世界日報《明珠》副刊 1926, 9/3—10/4		
1927	1.10月成舍我去英國，夫人楊璠提名他繼任《世界日報》總編輯 2.，因極度勞累又不能按時領工資等原因，年底突然病倒，辭去總編一職	◎《金粉世家》 ※北京《世界日報《明珠》副刊 1927,2/14--- 1932,5/22 1933,10上海《世界書局》出版	1.平襟亞《人海潮》發行 2.茅盾發表《幻滅》 3.康有爲去世 4.王國維投水自殺	1.國民黨實行清黨 2.張作霖在北京建立軍政府，自任大元帥 3.國軍瓦解孫傳芳殘部 4.共黨發動廣州暴動 5.國民政府對俄絕交
1928	1.兼北平《朝報》總編輯 2.張學良決定創辦瀋陽《新民晚報》，函邀他寫部類似《春明外史》的小說。這就是《春明新史》之由來。 3.長子曉水出生	&《青春之花》 ※北平《益世報》副刊《益世俱樂部》 1928,9/13（未完） ◎《春明新史》 瀋陽《新民晚報》 副刊《星期畫報》 1928,9/20起	1.沈從文寫《阿麗思中國遊記》 2.丁玲寫《莎菲女士的日記》 3.《新月》在上海創刊 4.《奔流》在上海創刊，魯迅、郁達夫合編 5.郁達夫主編《大	1.日軍出兵山東造成濟南慘案 2.張作霖退出關外時，被日軍炸死 3.國民政府北伐成功

		1932遼寧新民晚報社初版，北平恆遠社1932,1再版 ◎《天上人間》 ※北平《晨報》（未完） ◎《劍膽琴心》 ※北平《新晨報》後在《南京晚報》上轉載，改爲《世外群龍傳》 1928, 10/1 起 1930北平新晨報營業部初版	眾文藝》在上海創刊 6.茅盾出版《幻滅》	
1929	1.5月，上海新聞記者團到北平經錢芥塵介紹，認識《新聞報》主編嚴獨鶴，答應爲上海《新聞報》寫部長篇小說 2.12/31《世界日報》觸怒軍閥閻錫山，勒令停刊	◎《斯人記》 ※北平《世界晚報》《夜光》副刊 1929, 2/15—1930, 11/19 1944上海百新書店初版 ◎《戰地斜陽》（短篇） ※ 北平《世界晚報》《夜光》副刊 1929, 1/25—2/8	1.梁啓超病逝 2.魯迅、柔石在上海主編《朝花旬刊》 3.平江不肖生《江湖奇俠傳》出版 4.葉紹鈞《倪煥之》出版	1.國軍編遣會議 2.李宗仁、馮玉祥、唐生智、 3.張發奎先後謀反，十二月遭平定 4.中東鐵路事件發生 5.俄侵犯東北邊疆攻陷滿州里
1930	1.1月《世界日報	◎《啼笑因緣》	1.沈從文發表《蕭	1.汪精衛聯合閻錫

	復刊 2.2月辭去《世界日報》系等所有編輯職務。4/24發表短文告別，闡明辭去二報職務之因，表現對資方的不滿。並表示要專心寫作。 3.到上海結識了世界書局總經理沈知方，賣掉《春明外史》、《金粉世家》的版權，並約定再爲該書局寫四部小說，後僅完成三部。預支稿費四千元。 4.回北平專心從事寫作	※上海《新聞報》《快活林》副刊 1930, 3/17—11/30 1931/12上海三友書社初版 &《甚於畫眉》 ※北平《世界晚報《夜光》副刊 1930,11/29—12/27 ◎《銀漢雙星》 ※北平《華北畫報》 1931, 10上海大眾書局初版	蕭》 2.茅盾發表《虹》 3.中國左翼作家聯盟在上海成立。左聯開始了文藝大眾化的討論。	山、馮玉祥、李宗仁召開擴大會議，預備謀反 2.中原大戰開始 3.至十一月被蔣介石平定，閻馮下野，內戰結束 4.江西第一次圍剿共黨
張恨水小說第二階段				
1931	1.以稿費收入創辦了「北華美術專科學校」 2.與北平春明女中學生周淑雲結婚。婚後改名周	◎《滿城風雨》 ※北平《晨報》《北晨藝圃》副刊 1931, 1/4— 1932,10/8 1934,9漢口大眾書	1.巴金《家》開始以《激流》爲標題連載 2.國民政府頒佈出版法施行細則，查禁書刊百多種	1.江西第二次圍剿共黨，未成功 2.共黨在江西成立「蘇維埃共和國」 3.日本在瀋陽發動

	南。從此他與周南相守到老。這是張恨水第三次的婚姻。但他終身贍養著前兩位妻子與兒女。家累沈重，可以想見。周南生有子二水、張全、張伍、女明明、蓉蓉及子張同。	局初版 ◎《似水流年》（又名《黃金時代》（長） ※上海《旅行》雜誌 1931，五卷一期—1932六卷十二期 1932上海《中國旅行社》初版 ◎《我的小說過程》 ※上海《上海畫報》 1931, 1/27—2/12 ◎《別有天地》 上海《紅玫瑰》 1931, 2/21六卷三十六期—七卷三十六期 ◎《太平花》 ※上海《新聞報》《快活林》副刊 1931, 9/1—1933, 3/26 1933,6上海《三友書社》初版。1945	3.徐志摩失事遇難 4.巴金出版《霧》 5.徐枕亞出版《雪鴻淚史》	「九一八事變」 4.蔣介石辭去國民政府主席

		年又改寫乃爲今《全集》所見 ◎《落霞孤鶩》 ※1931,8上海《世界書局》 初版 ◎《滿江紅》上海世界書局		
1932	1.抗日系列作品《彎弓集》引起日方向北平的張學良抗議 2.女慰兒、康兒死於猩紅熱 3.次子二水出生	◎《錦片前程》 ※上海《晶報》 1932, 3/25—1935, 12/1 ◎《秘密谷》 ※上海《旅行》雜誌 1933,1七卷一期—1934,12八卷十二期 1941,6上海《百新書局》初版 ◎《水滸別傳》 ※北平《新晨報》 &《第二皇后》 ※北平《世界日報》 ※1932,6/25（未完 ◎《彎弓集》 ※1932,3北平恆遠	1.魯迅、茅盾等就「一二八事變」聯名發表《上海文化界告世界書》 2.上海《申報》副刊《自由談》在周瘦鵑編了十二年後，由黎烈文接手 3.《現代月刊》在上海創刊，施蟄存爲編輯 4.穆時英出版《南北極》 5.施蟄存出版《上元燈》 6.廢名出版《橋》 7.老舍發表《貓城記》	1.蔣介石復出，任軍事委員會委員長 2.日本對上海攻擊「一二八事變」爆發 3.江西第四次圍剿共軍 4.中俄恢復邦交

		社發行		
1933	1.1月，日寇進攻山海關，爲避戰亂舉家遷至安徽安慶。月底隻身抵上海 2.夏返平，居「北華美專」，邊教書、邊創作 3.秋家人返平	◎《啼笑因緣》續集 1933,2上海三友書社初版 ◎《東北四連長） ※上海《申報》副刊《春秋》 1933, 3/4— 1934, 8/10 出單行本另名《楊柳青青》 ◎《現代青年》 ※上海《新聞報》副刊《新園林》 1933, 3/27— 1934, 7/30 1934，9《上海攝影社》初版 ◎《天河配》 （又名《歡喜冤家 ※1931,11上海《晨報出版社》初版	1.茅盾發表《子夜》 2.丁玲、潘梓年在上海被捕 3.《文學》月刊在上海創刊 4.朱湘自殺 5.施蟄存發表《梅雨之夕》 6.巴金發表《家》、《新生》 7.老舍發表《離婚》 8.沈從文發表《阿黑小史》	1.日軍攻佔熱河 2.簽訂塘沽停戰協定 3.國軍第五次圍剿共軍 4.共黨要求國民政府成立「抗日統一戰線」

1934	1.遊歷西北，對人民之苦大受震撼。 2.到上海洽談稿件，事畢往廬山避暑 3.秋《北華美專》專心著書 4.三子張全出生	◎《燕歸來》 ※上海《新聞報》副刊《新園林》 1934, 7/31— 1936, 6/26 1942,2天津唯一書店初版 ◎《小西天》 ※上海《申報》副刊《春秋》 1934, 8/21— 1936, 3/25 &《屠沽列傳》 ※《武漢日報》副刊《鸚鵡洲》 1934/10/21（未完 ◎《美人恩》 1934, 4上海世界書局初版 &《舊時京華》 南京《新民報》（未完）	1.沈從文《邊城》發表 2.國民政府在上海大肆查禁書籍刊物 3.曹禺發表《雷雨》 4.劉半農去世 5.許地山發表《春桃》 6.穆時英發表《白金的女體塑像》 7.網珠生發表《人海潮》 8.《文學季刊》在北京創刊。主編爲鄭振鐸與靳以 9.沈從文主編天津上海《大公報》《星期文藝》副刊	1.蔣委員長在南昌發起「新生活運動」 2.僞滿州國溥儀稱帝 3.中國共產黨開始長征，從江西出發，一年之後到達陝西

1935	1.9月時到滬三月，協助成舍我辦上海《立報》。任副刊《花果山》主編。 2.此時上海各影院正上映天一公司根據《歡喜冤家》改編的電影 3.北平出現冀東偽政權，張恨水被列入黑名單，不得返平	◎《天明寨》 ※南京《中央日報》副刊《中央公園》 1935, 1/1— 1936, 7/30 ◎《平滬通車》 ※上海《旅行》雜誌 1935, 1/1—12/1 1941, 8上海《百新書局》初版 ◎《藝術之宮》 ※上海《立報》 1935, 9/20— 1937, 6/5 ◎《過渡時代》（又名《新人舊人》 ※上海《立報》 1935, 12/2— 1937, 5/21 1947, 4上海春明書店初版 ◎《北雁南飛》 ※上海《晨報》 1946, 4重慶山城出版社出版	1.六月，瞿秋白去世。曾樸去世。 2.趙家璧主編的《中國新文學大系》（1917—1926）由上海良友圖書公司出版 3.楊逵在臺灣創辦《臺灣新文學》月刊 4.巴金發表《電》 5.老舍發表《月牙兒》 6.蔡東藩發表《歷代通俗演義》 7.蕭軍《八月的鄉村》 8.蕭紅《生死場》	1.十月，朱德、毛澤東等共黨殘部竄抵陝北 2.十一月，日本在華北成立冀東防共自治委員會

1936	1.北歸不成，抵南京 2.與張友鸞合辦《南京人報》，唯一自己出資辦報之經歷 3.並兼副刊《南華經》主編 4.全家由北平抵南京	◎《如此江山》 ※上海《旅行》雜誌 1936, 1/1—1937,3/1 1941,6上海百新書店初版 &《游擊隊》 ※《申報》漢口版 1936,2/1----6/30（未完） &《換巢鸞鳳》 ※《申報》副刊《春秋》 1936, 3/30— 1939, 8/10（未完） ◎《中原豪俠傳》 ※南京《南京人報》後轉載重慶《萬象》1936, 6/81944重慶萬象週刊社初版 ◎《夜深沉》 ※上海《新聞報》副刊《茶話》 1936,6/27— 1939, 3/7 1941,6上海《三友	1.春，左聯解散 2.周揚等人提出「國防文學」的口號 3.六月，「中國文藝家協會」在上海成立，並發表宣言，署名者有茅盾、朱自清、郁達夫等111人 4.一月，魯迅《故事新編》出版。十月，魯迅逝世	1.國民政府公佈「五五憲草」 2.十二月，「西安事變」 3.西安事變後，共產黨佔領延安

		書社》初版 ◎《風雪之夜》 ※南京《中央日報》副刊《中央公園》1936, 8/1—1937， 9/10（未完） &《鼓角聲中》 ※南京《南京人報》		
1937	1.四子張伍出生 2.10月因勞累病倒 3.11月前往蕪湖就醫，全家於安慶會合，暫避灊山 4.南京陷落，《南京人報》被迫停刊		1.上海淪陷後，上海作家利用租界繼續寫作，稱「孤島」文學	1.陝甘寧蘇區政府正式成立，以延安為首都 2.蘆溝橋事變爆發 3.9月起淞滬全面會戰，上海於9/12全面撤退 4.南京於12/13淪陷，發生「南京大屠殺」
張恨水小說第三階段				
1938	1.中華全國文藝界抗敵協會成立於漢口，張恨水被選為理事 2.到重慶	&《瘋狂》 ※重慶《新民報》副刊《最後關頭》 1938, / 151939,	1.中國文藝界全國抗敵協會（文協）在武漢成立，發表宣言，由老舍任總務部	1.4月，國軍臺兒莊大捷 2.10月，廣州淪陷，武漢會戰結束，國軍撤守

	3.經張友鸞介紹，認識即將復刊的重慶《新民報》經任陳銘德，並被聘爲該報主筆兼副刊《最後關頭》主編 4.周南攜子到重慶	10/21 &《桃花港》 ※香港《立報》副刊《花果山》 1938, 4/1—（未完 ◎《衝鋒》（又名《天津衛》《巷戰之夜》） ※重慶《時事新報》副刊《青光 1938, 4/27— 8/22 1942重慶南京新民報社初版	主任。 2.10月，武漢淪陷，文協隨之遷往重慶	3.12月汪精衛由渝潛昆明赴河內向日本求和
1939	發表的小說頗多針貶時局的言論，幾度受到當局關切	&《潛山血》 ※香港《立報》副刊《花果山》 1939, 1/20（未完） ◎《蜀道難》 ※上海《旅行雜誌》 1939, 4/1—9/1 1944, 8成都《百新書店》初版 &《敵國的瘋兵》 ※重慶《新民報》副刊《最後關頭》	1.文協成都分會會刊《筆陣》創刊 2.延安分會會刊《文藝戰線》創刊 3.五月因重慶各報遭日軍濫炸，社址設備被毀，全市十家報紙出聯合版，在山洞中編印達99天 4.林語堂以英文在美發表《京華煙雲》（又譯《瞬息京華》） 5.老舍發表《駱駝	1.9月，德軍進攻波蘭 2.二次世界大戰開始。英法對德宣戰 3.10月，第一次長沙會戰

		1939, 10/21—11/30 ◎《八十一夢》 ※重慶《新民報》副刊《最後關頭》 1939, 12/1—1941, 4/25 1943,9重慶新民報社初版 ◎《秦淮世家》 上海《新聞報》	祥子》	
1940	1.全家移居重慶市郊南溫泉桃子溝，住「文協」的三間草房。因屋內漏雨，而自嘲爲「待漏齋」 2.長女明明出生	◎《負販列傳） 上海《旅行雜誌》 1940, 1/1—1942,8/1 1947,1重慶《新民報社》初版易名爲《丹鳳街》？ 重慶山城出版社？ ◎《水滸新傳》 ※上海《新聞報》重慶《新民報晚刊》轉載 1940, 2/11—1941, 12/27 1943重慶建中出版社初版 ◎《大江東去》	1.4月，《戰國策》半月刊在昆明創刊。主要撰稿人爲朱光潛、沈從文等西南聯大教授 2.巴金發表《秋》、《火》第一部	1.3月汪精衛政府在南京成立，與日本訂定「日支新關係調整要綱」 2.6月法國維其政府下令停止昆明到河內的運輸

		※香港《國民日報》 1943重慶、南京《新民報社》初版 1947, 1, 24—1948, 7,21 又載北平《新民報》 ◎《趙玉玲本記》 ※上海《小說月報》		
1941		◎《牛馬走） ※重慶《新民報》副刊《最後關頭》 1941, 5/2—1945, 11/3 1957,2上海文化出版社初版易名《魍魎世界》 ◎《偶像》 ※重慶《新民報》晚刊 1941, 11/1—1943, 3/28 1944重慶南京《新民報社》初版	1.皖南事變發生，國共磨擦升高，在重慶等地的左翼作家紛紛走避 2.蕭紅出版《呼蘭河傳》 3.茅盾出版《腐蝕》 4.秦瘦鷗在《申報》副刊《春秋連載《秋海棠》，上海金城圖書公司7月出版	1.皖南新四軍易幟投效共軍 2.德義承認南京汪政權 3.9月，第二次長沙大捷 4.12/8珍珠港事變 5.我向日、德、義宣戰
1942	幾次應邀到四川教育學院、重慶大學及某些專科學校作		1.蕭紅在香港去世 2.毛澤東發表延安文藝講話	1.蔣委員長出任盟軍中國戰區最高統帥

	關於小說創作的專題講座		3.華北作家協會於北平成立，成員有周作人、俞平伯等	2.第三次長沙大捷 3.滇緬公路封閉
1943	1.除原工作外又兼重慶《新民報》經理 2.爲適應形勢發展，與張友鸞共同提出「居中偏左，遇礁則避」的辦報方針。 3.次女蓉蓉出生	◎《石頭城外》（又名《到農村去》 ※重慶《萬象周刊》 1943, 6/27—1945, 7/21 1946,5聯華圖書有限公司初版 ◎《傲霜花》） 又名《第二條路》 ※重慶《新民報》晚刊 1943, 6/29—1945, 12/17 1947,2上海百新書店初版更名《傲霜花》） &《雁來紅》 ※《昆明晚報》 1943,11/8（未完）	1.茅盾《霜葉紅於二月花》出版 2.沈從文《邊城》出版 3.張愛玲《第一爐香》、《傾城之戀》、《金鎖記發表 4.張天翼《速寫三篇》出版 5.趙樹理發表《小二黑結婚》	1.1月中美中英簽訂平等新約，廢除不平等條約 2.8月國民政府主席林森逝世，蔣介石繼任 3.9月，義大利無條件投降 4.11月，開羅會議
1944	1.5/18文協、新文學會、新民報等單位聯合爲張恨水五十壽辰祝壽，他推辭無		1.4月文協舉行第六屆年會。 2.重慶文藝界舉行茶會，紀念老舍創作二十週年。	1.4月起日軍隊我作最後大規模攻擊作戰 2.11月汪精衛病逝日本

	效，避壽南溫泉。當天各大報刊也刊登專文祝壽，共幾十篇之多 2.5/20----5/22發表《總答謝》 3.辭去《新民報》經理職務		3.9月，張愛玲小說《傳奇》出版 4.吳祖光劇本《夜奔》、《風雪夜歸人》出版 5.巴金《憩園》在重慶出版 6.程小青《霍桑探案袖珍叢書》在上海出版	
1945	1.8/28毛澤東率中共代表團抵重慶，與國民黨進行和平談判，在此期間曾單獨與毛見面 2.獲重慶國民政府頒「抗戰勝利」勳章 3.離開重慶		1.沈從文《長河》出版 2.2月，重慶文化界郭沫若、巴金等三百餘人在報上發表《文化界對時局進言》，要求實行民主，團結抗日。 3.郁達夫在蘇門答臘遭日軍殺害	4.2月雅爾達會議 5.8/6美國對日本投擲原子彈 6.8/14日寇宣佈無條件投降 7.11月底美國特使馬歇爾來華
1946	1.先到南京把《南京人報》交給張友鸞 2.攜家眷去安慶看望母親和親人 3.應陳銘德邀創辦北平《新民報》。任經理兼副刊《北海》主編	◎《巴山夜雨》 ※北平《新民報》副刊《北海》同時在重慶《新民報》、南京《新民報》轉載 1946, 4/4—1948, 12/6 1986四川文藝出版	1.1月，茅盾、巴金、老舍等聯名發表《致政治協商會議各委員書》 2.7月，聞一多遇害 3.巴金發表《第四病室》	1.政治協商會議在重慶舉行，軍事三人小組、北平軍事調處執行部成立，頒佈對共軍停止衝突令 2.5月國民政府還都南京 3.7月內戰全面爆

	4.「北平文學藝術界聯合會」成立，選舉張恨水爲主任理事，並商定5月4日爲文藝節 5.不久，張恨水又被推選爲「北平新聞記者工會」常務理事 6.年底到次年三月，周南攜子陸續抵平	社初版（病前最後完成的長篇小說） ◎《虎賁萬歲》 ※北平《新民報》副刊《北海》 1946, 5/26—1947, 3/23 1946,7上海百新書局初版 ◎《紙醉金迷》 ※上海《新聞報》 1946, 9/1—1948, 11/20 1949,3上海《百新書局》初版	4.老舍出版《四世同堂》第一部《惶惑》第二部《偷生》 5.馬烽、西戎發表《呂梁英雄傳》	發，國民黨在各城市加強新聞控制
1947	1.當局對新聞界的控管更加嚴格。《新民報》在各地的報館陸續被封 2.9月，北平《新民報》編輯部改組	◎《霧中花》（短 ※北平《新民報》 1947,5/11----8/13 ◎《五子登科》 ※北平《新民報》畫刊 1947,8/17（未完）後於哈爾濱《北方》月刊第四期到第六期刊完 1957上海文化出版社初版	1.蕭軍主編《文化報》在哈爾濱創刊 2.師陀小說《結婚》發表 3.錢鍾書發表《圍城》 4.巴金《寒夜》出版	1.1/8馬歇爾回美，軍事三人小組及北平軍事調處執行部解散 2.3/19國軍佔領延安 3.5/20北平學生舉行反內戰、反飢餓的示威遊行

		◎《一路福星》 ※上海《旅行雜誌》		
1948	1.秋因報社內部問題,辭去北平《新民報》職務，結束三十年之記者生涯 2.三女張正出生	◎《玉交枝》 ※上海《新聞報》 1948, 11/21—1949, 5/25 上海遠東出版社初版 &《步步高升》 ※北平《新民報》 1948,12/7（未完）	1.7月，茅盾、巴金編輯的《小說》月刊在香港創刊 2.朱自清在北平逝世 3.丁玲出版《太陽照在桑乾河上》	1.2月，東北局勢逆轉，解放軍佔領遼陽 3.5/1國民政府第一屆國民大會在南京召開，選舉蔣介石爲第一任總統 4.8月，發行金元券 5.11月徐蚌會戰，國軍失利
張恨水小説第四階段				
1949	1.3月，北平《新民報》刊出一文攻擊他爲幫助國民黨而迫害共產黨員。他因此大受刺激 2.6月高血壓發作，中風半身不遂 3.張恨水應邀參加中華全國文學藝術工作者代表大	◎《寫作生涯回憶》 ※北平《新民報》 1949 ,1/1----2/15	1.7月，中華全國文學藝術工作者代表大會（文代會）於北京成立。毛澤東、周恩來等人到場致詞。	1.1/31解放軍進駐北平 2.1/21李宗仁等要求蔣介石下野 3.4月國民政府與共軍談判決裂，共軍陸續南侵 4.6月蔣介石抵臺灣 5.10/1中共在北平成立中華人民共和國

	會，但因病未能出席。周恩來派人探望，並聘爲文化部顧問 4.加入中國作家協會 5.9月病情略有好轉 6.五子張同出生			
1950	1.以正式代表身份參加北京市文學藝術工作者代表大會			1.中共發動土地改革運動
1951	1.賣掉舊宅，遷入磚塔胡同43號小院 2.深居簡出，在家養病			
1952			1.俞平伯將《紅樓夢辨》修訂後改爲《紅樓夢研究》出版	1.1月，中共展開「三反五反運動」
1953	正式恢復寫作			
1954	1.參加北京第二次文代會	◎《梁山伯與祝英台》 ※香港《大公報》副刊《小說天地》 1954, 1/1—5/3 1954,11北京寶文堂	1、10月，俞平伯《紅樓夢研究》遭到批判	1.中共人代會選毛澤東爲國家主席

		出單行本 ◎《秋江》 ※香港《大公報》副刊《小說天地》 1954,7/3—10/4 1955,9北京《通俗文藝出版社》初版 &《牛郎織女》 中國新聞社向國外發稿		
1955	1.夏，隻身南遊回故鄉。一周後，返回北京。後寫中篇遊記《南遊雜志》，發表於香港《大公報》	◎《白蛇傳》 北京通俗文藝出版社初版 &《陳三五娘》 中國新聞社向國外發稿	1.1月，胡風開始受到批判	
1956	1.列席全國政協二屆二次全會，見到毛澤東，並受周恩來關照 2.參加全國文聯組織的西北參觀旅行。返京後，發表遊記《西北行》刊於上海《新聞報》	◎《孔雀東南飛》 ※上海《新聞日報》副刊《人民廣場》 1956, 8/2—11/13 1958北京出版社初版 &《荷花三娘子》 中國新聞社向國外發稿		1.五月，進行「大鳴大放」

1957	1.列席最高國務會議第二次擴大會議 2.參加北京文聯籌備出版《大眾文藝》的會議 3.應邀觀賞，北京曲藝劇團魏奎喜改編的《啼笑因緣》，並將報酬捐給劇團	◎《孟姜女》 1957,12北京出版社初版 &《磨鏡記》 1957,12北京出版社初版 ◎《記者外傳》 ※上海《新聞日報》副刊《人民廣場》 1957, 10/26—1958, 6/24	1.7月文藝界開始反右鬥爭，丁玲、馮雪峰、艾青等作家被批爲右派份子	1.中共鎭壓西藏 2.反右派鬥爭開始
1958	1.與文協會員遊覽西山 2.在家靜養	◎《孔雀東南飛》 1958,3北京出版社初版		1.中共推行「三面紅旗」與「人民公社」
1959	1.收到周恩來聘書，聘爲中央文史館館員 2.周南病逝。			
1960	參加第三次文代會			
1966	受有關部門的保護及街道主任的幫忙，不致受太大衝擊		許多文藝界人士於文革中受迫害致死	文化大革命爆發
1967	農曆正月初七晨，因腦溢血發作逝世，享年七十二歲			

國家圖書館出版品預行編目資料

世情小說傳統的承繼與轉化：張恨水小說新論

趙孝萱著. – 初版. – 臺北市：臺灣學生，
2002[民 91]
面；公分

ISBN 957-15-1113-7 (精裝)
ISBN 957-15-1114-5 (平裝)

1. 張恨水 – 作品評論

857.63　　91001338

世情小說傳統的承繼與轉化：張恨水小說新論 (全一冊)

著作者：趙孝萱
出版者：臺灣學生書局
發行人：孫善治
發行所：臺灣學生書局
臺北市和平東路一段一九八號
郵政劃撥帳號：00024668
電話：(02)23634156
傳眞：(02)23636334
E-mail：student.book@msa.hinet.net
http：//studentbook.web66.com.tw

本書局登記證字號：行政院新聞局局版北市業字第玖捌壹號

印刷所：宏輝彩色印刷公司
中和市永和路三六三巷四二號
電話：(02)22268853

定價：精裝新臺幣五五〇元
平裝新臺幣四八〇元

西元二〇〇二年二月初版

85722

ISBN 957-15-1113-7 (精裝)
ISBN 957-15-1114-5 (平裝)

臺灣學生書局出版

中國文學研究叢刊

❶ 詩經比較研究與欣賞　裴普賢著
❷ 中國古典文學論叢　薛順雄著
❸ 詩經名著評介　趙制陽著
❹ 詩經評釋(全二冊)　朱守亮著
❺ 中國文學論著譯叢　王秋桂著
❻ 宋南渡詞人　黃文吉著
❼ 范成大研究　張劍霞著
❽ 文學批評論集　張　健著
❾ 詞曲選注　王熙元等編著
❿ 敦煌兒童文學　雷僑雲著
⓫ 清代詩學初探　吳宏一著
⓬ 陶謝詩之比較　沈振奇著
⓭ 文氣論研究　朱榮智著
⓮ 詩史本色與妙悟　龔鵬程著
⓯ 明代傳奇之劇場及其藝術　王安祈著
⓰ 漢魏六朝賦家論略　何沛雄著
⓱ 古典文學散論　王安祈著
⓲ 晚清古典戲劇的歷史意義　陳　芳著
⓳ 趙甌北研究(全二冊)　王建生著
⓴ 中國兒童文學研究　雷僑雲著
㉑ 中國文學的本源　王更生著
㉒ 中國文學的世界　前野直彬著，龔霓馨譯

㉓ 唐末五代散文研究 呂武志著
㉔ 元代新樂府研究 廖美雲著
㉕ 五四文學與文化變遷 中國古典文學研究會主編
㉖ 南宋詩人論 胡　明著
㉗ 唐詩的傳承—明代復古詩論研究 陳國球著
㉘ 中外比較文學研究　第一冊(上、下) 李達三、劉介民主編
㉙ 文學與社會 中國古典文學研究會主編
㉚ 中國現代文學新貌 陳炳良編
㉛ 中國古典文學研究在蘇聯 (俄)李福清著，田大長譯
㉜ 李商隱詩箋釋方法論 顏崑陽著
㉝ 中國古代文體學 褚斌杰著
㉞ 韓柳文新探 胡楚生著
㉟ 唐代社會與元白文學集團關係之研究 馬銘浩著
㊱ 文轍(全二冊) 饒宗頤著
㊲ 二十世紀中國文學 中國古典文學研究會主編
㊳ 牡丹亭研究 楊振良著
㊴ 中國戲劇史 魏子雲著
㊵ 中外比較文學研究　第二冊 李達三、劉介民主編
㊶ 中國近代詩歌史 馬亞中著
㊷ 近代曲學二家研究—吳梅・毛季烈 蔡孟珍著
㊸ 金元詞史 黃兆漢著
㊹ 中國歷代詩經學 林葉連著
㊺ 徐霞客及其遊記研究 方麗娜著
㊻ 杜牧散文研究 呂武志著
㊼ 民間文學與元雜劇 譚達先著
㊽ 文學與佛教的關係 中國古典文學研究會主編
㊾ 兩宋題畫詩論 李　栖著

㊿	王十朋及其詩	鄭定國著
51	文學與傳播的關係	中國古典文學研究會主編
52	中國民間文學	高國藩著
53	清人雜劇論略	黃影靖著，黃兆漢校訂
54	唐伎研究	廖美雲著
55	孔子詩學研究	文幸福著
56	昭明文選學術論考	游志誠著
57	六朝情境美學綜論	鄭毓瑜著
58	詩經論文	林葉連著
59	傣族敘事詩研究	鹿憶鹿著
60	蔣心餘研究(全三冊)	王建生著
61	眞善美的世界—高中高職國文賞析	戴朝福著
62	何景明叢考	白潤德著
63	湯顯祖的戲曲藝術	陳美雪著
64	姜白石詞詳注	黃兆漢等編著
65	辭賦論集	鄭良樹著
66	走看臺灣九〇年代的散文	鹿憶鹿著
67	唐賢三體詩法詮評	王禮卿著
68	清初前期話本小說之研究	徐志平著
69	文心雕龍要義申說	華仲麟著
70	楚辭詮微集	彭　毅著
71	習賦椎輪記	朱曉海著
72	韓柳新論	方　介著
73	西崑研究論集	周益忠著
74	李白生平新探	施逢雨著
75	中國女性書寫—國際學術研討會論文集	淡江大學中國文學系主編
76	杜甫夔州詩現地研究	簡錦松著

⑰ 近代中國女權論述—國族、翻譯與性別政治　劉人鵬著
⑱ 香港八十年代文學現象(全二冊)　黎活仁等主編
⑲ 中國夢戲研究　廖藤葉著
⑳ 晚明閒賞美學　毛文芳著
㉑ 中國古典戲劇語言運用研究　王永炳著
㉒ 中國古典詩論中「語言」與「意義」的論題
——「意在言外」的用言方式與「含蓄」的美典　蔡英俊著
㉓ 近代傳奇雜劇史論　左鵬軍著
㉔ 外遇中國——
中國域外漢文小說國際學術研討會論文集　國立中正大學中文系、語言與文學研究中心主編
㉕ 琵琶記的表演藝術　蔡孟珍著
㉖ 物・性別・觀看——明末清初文化書寫新探　毛文芳著
㉗ 清代賦論研究　詹杭倫著
㉘ 世情小說傳統的承繼與轉化：張恨水小說新論　趙孝萱著